Claire Bouvier

IM LAND DES ROTEN AHORNS

Kanada-Roman

BASTEI LÜBBE
TASCHENBUCH

BASTEI LÜBBE TASCHENBUCH
Band 16 034

1. Auflage: Juni 2011

Bastei Lübbe Taschenbuch in der Bastei Lübbe GmbH & Co. KG

Originalausgabe

Copyright © 2011 by Bastei Lübbe GmbH & Co. KG, Köln
Umschlaggestaltung: Manuela Städele
Satz: Urban SatzKonzept, Düsseldorf
Gesetzt aus der Garamond
Druck und Verarbeitung: CPI – Ebner & Spiegel, Ulm
Printed in Germany
ISBN 978-3-404-16034-1

Sie finden uns im Internet unter
www.luebbe.de
Bitte beachten Sie auch:
www.lesejury.de

Der Preis dieses Bandes versteht sich einschließlich
der gesetzlichen Mehrwertsteuer.

1. Teil

Ein Funken Hoffnung

1

Hamburg, Januar 1875

Dunkelheit herrschte draußen, vor den Fenstern des Hauses Nr. 7 der Mönckebergstraße, während in der Eingangshalle Gaslaternen für einen Hauch Behaglichkeit sorgten. Das monotone Ticken der Standuhr hallte von den cremefarben gestrichenen Wänden wider, begleitet vom Absatzgeklapper einer jungen Frau, die unruhig auf und ab ging.

Wie lange dauert es noch?, fragte sich Jaqueline Halstenbek besorgt, während sie die eiskalten Hände knetete. Eine Stunde ist Dr. Sauerkamp nun schon oben. Steht es wirklich so schlecht um Vater?

Ein eisiger Luftzug, der unter der Tür hindurchwehte, ließ sie erschaudern. Fröstelnd zog sie das Wolltuch, das sie über ihrem grün gemusterten Kleid trug, enger um die Schultern. Dann blickte sie erwartungsvoll zur ersten Etage hinauf, wo ihr Großvater von einem goldgerahmten Bildnis an der getäfelten Wand gütig zu ihr herablächelte – und ihr Vater vielleicht mit dem Tode rang.

Dr. Ägidius Sauerkamp war ein alter Freund der Familie, ein gemütlicher Mann mit weißem Backenbart und dichtem Haarschopf, der eine Vorliebe für blaue Gehröcke und gemusterte Halstücher hatte. Früher war er ein gern gesehener

Gast im Haus der Halstenbeks gewesen, der so manches Fest mit seinen Anekdoten bereichert hatte. Doch durch den Tod von Jaquelines Mutter hatte sich alles verändert.

Nun war Sauerkamp wegen Jaquelines Vater hier. Obwohl der Mediziner sein Handwerk verstand, konnte er nur noch die Schmerzen seines Patienten lindern und dessen Leben vielleicht um wenige Tage oder Wochen verlängern. Aussicht auf Heilung gab es für Anton Halstenbek nicht.

Jaquelines Magen krampfte sich zusammen, als sie an seinen Zusammenbruch beim Abendessen zurückdachte. Ihr Diener, Christoph Hansen, hatte den Kranken ins Schlafzimmer getragen und war dann sofort zu Sauerkamp gelaufen. Sie hatte neben dem Bett ihres Vaters gewacht und gebetet, dass dieser Abend nicht sein letzter sein möge.

Wird Dr. Sauerkamps Behandlung noch etwas bringen?, fragte sie sich nun.

Da der Doktor noch immer auf sich warten ließ, trat Jaqueline an eines der Fenster. Die Straßenlaterne vor ihrem Haus war ausgefallen. Schneekristalle wirbelten gegen die Scheiben, in denen sich Jaquelines Gestalt verschwommen spiegelte.

Was hab ich mich in den vergangenen Wochen verändert!, stellte sie fest und seufzte. Ich sehe nicht wie zweiundzwanzig aus, sondern glatt doppelt so alt. Einige rote Strähnen hatten sich aus ihrem schlecht sitzenden Chignon gelöst und umrahmten ihr bleiches Gesicht. Die Wangen waren eingefallen, und die grünen Augen wirkten glanzlos. Und ihre Taille hatte an Umfang verloren, wie die Falten ihres Kleides verrieten. Wenn das so weitergeht, werde ich in ein paar Wochen nur noch Haut und Knochen sein.

Das Knarren der Treppe holte Jaqueline aus ihren Gedanken. Sie drehte sich um und erblickte den Arzt, der hinter ihr wartete und nervös mit seiner Taschenuhr spielte.

»Wie steht es um meinen Vater, Herr Doktor?« Jaqueline wusste nicht, wohin mit den Händen, und strich fahrig über ihr Kleid. Der Taft kam ihr mit einem Mal rau wie Sackleinen vor.

»Fräulein Halstenbek, Sie sollten besser zu ihm gehen.« Die Miene des Arztes war ernst, und seine Stimme zitterte.

Jaqueline schnappte nach Luft und eilte die Treppe hinauf. Ihr Herzschlag trommelte ein wildes Stakkato, während sich ihre Kehle zuschnürte. Ein panisches Schluchzen wütete in ihrer Brust und trieb ihr Tränen in die Augen.

Du musst stark sein!, ermahnte sie sich. Mute deinem Vater in seinen letzten Minuten nicht zu, dass du heulst wie ein kleines Kind!

Dumpf hallten ihre Schritte über den rot gemusterten Teppich, der an einigen Stellen bereits zerschlissen war. Als sie in das elterliche Schlafzimmer stürmte, stieg ihr ein saurer Schweißgeruch entgegen, gemischt mit den Ausdünstungen der Medikamente, die ihrem Vater in den letzten Monaten das Leben erleichtert hatten. Mit den Tränen kämpfend, trat Jaqueline zögerlich an das wuchtige Ehebett aus Eichenholz, in dem die ausgemergelte Gestalt ihres Vaters beinahe versank. Der Anblick schmerzte sie.

Das Krebsgeschwür in seiner Lunge hatte den lebensfrohen Mann um Jahrzehnte altern lassen. Sein einstmals rundes, stets rosiges Gesicht war eingefallen und aschfahl. Nur um Nase und Kinn herum war die Haut schneeweiß. Auf seiner Stirn glitzerte Schweiß.

Die Todeszeichen!, dachte Jaqueline erschrocken. Genau wie damals bei Mutter.

Als Anton Halstenbek spürte, dass seine Tochter neben ihm stand, öffnete er noch einmal die Augen und streckte zitternd die Hand nach ihr aus. »Mein Flämmchen.« Seine

Stimme war bei dem Rasseln, das aus seiner Lunge drang, kaum zu verstehen.

Jaqueline kniete sich neben das Bett. Ihren Kosenamen zu hören brachte sie aus der Fassung. Heiße Tränen kullerten über ihre Wangen. »Ich bin hier, Papa.«

Seine Haut, trocken wie Pergament, war so kalt, als sei der Lebensfunke bereits aus ihm gewichen. Lediglich in seiner Brust und den fiebrig dreinblickenden Augen schien noch Leben zu sein.

»Es tut mir leid«, raunte er. Auch zum Sprechen hatte er kaum noch Kraft. »Ich hätte mir gewünscht, noch zu erleben, dass du einen guten Mann findest und Mutter wirst.«

Jaqueline schluchzte lauthals. »Papa, ich –«

»Sag nichts! Ich werd vom Himmel aus über dich wachen ... Finde deinen Weg im Leben, mein Kind! ... Du bist schön, klug und hast mein Forscherherz geerbt. Nutze es!«

Weiter kam er nicht, denn ein Hustenanfall erschütterte seinen Körper. Seine Augen weiteten sich angstvoll, während er verzweifelt um Atem rang. Seine Hand umklammerte die seiner Tochter, erschlaffte jedoch plötzlich. Und sein Blick wurde starr.

»Vater?«, fragte Jaqueline ängstlich, während ihr Herz vor grausamer Gewissheit stolperte.

»Doktor!«

Sauerkamp, der im Flur gewartet hatte, eilte sofort herbei. Er griff nach Halstenbeks Handgelenk und schüttelte den Kopf. »Es tut mir leid.«

Nur verschwommen nahm Jaqueline wahr, dass Sauerkamp die Augen ihres Vaters schloss. Als der Arzt das Zimmer verlassen hatte, gab sie ihrem Schmerz nach und brach hemmungslos weinend über dem Toten zusammen.

Zwei Stunden nachdem Anton Halstenbek seinen letzten Atemzug getan hatte, verließ der Bestatter das Haus und lenkte die Kutsche mit dem einfachen Fichtensarg ihres Vaters zur Leichenhalle. Zuvor hatte sich Dr. Sauerkamp bereits verabschiedet, nachdem er Jaqueline noch ein Mittel zur Beruhigung dagelassen hatte.

»Passen Sie gut auf sich auf, Fräulein Halstenbek!«, hatte er gesagt, während er ihre Hand drückte. »Und scheuen Sie sich nicht, mich um Hilfe zu bitten. Auch wenn Ihr Vater tot ist, werde ich Ihnen immer verbunden bleiben.«

Jaqueline bedankte sich höflich. Sie wusste freilich, dass ihr der Arzt bei den Problemen, die auf sie warteten, nicht helfen konnte. Sie musste den Nachlass ihres Vaters ordnen, das Begräbnis organisieren und sich um die Schulden kümmern, die er ihr hinterlassen hatte. Letzteres war das größte Übel, denn sie besaß so gut wie keinen Pfennig mehr und war sich darüber im Klaren, dass alles, was ihr Vater besessen hatte, verpfändet werden musste.

Die Stille im Haus war unheimlich. Jeder Schritt hallte laut von den Wänden wider, und das Ticken der Standuhr begleitete Jaqueline ebenso beständig wie das Pochen ihres eigenen Herzens.

Was soll nun werden?, fragte sie sich, während sie sich am Treppengeländer festhielt, als fürchte sie, den Halt zu verlieren. Wie lange werde ich noch hierbleiben können?

Schließlich zog es sie in das Arbeitszimmer ihres Vaters. Für die zahlreichen Erinnerungsstücke, die Anton Halstenbek von seinen Reisen mitgebracht hatte und mit denen der Raum vollgestopft war, hatte sie allerdings keinen Blick.

Niedergeschlagen sank sie in einen Lehnstuhl und schaute aus rot geweinten Augen zum Fenster hinaus.

Ein klarer Wintermorgen dämmerte über Hamburg. Das

dunkle Blau des Himmels war gesäumt von einem orangefarbenen Leuchten, das den Sonnenaufgang ankündigte. Mond und Sterne verblassten. Die Dächer der Nachbarhäuser wirkten noch grau, doch schon bald könnte man den Schnee bewundern, der seit Tagen darauf glitzerte.

Vater hat den Schnee geliebt, dachte Jaqueline, und wieder stieg ein Schluchzen in ihrer Brust auf. Doch obwohl sie das Gefühl hatte, dass die Trauer sie zerriss, versiegten die Tränen allmählich.

Ratlosigkeit erfasste sie.

Nicht nur dass ich jetzt ganz allein auf der Welt bin, sicher werden die Gläubiger schon bald in Scharen bei mir einfallen, überlegte sie.

Die Schulden, die ihr Vater in den letzten Jahren gemacht hatte, waren immens. Immer wieder hatten seine Kreditgeber beteuert, dass sie ihre Forderungen angesichts seiner Krankheit zurückstellen würden. Aber das würde sich ändern. Sobald sie erfuhren, dass Anton Halstenbek tot war, würden sie kommen. Die Tatsache, dass er einer der angesehensten Kartografen im Deutschen Reich gewesen war, würde sie nicht davon abhalten, alles zu pfänden, was irgendeinen Wert besaß. Vielleicht würden sie ihr sogar das Elternhaus wegnehmen.

Seufzend wandte Jaqueline sich dem Schreibtisch zu. Ihr Blick fiel auf den Abreißkalender, der immer noch den 7. Dezember 1874 zeigte, obwohl mittlerweile der 14. Januar 1875 war. So lange hatte ihr Vater also nicht mehr an seinem Schreibtisch gesessen.

Nachdem sie kurz entschlossen den alten Kalender in den Papierkorb geworfen hatte, betrachtete sie die Landkarte, die unter der Glasplatte lag.

Es handelte sich um eine Kopie der ersten Karte, die ihr Vater als junger Entdecker gezeichnet hatte. Die Ostküste

Nordamerikas war vielleicht nicht so exakt dargestellt wie auf späteren Arbeiten, aber dennoch konnte man deutlich erkennen, was Anton Halstenbek im Sinn gehabt hatte.

Liebevoll strich Jaqueline über die Platte und gestattete sich die Erinnerung an ihren Vater und das Schicksal ihrer Familie.

Bevor Anton Halstenbek begann, das Kartenzeichnen beruflich zu betreiben, war er lange Jahre in der Welt herumgereist. Zunächst in Amerika, dann in Afrika, Indien und China. Die Geschichten seiner Abenteuer, die er nach seiner Rückkehr zum Besten gab, entzündeten Jaquelines kindliche Phantasie so sehr, dass sie nächtelang nicht schlafen konnte. Mit klopfendem Herzen hatte sie sich vorgestellt, wie es wäre, all diese Länder selbst zu bereisen und dort Abenteuer zu erleben.

Ihr Vater hatte stets versprochen, sie mitzunehmen, wenn sie alt genug sei – dazu gekommen war es allerdings nie.

Nach dem Tod seiner Frau stürzte ihr Vater in eine tiefe Seelenfinsternis, die es ihm verwehrte, seiner Arbeit weiter nachzugehen. Zunächst versuchte er, seinen Schmerz mit Alkohol zu betäuben, später entdeckte Jaqueline zu ihrem Entsetzen Opium in seinem Zimmer.

Ein Jahr lag der erste große Zusammenbruch zurück. Damals hatte Dr. Sauerkamp ihn noch auf den Drogenkonsum zurückgeführt. Dann war allerdings offenbar geworden, dass ihr Vater an Lungenkrebs litt. Der Arzt hatte ihm noch fünf Monate zu leben gegeben, schließlich waren sieben daraus geworden – eine Zeitspanne, in der er immer mehr Schulden angehäuft hatte.

Jaqueline schob die Gedanken daran beiseite und zog die Schreibtischschublade auf, in der ein Packen Briefe lag. Versonnen strich sie über die Umschläge, die von einer roten Schleife zusammengehalten wurden.

Sie stammten alle von einem Freund aus Kanada, den ihr Vater auf einer seiner Reisen kennengelernt hatte. In den vergangenen Monaten waren sie der einzige Rettungsanker für Jaqueline gewesen. Nachdem ihr Vater die Diagnose kannte, hatte er ihr aufgetragen, seinem Freund mitzuteilen, wie es um ihn stand. Daraus hatte sich eine rege Korrespondenz entwickelt.

Alan Warwick, ein Geschäftsmann aus Chatham, einer Stadt im Süden Kanadas, hatte eine sehr angenehme Art zu schreiben. Obwohl Jaqueline ihn noch nie persönlich getroffen hatte, hatte sie das Gefühl, dass er ähnlich dachte wie sie. Manchmal ertappte sie sich dabei, wie sie davon träumte, ihn zu treffen. Ob er genauso sanft war wie seine Worte? Und wie sah er überhaupt aus?

Sie schob diese Fragen beiseite, während sie einen neuen Papierbogen hervorzog, um ihm vom Tod ihres Vaters Kenntnis zu geben. Mit zitternden Fingern griff sie nach dem Federhalter, kam aber nicht mehr dazu, ihn aufs Papier zu setzen, denn plötzlich hämmerte jemand gegen die Haustür.

Jaqueline erhob sich und trat ans Fenster. Mehr als einen pelzverbrämten braunen Mantel, einen schwarzen Hut und den goldenen Knauf eines Gehstocks, den der Besucher vermutlich zum Klopfen benutzt hatte, konnte sie jedoch nicht erkennen. Die Geier lassen wirklich nicht lange auf sich warten, dachte Jaqueline ahnungsvoll, während sie den Raum verließ. Auf der Treppe wappnete sie sich innerlich.

Während das Klopfen erneut durch die Eingangshalle tönte, strich sie sich das Haar glatt und richtete ihr Kleid. Einen besonders repräsentativen Eindruck machte sie sicher nicht, aber das würde den Besucher gewiss nicht kümmern.

Als sie die Tür öffnete, grinste ihr das feiste Gesicht von Richard Fahrkrog entgegen.

Jaqueline hatte den Geldverleiher, bei dem Anton Halstenbek in der Schuld stand, bereits ein- oder zweimal getroffen, als ihr Vater ihn zu Hause empfangen hatte. Schon auf den ersten Blick war er ihr unsympathisch gewesen. Auch jetzt spürte sie eine tiefe Abneigung gegen ihn.

»Guten Morgen, Fräulein Halstenbek.« Fahrkrog zog den Hut.

Die Mitleidsmiene, die er aufgesetzt hatte, verriet Jaqueline, dass er bereits gehört hatte, was vorgefallen war.

»Guten Morgen, Herr Fahrkrog«, entgegnete sie kühl. »Was kann ich für Sie tun?«

»Ich habe mich gefragt, ob Ihr Vater mich wohl zu solch früher Stunde empfangen würde. Wie geht es ihm denn?«

Angesichts dieser Falschheit hätte Jaqueline ihm am liebsten die Tür vor der Nase zugeknallt. Sie brauchte einen Moment, bis sie sich so weit gefasst hatte, dass sie antworten konnte: »Mein Vater ist in der vergangenen Nacht verstorben.«

»Oh, ist er das?« Zögerlich streckte der Geldverleiher Jaqueline eine Hand entgegen. »Mein Beileid.«

Jaqueline blickte angewidert auf seine Rechte, die in einem schwarzen Handschuh steckte. Auf dem Leder waren deutlich Flecke zu erkennen. Erwartet er etwa, dass ich seine Hand nehme, obwohl er nicht mal den Anstand besitzt, den Handschuh auszuziehen?

»Was auch immer Sie wollen, Sie werden später wiederkommen müssen«, erklärte sie ungehalten. »Ich habe noch keine Aufstellung der Verbindlichkeiten machen können. Außerdem werde ich das unserem Anwalt überlassen.«

Als Jaqueline die Tür zuschlagen wollte, schob Fahrkrog schnell den Fuß zwischen Türrahmen und -flügel. Im nächsten Augenblick versetzte er der Tür einen Stoß, der die junge Frau nach hinten taumeln ließ.

»Aber, aber, wer wird denn so unhöflich sein?«, flüsterte er drohend, während er sich ins Haus zwängte.

»Was fällt Ihnen ein?«, fuhr Jaqueline ihn an, nachdem sie sich wieder gefasst hatte. »Ich habe Sie nicht hereingebeten!« Das Herz schlug ihr bis zum Hals, und ihre Hände zitterten. Was hatte der Kerl vor?

»Das haben Sie tatsächlich nicht, aber ich bin nun mal so frei«, entgegnete Fahrkrog, während er auf sie zukam. Die Tür hinter ihm fiel mit einem Knall ins Schloss.

Jaqueline zuckte zusammen. Verschwinden Sie!, hätte sie ihm am liebsten entgegengeschleudert, aber sie brachte vor lauter Panik kein einziges Wort heraus. Sie war sich dessen bewusst, dass ihr niemand helfen würde, sollte Fahrkrog handgreiflich werden.

»In der Tat bin ich gekommen, um mich nach dem Stand der Dinge zu erkundigen, was mein Geld betrifft«, sagte er, während er sie weiter zurückdrängte. Schließlich prallte sie gegen das Treppengeländer.

»Ich sagte doch schon, dass unser ... mein Anwalt –«, presste sie hervor.

Der Knauf des Gehstocks, den der Geldverleiher ihr unters Kinn setzte, brachte sie augenblicklich zum Schweigen. Jaqueline erschauderte, als er so dicht heranrückte, dass sie seinen fauligen Atem riechen konnte.

»So lange kann ich nicht warten! Wir leben in schweren Zeiten und müssen alle sehen, wie wir mit dem Buckel an die Wand kommen.«

Wieder musterte er sie, diesmal so gierig, wie ein Hungernder ein Brathühnchen beäugte.

»Ich war bereit zu warten, als Ihr Vater krank war, doch Sie sind gesund, wie ich sehe. Sie können mir das Geld zurückzahlen.«

Endlich brachte Jaqueline den Mut auf, den Stock beiseitezuschieben und seitlich auszuweichen. Zorn und Furcht tobten in ihr. Erneut schielte sie zur Tür, aber Christoph ließ sich noch immer nicht blicken.

»Ich kann Ihnen das Geld nicht auf der Stelle geben«, sagte sie schließlich. »Sie werden ebenso wie die anderen Gläubiger warten müssen, bis der Anwalt den Nachlass auflöst.«

Fahrkrog schien nicht zuzuhören. Er leckte sich über die wulstig aufgeworfenen Lippen und drängte sich ihr erneut entgegen.

»Nun, vielleicht könnte ich von der Zahlung eines Teils der Schulden absehen, wenn Sie mir einen kleinen Gefallen täten...«

Jaqueline ahnte, worauf er hinauswollte. Wütend kniff sie die Augen zusammen. Hält der mich für ein Mädchen aus der Herbertstraße?, fragte sie sich erbost. Ich bin keine aus diesem Sündenpfuhl!

»Niemals!«, fuhr sie ihn an. »Ich verzichte auf Ihr... Angebot!«

Ein triumphierendes Lächeln trat auf Fahrkrogs Gesicht. »Oh, ich glaube nicht, dass Sie verzichten können«, raunte er und griff nach ihrem Arm. »Und ich will es auch gar nicht.«

Jaqueline entwand sich augenblicklich seinem Griff. Mit einem Schlag war ihre Kehle wie ausgetrocknet. Während ihr Herz raste, suchte sie fieberhaft nach einer Möglichkeit, dem Kerl zu entrinnen. Der Schürhaken vom Kamin fiel ihr ein.

»Na, was ist?«, fragte Fahrkrog, während er den Stock abstellte und sich aus seinem Gehrock schälte.

Unter den Ärmeln seines Hemdes bemerkte Jaqueline große Schweißflecke. Der aufwallende Ekel schreckte sie aus ihrer Starre. Blitzschnell warf sie sich herum und rannte zur Tür der Wohnstube.

»Na warte, Miststück!«, rief der Geldverleiher und folgte ihr.

Während Panik ihr Herz zum Flattern brachte, durchquerte Jaqueline das Wohnzimmer. Sie hastete zum Kamin, in dem die Asche vom Luftzug aufgewirbelt wurde, doch bevor sie den Schürhaken fassen konnte, packte eine Hand sie im Haar und riss sie brutal zurück.

»So willst du es also? Ich soll meine Beute jagen, ja?«

Jaqueline stöhnte schmerzvoll auf, schaffte es aber, sich umzudrehen und Fahrkrog eine Ohrfeige zu verpassen.

Die beeindruckte ihn allerdings nicht. Er lachte hämisch, umklammerte ihre Handgelenke und bog sie grob nach hinten.

Jaqueline schrie auf, während der Schmerz durch ihre Arme zog.

Fahrkrog hatte zwar seine Mühe mit ihr, zwang sie aber schließlich auf den Boden. »Nun hab dich nicht so!«, grunzte er, während er sie mit seinem Gewicht unten hielt und mit einer Hand ihre Röcke hochschob. »Es hat noch keiner geschadet, gevögelt zu werden.«

Als er grob zwischen ihre Beine griff, schnappte Jaqueline erschrocken nach Luft. Dann begann sie lauthals zu schreien.

Fahrkrog lachte spöttisch auf. »Spar dir das für nachher! Noch hab ich gar nicht angefangen.«

Christoph Hansens Schritte waren an diesem Morgen ebenso schwer wie sein Herz. Die durchwachte Nacht und der Tod seines Dienstherrn steckten ihm in den Knochen. Auch die schneidende Morgenluft erfrischte ihn nicht. Trauer und Sorge verdunkelten seine Seele.

Was wird jetzt bloß aus dem armen Fräulein Jaqueline?,

ging ihm durch den Kopf. Hilflos hatte er mit ansehen müssen, wie die einst so strahlende Familie Halstenbek langsam dem Ruin entgegensteuerte. Das junge Fräulein hätte eigentlich eine glänzende Zukunft vor sich haben sollen, doch der Tod des Vaters hatte es endgültig dem Elend preisgegeben. Nicht mehr lange und das arme Ding würde auf der Straße sitzen. Ohne einen Menschen, der Jaqueline helfen würde.

Die Geräusche der erwachenden Stadt lenkten ihn ein wenig ab. Ein Karren wurde über das Pflaster geschoben, der Milchmann setzte seine Lieferungen vor den Hauseingängen ab. Das wütende Bellen eines Hundes folgte ihm. Christoph nickte dem Mann grüßend zu, denn er war ebenfalls für die Halstenbeks zuständig.

Nach einer Weile tauchte die Kanzlei von Martin Petersen vor ihm auf.

Erstaunt stellte Christoph fest, dass in letzter Zeit einige Renovierungsarbeiten erfolgt waren. Die Außenwände strahlten in Elfenbeinweiß, und die Fenster in der oberen Etage waren erneuert worden. Die Haustür hatte ebenfalls einen neuen graublauen Anstrich bekommen, und in Augenhöhe prangte ein blank polierter Türklopfer aus Messing. Die Treppe hatte ein geschwungenes Geländer erhalten, und schadhafte Stellen in den Stufen waren sichtlich ausgebessert worden.

Petersen scheint es gut zu gehen, sinnierte der Diener, während er die Treppe erklomm. Von den Verlusten der Kriegsjahre hat er sich offenbar bestens erholt.

Kurz nachdem er den Türklopfer betätigt hatte, öffnete der Hausdiener ihm. Die schwarzen Flecken auf der Schürze, die er über den Kleidern trug, verrieten Christoph, dass der Angestellte gerade die Schuhe seiner Herrschaft gewienert hatte.

»Guten Morgen, Heinrich«, sagte Christoph freundlich. »Wie geht es Ihnen?«

»Ich kann nicht klagen. Was kann ich für Sie tun?«

»Ich würde gern mit Herrn Petersen sprechen.«

Der Hausdiener blickte sein Gegenüber verwundert an. »Die Kanzlei öffnet erst in einer Stunde.«

»Ich weiß, aber die Angelegenheit ist dringend. Jaqueline Halstenbek schickt mich. Es geht um ihren Vater.«

Der Diener musterte ihn kurz. »Warten Sie bitte einen Moment, ich werde Herrn Petersen Bescheid geben.«

Während Christoph unruhig von einem Bein aufs andere trat, blickte er zum Hafen hinüber. Bevor er sich an den Schiffsmasten festgucken konnte, kehrte Heinrich zurück.

»Herr Petersen erwartet Sie. Folgen Sie mir bitte!«

Noch bevor sie das Büro des Anwalts erreicht hatten, kam Petersen ihnen auch schon entgegen. Zur schwarzen Hose trug er ein blütenweißes Hemd und eine dezent gemusterte Weste, aus deren Tasche eine Uhrkette baumelte.

»Guten Morgen, Christoph, ich hoffe, Sie bringen keine schlechten Nachrichten«, sagte er, nachdem er dem Diener die Hand gegeben hatte.

»Ich fürchte, doch, Herr Petersen. Herr Halstenbek ist vor wenigen Stunden gestorben.«

Die Augen des Anwalts weiteten sich. »O Gott, das ist ja furchtbar! Ich wusste zwar, wie es um ihn stand, aber da er schon so lange gekämpft hat, habe ich nicht mit seinem baldigen Ableben gerechnet.«

Christoph ließ den Kopf hängen. »Es hat uns alle überrascht.«

»Und wie geht es Fräulein Jaqueline?«

»Den Umständen entsprechend. Sie hat mir aufgetragen, Sie zu benachrichtigen, damit Sie alle nötigen Schritte in die Wege leiten können.«

»Das werde ich auf alle Fälle tun.« Petersen schüttelte fassungslos den Kopf. Eine tiefe Falte bildete sich zwischen seinen Augenbrauen. »Kaum zu glauben, dass Halstenbek nicht mehr ist. Die Hamburger Gesellschaft wird ihn vermissen.«

Christoph wusste, dass die Realität anders aussah. Die feine Gesellschaft hatte sich seit Bekanntwerden von Halstenbeks Leiden weitgehend von ihm zurückgezogen. Da er niemandem mehr von Nutzen war, hatte man ihn bereits jetzt nahezu vergessen. Die Todesnachricht würde vermutlich allenfalls ein Schulterzucken bewirken.

Doch all das behielt Christoph für sich. Es brachte nichts, den Anwalt der Familie vor den Kopf zu stoßen.

»Bitte richten Sie Fräulein Halstenbek mein tief empfundenes Beileid aus. Ich werde gegen Abend zu ihr kommen, um die Angelegenheit in Ruhe zu besprechen.«

»Vielen Dank, Herr Petersen.« Christoph neigte den Kopf und verabschiedete sich.

Da einiges an Arbeit auf ihn wartete, kehrte er auf schnellstem Wege in die Mönckebergstraße zurück. Auch hier erwachte das Leben. Dienstmädchen scheuerten die Treppen. In den oberen Etagen wurden die Betten gelüftet. Aus den Fenstern strömte der Duft von Kaffee und Gebäck.

Etwas passte allerdings nicht in dieses idyllische Bild: Zwei Männer, die in der Nähe des Halstenbek-Hauses herumlungerten, stachen Christoph ins Auge. In ihren schäbigen Kleidern wirkten sie auf den ersten Blick wie Landstreicher. Bei näherem Hinsehen erkannte der Diener, dass es sich um die Handlanger von Richard Fahrkrog handelte.

Was hatten die denn hier zu suchen?

Siedend heiß fiel Christoph ein, dass sein verstorbener Herr auch bei Fahrkrog in der Kreide stand. Er war einer der letzten Geldverleiher gewesen, die sich auf ein Geschäft mit dem sterbenskranken Halstenbek eingelassen hatten.

Christophs Magen zog sich zusammen. Irgendetwas ging hier vor. Etwas, was nichts Gutes bedeutete.

Als er einen Schrei vernahm, schnürte es ihm die Kehle zu.

Jaqueline!, schoss ihm durch den Kopf. Ist Fahrkrog vielleicht handgreiflich geworden?

Unter dem höhnischen Grinsen der Männer rannte Christoph zum Hauseingang.

Jaqueline verging beinahe vor Angst und Ekel, während der Geldverleiher an seiner Hose nestelte.

Plötzlich flog die Tür gegen die Wand und Fahrkrog wurde zurückgerissen. Seinen Hosenstall hatte er erst halb geöffnet.

Jaqueline erkannte das Gesicht von Christoph über sich und atmete erleichtert auf.

»Was soll das?«, knurrte Fahrkrog wütend, während er sich losriss. Obwohl der Diener ihm körperlich überlegen war, griff er ihn an.

Christoph wich allerdings so geschickt zur Seite aus, dass der Geldverleiher gegen die Wand prallte, und packte den Eindringling am Kragen. »Sie sind hier nicht erwünscht!« Damit schleifte er Fahrkrog in die Eingangshalle zurück.

Obwohl Jaqueline am ganzen Leib zitterte, rappelte sie sich auf und folgte den beiden auf wackeligen Beinen. Am Türrahmen Halt suchend, beobachtete sie, wie Christoph den Mann auf die Straße stieß, sich bückte und nach dessen Stock griff. Beinahe befürchtete Jaqueline, dass er Fahrkrog damit schlagen würde, doch Christoph hielt sich zurück.

»Gehen Sie!«, rief er mit Nachdruck und warf dem Geldverleiher den Stock vor die Füße.

Fahrkrog funkelte ihn hasserfüllt an, bevor er sich Jaqueline zuwandte. »Ich werde dich ruinieren, Miststück!«, drohte er.

»Ich werde dafür sorgen, dass du im Bordell landest, und dann werde ich der Erste sein, der dich besteigt!«

Erst als Christoph drohend auf ihn zuging, verstummte Fahrkrog und machte, dass er fortkam.

Seine beängstigenden Worte jedoch verließen Jaqueline nicht. Entsetzt starrte sie hinter Fahrkrog her, schluchzend die Hand auf den Mund gepresst.

»Alles in Ordnung mit Ihnen, Fräulein Halstenbek?«, fragte Christoph, nachdem er die Tür geschlossen hatte.

Obwohl ihr Herz noch immer raste und sämtliche Gliedmaßen zitterten, nickte Jaqueline. »Danke, ja, Christoph. Ich bin froh, dass Sie so schnell zurück waren und eingegriffen haben. Ich will gar nicht daran denken, was er getan hätte, wenn...«

Das Grauen schnürte Jaqueline die Kehle zu. Noch immer hatte sie Fahrkrogs widerlichen Mundgeruch in der Nase.

Der Diener senkte bescheiden den Blick. »Wäre ich schneller wiedergekommen, hätte er Sie vielleicht gar nicht erst belästigen können.«

»Sie trifft keine Schuld, Christoph«, sagte sie lächelnd. »Dieser Fahrkrog hat keine Ehre im Leib. Ich danke Ihnen, dass Sie mich beschützt haben.«

Sie wischte sich über die glühenden Wangen. Der Abscheu rumorte noch immer in ihr. Doch der würde im Gegensatz zu den Schulden vergehen.

»Ich werde Herrn Petersen bitten, ein hervorragendes Zeugnis für Sie auszustellen, damit Sie bald eine neue Anstellung finden.«

»Sie wollen mich entlassen?«, fragte Christoph entgeistert.

»Ich habe keine andere Wahl«, flüsterte Jaqueline schweren Herzens, denn sie kannte Christoph schon von Kindesbeinen an.

In den vergangenen Monaten war er der Einzige gewesen, der trotz des schmalen Lohns, den sie sich eigentlich gar nicht leisten konnten, geblieben war.

»Schon bald wird es hier nichts mehr geben, um das Sie sich kümmern können«, setzte sie hinzu. »Es ist nicht nur Fahrkrog, dem mein Vater etwas schuldet. Er hatte zwei Dutzend Gläubiger. Einer nach dem anderen wird kommen und sich holen, was er will. Wahrscheinlich werde ich auch das Haus verlieren.«

»Das weiß ich, Fräulein Halstenbek. Dennoch würde ich Sie bitten, mich bis dahin noch in Ihrem Dienst zu behalten. Ich bin sicher, dass Ihr Vater wollen würde, dass sich jemand um Sie kümmert. Ich habe ein wenig gespart und brauche für eine Weile keinen Lohn.«

Erneut schossen Jaqueline die Tränen in die Augen. Diesmal waren es aber Tränen der Rührung. »Sie sind so eine treue Seele, Christoph«, schluchzte sie. »Ich werde Ihnen das nie vergelten können.«

»Das müssen Sie auch nicht, Fräulein Halstenbek. Soll ich Ihnen einen Tee auf den Schreck bringen?«

Jaqueline hatte eigentlich nicht die Ruhe, etwas zu sich zu nehmen, doch um Christoph nicht vor den Kopf zu stoßen, erklärte sie: »Ja, das wäre sehr freundlich von Ihnen.«

Der Diener verbeugte sich leicht und verschwand in der Küche.

Jaqueline ließ sich auf der Chaiselongue nieder. Einen Moment lang starrte sie verloren auf ihre Hände, bis sie die Tränen nicht mehr zurückhalten konnte.

2

Am Nachmittag barst die Hamburger Innenstadt vor Menschen. An fein gekleideten Herrschaften, die sich einen Spaziergang an der Alster gönnten, huschten Dienstmädchen und Knechte vorbei. Ein paar Matrosen auf Landgang pfiffen den Mädchen hinterher, während sich die Rufe der Zeitungsjungen mit dem Knarren der Droschken mischten, die an den Spaziergängern vorbeifuhren. Vom Hafen her erklang das Tuten von Schiffssirenen, und weithin konnte man die Lastkräne ausmachen, mit deren Hilfe die Schiffe beladen wurden.

Jaqueline hätte eigentlich zu Hause bleiben sollen, denn noch immer hatte sie sich nicht ganz von Fahrkrogs Angriff erholt. Aber die Rastlosigkeit, die sie erfasst hatte, trieb sie aus dem Haus. Alles war besser, als ständig an die Vorfälle der letzten Stunden erinnert zu werden. Sie brauchte jemanden zum Reden und wusste, dass Petersen ihr zuhören würde. Außerdem wollte sie unbedingt den Brief an Alan Warwick aufgeben.

Während sie sich ihren Weg bahnte, wurde sie immer wieder angerempelt. Eine Horde Jungen raste johlend an ihr vorbei und zwang sie dazu, zur Seite zu springen, wobei sie selbst jemanden anstieß.

»He, pass doch auf!«, fuhr der Mann im teuren Gehrock sie an und ging kopfschüttelnd weiter.

Jaqueline seufzte. Sie bedauerte zutiefst, dass sie ihre Kutsche hatten verkaufen müssen. Nicht, dass es ihr etwas ausmachte, zu Fuß zu gehen. Aber innerhalb dieser Menschenmenge hatte sie das Gefühl, dass sich ihre Brust zusammenschnürte.

Endlich tauchte die Anwaltskanzlei vor ihr auf. Sie hob den Rock ihres schwarzen Taftkleides ein wenig an, stieg die Treppe hinauf und betätigte den Türklopfer. Dann wandte sie sich um und warf einen Blick auf die nahe Alster.

Ein paar Fischerboote zogen, von Möwen umkreist, vorbei, während in der Ferne das Läuten einer Schiffsglocke ertönte. Wenig später konnte Jaqueline das Schiff sehen. Es war eine viermastige Bark, ein Teeklipper, wie sie täglich im Hamburger Hafen ein- und ausliefen.

Eine unbestimmte Sehnsucht machte sich plötzlich in Jaqueline breit. Ist es Fernweh?, fragte sie sich. Doch bevor sie die Antwort finden konnte, öffnete sich hinter ihr die Tür. Als sie sich umwandte, blickte sie in das Gesicht des jungen Sekretärs, der für Petersen arbeitete.

Eine verlegene Röte trat auf sein Gesicht, während er sich leicht verbeugte.

»Fräulein Halstenbek, es ... es tut mir sehr leid um Ihren Vater.«

Jaqueline rang sich ein Lächeln ab. »Danke, das ist sehr freundlich von Ihnen. Hätte Herr Petersen vielleicht Zeit für mich? Ich weiß, er wollte heute Abend zu mir kommen, aber ich ...«

Ich habe es zu Hause nicht mehr ausgehalten, fügte sie stumm hinzu.

»Ich werde ihm sofort Bescheid geben. Treten Sie bitte ein.«

Während Jaqueline an dem jungen Mann vorbeischritt, blickte sie sich um.

Die Eingangshalle hatte eine Erneuerung erfahren. Nachdem Petersen in den ersten Jahren das Mobiliar seines Vaters übernommen hatte, war nun frischer Wind in das Haus eingekehrt. Die neuen Möbel waren aus hellem Holz gefertigt, dessen Duft noch immer in der Luft hing. Unter den Füßen spürte Jaqueline den weichen Flor eines Perserteppichs, der auf den ersten Blick viel zu kostbar für ein Durchgangszimmer wirkte. Aber niemand schien etwas dagegen zu haben, dass sie mit Schuhen darauf herumtrampelte.

»Wenn Sie bitte einen Moment Platz nehmen würden?«, fragte der Sekretär, nachdem er sie zu einer Reihe Empirestühle gelotst hatte.

Jaqueline nickte und setzte sich. Als der Sekretär hinter einer der Türen verschwand, ließ sie den Blick durch den Warteraum schweifen. An der Wand gegenüber hing ein riesiger Ölschinken, der eine Seeschlacht zeigte. Anhand der abgebildeten Schiffe erkannte Jaqueline, dass es sich um eine Schlacht in der napoleonischen Ära handeln musste.

Ihr Vater hatte ihr nicht nur Reisegeschichten erzählt, sondern ihr auch einiges über Schiffe beigebracht. Ihre Mutter hatte manchmal darüber gespottet und ihm scherzhaft vorgehalten, dass er aus ihrer Tochter noch einen Matrosen machen werde. Doch er hatte stets erwidert, dass dieses Wissen Jaqueline nicht schaden könne.

Nach wenigen Minuten Wartezeit öffnete sich die Tür und zwei Männer verließen das Büro des Anwalts.

Martin Petersen trug unter seinem schwarzen Anzug ein tadellos gestärktes Hemd und eine silbergraue Krawatte. Mit einem Handschlag verabschiedete er seinen Klienten, einen Mann in einem geckenhaften blauen Gehrock über einer schwarzen Reithose, die in blank polierten Reiterstiefeln steckte, und begleitete ihn zum Ausgang.

Bei seiner Rückkehr wandte Petersen sich Jaqueline zu. Ein Anflug eines Lächelns lag auf seinen Lippen, doch seine Miene wurde gleich wieder ernst.

»Fräulein Halstenbek, es tut mir so leid. Als Ihr Diener mir die Nachricht brachte, war ich entsetzt.« Der Anwalt gab ihr einen vollendeten Handkuss, bevor er hinzufügte: »Sie hätten sich nicht herbemühen müssen. Hat Christoph Ihnen nicht ausgerichtet, dass ich Sie aufsuchen wollte?«

»Ich ... Ich hatte noch etwas anderes zu erledigen, und da ich schon mal auf dem Weg war, dachte ich mir, ich schaue bei Ihnen vorbei.« Dass sie sich nach Fahrkrogs Angriff zu Hause fürchtete, verschwieg sie ihm.

Petersen blickte sie mitfühlend an. Die Falte zwischen seinen Augenbrauen vertiefte sich. »Gehen wir in mein Büro!«

Gemeinsam betraten sie einen lichtdurchfluteten Raum, dessen Wände von Regalen voller Bücher und Folianten gesäumt waren. Der wuchtige Schreibtisch in der Mitte ähnelte dem von Jaquelines Vater.

Der Anblick versetzte Jaqueline einen Stich, aber sie versagte sich, ihrer Trauer nachzugeben.

»Wie Sie wissen, habe ich sehr gern für Ihren Vater gearbeitet«, sagte Petersen, nachdem er die Tür hinter ihnen geschlossen hatte. »Sein Tod trifft mich sehr.«

Jaqueline rang mit den Tränen. »Vielen Dank. Mein Vater wusste Ihre Dienste zu schätzen«, brachte sie mühsam hervor.

Martin Petersen gestattete sich und seiner Besucherin eine rücksichtsvolle Gesprächspause, bevor er fortfuhr: »Ich habe bereits begonnen, erste Unterlagen zu sichten. Eine Menge Arbeit wartet auf uns, aber gemeinsam werden wir es schaffen.«

»Das hoffe ich.« Jaqueline zog ihr Spitzentaschentuch hervor und tupfte sich die Tränen aus den Augenwinkeln. »Der erste Gläubiger war bereits bei mir und hat sein Geld zurückgefordert. Ich weiß nicht, wie ich es machen soll ...«

Während sie erneut in Tränen ausbrach, vertiefte sich der mitleidige Zug auf Petersens Gesicht. Am liebsten hätte er sie in seine Arme gezogen, doch das verbot ihm der Anstand.

»Bleiben Sie ruhig, Fräulein Halstenbek, dafür bin ich ja da. Ihr Vater hat mir vor Wochen genaue Instruktionen übermittelt. Ich verspreche Ihnen, ich werde die Angelegenheit ganz diskret lösen.«

Diskret?, dachte Jaqueline, während sie sich die Tränen trocknete. Was ist an dieser Angelegenheit noch diskret? Beinahe jeder in Hamburg weiß, wie es um Anton Halstenbek stand. Wahrscheinlich sprechen alle nur noch von seinen Schulden, nicht von seinen Leistungen als Kartograf.

»Mit Ihrem Einverständnis werde ich die Gläubiger Ihres Vaters von seinem Tod in Kenntnis setzen. Wir werden einen Termin für die Besichtigung Ihres Hauses ausmachen und anschließend mit den Herrschaften über die Verteilung sprechen.«

»Und wo soll ich hin?« Erneut stieg Verzweiflung in ihr auf. Sie hatte nicht vor, so zu enden, wie Fahrkrog es ihr gewünscht hatte.

»Erst einmal nirgendwohin. Sie bleiben im Haus, bis wir wissen, wie viel Geld die Besitztümer Ihres Vaters einbringen. Vielleicht bleibt für Sie sogar noch etwas übrig, sodass Sie erst mal zur Miete wohnen können.«

Doch wie lange könnte ich das?, fragte Jaquelines sich bitter. Und was dann? Ich muss mir eine Anstellung suchen. Vielleicht als Gesellschafterin oder Erzieherin. Aber wer stellt in Zeiten wie diesen jemanden ein? Der Krieg liegt zwar schon einige Jahre zurück, aber dennoch geht es nicht allen wieder so gut wie Petersen.

»Und wann, glauben Sie, soll die Besichtigung stattfinden?«, fragte sie, nachdem sie sich geschnäuzt hatte. Der Gedanke, Fahrkrog bei dem Termin wiederzusehen, weckte so viel Widerwillen in ihr, dass sie für einen Moment die Trauer vergaß.

»Ich würde vorschlagen, dass wir den Termin nach der Beerdigung ansetzen. So lange wird man Sie sicher noch in Ruhe lassen. Aber gnadenlos, wie die Geschäftswelt nun einmal ist, werden die Gläubiger danach nicht mehr lange auf sich warten lassen.«

Jaqueline ballte zornig die Fäuste. Soll ich Petersen erzählen, dass Fahrkrog nichts davon hält, mich in Ruhe zu lassen?

Sie entschied sich dagegen. Petersen könnte ihr auch nicht helfen. Wenn Fahrkrog Kenntnis von dem Besichtigungstermin hatte, würde er vielleicht davon absehen, wieder bei ihr aufzutauchen. Und wenn er es doch tut, lasse ich ihn ganz einfach nicht mehr herein. Soll er sich vor meiner Tür die Beine in den Bauch stehen!, dachte sie.

»Alles in Ordnung mit Ihnen?«, fragte Petersen, als eine Entgegnung ihrerseits ausblieb.

Jaqueline nickte, obwohl das nicht der Wahrheit entsprach. »Geben Sie mir Bescheid, welchen Termin Sie festgesetzt haben! Mir ist ein Tag so recht wie der andere. Viel kann ich den Herrschaften ohnehin nicht anbieten.«

»Das müssen Sie auch nicht. Ich bin auf alle Fälle für Sie da. Wenn Sie Hilfe benötigen oder Fragen haben, wenden Sie sich vertrauensvoll an mich.«

Als Jaqueline vom Postamt heimkehrte, lag auf der Kommode im Flur ein Brief für sie. Dass er nicht von Warwick stammte, erkannte sie auf den ersten Blick, denn schon die Farbe des Umschlags sprach dagegen. Außerdem war die Handschrift, mit der ihre Adresse verfasst war, wesentlich gröber und fahriger.

Ist es ein Drohschreiben von Fahrkrog? Hetzt er mir jetzt seinen Anwalt auf den Hals?

Unwohlsein überfiel sie. Die Angst vor dem, was der Geldverleiher angezettelt haben könnte, mischte sich mit dem Ekel, den sie immer noch angesichts seines Angriffs empfand. Am liebsten würde sie den Brief ignorieren. Aber sie wusste zu gut, dass es nichts half, den Kopf in den Sand zu stecken.

Stirnrunzelnd nahm sie den Brief von dem silbernen Tablett, auf dem Christoph ihn abgelegt hatte. Er war recht schwer, und außer ihrem Namen und ihrer Adresse stand nichts darauf. Eine Briefmarke war ebenfalls nicht vorhanden, was nahelegte, dass dieses Schreiben abgegeben worden war.

Da sie nicht erst nach einem Brieföffner suchen wollte, schlitzte sie den Umschlag kurzerhand mit dem Daumen auf. Innerlich wappnete sie sich bereits gegen Drohungen, Forderungen oder halbherzige Beileidsbekundungen von entfernten Verwandten, die sich in der Hoffnung, etwas erben zu können, meldeten.

In dem Umschlag steckten zwei lavendelfarbene Papierbögen, wie sie auch ihr Vater immer für die Korrespondenz verwendet hatte. Als sie sie auseinanderfaltete, erkannte sie den Briefkopf ihres Vaters – und seine Handschrift. Ein Zittern rann durch ihre Glieder.

Was hat das zu bedeuten? Erlaubt sich hier jemand einen Scherz mit mir?

Während Jaqueline der Wohnstube zustrebte, aus der ihr wohlige Wärme entgegenschlug, begann sie zu lesen.

Mein liebes Flämmchen,

bitte verzeih mir, dass ich diesen Weg gewählt habe, aber angesichts der Situation, in der ich mich befinde, habe ich keine andere Wahl. Dieser Brief wurde Dir von einem Freund zugestellt, dessen Identität Dir wahrscheinlich nie bekannt werden wird. Aber das ist auch nicht wichtig. Wichtiger ist das, was ich Dir mitteilen will, wenn ich die Augen für immer geschlossen habe.

Wie Du weißt, ist von unserem Wohlstand nicht viel geblieben, doch Du sollst nicht denken, dass ich Dich ganz allein gelassen habe mit der Not, in die ich uns gebracht habe.

Du sollst wissen, dass ich ein Schmuckstück Deiner Mutter beiseitegelegt habe, nachdem ich von meiner schlechten Prognose gehört habe. Ich habe es vor langer Zeit in Indien erworben. Es ist sehr wertvoll. Ich hoffe, es hilft Dir ein wenig aus der Misere. Behalte oder verpfände es, ganz wie Du willst.

Allerdings knüpfe ich zwei Bedingungen daran. Erstens: Erzähle niemandem von dem Schmuckstück! Und zweitens: Solltest Du gezwungen sein, die Brosche zu versetzen, dann verwende den Erlös nicht für meine Beerdigung oder die Tilgung meiner Schulden. Dafür wird Martin Petersen andere Mittel finden.

Du erhältst das Schmuckstück gegen Vorlage des Schreibens, das diesem Brief beiliegt. Wende Dich einfach an unsere Hausbank, sie wird es Dir aushändigen.

Nun bleibt mir nur noch eines zu sagen: Verzweifle nicht, mein Kind, und sei stark! Du bist eine Halstenbek, und ich bin sicher, dass Du meinen Stursinn und den Mut Deiner Mutter geerbt hast. Vielleicht findest Du eines Tages auch einen Mann, der Dich liebt und den Du ebenso lieben kannst, wie ich Deine Mutter geliebt habe. Möge euch beiden eine bessere Zukunft beschieden sein als Elena und mir!

Wenn es eine Möglichkeit gibt, werde ich Dir vom Himmel aus beistehen und Dir helfen, Dein Glück zu finden,

Dein Dich liebender Vater

Jaqueline ließ den Brief sinken und presste die freie Hand auf den Mund. Tränen rannen über ihre Wangen und tropften auf Handschuh und Kleid. Wieder brannte die Trauer in ihrer Brust, und ihr Herz stolperte. Erstickt schluchzend warf sie sich auf die Chaiselongue. Das Sitzmöbel knarrte leise, als sie am ganzen Körper zitterte und hemmungslos weinte. Während die Wärme des Kaminfeuers ihre eisigen Hände auftaute, gab Jaqueline sich ihrer Verzweiflung hin.

Ach, Vater!, dachte sie. Warum hast du nur zugelassen, dass deine Trauer um Mutter dich zerstört? Warum konntest du nicht bei mir bleiben?

Als sie sich wieder etwas beruhigt hatte, legte sie Mantel und Handschuhe ab und las den Brief erneut. Sie betrachtete das Blatt, auf das ihr Vater hingewiesen hatte. Die dort niedergeschriebenen Zeilen forderten die Bank auf, der Überbringerin den Inhalt eines bestimmten Schließfachs zu überreichen.

Ein Schmuckstück von Mutter, dachte Jaqueline. Welches mag es wohl sein?

Seit es finanziell bergab mit ihnen ging, hatte ihr Vater immer wieder Schmuck seiner Frau versetzt. An einige Stücke konnte sich Jaqueline noch gut erinnern. Und sie erinnerte sich auch an den Zorn, den sie empfunden hatte, als sie verkauft wurden. Nicht, weil sie den Schmuck für sich beanspruchte, sondern weil sie das Gefühl gehabt hatte, einen Teil des Andenkens ihrer Mutter zu verlieren, den sie gern bewahrt hätte.

An ein Schmuckstück aus Indien konnte sie sich allerdings nicht erinnern.

Hat er es Mutter geschenkt, bevor ich geboren wurde?

Wann ihr Vater nach Indien gereist war, wusste sie auch nicht. In den Geschichten, die er ihr erzählt hatte, war Indien nur selten vorgekommen.

Ein erster Impuls wollte sie dazu bewegen, sich gleich auf den Weg zur Bank zu machen. Doch dann sah sie, dass es bereits dunkelte, und angesichts der Ereignisse dieses Tages hielt sie es für angebracht, den Besuch zu vertagen.

Vielleicht lauert Fahrkrog nur darauf, mich allein anzutreffen.

»Ah, Fräulein Halstenbek, Sie sind zurück!«

Als sie aufsah, stand Christoph im Türrahmen. Der Brief und ihre Gedanken hatten sie dermaßen eingenommen, dass sie sein Klopfen offenbar nicht bemerkt hatte.

»Haben Sie den Brief gefunden?«

»Ja, danke. Wer hat ihn abgegeben?«

»Ich habe den Überbringer nicht gesehen. Er hat den Umschlag einfach unter der Haustür hindurchgeschoben.«

Die Lippen zusammenpressend, betrachtete Jaqueline die Schrift auf dem Umschlag genauer. Wem mag Vater das Schreiben anvertraut haben?, fragte sie sich. Petersen vielleicht?

Nein, dessen Handschrift habe ich heute noch gesehen; sie hat gar keine Ähnlichkeit mit dieser hier.

»Ich hoffe, es war keine schlechte Nachricht.« Damit unterbrach Christoph ihre Überlegungen.

»Nein, das war es nicht...« Kurz spielte Jaqueline mit dem Gedanken, ihm den Inhalt zu verraten. Doch dann erinnerte sie sich wieder an die Bedingung ihres Vaters. »Es war zur Abwechslung mal etwas Erfreuliches.«

Christoph versuchte sich an einem aufmunternden Lächeln. »Ich habe Tee zubereitet und von Frau Delius etwas Sandkuchen bekommen. Sie hat mich vorhin gefragt, was bei uns in der Nacht los war. Als ich es ihr erzählt habe, hat sie einen Kuchen aus der Küche geholt und ihn mir mit den besten Empfehlungen für das junge Fräulein überreicht.«

Nun schlich sich auch ein Lächeln auf Jaquelines Gesicht. Meine Nachbarin sieht in mir wohl noch immer das kleine Mädchen, das mit einem Stück Kuchen getröstet werden kann, dachte sie. Aber die Zeiten sind leider vorbei.

»Wenn Sie möchten, bringe ich Ihnen beides.«

»Das ist sehr freundlich von Ihnen, Christoph.« Jaqueline umklammerte den Brief, als drohe er ihr zu entgleiten. »Und ich würde mich freuen, wenn Sie mir Gesellschaft leisten und mir berichten könnten, was sich während meiner Abwesenheit zugetragen hat.«

Wenig später schwebte das würzige Aroma eines Darjeelings durch das Zimmer. Genießerisch biss Jaqueline in ein Stück Kuchen. Sie stellte fest, dass sich an Frau Delius' Backkünsten nichts geändert hatte.

Christoph saß ihr ein wenig verlegen gegenüber. Als Anton Halstenbek noch lebte, hatte es nie eine gemeinsame Teestunde mit seiner Herrschaft gegeben. Wie es sich gehörte, hatte er den Tee immer zusammen mit den Mägden und der

Köchin eingenommen. Aber er hatte seiner Dienstherrin den Wunsch nicht abschlagen wollen.

»Der Bestatter hat einen Boten geschickt«, berichtete er, nachdem er einen Schluck Tee getrunken hatte. »Ich soll Ihnen ausrichten, dass das Begräbnis am Mittwoch stattfinden kann – und dass er Ihnen Kredit gewährt.«

Ein schmerzliches Lächeln zuckte über Jaquelines Gesicht. Wieder jemand, bei dem wir in der Schuld stehen, ging ihr durch den Kopf.

»Ist gut, Christoph, vielen Dank.«

»Außerdem waren ein paar Kreditgeber hier. Sie lassen ihr Beileid ausrichten und haben gleichzeitig an die Verbindlichkeiten erinnert. Sobald eine Aufstellung des Vermögens vorgenommen wurde, erwarten sie eine Nachricht.«

Bei diesen Worten krampfte sich Jaquelines Brust zusammen. Der Kuchen lag ihr plötzlich wie ein Stein im Magen.

Erzählen Sie mir doch etwas Erfreulicheres!, lag ihr auf der Zunge, aber sie sagte stattdessen: »Ich habe mit Herrn Petersen gesprochen. Vater war so vorausschauend, ihm eine Liste der Gläubiger zu schicken.«

»Fahrkrog steht auch auf dieser Liste, nehme ich an«, erklärte Christoph grimmig.

Jaqueline beobachtete, dass seine Hände zornig zu zittern begannen. »Ja, das tut er. Und der Betrag, den ich ihm schulde, ist beträchtlich, weshalb er wohl als einer der Ersten ausgezahlt wird.«

»Für den Angriff auf Sie müsste er eigentlich alle Ansprüche verlieren.«

»Leider kann ich das eine nicht mit dem anderen verrechnen.« Jaqueline seufzte. »Ich fürchte, der Kerl wird erst Ruhe geben, wenn er sein Geld hat.«

»Was, wenn er wieder versuchen wird, Sie anzugreifen?

Vielleicht sollte ich Sie ab sofort begleiten, wenn Sie aus dem Haus gehen.«

»Jetzt hören Sie sich fast schon an wie mein Vater«, gab Jaqueline brüsk zurück. »Heute habe ich es auch allein zu Petersens Kanzlei und zum Postamt geschafft, ohne Fahrkrog zu begegnen.«

»Bitte verzeihen Sie, ich wollte nicht aufdringlich sein!«, lenkte Christoph ein, während er mit der Gabel sein Kuchenstück zerteilte. »Ich mache mir nur Sorgen um Sie und fühle mich in gewisser Weise verantwortlich. Ihr Vater hätte gewollt, dass ich auf Sie aufpasse.«

Jaqueline schämte sich plötzlich für ihre barsche Antwort. »Tut mir leid, ich wollte Sie nicht kränken, Christoph. Ich weiß Ihre Fürsorge sehr wohl zu schätzen.« Sie lächelte ihn verlegen an und betrachtete ihn forschend.

Seine zweiundvierzig Jahre sah man ihm kaum an; allenfalls der Silberschimmer im Haar und die kleinen Falten um seine blauen Augen deuteten darauf hin. Sein Kinn, das von einem Grübchen geteilt wurde, war stets sorgfältig rasiert.

Habe ich ihn jemals richtig wahrgenommen?, fragte sich Jaqueline. Nein, entschied sie. Als Mann nicht und als Diener auch nicht...

Als hätte er ihre Beobachtung bemerkt, blickte er schließlich auf. Für einen Moment trafen sich ihre Blicke.

Dann räusperte sich Jaqueline verlegen. »Lassen Sie uns den Kuchen genießen, bevor uns der Appetit ganz vergeht. Und kein Wort mehr über Fahrkrog! Der wird uns noch genug Schwierigkeiten machen.«

Damit nahm sie einen Bissen auf die Gabel und erlaubte sich einen Moment lang, in dem süßen Geschmack zu versinken und alles um sich herum zu vergessen.

3

Nachdem Jaqueline die ganze Nacht wach gelegen und nachgedacht hatte, erhob sie sich in den frühen Morgenstunden. Die Glocke des Michels hatte noch nicht geläutet, es musste also noch vor fünf Uhr sein.

Sie verrichtete ihre Morgentoilette und schlüpfte in frische Wäsche und in ihr Trauerkleid.

Aus seit Monaten eingeschliffener Gewohnheit eilte sie danach zum Zimmer ihres Vaters, um nach ihm zu sehen. Kurz vor der Tür fiel ihr aber wieder ein, dass er nicht mehr da war, worauf ihr Tränen in die Augen schossen.

Als sie sich wieder gefasst hatte, ging sie nach unten in die Küche. Dort traf sie auf Christoph, der bereits Feuer im Herd gemacht hatte. Seit sie der Köchin gekündigt hatte, betätigte Christoph sich manchmal auch als Koch. Besonders in der letzten Zeit, als Jaqueline sich verstärkt um ihren Vater kümmern musste, hatte er Gelegenheit gehabt, seine Kochkünste zu üben.

»Oh, guten Morgen, Fräulein Halstenbek«, sagte er und wischte sich die Hände an der grünen Schürze ab, die er sich über die Dienstkleidung gebunden hatte. »Sie sind schon auf?«

Seine Augenringe verrieten Jaqueline, dass auch er nicht viel Schlaf gefunden hatte.

»Die Gewohnheit«, antwortete sie und schniefte, die Tränen nur mühsam zurückhaltend.

Der Diener nickte verständnisvoll. »Sie wollten zum Zimmer Ihres Vaters, nicht wahr?«

Jaqueline fühlte sich ertappt.

»Das ist mir heute Morgen genauso gegangen. Ist doch merkwürdig, wie lange der Mensch braucht, um den Tod zu begreifen.« Kurz blickte er sie an, presste dann die Lippen aufeinander und begab sich wieder an die Arbeit. »Der Kaffee ist gleich fertig. Wenn Sie möchten, schneide ich Ihnen ein Stück von dem Kuchen von gestern ab.«

»Danke, Christoph.« Jaqueline ließ sich auf einem der Küchenstühle nieder.

Eine lähmende Schwäche bemächtigte sich plötzlich ihrer Glieder. Wie soll ich das nur alles schaffen?, fragte sie sich bang. Doch dann fiel ihr wieder ein, dass sie das geheimnisvolle Päckchen von der Bank abholen musste.

Was es wohl ist? Aufregung erfasste sie und verdrängte den Kummer für eine Weile.

Frische Morgenluft schlug Jaqueline entgegen, als sie das Haus verließ. Sie kuschelte sich tiefer in den Mantel und blickte zum Haus gegenüber, wo der Diener Sand auf den Gehsteig streute.

»Guten Morgen!«, rief Jaqueline ihm zu, aber er würdigte sie keines Blickes.

Stur setzte er die Arbeit fort, als hätte er nichts gehört.

Jaqueline fragte sich bitter, ob seine Herrschaft ihm verboten hatte, mit ihr zu reden. Wenn Menschen ins Elend geraten, gelten sie wohl nichts mehr, sinnierte sie empört. Doch diesen Gedanken verfolgte sie nicht weiter. Ich werde ohnehin nicht mehr lange hier sein, tröstete sie sich. Selbst wenn das Schmuckstück wirklich wertvoll ist. Sie umklammerte das Schreiben, das sie in der Manteltasche trug, und schritt entschlossen voran.

Obwohl es in der vergangenen Nacht keinen Neuschnee gegeben hatte, war es an einigen Stellen ziemlich glatt. Nachdem sie beinahe ausgerutscht wäre, suchte sie immer wieder Halt an Gartenzäunen und Laternenpfosten und erreichte schließlich ohne Zwischenfall die Promenade.

Von dort aus war es nur noch ein kleines Stück bis zur Commerzbank, die erst vor fünf Jahren in Hamburg eröffnet hatte.

Das blank polierte Messingschild leuchtete in der Morgensonne. Das Eis zeichnete bizarre Muster auf die Fenster. Obwohl die Treppe frisch mit Sand bestreut war, setzte Jaqueline nur vorsichtig einen Fuß darauf.

»Keine Bange, junges Fräulein, wenn Sie fallen, fang ich Sie auf!«

Der Ruf des Mannes, der hinter ihr ebenfalls in die Bank wollte, ließ sie herumwirbeln.

Obwohl seine Stimme der von Fahrkrog ein wenig ähnelte, lächelte sie ein freundlich aussehender Mittfünfziger in einem pelzverbrämten schwarzen Mantel an.

Jaqueline erwiderte das Lächeln zaghaft und betrat die Schalterhalle.

Um diese Uhrzeit war es hier noch angenehm leer. Das Morgenlicht fiel durch die hohen Fenster und brachte das sorgfältig gebohnerte Parkett zur Geltung. Hinter den verglasten Schaltern hielten sich die Angestellten bereit. Alle trugen dieselben schwarzen Armschoner und grünen Westen. Diejenigen, die keine Kunden bedienten, rollten Münzen in Papierstreifen oder studierten Schriftstücke.

Hinter dem Schalter, den Jaqueline wählte, stand ein jüngerer Mann. Er musterte sie, bevor er sie mit einem gewinnenden Lächeln bedachte. »Was kann ich für Sie tun, gnädige Frau?«

Mit nervös zitternder Hand zog sie die Vollmacht hervor und legte das Papier in die kleine Schublade auf dem Tresen.

Der Bedienstete zog das Schreiben zu sich heran, las es und blickte Jaqueline an.

Sie hatte damit gerechnet, dass er sie nach ihrem Namen fragen würde, doch er wandte sich unvermittelt um und verschwand durch eine kleine Tür.

Unschlüssig sah sich Jaqueline in der Halle um. Am Nebenschalter stand ein Paar. Die Frau hielt sich, wie es sich gehörte, zurück, während der Mann das Gespräch führte.

Mutter ist nie so gewesen, erinnerte Jaqueline sich. Obwohl auch sie gewusst hat, wo der Platz einer Frau war, hat sie viele Dinge selbst geregelt. Was hätte sie auch anderes tun sollen, da ihr Gatte ständig auf Reisen war? Letztlich hat Vater sich nach Mutters Tod nicht mehr zurechtgefunden, dachte Jaqueline.

Das Klappen der Tür unterbrach ihre Grübeleien. Der Bankangestellte war mit einer kleinen Schachtel zurückgekehrt.

»Das ist der Inhalt des angegebenen Schließfachs«, erklärte er, während er ein Formular durch die Lade schob. »Bitte unterschreiben Sie die Empfangsbestätigung!«

Während Jaqueline zu dem Federhalter griff, musterte sie die Schachtel. Sie war mit einem exotisch gemusterten Stoff überzogen. Ein kleiner Schlüssel steckte im Schloss.

Nachdem sie ihre Unterschrift geleistet hatte, reichte ihr der Angestellte das Kästchen.

»Kann ich sonst noch etwas für Sie tun?«, fragte er, was Jaqueline verneinte.

Das Kästchen fest an sich pressend, verabschiedete sie sich und trat vom Schalter zurück. Im ersten Impuls wollte sie nach draußen stürmen, doch dann überlegte sie es sich anders und gestattete sich einen Blick in das Innere. Eine goldene Brosche mit blauen und lavendelfarbenen Steinen funkelte in einem Sonnenstrahl, der just in diesem Moment durch ein Fenster in die Halle fiel. Das Schmuckstück hatte die Form einer exotischen Blüte.

Wie verzaubert berührte Jaqueline die Steine. Kein Wunder, dass sie Mutter gefallen hat!, dachte sie. Plötzlich war ihr wieder zum Weinen zumute. Schluchzend presste sie die Hand auf den Mund.

Als sie die neugierigen Blicke einiger Kunden spürte, klappte sie den Deckel der Schatulle zu und rannte mit hängendem Kopf zur Tür hinaus.

Dort stieß sie mit jemandem zusammen.

»Nanu, warum denn so eilig, Fräulein Halstenbek?«

Jaqueline erstarrte. Sie bekam eine Gänsehaut. Ausgerechnet Fahrkrog musste sie hier über den Weg laufen! Geistesgegenwärtig stopfte sie die Schatulle, die sie immer noch in der Hand hielt, in die Manteltasche.

Der Geldverleiher musterte sein Gegenüber mit Haifischaugen und einem hämischen Grinsen.

»Na, was haben Sie denn hier zu suchen? Die Schuldscheine Ihres Vaters?«

Jaquelines Magen krampfte sich zusammen. Ihre Wangen glühten vor Zorn. Wie konnte er wagen, sie zu verspotten?

»Ich wüsste nicht, was Sie das angeht«, entgegnete sie kühl. »Guten Tag, Herr Fahrkrog!«

Sie straffte die Schultern und lief davon, während ihr Puls nur so raste und sie vor Angst zitterte.

Zeig ihm bloß nicht, wie sehr du dich vor ihm fürchtest!, ermahnte sie sich.

Als sie sich nach einer Weile umwandte, stellte sie erleichtert fest, dass der Geldverleiher verschwunden war. Keuchend blieb sie stehen und presste eine Hand auf die Brust. Ihr Herz raste wie ein gefangenes Tier, das sich verzweifelt gegen die Gitterstäbe seines Käfigs warf. Es dauerte eine Weile, bis Jaqueline sich wieder beruhigt hatte und weitergehen konnte.

Christoph hat vielleicht Recht, überlegte sie. Ich sollte nicht allein durch die Stadt gehen.

Vor ihrem Elternhaus erblickte Jaqueline eine dicht gedrängte Menschenmenge auf dem Gehsteig. Das Gemurmel der Leute klang in ihren Ohren wie das Summen eines Wespenschwarms.

Überrascht blieb sie stehen. Was hat das zu bedeuten? Das werden doch nicht etwa alles Gläubiger sein? Nein, unmöglich!

Entschlossen bahnte sie sich einen Weg zur Haustür. Da sah sie, dass mehrere Fenster in der unteren Etage zerbrochen waren. Wie die Zähne eines Untiers klafften spitze Glasreste in den Fensterrahmen. Scherben glitzerten auf dem Gehsteig.

Jaqueline rang nach Atem. Sie fühlte sich plötzlich, als drücke ihr jemand die Kehle zu. Angst, Entsetzen und Wut erfassten sie wie eine Flutwelle, und ihre Knie wurden weich.

Habe ich das Fahrkrog zu verdanken? Hat er mich deshalb ziehen lassen?

»Was ist hier los?«, rief sie.

43

Augenblicklich verstummte das Gemurmel. Die Leute drehten sich zu ihr um. Jaqueline fühlte sich von Blicken regelrecht durchbohrt.

Aber niemand antwortete. Einige blickten verschämt zu Boden, andere wandten sich ab.

»Ein paar Männer haben Steine auf die Scheiben geworfen«, meldete sich schließlich ein älterer Mann zu Wort, in dem Jaqueline ihren Nachbarn Volkmar Espen erkannte.

Der ehemalige Kapitän trug auch jetzt seine Meerschaumpfeife im Mundwinkel und wirkte vollkommen ruhig.

Obwohl er nicht der Schuldige war, verstärkte das Jaquelines Wut noch. »Was waren das für Männer?«, fuhr sie ihn an. »Und warum ist niemandem eingefallen, die Polizei zu verständigen?«

»Was sollen das schon für Leute gewesen sein? Taugenichtse, nichts weiter! Die waren weg, bevor jemand reagieren konnte.«

Ihr habt es doch gar nicht versucht!, dachte Jaqueline bitter. Was, wenn Christoph einen Stein oder Scherben abbekommen hat?, durchfuhr es sie plötzlich. Sie stürzte ins Haus, ohne ihren Nachbarn noch eines Blickes zu würdigen.

»Christoph?« Ihr Ruf verhallte ohne Antwort. »Christoph, wo sind Sie?«

Das Schlimmste vermutend, schaute sie sich um und entdeckte tatsächlich eine Blutspur auf dem Boden. Dicke Tropfen, die teilweise auf dem Parkett verschmiert waren, führten in Richtung Küche. Jaqueline rannte los.

»Christoph?«, rief sie ängstlich. »Sagen Sie doch etwas!«

»Ich bin hier, Fräulein Jaqueline«, tönte es schließlich gepresst aus der Küche.

Als Jaqueline durch die Tür stürmte, sah sie ihren Diener am Esstisch sitzen. Er hatte ein Tuch um eine Hand gewickelt;

auf der Tischplatte und den Küchenfliesen hatten sich ebenfalls Blutflecke gebildet.

»Was ist passiert?«

Ein schmerzvolles Lächeln huschte über das Gesicht des Mannes. »Nichts Schlimmes, es sind nur ein paar Kratzer.«

Jaqueline zog sorgenvoll die Augenbrauen zusammen. »Danach sieht es aber nicht aus. Zeigen Sie mal!«

Der Diener zuckte zusammen, als sie das Tuch abnahm. Wie ein klaffendes Maul wirkte die Wunde, die sogleich wieder Blut zu spucken begann. Jaqueline spürte, wie sich ihr der Magen umdrehte, doch sie zwang sich, nicht zurückzuweichen.

»Wie konnte das geschehen?«, fragte sie, während sie gegen das Unwohlsein anatmete.

»Als die Steine durch die Fenster flogen, bin ich auf die Straße gerannt, um die Werfer zu verscheuchen. Da haben sie auch nach mir geworfen. Ich musste mich ducken, habe dabei das Gleichgewicht verloren und in eine Scherbe gefasst.«

»Wir sollten Dr. Sauerkamp holen. Die Wunde muss genäht werden.«

Christoph zog die Hand zurück. »Ich glaube, ich komme auch so zurecht...«

»Nein, das tun Sie nicht«, gab Jaqueline entschlossen zurück. »Oder wollen Sie riskieren, Ihre Hand durch Wundbrand zu verlieren? Ich werde gleich in die Praxis gehen.«

Christophs unverletzte Hand schloss sich blitzschnell um ihr Handgelenk. »Sie dürfen nicht allein gehen. Es wäre zu gefährlich. Die Kerle könnten auf Sie lauern.«

Nach kurzer Überlegung schüttelte Jaqueline den Kopf. »Das glaube ich nicht. Wenn sie mir etwas antun wollten, hätten sie vorhin schon die Gelegenheit dazu gehabt. Außerdem...«

Zögernd fragte sie sich, ob sie Christoph von ihrer Begegnung erzählen sollte.

»Außerdem bin ich vorhin Fahrkrog begegnet. Ich habe mich schon gewundert, warum er so friedlich geblieben ist. Wahrscheinlich wusste er, dass seine Leute ganze Arbeit leisten würden. Er will mich einschüchtern. Das heißt aber noch lange nicht, dass ihm das auch gelingt.«

Christoph schaute Jaqueline unentschlossen an. Ein Anflug von Bewunderung lag in seinem Blick. »Sie sollten trotzdem nicht –«

Jaqueline schnitt ihm mit einer entschlossenen Handbewegung das Wort ab. »Ich will nichts mehr hören! Ich werde den Arzt holen. Wenn es Sie beruhigt, nehme ich eine der Pistolen meines Vaters mit.«

»Können Sie denn damit umgehen?« Christoph klang nicht beruhigt, aber offenbar hatte er begriffen, dass er seine Herrin nicht von ihrem Entschluss abbringen konnte.

»Wenn es drauf ankommt, schon. Aber wie gesagt, ich nehme sie nur zur Sicherheit mit. Ich habe nicht vor, irgendwen über den Haufen zu schießen.«

Damit wickelte sie dem Diener das Tuch wieder um die Hand und stürmte hinaus.

»Herr Hansen hat wirklich Glück gehabt«, sagte Sauerkamp, während er den Arztkoffer schloss. »Wäre die Scherbe noch etwas tiefer in die Hand eingedrungen, hätte sie wichtige Sehnen durchtrennt. Taubheitsgefühle und Lähmung wären die Folge gewesen.«

»Aber so etwas bekommt er nicht, oder?« Jaqueline versuchte den Karbolgeruch zu verdrängen, der ihre Nase reizte. Während des Nähens hatte sie dem Arzt assistieren müssen, was nicht gerade angenehm gewesen war. Noch jetzt meinte sie die Galle zu schmecken, die ihr immer wieder hochgekommen war.

Sauerkamp schüttelte den Kopf. »Nicht, wenn er sich an die Anweisungen hält, die ich ihm gegeben habe.«

Damit blickte er zu seinem Patienten. Christoph, der am Küchentisch saß, kämpfte sichtlich gegen die Schmerzen an. Um Nase und Mund war er ganz blass. Schweißtropfen perlten ihm von den Schläfen.

»Die Wirkung des Schmerzpulvers müsste gleich einsetzen«, erklärte Sauerkamp ihm. »Kommen Sie in zwei Tagen zum Verbandswechsel in meine Praxis. Nach einer Woche werden die Fäden gezogen. Und lassen Sie um Himmels willen kein Wasser an die Wunde! Erledigen Sie Arbeiten, die mit Wasser zu tun haben, mit der anderen Hand!«

Christoph biss die Zähne zusammen, bevor er antwortete: »Ist gut, Herr Doktor, vielen Dank.«

Sauerkamp verabschiedete sich, und Jaqueline begleitete ihn zur Tür.

»Sie sollten in der nächsten Zeit sehr vorsichtig sein, Fräulein Halstenbek«, ermahnte er sie noch. »Nichts ist schlimmer als Menschen, die um ihr Geld fürchten.«

»Nicht alle sind so«, antwortete Jaqueline fröstelnd. »Aber einem ist offenbar jedes Mittel recht, um seine Schuldner einzuschüchtern.«

»Haben Sie denn einen Verdacht, wer es gewesen sein könnte?«

»Ja, den habe ich. Aber ich fürchte, die Polizei wird mir nicht helfen können. Falls Sie mir gerade vorschlagen wollten, sie aufzusuchen.«

»Das wollte ich in der Tat. Und ich halte es auch immer noch für ratsam.«

»Die Polizei kann meine Fenster auch nicht wieder ganz machen. Und gegen Menschen wie diesen Fahrkrog...«

Jaqueline stockte. Eigentlich hatte sie nicht die Absicht gehabt, den Namen zu verraten.

Sauerkamp betrachtete sie besorgt. »Auch gegen Fahrkrog und seine Spießgesellen ist ein Kraut gewachsen. Wenn Sie sich nicht wehren, wird es nicht bei zerschlagenen Scheiben bleiben.«

Das weiß ich, dachte Jaqueline. Aber wenn er sein Geld hat, wird er gewiss Ruhe geben.

»Vielen Dank, dass Sie gekommen sind, Doktor«, sagte sie sanft und reichte dem Arzt die Hand. »Ich werde darauf achten, dass Christoph sich an Ihre Anweisungen hält.«

Sauerkamp war anzusehen, dass er sich Sorgen um sie machte. »Melden Sie sich, wenn Sie etwas brauchen. Und denken Sie über meine Worte nach!«

Nachdem Jaqueline die Haustür hinter dem Arzt geschlossen hatte, blickte sie seufzend zu den Fenstern und den Scherben, die darunter glitzerten. Der eisige Wind blähte die Gardinen. Jaqueline fröstelte. Verzweiflung stieg in ihr auf. Doch sie schob sie beiseite und machte sich auf die Suche nach etwas, womit sie die Fenster abdichten könnte.

Als der Abend anbrach, saß Jaqueline im Schein der Petroleumlampe am Schreibtisch ihres Vaters. Im Arbeitszimmer war sie sicher vor der Kälte, die trotz der Abdichtung mit Karton und Holzplatten ins Haus strömte.

Gott gebe, dass ich meine Nächte niemals ganz und gar ohne Dach über dem Kopf verbringen muss!, dachte sie. Der Angriff auf ihr Haus bereitete ihr noch immer mächtiges Unbehagen. Was, wenn die Angreifer wiederkämen?

Um ihre Furcht zu verdrängen, betrachtete sie erneut die Landkarte unter der Glasplatte.

Kanada, das Land, in dem Vater sein Glück gefunden hat, kam ihr in den Sinn, und das Land, in dem Alan Warwick lebt. Vielleicht sollte ich dorthin reisen …

Doch der Gedanke, dass sie dazu wohl kaum genug Geld haben würde, riss sie aus ihrer Träumerei. Da fiel ihr das Schmuckkästchen in ihrer Manteltasche wieder ein. Durch den Vorfall mit Christoph war sie noch nicht dazu gekommen, sich die Brosche genauer anzuschauen.

Sie lief zur Garderobe und holte es. Als sie wieder am Schreibtisch saß, klappte sie den Deckel auf und nahm die Brosche heraus. Im warmen Schein der Lampe schienen die Edelsteine förmlich von innen heraus zu glühen. Wie kleine Flämmchen, dachte Jaqueline, während Tränen ihr erneut die Kehle zuschnürten. Hast du an dein Flämmchen gedacht, Vater, als du es in diese Schachtel gepackt hast? Warum hast du den Schmuck nicht dazu verwendet, um dich von deinen Schulden zu befreien?, sinnierte sie und seufzte.

Er musste einen guten Grund dafür gehabt haben, da er nie etwas ohne Überlegung getan hatte.

Also gut, Vater, ich werde diesen Schmuck mitnehmen in mein neues Leben, dachte Jaqueline, während sie die Schatulle wieder zuklappte. Wo auch immer ich es beginnen werde.

4

Am Tag der Beerdigung schneite es derart heftig, dass die Pferde, die den Leichenwagen zogen, nur langsam vorankamen. Die Schneekristalle stachen nicht nur ihnen in Augen und Nüstern, sie malträtierten auch die Gesichter des Kutschers und der Trauergäste, die dem Gefährt folgten.

Die Trauerfeier war anrührend gewesen. Der Pastor hatte die Verdienste Anton Halstenbeks gewürdigt, und Jaqueline hatte versucht, so gut wie möglich die Fassung zu bewahren. Sie war zutiefst gerührt, weil doch etliche Bürger erschienen waren, um ihrem Vater die letzte Ehre zu erweisen. Es interessierte sie nicht, ob die Menschen das aus ehrlichem Mitgefühl oder nur aus Pflichtbewusstsein taten.

Als sie die Kirche wieder verließen, schlossen sich dem Zug auch einige Gläubiger an, doch glücklicherweise blieben sie auf Distanz.

Im Unterschied zu diesem Fahrkrog wissen sie immerhin, was Anstand ist, dachte Jaqueline erleichtert.

Fröstelnd knöpfte sie ihren Sonntagsmantel höher zu. Trotz der Handschuhe waren ihre Finger eiskalt, während ihre Wangen von den Tränen brannten. In ihrem Inneren fühlte sich alles ebenso frostig an wie die Luft. Mechanisch schritt sie voran, während in ihrem Kopf die Gedanken durcheinanderwirbelten.

Als die Friedhofspforte vor ihnen auftauchte, brachte der Leichenkutscher den Wagen zum Stehen. Die Träger, alles alte Bekannte von Anton Halstenbek, hoben den Sarg von der Ladefläche und trugen ihn durch das Tor. Die Trauergemeinde folgte ihnen.

Als Jaqueline die hohen gemauerten Eingangssäulen passierte, schien es ihr, als verberge sich eine Person im Gebüsch nebenan. Sie sah einen braunen Mantelzipfel und erschrak.

Ob Fahrkrog auch hier ist? Im Trauerzug hatte sie ihn nicht entdeckt, aber er könnte jederzeit auftauchen. Aus der Zeitung hatte er sicher den Begräbnistermin erfahren.

Ach was! Du siehst schon Gespenster!, tadelte Jaqueline sich still, bemüht, nicht weiter ins Gebüsch zu starren.

Am Familiengrab blieben die Sargträger und die Trauergäste stehen. Sand häufte sich neben der Begräbnisstätte, und die Grube erschien Jaqueline wie ein dunkler, gähnender Abgrund. Der Sarg wurde auf Bretter gestellt, die das Loch überbrückten. Als die Halteseile in Position gebracht waren, baute sich Pastor Leutloff vor ihnen auf.

Als er anhob, vom Leben ihres Vaters zu berichten, blickte sich Jaqueline nach Christoph um, der respektvoll zurückgeblieben war, obwohl er den Halstenbeks schon viele Jahre diente.

Insgeheim wünschte sich Jaqueline, dass er neben sie treten und ihre Hand halten könnte, so wie er es in ihrer Kindheit manchmal getan hatte, wenn sie hingefallen war oder sich an den Rosenbüschen verletzt hatte.

Nachdem die Träger den Sarg in die Grube gelassen hatten, warf Jaqueline drei Hände Sand darauf und trat vom Rand zurück.

Der Strom jener, die es ihr gleichtaten oder einfach nur still und mit gezogenem Hut vor dem Grab verharrten, verschwamm unter einem Tränenschleier. Jaqueline schüttelte zahlreiche Hände, ohne dass sie sich merken konnte, wer ihr kondolierte.

Schließlich leerte sich der Friedhof. Außer den Totengräbern, die etwas abseits warteten, waren nur noch Jaqueline und Christoph zugegen.

»Gehen Sie schon vor, Christoph, ich komme gleich nach«, sagte Jaqueline. »Ich möchte einen Moment allein sein.«

Obwohl der Diener offensichtlich zögerte, wandte er sich wortlos um und ging zum Tor zurück.

Traurig starrte Jaqueline hinunter auf den Sarg. Der bescheidene Blumenschmuck war beinahe ganz von Sand begraben. Ein Schluchzen schüttelte sie, und sie fühlte sich so benommen wie in einem bösen Traum.

»Kommen Sie besser weg da, Fräulein, sonst fallen sie noch rein!«, rief da plötzlich einer der Totengräber.

Erst jetzt merkte Jaqueline, dass sie viel zu dicht an der Grube stand. Sie wich erschrocken zurück und prallte gegen jemanden.

»Eine wirklich ergreifende Zeremonie!«

Beim Klang der Stimme zuckte Jaqueline zusammen. Obwohl sie am ganzen Körper zitterte, wischte sie sich hastig die Tränen ab und drehte sich um.

»Warum zum Teufel schleichen Sie sich an mich heran?«, herrschte sie Fahrkrog an. Es war das zweite Mal, dass er viel zu dicht hinter ihr auftauchte.

Der Gläubiger setzte ein süßliches Lächeln auf. »Ich schleiche doch nicht, Fräulein Halstenbek! Sie waren nur so sehr in Ihrer Trauer versunken, dass Sie mich nicht gehört haben.«

Wahrscheinlich hättest du mich in die Grube gestoßen, wenn ich nicht zurückgetreten wäre, fuhr ihr durch den Kopf, und sie ballte die Fäuste. »Was wollen Sie von mir, Fahrkrog?«, schrie sie. »Sie werden Ihr Geld schon kriegen! Und jetzt verschwinden Sie!«

»Warum sollte ich?«, gab der Geldverleiher ungerührt zurück. »Ihr Vater ist mir ähnlich teuer gewesen wie Ihnen! Außerdem sollten Sie nicht vergessen, wer ich bin.«

»Lassen Sie mich in Frieden, Fahrkrog!«, zischte Jaqueline. »Und wagen Sie es ja nicht noch einmal, mir zu drohen! Ich weiß, wer die Steine geworfen hat! Sollte so etwas wie in der vergangenen Woche noch einmal geschehen, hetze ich Ihnen die Polizei auf den Hals!« Mit loderndem Blick schaute sie ihn an. Dass er die Augen zusammenkniff und seine Miene sich verfinsterte, ignorierte sie. Ja, am liebsten hätte sie ihm zugerufen, dass er es ruhig wagen solle, sie noch einmal anzugreifen.

Doch so dumm war Fahrkrog nicht. Mit einem eisigen Lächeln, das nichts als Ärger versprach, wandte er sich um und verschwand zwischen den Grabreihen.

Jaqueline blickte ihm zornig nach und eilte zum Friedhofstor. Auf halbem Weg kam ihr Christoph entgegen.

»Das war Fahrkrog, nicht wahr?«

Jaqueline nickte.

»Hat er Sie bedrängt?«

Als Christoph Anstalten machte, dem Geldverleiher zu folgen, legte Jaqueline ihm besänftigend die Hand auf die Brust.

»Bleiben Sie besser hier, wir brauchen keinen neuen Ärger! Denken Sie an Ihre verletzte Hand. Fahrkrog hat mich zwar erschreckt, aber diesmal die Finger von mir gelassen.«

»Das ist auch besser so, wenn ich sie ihm nicht brechen soll.«

Jaqueline spürte deutlich Christophs Kampfeslust. Doch sie schüttelte beschwichtigend den Kopf.

»Lassen Sie ihn! Er ist es nicht wert. Er wird schon Ruhe geben, wenn er erst sein Geld wiederhat.«

Dass der Leichenschmaus wegen fehlender Finanzen ausfallen musste, war Jaqueline peinlich, aber Christoph, der sie mit wachsamem Blick auf dem Heimweg begleitete, beruhigte sie.

»Die Leute wissen, in welcher Situation Sie sind, Fräulein Halstenbek. Niemand wird es Ihnen verübeln.«

Jaqueline war da anderer Meinung, aber sie entgegnete nichts. Sie war in Gedanken noch immer bei Fahrkrog.

Was wird er sich wohl als Nächstes ausdenken?, fragte sie sich, als sie die Haustür aufschloss.

Einige Briefe, die auf dem Fußboden lagen, lenkten sie ab. Sie waren unter der Haustür durchgeschoben worden. Ein paar von ihnen wiesen auf dem Umschlag ein Kreuz oder einen schwarzen Rand auf, wie es bei Kondolenzschreiben üblich war. Ein Brief jedoch leuchtete Jaqueline wie ein tröstlicher Sonnenstrahl entgegen. Auf dem gelben Umschlag prangte der Poststempel der Canadian Mail, und sogleich wurde ihr ein wenig leichter ums Herz.

Warwick hat geschrieben!, dachte sie erfreut, während sie mit zitternden Händen die Briefe aufhob und alle bis auf den gelben Christoph reichte.

»Bringen Sie die bitte ins Arbeitszimmer meines Vaters! Ich sehe sie mir später an.«

Der Diener begab sich sogleich nach oben.

Jaquelines Herz flatterte, als sie mit Warwicks Brief im Wohnzimmer vor dem Kamin saß und den Umschlag aufriss.

Das Feuer war beinahe heruntergebrannt, die Luft nur noch lauwarm, doch Jaquelines Wangen glühten.

Nein, das kann noch keine Antwort auf meine Nachricht sein, dachte sie und begann begierig zu lesen.

Verehrtes Fräulein Halstenbek,

ich schreibe Ihnen, um mich nach dem Befinden Ihres Vaters zu erkundigen – und dem Ihren natürlich. Viele Wochen ist es her, dass ich den letzten Brief von Ihnen erhalten habe, und ich verzehre mich geradezu nach Nachrichten aus good old Germany.
Auch in meinem Land bricht allmählich der Winter an. Die kleineren Seen frieren an den Rändern bereits zu, und erst in der vergangenen Nacht gab es Schnee, der den dunklen Wäldern ein wenig von ihrer Bedrohlichkeit nimmt. Es ist ein wunderbarer Anblick, wenn die Sonne am Morgen vom blutroten, mit violetten Schlieren durchzogenen Horizont aufsteigt. Alles ist so still und friedlich, so fernab von der Welt.
Bitte verzeihen Sie mir, aber zuweilen wünschte ich mir, Sie könnten sich diese Pracht anschauen! Ihr Vater hat sich hier immer sehr wohl gefühlt, und ich bedaure es sehr, dass er nicht mehr die Kraft hat, mich noch einmal zu besuchen. Aber vielleicht können Sie eines Tages diese Pracht bewundern.
Teuerste Jaqueline, ich habe es bisher nicht gewagt, das zu erwähnen, aus Furcht, dass Sie es missverstehen oder ablehnen könnten. Doch da ich im Moment von Mut beseelt bin, möchte ich Sie wissen lassen, dass ich jederzeit bereit wäre, Ihnen zu helfen, wenn es darauf ankäme. Sie können sich stets auf mich als Ihren treuen Freund verlassen, sollten Sie einmal in Not geraten.

Jaqueline seufzte. Wie gern hätte sie Warwick jetzt bei sich! Mit ihm an ihrer Seite würde Fahrkrog sicher nicht wagen, ihr etwas anzutun. Der Freund ihres Vaters könnte sie beim Regeln der Geschäfte unterstützen und ihr die Einsamkeit nehmen, die sie Tag für Tag marterte.

Aber dann fiel ihr ein, dass sie Warwick nie von ihren finanziellen Nöten geschrieben hatte. Freund hin oder her, sie hatte ihren Vater nicht dieser Peinlichkeit aussetzen wollen.

Sie überflog den Rest des Briefes und strich dann versonnen über die elegante Unterschrift.

Vielleicht werde ich Ihre Hilfe eines Tages in Anspruch nehmen, dachte sie. Aber im Augenblick können Sie mir nicht helfen. Da müsste schon ein Wunder geschehen.

Am Abend fand sich Martin Petersen bei ihnen ein. Sein Besuch kam überraschend für Jaqueline. Auf der Beerdigung hatte sie ihn zwar gesehen, doch Zeit für ein Gespräch hatten sie nicht gehabt. Nach ihrer Flucht vor Fahrkrog war Petersen bereits verschwunden gewesen.

»Bitte entschuldigen Sie, wenn ich störe«, sagte er nun, während er fast schon verlegen den Hut in den Händen drehte. »Ich weiß nicht, ob es der richtige Zeitpunkt ist, aber ich hatte Ihnen versprochen, Sie zu unterrichten, sobald der Besichtigungstermin feststeht.«

Jaquelines Magen klumpte sich zusammen. Es war also so weit. Die Geier würden einfallen und aus dem Haus holen, was sie kriegen konnten.

»Treten Sie doch ein, Herr Petersen, Sie kommen nie ungelegen«, sagte sie freundlich, während sie die Tür hinter ihm schloss.

»Christoph, Seien Sie so gut und machen Sie Herrn Petersen einen Tee!«

Hansen verbeugte sich und verschwand wieder in der Küche.

Petersen ließ den Blick durch die Halle schweifen, bevor er ihr in die gute Stube folgte.

»Wenn ich mir allein schon die Halle anschaue, bin ich mir fast sicher, dass wir die Gläubiger zufriedenstellen können«, bemerkte er, während er Hut und Mantel auf der Chaiselongue ablegte. »Es ist ein Jammer, dass Ihr Vater sich so tief verschuldet hat. Wenn er nicht erkrankt wäre, wäre das sicher nicht passiert. Bei seinen Fähigkeiten und seinem guten Ruf.«

»Das ist sehr freundlich von Ihnen.« Jaqueline fragte sich, ob Petersen nicht der anonyme Freund war, der ihr den Brief ihres Vaters geschickt hatte.

Aber vielleicht ist es besser, wenn ich es nicht weiß, ging ihr durch den Sinn, während sie Petersen einen Platz auf dem Sofa anbot.

Wenig später erschien Christoph mit dem Tee. Seine Hand war immer noch verbunden.

Jaqueline entging nicht, dass Petersen ihn musterte.

Er hat mich noch nicht auf die zerschlagenen Scheiben angesprochen. Wahrscheinlich wird er es gleich nachholen.

Nachdem Christoph verschwunden war und Petersen von dem Tee probiert hatte, fragte er: »Hat es in letzter Zeit irgendwelche Schwierigkeiten bei Ihnen gegeben? Ich habe die abgedeckten Fenster gesehen. Und Ihr Diener scheint verletzt zu sein.«

Jaqueline knetete verlegen die Hände. Was sollte sie dem Anwalt sagen? Dass sie Fahrkrog hinter dem Anschlag vermutete? Dafür hatte sie keine Beweise. Nicht einmal die Polizei würde welche finden.

»Ein paar Lausebengel haben sich wohl einen Scherz erlaubt und die Scheiben eingeworfen. Christoph hat sich verletzt, als er die Scherben beiseiteräumen wollte.«

Petersen blickte sie skeptisch an.

Offenbar glaubt er mir nicht. Bin ich denn so eine schlechte Lügnerin?

»Wenn es etwas gibt, was Ihnen Schwierigkeiten bereitet, dann sagen Sie es mir bitte! Ich werde versuchen, Ihnen zu helfen, so gut ich kann.«

»Danke, aber das ist nicht nötig. Ich glaube wirklich, dass es nur ein dummer Streich war. Und selbst wenn jemand anderes dahintersteckt, wird es schwer sein, ihm das nachzuweisen.«

Damit griff sie zur Teetasse, damit sie Petersen nicht in die Augen schauen musste.

Für einen Moment schwiegen beide.

Dann sagte der Anwalt: »Was den Wert des Hauses angeht, so werden die eingeschlagenen Scheiben ihn zwar ein wenig schmälern, aber ich glaube nicht, dass es viel ausmachen wird. Das Gebäude ist ansonsten in sehr gutem Zustand. Wenn Sie erlauben, würde ich gern einen Blick auf das Inventar werfen, damit ich am Vierundzwanzigsten nicht allzu überrascht bin.«

»Dann ist der Termin also am vierundzwanzigsten Februar.«

»Ja, in zwei Tagen. Einige Gläubiger wären am liebsten gleich morgen bei Ihnen eingefallen, aber ich habe sie davon überzeugt, dass Sie noch ein wenig Trauerzeit brauchen. So haben wir uns auf den Vierundzwanzigsten geeinigt. Dann haben Sie noch ein wenig Zeit, Dinge, die Sie nicht der Auktion unterwerfen wollen, beiseitezuschaffen.« Petersen zwinkerte ihr vertraulich zu. »Aber diesen Rat haben Sie nicht von mir.«

Jaqueline lächelte unsicher. So gut gemeint Petersens Ratschlag auch war, wenn sie sich von den Schulden befreien wollte, musste sie so viel wie möglich zur Versteigerung freigeben. Besonders jetzt, da einige Fensterscheiben im Haus fehlten.

Fahrkrog weiß genau, dass das den Wert des Hauses schmälert, ging ihr durch den Kopf. Wahrscheinlich wird er noch anderes versuchen, um mich zu schikanieren. Vielleicht hätten wir die Besichtigung doch schon morgen durchführen sollen.

»Ich danke Ihnen für alles, Herr Petersen«, sagte sie, nachdem sie noch einen Schluck Tee genommen hatte. »Aber ich werde nur ein paar persönliche Dinge an mich nehmen. Dinge, die für die Gläubiger keinen Wert haben. Ich möchte auf alle Fälle schuldenfrei in mein neues Leben gehen.«

»Das klingt, als hätten Sie schon einen Plan.«

»Den habe ich auch, aber erst einmal möchte ich die Gläubiger zufriedenstellen. Wollen wir uns die Räume ansehen?«

Zustimmend nickend erhob Petersen sich.

5

Jaqueline war sich darüber im Klaren, dass die Pfändung, abgesehen vom Tod ihrer Eltern, das Schlimmste sein würde, was sie bisher erlebt hatte.

Martin Petersen hatte ihr zwar ans Herz gelegt, das Haus zu verlassen, wenn die Gerichtsvollzieher die Habe ihres Vaters verteilten. Doch Jaqueline wollte dabei sein, um alles noch einmal zu betrachten, bevor es fortgeschafft wurde.

Nach einem dürftigen Frühstück, das aus Kaffee und einem aufgebackenen Rosinenwecken vom Vortag bestand, packte sie ein paar persönliche Dinge in ihre Teppichstofftasche.

Die Pfändung würde die gesamte Einrichtung und alle Wertsachen betreffen, auch die in ihrem Zimmer. Versonnen strich Jaqueline über die geschnitzte Kommode und die altmodischen Bettpfosten, bevor sie einige Kleider und Toilettenartikel in der Tasche verstaute. Dazwischen schob sie Briefe, die sie aufbewahren wollte, und die Schatulle mit dem exotischen Schmuck.

Vielleicht sollte ich die Brosche doch zur Tilgung der Schulden verwenden, überlegte sie, aber sie brachte es nicht übers Herz, den letzten Wunsch ihres Vaters zu missachten.

Ein Klopfen an der Tür erschreckte Jaqueline. Sie eilte zum

Fenster. Die ersten Gläubiger standen vor dem Haus. Dass Fahrkrog nicht unter ihnen war, erleichterte sie ein wenig. Außer ihm hatte ihr niemand Schwierigkeiten bereitet.

Da die Männer zu früh erschienen waren und sie außerdem auf Martin Petersen warten mussten, überließ sie es Christoph, die Männer in Empfang zu nehmen, und trug ihre Tasche auf den Dachboden.

Da Petersen bereits festgestellt hatte, dass sich da oben nichts Wertvolles mehr befand, würde er mit ihnen gewiss nicht die steile Treppe hochsteigen.

Die staubige Luft der Dachkammer reizte Jaqueline zum Niesen. Rasch stellte sie ihr Gepäck ab und hielt sich die Hand vors Gesicht. Dann stieg sie wieder nach unten.

Christoph kam gerade den Korridor entlang. »Fräulein Halstenbek, die ersten Interessenten sind eingetroffen.«

Wie taktvoll von ihm, sie »Interessenten« zu nennen!, ging ihr durch den Kopf.

»Ist gut, ich komme.« Mit fahrigen Handbewegungen richtete sie ihr Haar.

In ihrer Magengrube rumorte und brannte es. Beinahe fühlte sie sich, als hätte sie heute Morgen anstatt des Kaffees Säure getrunken. Ihre Hände waren plötzlich eiskalt. Wenn dieser Tag bloß schon vorbei wäre!

Inzwischen waren weitere Gläubiger oder ihre Vertreter eingetroffen. Die Anwesenden hatten sich die Freiheit herausgenommen, ihren Konkurrenten die Tür zu öffnen.

»Guten Morgen, meine Herren«, begrüßte Jaqueline die Männer, die sie abschätzig musterten, als würde sie ebenfalls verpfändet. »Ich hoffe, dass wir am heutigen Tag alle Verbindlichkeiten klären können und jeder von Ihnen zufrieden nach Hause geht.« Obwohl sie sich um eine feste Stimme bemühte, hatte sie den Eindruck, dass sie erbärmlich klang.

Glücklicherweise erschien in diesem Moment Martin Petersen.

Nachdem Jaqueline ihn begrüßt hatte, wandte er sich sofort an die Gläubiger. Seine Erläuterungen fielen geschäftsmäßig kurz aus. In Fällen wie diesen gehe es nicht um Emotionen, sondern um eine nüchterne Aufrechnung der Werte, sagte er.

Jaqueline lauschte seinen Worten nur beiläufig. Die Frage, wo Fahrkrog blieb, marterte sie. Beim Gedanken an ihn wurde ihr plötzlich ganz heiß. Werde ich kühl bleiben können, wenn ich in seine Fratze blicken muss? Wird er mich vor allen in Verlegenheit bringen?

Als Jaqueline sich schon darüber freuen wollte, dass der Gläubiger nicht auftauchte, erschien ein Mann, der sich als Vertreter von Richard Fahrkrog vorstellte.

»Mein Name ist Markus Braun«, erklärte er hochnäsig und setzte hinzu, dass er Anwalt sei.

Seine Kleidung erinnerte jedoch eher an die eines Zuhälters. Sein Mantel aus einem teuren braunen Wollstoff war mit Zobelpelz gesäumt. Der auffallend grelle Schal, den er sich um den Hals geschlungen hatte, wirkte wie der eines Dandys, der auf dem Weg zu einem zweifelhaften Etablissement war. Seine Augen waren dunkel, und als Jaqueline sein Gesicht mit dem boshaften Lächeln sah, musste sie an einen Haifisch denken. Ein Schauder lief über ihren Rücken.

Schließlich traf der Gerichtsvollzieher ein. Er war hochgewachsen und hager, seine Wangen wirkten käsig, und seine Augen waren von dunklen Ringen umgeben. In dem dunklen Lodenmantel und mit seiner Melone auf dem Kopf glich er einem Bestatter.

»Fräulein Halstenbek, darf ich vorstellen, Nikolaus Maybach. Als amtlich bestellter Gerichtsvollzieher wird er die Versteigerung leiten.«

Jaqueline blickte Petersen verwundert an. »Aber ich dachte, Sie ...«

»Es ist üblich, dass ein Gerichtsvollzieher bei Vorgängen dieser Art dabei ist. Dann kann später niemand behaupten, übervorteilt worden zu sein.«

Zögerlich reichte sie dem Gerichtsvollzieher die Hand. Dieser verzog keine Miene, als er sich andeutungsweise verbeugte.

»Wenn ich mich nicht täusche, sind wir jetzt vollzählig«, verkündete Petersen nun, der ein Klemmbrett in der Hand hielt, auf dem offenbar einige Listen befestigt waren. »Kommen wir nun zur Besichtigung des Hauses und der Wertgegenstände.«

Während die Gläubiger und Anwälte durch die Räume trampelten, war Jaqueline so beklommen zumute, als würden die Männer ihre Wäschekommode durchwühlen oder in ihrem Tagebuch schnüffeln. Mit verschränkten Armen folgte sie dem Tross schweigend. Nur wenn sich zwei Gläubiger um ein bestimmtes Stück rissen, wurde Jaqueline von grimmiger Heiterkeit erfasst.

Sie benehmen sich wie Wölfe, dachte sie. Streiten sich bis aufs Blut. Fehlt nur noch, dass sie mit Fäusten aufeinander losgehen.

Kutschwagen fuhren vor, auf denen die ausgewählten Gegenstände abtransportiert wurden. Hübsche Kommoden und Schränkchen, goldgerahmte Bilder, der Kronenleuchter aus der Wohnstube, Trophäen ihres Vaters und eine wunderschön bemalte Truhe wurden fortgeschleppt, neugierig beobachtet von Passanten und Nachbarn, die sich eingefunden hatten, um das Schauspiel zu verfolgen.

Jaqueline wusste nicht, was erniedrigender war: die Pfändung oder die Blicke derer, die sich an ihrem Elend ergötzten.

Nach und nach leerten sich die Räume. Was die Lastenträger nicht bewegen konnten oder deren Auftraggeber erst später abholen wollten, beklebte der Gerichtsvollzieher mit Pfandmarken.

Höhnisch schienen die bedruckten Papierstücke Jaqueline anzugrinsen, während sie wie betäubt neben dem Fenster stand und darauf wartete, dass auch der letzte Gläubiger sich endlich verabschiedete.

Fahrkrogs Anwalt suchte hin und wieder ihren Blick, doch Jaqueline wich ihm aus. Der Geldverleiher umgab sich offenbar nur mit seinesgleichen, denn sie fand Braun ebenso widerlich wie seinen Mandanten.

Als sie, die Schaulustigen ignorierend, in den vom Sonnenlicht vergoldeten Himmel blickte, kam ihr Warwicks Schilderung vom winterlichen Kanada in den Sinn.

Dunkle Wälder mit schneebedeckten Zweigen, Frost, der alles erstarren ließ, eine Sonne, die den Himmel in verschiedene Rottöne tauchte. Polarlichter, die über den Nachthimmel huschten. Ach, könnte ich doch nur dort sein!

Quälendes Fernweh breitete sich in ihr aus.

Ich sollte verreisen, dachte Jaqueline. Weit weg von hier, weg von all diesem Ärger und Schmerz.

Als sich eine Hand auf ihre Schulter legte, zuckte sie zusammen. In der Annahme, dass es sich um diesen widerlichen Braun handeln könnte, weiteten sich ihre Augen erschrocken.

Aber es war nur das Gesicht von Martin Petersen, auf dessen Lippen ein verhaltenes Lächeln spielte.

»Das wäre überstanden«, sagte er, worauf Jaqueline verwundert feststellte, dass außer ihm niemand mehr zugegen war.

Den Gedanken an Kanada mussten wohl Zauberkräfte innegewohnt haben.

»Leider sind nicht alle Herren zufrieden«, fügte er hinzu, als eine Entgegnung ihrerseits ausblieb. »Aber ich bin sicher, dass die restlichen Schulden beglichen sind, wenn das Haus erst einmal verkauft wurde. So lange können Sie natürlich noch hierbleiben und über die verbliebenen Möbel verfügen.«

»Danke.« Mehr brachte Jaqueline nicht heraus, denn die Tränen schnürten ihr die Kehle zu. Diesmal weinte sie aber nicht aus Trauer, sondern vor Erleichterung.

»Wenn Sie erlauben, werde ich einen Makler meines Vertrauens mit dem Verkauf beauftragen. Die zerschlagenen Fenster im Erdgeschoss schmälern den Preis natürlich ein wenig, aber er wird die Summe dennoch so hoch treiben, dass Sie die Schulden loswerden.«

Jaqueline war froh, dass Petersen sie nicht mit falschen Versprechen zu trösten versuchte. Die Hoffnung, durch den Verkauf so viel zu erzielen, dass Geld für sie übrig bliebe, wäre illusorisch gewesen.

»Tun Sie, was Sie für richtig halten. Ich verlasse mich voll und ganz auf Sie«, erklärte Jaqueline und reichte ihm die Hand. »Vielen Dank, Herr Petersen, ich wüsste nicht, was ich ohne Sie tun sollte.«

»Sie können immer auf mich zählen, Fräulein Halstenbek. Gibt es noch etwas, womit ich Ihnen behilflich sein kann?«

Jaqueline schüttelte den Kopf. Trauer und Schwermut bedrückten sie so sehr, dass sie sich nur danach sehnte, allein zu sein.

»Wenn es doch etwas geben sollte, melden Sie sich jederzeit bei mir. Ich werde Sie auf dem Laufenden halten, was den Verkauf des Hauses angeht.«

Jaqueline nickte dankbar und begleitete den Anwalt zur Tür.

Kaum war die Eingangstür hinter ihm zugefallen, tauchte Christoph aus der Küche auf. Er sah aus wie ein geprügelter Hund.

»Sie werden nicht mehr lange bleiben können, nicht wahr, Fräulein Halstenbek?« Seine Frage klang eher wie eine verzweifelte Feststellung.

Nach der Versteigerung des Hauses gäbe es für ihn nur zwei Möglichkeiten: Bestenfalls behielt der neue Eigentümer ihn, oder er musste sich eine neue Anstellung suchen.

»Ich fürchte, nur so lange, bis ein neuer Besitzer gefunden ist, Christoph«, flüsterte sie und bemerkte den ungewöhnlich lauten Widerhall ihrer Stimme.

In der Eingangshalle hatten nie sehr viele Möbel gestanden, aber offenbar doch genug, um die Geräusche ein wenig zu dämpfen. Jetzt tickte dort nicht einmal mehr die Standuhr, denn die war als eines der ersten Stücke fortgeschafft worden.

»Sie sollten sich besser so schnell wie möglich um eine neue Anstellung bemühen«, setzte Jaqueline schweren Herzens hinzu.

»Ich könnte darauf hoffen, vom neuen Hausbesitzer übernommen zu werden.«

»Und wenn es jemand ist, den Sie nicht leiden können? Vielleicht sogar Fahrkrog, der in ein besseres Viertel umziehen will? Soweit ich weiß, dürfen auch die Gläubiger mitbieten.«

Der Gedanke, dass Fahrkrog hier einziehen könnte, erschien Jaqueline unerträglich. Den ganzen Tag über war sie stark gewesen, und sie hatte auch jetzt nicht vor zu weinen, doch plötzlich löste sich ihre Anspannung mit aller Macht und füllte ihre Augen mit Tränen.

Laut schluchzend stand sie da, während Christoph hilflos

vor ihr stand. Am liebsten hätte er sie in die Arme genommen, aber er kam gar nicht erst in die Versuchung, denn Jaqueline rannte davon.

Ihre Schritte hallten laut durch den Korridor, denn auch für den Teppich hatte sich ein Abnehmer gefunden. Krachend fiel die Tür hinter ihr ins Schloss, nachdem sie in das Arbeitszimmer ihres Vaters gestürmt war.

Während sie sich fahrig die Tränen trocknete, lief sie zum Schreibtisch. Dort lagen noch immer Warwicks Briefe. Die Gläubiger hatten sich nicht dafür interessiert.

Mit zitternden Händen holte sie seinen letzten Brief hervor. Die Schrift verschwamm vor ihren Augen, doch ein Satz hatte sich ihr ins Gedächtnis eingeprägt: *Sie können sich stets auf mich als Ihren treuen Freund verlassen, sollten Sie einmal in Not geraten.*

Damals wie heute widerstrebte es Jaqueline, ihn um Geld zu bitten, obwohl sie es bitter nötig hätte. Aber mittlerweile gab es doch etwas, was er tun konnte.

Jaquelines Blick wanderte über die Karte unter der gläsernen Schreibtischplatte, die ebenfalls von einer Pfandmarke verunziert wurde. Vaters erste Reise ...

Vor einiger Zeit hatte sie von einer Abenteurerin namens Anna Jameson gelesen, die nach Kanada reiste, um eine Ehe aufzulösen. Sie hatte große Bewunderung für die Frau empfunden. Warum sollte ich ihr nicht nacheifern?, fragte Jaqueline sich.

Ehe sie es sich versah, fand sie sich hinter dem Schreibtisch wieder, wo sie mit vor Aufregung zitternden Händen nach Papier und Schreibfeder griff. In ihrem Eifer stieß sie die Feder ein wenig zu fest in das Tintenfass, sodass sie den Boden berührte. Doch als sie zu schreiben begann, fühlte sie endlich wieder einen Funken Hoffnung.

6

Am Nachmittag des folgenden Tages starrte Jaqueline unschlüssig auf ein kleines Schaufenster in der Glockengießergasse. Je länger sie da stand, desto mehr gewann sie den Eindruck, dass sich die Pfandleihe zwischen den anderen Gebäuden duckte, als seien die Geschäfte, die hier geschlossen wurden, nicht rechtens.

Ihr Vater hatte es ihr freigestellt, die Brosche zu versetzen. Als sie das Haus verlassen hatte, war Jaqueline noch fest dazu entschlossen gewesen. Aber jetzt überfielen sie Zweifel. Die Brosche ist wunderschön, vielleicht sollte ich sie doch behalten, dachte sie. Sie hat einmal meiner Mutter gehört und ist das Letzte, was mir von meinem Zuhause bleiben wird.

Wovon willst du die Überfahrt nach Kanada denn bezahlen?, wisperte ihr eine Stimme ins Ohr. Dir bleibt keine andere Wahl, als das Schmuckstück zu Geld zu machen.

Schließlich gab Jaqueline sich einen Ruck und überquerte die Straße. Sie hatte das Gefühl, von den anderen Passanten gemustert zu werden, doch wenn sie sich nach ihnen umsah, blickten sie stets in eine andere Richtung.

Ihr Herz pochte, als sie die Klinke herunterdrückte und die Türglocke ertönte.

Zögernd betrat Jaqueline den Raum. Ein muffiger Geruch schlug ihr entgegen.

Beinahe wie auf unserem Dachboden, ging ihr durch den Sinn, während sie den Blick über die Gegenstände schweifen ließ, die zum Verkauf standen. Standuhren, Kommoden, Arzneischränkchen, Lampen, Laternen, Vasen warteten auf ihren alten oder einen neuen Besitzer. Hinter dem Verkaufstisch befand sich ein hoher Apothekerschrank, dessen Schubladen nummeriert waren und gewiss keine Medizin enthielten.

Kaum jemand würde zugeben, dass er seinen Schmuck oder andere Kostbarkeiten gegen Bargeld versetzt hat, dachte Jaqueline. Dennoch ist der Laden vollgestopft mit allen möglichen Dingen.

»Guten Tag, junges Fräulein, was kann ich für Sie tun?«

Die Stimme riss Jaqueline aus ihren Gedanken. Sprachlos starrte sie den Mann an, der wie aus dem Nichts hinter der Theke aufgetaucht war.

Der Pfandleiher war ein älterer Herr mit grau meliertem Backenbart und einem wirren Haarschopf, der am Oberkopf schon stark ausgedünnt war. Über seinem gestreiften Hemd trug er schwarze Armschoner und eine dunkelblaue Weste, an der eine silberne Uhrkette baumelte.

»Ähm ... Ich würde Ihnen gern etwas zur Leihe überlassen«, sagte Jaqueline, denn etwas Besseres fiel ihr nicht ein. Ihre Hände zitterten, als sie das Kästchen aus der Handtasche zog und auf den Tresen stellte.

Als sie den Deckel aufklappte, stockte ihr einmal mehr der Atem. Die Edelsteine funkelten im Schein der Lampe, die auf der Theke ein warmes Licht spendete.

Jaqueline beobachtete, wie sich die Augen des Pfandleihers weiteten.

»Ein wunderbares Stück!«, rief er aus, klemmte sich eine Lupe ins rechte Auge und nahm die Brosche vorsichtig aus dem Kästchen. »Wissen Sie, woher es stammt?«

»Mein Vater hat es von einer seiner Reisen mitgebracht und mir vererbt.«

»Wirklich außergewöhnlich«, murmelte der Mann daraufhin, während er jeden Edelstein einzeln zu betrachten schien. »Das sind die reinsten Amethyste und Saphire, die ich je zu Gesicht bekommen habe. Und die mittleren haben eine ganz seltene Färbung.«

Jaqueline krallte die Hände in ihren Rock.

Sollte es eine größere Summe werden?

Auf einmal schämte sie sich. Das Schmuckstück hatte ihrer Mutter gehört! Und sie dachte nur an das Geld, das es bringen würde. Jaqueline fühlte sich elend, Tränen stiegen ihr in die Augen, aber sie unterdrückte diese Regung. Dieser Schritt war notwendig, da half alles nichts.

Ich werde sie mir zurückholen, sagte sie sich. »Was, glauben Sie, ist die Brosche wert?«

Der Mann drehte das Schmuckstück erneut in den Händen. Die Gier in seinem Gesichtsausdruck ließ Jaqueline angewidert frösteln.

»Kommt ganz darauf an: Wie lange soll ich Ihnen die Summe auslegen? Ein Stück wie dieses könnte ich sehr schnell sehr gut verkaufen.«

»Wäre es möglich, mir das Geld für die Frist eines Jahres zu leihen?«, fragte Jaqueline zögerlich, während sie die eiskalten Hände knetete. »Ich habe eine lange Reise vor mir und werde die Brosche wohl nicht früher auslösen können. Aber ich hänge sehr an dem Stück und möchte es auf jeden Fall zurückkaufen.«

Der Pfandleiher nahm die Lupe aus dem Auge und legte die Brosche wieder zurück. »Wenn es solch eine lange Frist sein soll, kann ich Ihnen nicht mehr als fünfhundert Mark dafür geben. Bedaure.«

Fünfhundert Mark? Hatte er nicht eben gesagt, dass er die Brosche leicht verkaufen könnte? Welches Risiko geht er dann ein?

Jaqueline hatte zwar keine Reichtümer erwartet, aber doch mit der doppelten Summe gerechnet. Fünfhundert Mark würden für eine Schiffspassage mehr als ausreichen, doch wenn sie erst einmal in Kanada war, brauchte sie ebenfalls Geld.

»Geht nicht ein bisschen mehr?«, fragte sie zaghaft.

»Ich würde Ihnen mehr geben, wenn es nur für ein Vierteljahr oder sechs Monate wäre. Aber ein ganzes Jahr ist eine lange Zeit. Es kann viel geschehen, und ich bin auch nur ein Geschäftsmann, der für sein Überleben sorgen muss.«

Jaqueline seufzte. Offenbar wurde die Welt wirklich nur noch vom Geld regiert. Aber was blieb ihr schon übrig? Selbst wenn ich hierbliebe, könnte ich die höhere Summe gewiss nicht in kürzerer Frist zurückzahlen, überlegte sie.

»Also gut, ich nehme die fünfhundert.«

Mit zufriedenem Lächeln trat der Pfandleiher hinter seine Kasse. Ein Bimmeln ertönte, dann reichte er Jaqueline die Summe.

»Bitte geben Sie mir eine Quittung! Wie Sie so richtig bemerkt haben, ist ein Jahr eine lange Zeit. Ich möchte sicherstellen, dass die Brosche noch da ist, wenn ich zurückkomme.«

Der Pfandleiher blickte sie bewundernd an. »Selbstverständlich kriegen Sie eine Quittung und auch eine Pfandnummer.«

Damit wandte er sich dem Apothekerschrank zu, ließ die Brosche in dem Fach mit der Nummer 27 verschwinden und reichte ihr einen Beleg, auf dem er die Nummer notiert hatte.

Eine Stunde später, nachdem sie den Brief für Warwick aufgegeben hatte, machte sich Jaqueline auf den Weg zur Anwaltskanzlei.

Diesmal öffnete ihr der Hausherr persönlich. »Fräulein Halstenbek, gut, dass Sie kommen«, sagte Petersen. »Ich wollte gerade meinen Sekretär mit einer Nachricht zu Ihnen schicken. Mein Makler hat zwei Interessenten für das Haus gefunden.«

Diese Nachricht überrumpelte Jaqueline dermaßen, dass sie erst einmal nichts weiter sagen konnte als: »Das ist ja wunderbar.«

»Treten Sie ein, dann besprechen wir alles Weitere.«

Kaffeeduft stieg Jaqueline in die Nase, aber sie bemerkte ihn nur beiläufig. In ihrem Kopf wirbelten die Gedanken umher.

»Thomas, bring bitte eine Tasse mehr ins Büro!«, rief der Anwalt seinem Gehilfen zu, der in einem der hinteren Räume rumorte. Dann bedeutete er Jaqueline, Platz zu nehmen. »Wie gesagt, es gibt Interessenten. Gleich morgen wollen sie sich das Haus anschauen. Ist das nicht fabelhaft?«

Jaqueline war noch immer sprachlos.

So schnell schon!, dachte sie. Und was wird aus mir und Christoph? Er hat noch keine neue Anstellung, und ich habe noch keine Schiffspassage gebucht. »Ja, das ist es wirklich«, erklärte sie, wobei sie alles andere als begeistert klang.

Petersen betrachtete sie prüfend. »Alles in Ordnung mit Ihnen?«, fragte er nun. Der Enthusiasmus war aus seiner Stimme verschwunden.

»Ja, doch.« Jaqueline zwang sich zu einem Lächeln. »Es überrascht mich nur, dass es so schnell geht.«

»Sie haben Sorge wegen Ihrer Bleibe, nicht wahr?«

Jaqueline nickte.

»Was das angeht, so können wir mit dem neuen Besitzer sicher ein Arrangement treffen. Er könnte Ihnen ein Wohnrecht einräumen, solange Sie noch nichts Neues gefunden haben.«

In einem Zimmer ohne Möbel, dachte Jaqueline bitter. Sicher werden die Gläubiger auch die letzten Stücke bald abholen.

»Das ist ein guter Vorschlag. Ich habe allerdings nicht vor, mir eine neue Bleibe in Hamburg zu suchen.«

Petersen zog überrascht die Augenbrauen hoch.

Jaqueline atmete tief durch. Ihr Herz pochte, und in ihrer Magengegend zwickte es. »Ich habe beschlossen auszuwandern.«

»Auswandern?«, presste Petersen hervor, als sei es das Unglaublichste, was ihm je zu Ohren gekommen war.

»Ja, ich möchte das Land kennenlernen, das meinem Vater so viel bedeutet hat: Kanada.«

Der Anwalt starrte Jaqueline sprachlos an. »Eine Ausreise nach Kanada wird aber nicht einfach werden«, erklärte er schließlich, während sein Sekretär den Kaffee servierte.

»Darüber bin ich mir im Klaren.« Jaqueline betrachtete ihr Gesicht im dunklen Spiegel des noch dampfenden Getränks. »Aber viele andere Möglichkeiten bleiben mir nicht. Noch in dieser Woche muss ich das Haus verlassen. Mehr als ein Koffer mit Kleidung und einige Andenken, die nur für mich wertvoll sind, sind mir nicht geblieben. Außerdem hat einer der Gläubiger einen persönlichen Hass auf mich entwickelt, sodass ich in Hamburg nicht mehr sicher bin.«

Petersen seufzte tief und lehnte sich zurück. »Und woher wollen Sie das Geld für die Überfahrt nehmen? Soweit mir bekannt ist, kostet eine Überfahrt auf einem der neuen Dampfschiffe zwischen hundertdreißig und dreihundert Mark.«

Jaqueline presste die Lippen zusammen. Um ein Haar hätte sie verraten, dass sie eine Brosche versetzt hatte. Doch gegen den Geheimhaltungswunsch ihres Vaters wollte sie nicht verstoßen.

»Ich habe einem Freund meines Vaters von meiner Lage und meinen Ausreiseplänen berichtet und hoffe, dass er mir helfen wird.«

Der Blick des Anwalts wurde skeptisch. »Sind Sie sicher, dass er das tun wird? Ich habe schon oft erlebt, dass selbst gute Freunde sich von Personen abgewandt haben, die in Schwierigkeiten waren.«

»Mr Warwick wird das ganz sicher nicht tun!«, erklärte Jaqueline entschlossen. »Er hat mir seine Hilfe angeboten.« Wenn auch keine finanzielle, denn von unserem Schuldenberg habe ich ihm nie geschrieben, fügte sie in Gedanken an.

Petersens skeptischer Gesichtsausdruck verriet Jaqueline, dass er ihr nicht zutraute, allein auszureisen.

»Selbst wenn Sie die Reisekosten aufbringen, gibt es noch ein zweites Problem«, fuhr der Anwalt schließlich fort.

»Und das wäre?«

»Sie brauchen Papiere. Außerdem können Sie nicht einfach von heute auf morgen das Land verlassen. Oftmals warten Ausreisewillige mehrere Wochen, bis ihr Schiff ablegt. Das bedeutet, dass Sie wochenlang in einer der Wartehallen ausharren müssten.«

Hält er mich vielleicht für ein verweichlichtes Zuckerpüppchen?, fragte sich Jaqueline, bemüht, ihren Groll zu überspielen, indem sie die Tasse an die Lippen hob und einen Schluck trank.

Der Kaffee schmeckte bitter und trieb ihren Puls noch weiter in die Höhe.

»Ich habe keine andere Wahl«, erklärte sie achselzuckend.

Der Anwalt beugte sich vor und faltete die Hände über dem Dokument, das auf der Tischplatte lag. »Es ist Ihnen wirklich ernst, nicht wahr?«

Jaqueline straffte die Schultern. »In Kanada hat mein Vater seine Karriere begonnen. Seine erste Karte zeigt die kanadische Ostküste. Ich bin sicher, dass ich dort ebenfalls mein Glück finden werde.«

»Für eine Frau könnte es ungleich schwerer werden«, wandte der Anwalt ein. »Soweit ich weiß, reisen dorthin nur Frauen aus, die entweder ihren Ehemännern folgen oder auf die drüben ein Ehemann wartet.«

»Auf mich wartet Mr Warwick!«, platzte es aus Jaqueline heraus.

Als sie bemerkte, dass es sich so anhörte, als mache sie sich Hoffnungen auf eine Heirat, errötete sie und schob verlegen die Tasse auf dem Tisch hin und her.

»Offenbar kann man diesem Mann nur gratulieren«, sagte Petersen schließlich mit einem hintergründigen Lächeln.

Jaqueline wollte schon protestieren, aber eine innere Stimme raunte ihr zu: Gib es ruhig zu, insgeheim hoffst du doch darauf, dass dieser Mann die Liebe deines Lebens wird! Also schwieg sie.

Glücklicherweise wechselte Petersen taktvoll das Thema, als er merkte, dass es seiner Mandantin unangenehm war, von ihrem Bekannten zu sprechen.

»Was die nötigen Unterlagen für Ihre Ausreise betrifft, so könnte ich mich darum kümmern«, bot er an. »Vorausgesetzt, Sie möchten das.«

»Aber ich kann Ihnen nichts dafür bezahlen…«

»Keine Sorge, es wird mich schon nicht arm machen, wenn ich Ihnen helfe. Das bin ich dem Andenken Ihres Vaters schuldig.«

Auf dem Rückweg in die Mönckebergstraße fühlte sich Jaqueline wie in Trance. Halb war ihr zum Weinen, halb zum Lachen zumute. Die allmählich aufflammenden Lichter der Gaslaternen verschwammen vor ihren Augen.

Mit fünfhundert Mark in der Tasche und Petersens Unterstützung erschienen ihr die Reisepläne etwas rosiger. Doch durfte sie sich darüber freuen? Was war mit Christoph, der treuen Seele? Konnte sie ihn einfach zurücklassen?

Obwohl er ihr versichert hatte, er werde sich eine neue Anstellung suchen, sobald das Haus verkauft sei, fühlte sie sich für ihn verantwortlich. Sie brachte es nach all den Jahren, die er ihrer Familie treu gedient hatte, nicht übers Herz, ihn in eine ungewisse Zukunft zu entlassen. Vielleicht sollte ich ihm etwas von dem Geld für die Brosche abgeben, überlegte sie. Eine bescheidene Abfindung für so viele Jahre Arbeit, aber immerhin etwas.

Wehmütig blickte Jaqueline zu ihrem Elternhaus auf. Vielleicht werde ich eines Tages genug Geld besitzen, um das Haus und auch Mutters Schmuckstück zurückzukaufen, ging ihr durch den Sinn, während sich eine Träne aus ihrem Augenwinkel löste und über ihre Wange floss.

Hastig wischte sie sie weg und stieg die Treppe hinauf.

Da bemerkte sie, dass die Eingangstür offen stand.

Seltsam, dachte sie. Das ist doch eigentlich nicht Christophs Art.

Bevor sie den Türflügel aufzog, bemerkte sie Kratzer am Rahmen.

Ist hier jemand gewaltsam eingedrungen?, durchfuhr es sie. Sie wich zurück und lauschte. Aber sie hörte nur das Pochen ihres Herzens.

Unsinn!, Du bist überreizt, Jaqueline, redete sie sich schließlich zu. Die Leute wissen doch, dass es bei dir nichts mehr zu holen gibt. Die Kratzer stammen vermutlich von einem Packer, der beim Verladen eines Möbelstücks nicht aufgepasst hat.

Einen Moment lang rang sie noch mit sich, ob sie die Polizei rufen solle. Da sie noch immer kein Geräusch vernahm, entschied sie sich jedoch dafür, erst einmal nachzusehen, ob es sich wirklich um einen Einbruch handelte.

Sich vorsichtig nach allen Seiten umschauend, betrat sie die Halle. Das Licht der Gaslaterne vor der Haustür schnitt einen hellen Keil in die Dunkelheit.

Offenbar ist Christoph nicht hier, ging ihr durch den Kopf. Sonst hätte er die Lampen angezündet. Ist er vielleicht zur Polizei unterwegs?

»Christoph?«

Ihre Stimme verhallte ohne eine Antwort in den Tiefen des Gebäudes, was ihre Vermutung bekräftigte. Ihr Diener war nicht hier. Jaqueline verharrte noch einen Moment lauschend, dann zog sie die Haustür ins Schloss und strebte der Küche zu. Vielleicht hat er wenigstens Tee gekocht, bevor er gegangen ist, dachte sie. Halb erfroren, wie ich bin, könnte ich einen Muntermacher gut gebrauchen.

An der Küchentür strömte Jaqueline ein seltsamer Geruch entgegen, bei dem sich ihr Magen zusammenklumpte. Tee war das auf keinen Fall, was sie da roch.

Mit zitternden Händen öffnete sie die Tür. Auch hier war alles dunkel. Nicht einmal das Herdfeuer brannte noch. Feuchte Kühle schlug ihr entgegen. Offenbar war Christoph schon länger fort.

Hat er meine Abwesenheit genutzt, um sich aus dem Staub zu machen?, fragte sie sich. Unsinn! So einer ist Christoph Hansen nicht, war die eindeutige Antwort darauf.

Vorsicht tastete Jaqueline sich zum Küchenschrank, zog

aus einer Schublade ein Streichholzbriefchen und zündete die Petroleumlampe an, die auf dem Küchentisch stand.

Mit einem Schrei wich sie zurück.

Der Lichtschein fiel auf Christoph, der mitten im Raum mit dem Gesicht nach unten in einer Blutlache lag. Blut war neben ihm auf den Fliesen verschmiert.

Voller Entsetzen fiel Jaqueline neben ihm auf die Knie. Dass ihr Rocksaum das Blut verschmierte, kümmerte sie nicht.

»Christoph?«, fragte sie mit zitternder Stimme und versuchte, ihn vorsichtig umzudrehen.

Bei all dem Blut, das die Kleidung des Dieners getränkt hatte, drehte sich ihr der Magen um. Aber der Schock hatte sie dermaßen tief getroffen, dass sie weder schreien noch weinen konnte. Fassungslos bemerkte sie eine klaffende Wunde an Christophs Schläfe.

War er gestürzt und mit dem Kopf gegen die Tischkante geprallt? Oder hatte ihn jemand angegriffen?

Plötzlich stöhnte der Verletzte auf.

»Christoph!«, rief Jaqueline, während sie seinen Hemdkragen öffnete. Ihr Herz pochte bis zum Hals. Er lebt noch! Vielleicht ist es doch nicht so schlimm, wie es aussieht.

Der Diener öffnete die Augen, von denen eines fast ganz zugeschwollen war.

»Jaqueline ...«, brachte er keuchend hervor.

»Ja, ich bin es, Christoph.« Jaqueline unterdrückte die Tränen so gut wie möglich und nahm Christophs Hand. »Was ist passiert?«

»Drei ... Fahrkrogs ...«

»Fahrkrogs Männer haben Sie angegriffen?«, fragte Jaqueline, worauf er schwach nickte.

»Was wollten die hier?«

Christoph schluckte, brachte aber kein Wort heraus.

»Schon gut. Ich werde Hilfe holen«, sagte sie und wollte sich von ihm lösen, doch er klammerte sich überraschend fest an sie.

»Haben Sie keine Angst, Doktor Sauerkamp wird Ihnen helfen.«

»Ich ... Ich wollte ... nur ...«

»Psst!«, machte Jaqueline, die erkannt hatte, dass er all seine Kraft aufbringen musste, um zu sprechen. Schweiß perlte ihm von der Stirn. »Das können Sie mir auch noch sagen, wenn es Ihnen wieder besser geht.«

Aber Christoph holte erneut tief Luft und presste zitternd hervor: »Ich ... hoffe, dass Sie ... Ihr Glück ...«

Daraufhin zuckte sein Körper zusammen und erschlaffte. Christophs Blick wurde starr.

»Nein!«, flüsterte Jaqueline, ungläubig den Kopf schüttelnd. Dann begann sie hemmungslos zu weinen.

Nur wenige Minuten später rannte Jaqueline wie von Sinnen die Mönckebergstraße entlang. Es kümmerte sie nicht, dass ihr Mantel offen stand und sie die Handschuhe vergessen hatte. Ihr Magen fühlte sich an, als sei er voller Scherben, ihr Herz raste, und ihr Kopf war wie leergefegt.

Es wäre das Vernünftigste gewesen, zur Polizei zu laufen, doch in ihrem Zustand wollte ihr nur ein Ort einfallen, an dem sie sicher war. Sie stürmte an den letzten abendlichen Passanten vorbei, das Murren ignorierend, wenn sie einen von ihnen versehentlich anstieß.

Die Dunkelheit war bereits hereingebrochen, als sie ihr Ziel erreichte. Sie betätigte den Türklopfer und lehnte sich wie betäubt gegen die Wand. Obwohl sie im Abendwind fröstelte, dachte sie nicht daran, den Mantel zu schließen.

Endlich ertönten Schritte, und die Tür wurde einen Spalt aufgezogen.

Vor Angst und Kälte zitternd, blickte Jaqueline in Petersens Gesicht.

»Um Himmels willen, was ist passiert?«

»Einbrecher«, stieß sie erschöpft hervor. »Sie haben Christoph ermordet.«

Bevor Petersen antworten konnte, sank sie ihm ohnmächtig entgegen.

Gedämpftes Licht. Der Geruch von Fleisch und Gemüse. Wo bin ich?, fragte sich Jaqueline. Die Essensdünste verursachten ihr Übelkeit.

Während das Kaminfeuer sie angenehm wärmte, klärten sich ihre Gedanken. Nach und nach kehrte die Erinnerung zurück.

»Sie steht unter Schock«, wisperte eine Frauenstimme. »Wir sollten den Arzt rufen, vielleicht haben diese Kerle auch ihr etwas angetan. Immerhin hat sie Blut auf dem Kleid.«

»Mir geht es gut«, sagte Jaqueline.

Dass sie unter Schock stand, mochte stimmen, aber einen Arzt wollte sie nicht.

Sogleich eilten Martin Petersen und seine Frau zu ihr.

Marie Petersen setzte sich neben sie. »Fräulein Halstenbek, ist wirklich alles in Ordnung mit Ihnen?«

Jaqueline nickte. »Mir fehlt nichts. Ich habe Christoph gefunden, als die Männer bereits fort waren.«

Der Gedanke an Christophs Worte trieb ihr erneut die Tränen in die Augen.

»Haben Sie schon die Polizei benachrichtigt?«, fragte Petersen, worauf Jaqueline den Kopf schüttelte.

»Nein, ich wollte zuerst zu Ihnen. Sie sind der Einzige, zu dem ich Vertrauen habe.«

Martin Petersen hätte sich geschmeichelt fühlen können, doch der Ausdruck, der nun auf sein Gesicht trat, verriet Besorgnis.

»Dann werde ich die Polizei zu Ihrem Haus schicken. Wissen Sie mit Sicherheit, dass es Fahrkrogs Leute waren?«

»Christoph hat es mir gesagt, als er ...«

»Er hat also noch gelebt?«

»Ja, er konnte noch etwas sagen, bevor er starb.« Jaqueline bemühte sich, die Übelkeit zu verdrängen, die sie erneut überkam.

»Haben Sie irgendwas Ungewöhnliches bemerkt? Eine Waffe vielleicht?«

Jaqueline schüttelte den Kopf. »Keine Waffe, aber an der Tür waren Kratzspuren. Offenbar hatte sich jemand daran zu schaffen gemacht.«

Martin Petersen blickte zu seiner Frau. »Kümmere dich um Fräulein Halstenbek, ich werde erst mal nach dem Rechten sehen.«

»Bitte pass auf dich auf!«, gab sie ihm mit auf den Weg, worauf er sie beruhigte.

»Ich werde nicht ohne die Polizei dort auftauchen. Du brauchst dir also keine Sorgen zu machen.«

Mit einem ermutigenden Lächeln verschwand er im Flur.

Durch Marie Petersens Fürsorge beruhigte Jaqueline sich ein wenig. Nachdem sie das Angebot, etwas zu essen, ausgeschlagen hatte, servierte die Hausherrin ihr einen würzigen Darjeeling, der den Geist belebte.

Die ganze Zeit über beobachtete Marie ihren Gast, doch sie

war taktvoll genug, keine Fragen zu stellen. Als schließlich das Weinen eines ihrer Kinder ertönte, entschuldigte sie sich und verließ die Stube. Jaqueline streckte sich wieder auf der Chaiselongue aus, denn sie fühlte sich noch immer schwach.

Obwohl sie vorgehabt hatte, wach zu bleiben, bis Petersen wieder zurück war, fielen ihr nach einer Weile die Augen zu und sie versank in einen tiefen Schlaf, aus dem sie erst erwachte, als schwere Schritte neben ihr ertönten.

Sie öffnete die Augen und fuhr erschrocken hoch. Ein Mann in Uniform stand neben ihr.

»Immer mit der Ruhe, Fräulein Halstenbek!«, redete Petersen sanft auf sie ein. »Das ist Wachmeister Bartels, er war mit mir in Ihrem Haus und hat dafür gesorgt, dass man Ihren Diener abgeholt hat. Er möchte Ihnen gern ein paar Fragen stellen.«

Jaqueline erhob sich benommen.

Der Polizist reichte ihr die Hand. »Bitte verzeihen Sie, dass ich Sie zu so später Stunde noch behellige, aber je früher wir mit den Ermittlungen beginnen, desto besser.«

In den folgenden Minuten berichtete ihm Jaqueline in allen Einzelheiten, was passiert war. Hoffentlich kriegen Fahrkrog und seine Schlägertruppe, was sie verdienen, dachte sie.

Schließlich fand sie auch den Mut, dem Wachtmeister von dem Verdacht bezüglich der eingeschlagenen Scheiben zu erzählen, obwohl Martin Petersen dadurch erfuhr, dass sie ihn angeschwindelt hatte. Aber Christophs Mörder musste überführt werden, und schon deshalb durfte sie nichts verschweigen.

Dieser Mistkerl von Fahrkrog sollte für seine Missetaten büßen!

Am nächsten Morgen erwachte Jaqueline in der Hoffnung, dass die Ereignisse der vergangenen Nacht nur ein Traum gewesen waren. Doch noch immer befand sie sich im Haus der Petersens. Obwohl der Ofen eine wohlige Wärme verbreitete und zarter Rosenduft in der Luft hing, fühlte sie sich unwohl.

Auf dem Stuhl neben dem Bett hing ein dunkelgrünes Kleid, das Marie Petersen gehörte.

Ich werde ihnen ihre Güte niemals vergelten können, ging Jaqueline durch den Sinn, während sie am Waschgeschirr neben dem Fenster ihre Morgentoilette machte.

Das kalte Wasser vertrieb zwar die Müdigkeit, aber nicht die Gedanken. Wo soll ich nun hin? Soll ich mich gleich heute um eine Schiffspassage bemühen? Und was ist mit Alan Warwick? Ob er meine Nachricht beantworten wird?

Aber Letzteres war wohl die kleinste ihrer Sorgen. Christoph hatte keine Familie, sie musste ihn beerdigen lassen. Auch die Kosten für das Begräbnis ihres Vaters musste sie noch begleichen.

Ein Klopfen an der Tür unterbrach ihre Grübelei.

»Fräulein Halstenbek?«

Die Stimme gehörte Lilly, dem Dienstmädchen der Petersens.

»Ja, ich bin wach!«, rief Jaqueline und griff nach dem Handtuch, doch das Mädchen hatte nicht vor hereinzukommen.

»Die gnädige Frau lässt fragen, ob Sie das Frühstück hier oben einzunehmen wünschen oder unten im Esszimmer.«

»Ich komme runter!«, rief Jaqueline.

Nachdem sie Maries Kleid angezogen und sich frisiert hatte, stieg sie die Treppe hinunter.

Der Duft von frisch gebackenen Waffeln strömte ihr entgegen, der sie an ihre Kindheit erinnerte.

Im Esszimmer wurde sie bereits von den Petersens erwartet. Die Tafel war so reich gedeckt, wie es bei Jaqueline schon lange nicht mehr der Fall gewesen war.

Etwas beklommen wünschte sie ihren Gastgebern einen guten Morgen.

»Ich hoffe, Sie haben ein wenig Schlaf gefunden«, sagte Marie Petersen mitfühlend, während sie dem Dienstmädchen mit einem Wink bedeutete, Jaqueline Kaffee einzuschenken.

»Danke, es ging. Ich habe mich heute Morgen allerdings gefragt, ob ich nicht alles nur geträumt habe.«

Marie blickte zu ihrem Mann, der den Kopf senkte.

»Leider nicht, Fräulein Halstenbek. Aber ich versichere Ihnen, dass wir alles Erdenkliche tun werden, damit der Mörder von Herrn Hansen gefasst wird.«

»Das ist sehr freundlich von Ihnen.«

Jaqueline blickte auf das Gedeck vor sich. Soeben hatte sie noch Hunger verspürt, doch der war ihr inzwischen vergangen.

Petersen räusperte sich, als sei er unschlüssig, das auszusprechen, was ihm durch den Kopf ging. Dann gab er sich einen Ruck. »Fahrkrog hatte es also auf Sie abgesehen?«

Jaqueline seufzte tief. »Ja, schon am ersten Tag nach Vaters Tod ist er mir auf den Leib gerückt. Christoph hat ihn davon abgehalten, und das Resultat waren zerschlagene Fensterscheiben – und nun sein Tod. Fahrkrog schreckt vor keiner Tat zurück, damit ich im Elend versinke.«

»Das wird ihm nicht gelingen, das verspreche ich Ihnen.« Petersen lächelte aufmunternd. »Das Haus wird trotz des Mordes und der Schäden verkauft werden. Ich habe mit der Polizei Stillschweigen über den Fall vereinbart, bis der Verkauf über die Bühne gegangen ist. Die Polizei arbeitet mit Hochdruck daran, Fahrkrog die Tat nachzuweisen.«

»Und wenn sie keine Beweise gegen ihn finden? Er wird sicher wieder versuchen, mich zu bedrohen.«

»Das wird ihm aber nicht gelingen, dafür werde ich sorgen.«

Wieder wechselte das Ehepaar vielsagende Blicke.

»Sie werden sehen, in den nächsten Tagen wird der Schrecken von Ihnen abfallen. Hier sind Sie in Sicherheit«, wandte Marie gütig ein.

»Das mag sein, und dafür bin ich Ihnen auch sehr dankbar, aber ...«

Da Martin Petersen die Augenbrauen hochzog, verstummte Jaqueline.

»Aber? Ich wollte Sie eigentlich gerade fragen, ob Sie nicht eine Weile hierbleiben wollen.«

Jaqueline blickte ihren Gastgeber überrascht an. Ihr Herz stolperte vor Aufregung. »Das kann ich nicht annehmen! Jedenfalls nicht, ohne –«

»Sie können es annehmen, Fräulein Halstenbek. Meine Frau würde sich über ein wenig Gesellschaft freuen – und ein wenig Hilfe bei der Betreuung der Kinder.«

Marie Petersen lächelte zustimmend.

»Wenn das so ist, bleibe ich gern und helfe selbstverständlich. Vielen Dank für dieses Entgegenkommen.«

Erleichtert und zugleich beschämt schaute Jaqueline an ihrem Kleid herab. Es war ihr ein wenig zu weit, aber sie war froh, dass sie ihre blutbefleckten Sachen nicht mehr tragen musste. Offenbar gibt es doch noch anständige Menschen, dachte sie, während sie einen Schluck Kaffee trank und sich eine Waffel nahm.

»Wenn Sie wollen, bringe ich Ihnen nachher ein paar persönliche Dinge aus dem Haus mit. Ich will dort ohnehin nach dem Rechten sehen.«

Jaqueline fiel die Reisetasche wieder ein, die auf dem Dachboden wartete.

»Wenn Sie nichts dagegen haben, würde ich Sie gern begleiten.«

Petersen sah sie zweifelnd an. »Wollen Sie das wirklich nach allem, was geschehen ist?«

Jaqueline straffte die Schultern. »Ja. Wenn ich in Ihrer Begleitung hingehe, wird Fahrkrog nicht wagen, mir etwas anzutun.«

2. Teil

Ein neues Land

1

Hamburg/Chatham März 1875

»Lederstrumpf duckte sich hinter einen Baumstumpf. Seine Hand lag auf seiner Flinte, bereit, jeden Moment einen Schuss abzugeben. Die Huronen, Delawaren und Irokesen, alle in voller Kriegstracht, näherten sich ihm und den beiden Frauen, die er bei sich hatte. Plötzlich sprang ein junger Mann vor die verfeindeten Krieger und zog sein Messer...«

Als Jaqueline bemerkte, dass sich die Augen der Kinder gespannt weiteten, lächelte sie zufrieden. In Augenblicken wie diesen vergaß sie für eine Weile, was geschehen war und welcher Schrecken hinter ihr lag.

Noch vor wenigen Wochen hätte sie nicht gedacht, dass sie es schaffen würde, die vierköpfige Schar mit einer Geschichte zu fesseln. Mit ihren Nacherzählungen von James Fenimore Coopers *Lederstrumpf* hatte sie aber offenbar genau den Geschmack der Kinder getroffen. Jeden Tag verlangten die Petersen-Sprösslinge eine neue Geschichte, sodass ihr schließlich nichts anderes übrig geblieben war, als die Abenteuer aus dem Buch mit den Erzählungen ihres Vaters zu verknüpfen.

»›Ich bin Chingachgook!‹, rief er und reckte die Waffe. ›Der weiße Mann, den ihr verfolgt, ist mein Freund.‹«

Ein Geräusch hinter ihr weckte ihre Neugier.

»Jaqueline, für Sie ist ein Brief gekommen. Mein Mann hat den Briefträger gebeten, die Post für die Mönckebergstraße hier abzugeben.« Die sanfte Stimme gehörte Marie Petersen.

Augenblicklich erhob sich Jaqueline, strich die Schürze glatt, die sie über dem blau gemusterten Kleid trug, und nahm das Schreiben entgegen.

Schon als sie den Schriftzug auf dem gelben Umschlag sah, hüpfte ihr Herz vor Freude. Alan Warwick hat mir geantwortet! Sie zwang sich, den Umschlag nicht sofort aufzureißen.

»Wenn Sie möchten, können Sie den Brief im Salon lesen, da werden Sie etwas mehr Ruhe haben«, sagte Marie mit Blick auf die Kinder.

»Und was ist nun mit unserer Geschichte?«, fragte Friedrich, der Älteste.

»Ich erzähle sie euch gleich weiter«, versprach Jaqueline und folgte der Hausherrin nach nebenan.

Der kleine Raum verströmte schon beim Betreten pure Gemütlichkeit. Marie Petersen hatte ein Faible für Handarbeit. Aufwendige Stickbilder schmückten die Wände, Klöppelspitze säumte die Tischdecke, und das wärmende Plaid, das sie sich in Mußestunden über die Knie legte, war ebenfalls eine Eigenkreation. Neben dem ausladenden Ohrensessel, der für gewöhnlich ihr Platz war, stand ein Körbchen mit Strickzeug.

Schon seit Wochen strickte Marie Leibchen und Jäckchen für ihr Ungeborenes. Gegenüber Jaqueline hatte sie einmal erwähnt, dass sie sich ein Mädchen wünsche, dennoch hatte sie weiße Wolle gewählt für den Fall, dass es wieder ein Junge wurde.

Marie reichte Jaqueline einen Brieföffner und bedeutete ihr, Platz zu nehmen, bevor sie sich in ihren Lieblingssessel setzte.

Obwohl Jaquelines Knie butterweich waren, blieb sie stehen und schlitzte den Umschlag auf. Ein leichter Duft nach Zedernholz stieg ihr in die Nase, als sie den champagnerfarbenen Briefbogen auseinanderfaltete. Erschrocken wich sie zurück, als ihre Finger etwas Glattes, Kaltes spürten. Es war eine kleine Fotografie, die einen dunkelhaarigen, bärtigen Mann zeigte.

Rasch schob Jaqueline sie unter den Brief. Dann flogen ihre Augen nur so über die Zeilen in Warwicks geschwungener Schrift.

Verehrteste Jaqueline,

wieder einmal möchte ich Ihnen aufs Herzlichste für Ihren freundlichen Brief danken.

Ihr Ansinnen, eine neue Zukunft in diesem Land, das mir mittlerweile zur Heimat geworden ist, zu suchen, hat mich offen gesagt zunächst überrascht. Doch Sie sollen nicht glauben, dass ich dem abgeneigt bin. Ihr Vater war stets voller Reiselust, und ich vermute, dass Sie ihm auch in diesem Punkt ähnlich sind.

Dass Sie die weite Reise zu mir auf sich nehmen möchten, freut mich sehr. Ich versichere Ihnen, dass ich alles in meiner Macht Stehende tun werde, um Ihnen die erste Zeit hier so angenehm wie möglich zu gestalten.

Bitte erlauben Sie mir, so frei zu sein, mich um Ausweispapiere für Sie zu kümmern. Ich weiß, dass das Prozedere der Einreise sehr langwierig sein kann. Und ich möchte nicht, dass Sie Wochen oder gar Monate in einer der Notunterkünfte verbringen müssen, in die man die Einreisenden zu stecken pflegt. Ich werde ab dem 30. März in Boston weilen und nach Ihrem

Schiff Ausschau halten. Ich freue mich darauf, die geschätzte Freundin, die mich mit so zarten Worten verzaubert, endlich kennenzulernen.

Hochachtungsvoll der Ihre,
Alan Warwick

PS: Ich erlaube mir, eine Fotografie von mir beizufügen, damit Sie wissen, dass es kein dahergelaufener Strolch ist, der Sie anspricht.

Jaqueline las den Brief gleich noch einmal, betrachtete das Porträt und presste schließlich beides mit einem glücklichen Seufzer an ihr Herz.
    Marie lächelte ahnungsvoll. »Der Brief ist von Ihrem Bekannten, nicht wahr?«
    Jaqueline nickte. Ihre Wangen glühten feuerrot. »Ja, und er hat ein Bild von sich beigefügt!« Sie reichte Marie die Fotoplatte.
    Marie Petersen betrachtete das Porträt eine Weile, bevor sie es Jaqueline zurückgab. »Ein stattlicher Mann! Was für ein Glück, dass er Sie hier noch erreicht hat! Es bleibt doch dabei, dass Sie morgen abreisen, oder?«
    »Ja. Ich bin froh, dass der Brief noch rechtzeitig eingetroffen ist. Mein Bekannter teilt mir mit, dass er mich in Boston abholen wird. Ich vermute, dass er mich dann zu seinem Wohnsitz nach Chatham bringen wird.«
    »Sie werden mir und den Kindern fehlen, Jaqueline«, bemerkte Frau Petersen wehmütig lächelnd, während sie über ihren Bauch streichelte. »Ich wünschte, Sie könnten länger bleiben. Aber ich verstehe natürlich, dass Sie eigene Pläne haben.«

»Ich werde Ihre Familie und Ihre Freundlichkeit niemals vergessen«, versprach Jaqueline. Dann begab sie sich in die Kinderstube, um ihre Geschichte zu Ende zu erzählen, bevor sie sich ans Packen machte.

Am nächsten Morgen erhob sich Jaqueline schon in aller Frühe. Vor Aufregung hatte sie kaum geschlafen.
In der Nacht hatte sie noch einmal die Ereignisse der letzten Wochen Revue passieren lassen. Das Haus war zu einem guten Preis verkauft worden, der nicht nur die Schulden, sondern auch die Beerdigungskosten für ihren Vater und Christoph Hansen abgedeckt hatte.
Am Grab des Dieners hatte sich Jaqueline schwere Vorwürfe gemacht. Wenn ich ihn noch am Morgen nach Vaters Tod entlassen hätte, würde er vielleicht noch leben, hatte sie sich wieder und wieder gesagt, obwohl sie wusste, dass Christoph damals nicht umzustimmen war.
Schlecht sah es bei den Ermittlungen der Polizei aus. Die Männer, die Christoph angegriffen hatten, waren nicht auffindbar, und Fahrkrog wusch seine Hände in Unschuld. Würde der Fall je geklärt werden? Jaqueline hoffte es inbrünstig. Sie hatte Martin Petersen das Versprechen abgenommen, sie zu informieren, sollten die Mörder gefasst werden.
Heute Morgen beginnt mein neues Leben!, sagte Jaqueline sich. Sie zwang sich, das nervöse Zwicken in ihrem Magen zu ignorieren, und begab sich mit ihrem Gepäck nach unten.
Wie sie an dem köstlichen Geruch, der durchs Haus waberte, erkennen konnte, hatte Frau Petersen die Köchin angewiesen, ein üppiges Frühstück herzurichten, damit Jaqueline sich nicht mit leerem Magen einschiffen musste.
Lilly deckte bereits den Tisch.

»Guten Morgen, Herta, guten Morgen, Lilly!«, rief Jaqueline fröhlich.

Die beiden Frauen blickten auf.

»Guten Morgen, Kindchen!«, entgegnete die Köchin, wie es ihre Art war, während Lilly nur mit einem Nicken reagierte. »Setzen Sie sich! Das Frühstück ist gleich fertig.«

Jaqueline bezweifelte, dass sie überhaupt einen Bissen herunterbekommen würde.

Aber darauf nahm Herta keine Rücksicht. Munter stapelte sie Rührei mit Schinken auf Jaquelines Teller.

»Wer weiß, wann Sie wieder so etwas Gutes kriegen, Kindchen. Außerdem habe ich gehört, dass in Kanada fast nur Franzosen und Engländer wohnen. Die haben keine Ahnung von richtigem Essen.«

Jaqueline musste unwillkürlich schmunzeln. Dass die Franzosen für ihre Küche weltberühmt waren, schien Herta geflissentlich außer Acht zu lassen. Da sie die gute Seele nicht kränken wollte, begann sie brav zu essen, und nach den ersten Bissen hatte sie sogar Appetit.

Als sie fertig war, verabschiedete sie sich von Herta und bekam von ihr noch einen Proviantbeutel mit.

»Für den Fall, dass der Schiffskoch keine Ahnung hat«, kommentierte sie und zog Jaqueline dann an ihre üppige Brust.

Nachdem die Köchin sie wieder freigegeben hatte, ging Jaqueline in die Wohnstube, wo Martin Petersen und seine Frau sie bereits erwarteten.

»Geben Sie gut auf sich Acht«, gab Marie ihr mit auf den Weg. »Und melden Sie sich gelegentlich, damit wir wissen, wie es Ihnen geht.«

»Das werde ich tun. Sobald ich an Land bin, werde ich den ersten Brief an Sie absenden.«

Martin Petersen steckte ihr einen Umschlag zu. »Damit Sie sich Briefpapier und Marken kaufen können.«

Jaqueline ahnte, was das Kuvert enthielt.

»Aber ich kann doch nicht…«, presste sie erschrocken hervor, doch der Anwalt duldete keinen Widerspruch.

»Nehmen Sie es, und werden Sie glücklich in der Neuen Welt.«

»Vielen Dank für alles, was Sie für mich getan haben. Ich werde die unbeschwerten Tage in Ihrem Haus nie vergessen.« Damit ließ sie den Umschlag in ihrer Tasche verschwinden.

Das Dampfschiff bot einen imposanten Anblick mit den hohen Masten, dem riesigen Schornstein in der Mitte und dem wuchtigen, schwarz angestrichenen Rumpf. Der Name *Taube* prangte als verwaschener Schriftzug am Bug.

Möge es mich rasch wie eine Brieftaube nach Boston bringen, wünschte sich Jaqueline, während sie zur Gangway schritt. Dort reihte sie sich in die Menge der Wartenden ein. Es handelte sich offenbar um Menschen aller Gesellschaftsschichten. Elegante Reisekostüme und Gehröcke waren ebenso vertreten wie abgewetzte Mäntel und Arbeiterjacken. Einige Kinder spielten unbeeindruckt von den Warnungen der Arbeiter neben den Proviantkisten, die gerade aufgeladen wurden.

Wieder glitt Jaquelines Blick über das Schiff, das von kreischenden Möwen umkreist wurde wie ein Fischkutter.

Was für ein Koloss!, dachte sie fasziniert. Vater hätte den Anblick geliebt.

Anton Halstenbek hatte seine Schiffsreisen meist auf Klippern gemacht. Diese Schiffe waren für ihre Schnelligkeit berühmt und für die Zustände an Bord berüchtigt.

Jaqueline hatte vor etwa vier Jahren einen Zeitungsartikel über ein Rennen von Teeklippern gelesen. Der Reporter berichtete mit atemberaubenden Worten von den Schwierigkeiten, denen sich die Mannschaften der neunundneunzig teilnehmenden Schiffe gegenübersahen. Gefährliche Stürme mit heftigem Seegang hatten den Männern einiges abverlangt. Jaqueline hätte solch eine Fahrt nicht gereizt. Noch immer verkehrten Klipper zwischen Europa und Amerika, doch sie hatte sich für eines der neuen Dampfschiffe entschieden.

Laut Aussage des Schalterbediensteten, bei dem sie die Fahrkarte gekauft hatte, legte die *Taube* die Strecke innerhalb von zweieinhalb Wochen zurück. Und das bei weitaus höherem Komfort als auf einem Segelschiff.

Der Ruf einer Männerstimme schreckte sie aus den Gedanken auf.

Das Einschiffen begann. Dabei wurde streng nach Decks unterteilt. Die Passagiere, die eine Kabine gebucht hatten, reihten sich rechts ein, die anderen links.

Jaqueline umklammerte den Griff ihrer Tasche fester. Ein wenig bang wurde ihr schon zumute. Aber die Abenteuerlust siegte. Ob ich das Richtige tue, werde ich ohnehin erst wissen, wenn ich dort bin, dachte Jaqueline.

Nach einer Weile setzte sich die Schlange der Wartenden in Bewegung.

Erst jetzt fiel ihr auf, wie viel Gepäck die anderen Reisenden bei sich hatten. Einige mühten sich sogar mit einem riesigen Schrankkoffer ab, in dem man bequem einen Menschen hätte unterbringen können. Jaqueline kam sich mit ihrer Teppichstofftasche erbärmlich vor. Aber immerhin hatte sie für die Überfahrt eine Kabine gebucht.

Der Offizier, der die Passagiere der ersten und zweiten Klasse begrüßte, war zu Jaquelines Überraschung noch recht jung. Die Uniform stand ihm hervorragend. Was für Augen!, schwärmte sie insgeheim. Und was für ein Lächeln!

»Name?«, fragte er, nachdem sich ihre Blicke getroffen hatten.

»Jaqueline Halstenbek.«

Der Offizier suchte eine Weile, dann nickte er und setzte einen Haken auf seiner Liste. »Sie haben Kabine neunzehn. Angenehme Reise.«

Während die Passagiere der ersten und zweiten Klasse damit bereits abgefertigt waren, mussten die Zwischendeckpassagiere eine medizinische Untersuchung über sich ergehen lassen. Jaqueline beobachtete, dass ein Mann in dunklem Gehrock die Stirn einer Frau befühlte, bevor er an deren Hals herumdrückte. Als ob Armut gleichbedeutend mit Krankheit wäre!, ging ihr empört durch den Sinn.

Über ihre Beobachtung wäre Jaqueline beinahe mit einem Lastenträger zusammengestoßen, der mit einem lauten Murren zur Seite auswich.

»He, pass doch auf!«

»Entschuldigung!«, murmelte Jaqueline und verschwand auf der Treppe nach unten.

Ihre Kabine lag am Ende des Ganges. Zahlreiche andere Fahrgäste waren damit beschäftigt, ihre Gepäckstücke durch die schmalen Türen zu manövrieren, sodass sie immer wieder stehen bleiben musste, weil jemand rückwärts aus der Kabine trat, um einen weiteren Koffer zu holen.

Als sie ihre Unterkunft endlich erreicht hatte, strömte ihr ein seltsamer Geruch entgegen. Jaqueline krauste die Nase, während sie einen Rundblick durch die Kabine warf.

Sie war karg eingerichtet, wirkte aber sauber. Es gab eine Schlafkoje, die sie mit einem Vorhang schließen konnte, außerdem einen kleinen Schrank, einen Stuhl und einen Tisch, der am Boden festgeschraubt war. Der penetrante Geruch, offenbar von einem Putzmittel, entströmte dem Fußbodenbelag.

Jaqueline stieß die Tür hinter sich zu und stellte ihre Tasche auf dem Stuhl ab. Der Blick aus dem kleinen Bullauge zeigte ihr einen grauen Himmel und darunter ein grüngraues Meer, auf dem eine Möwe schaukelte.

Das wird also meine Heimat für zwei oder drei Wochen sein, dachte sie, während sich gemischte Gefühle in ihr breitmachten. Sie freute sich auf die Reise und war gespannt auf Kanada, doch zugleich erfüllte es sie mit Trauer, dass sie ihre Heimat zurücklassen musste. Ob ich Vaters und Christophs Grab je wiedersehen werde?, fragte sie sich. Und ob ich jemals erfahren werde, ob Christophs Mörder gefunden werden? Vielleicht wird mir die Entfernung zu Hamburg helfen, all die schrecklichen Ereignisse zu vergessen ...

Als die *Taube* endlich ablegte, kehrte Jaqueline aufs Oberdeck zurück. Dort drängten sich bereits die Passagiere, die ihren zurückbleibenden Verwandten und Freunden noch ein letztes Mal zuwinken wollten. Obwohl sie wusste, dass niemand für sie da war, drängte sie sich durch die Menge. Es war nicht leicht, ein freies Fleckchen an der Reling zu ergattern. Von dort beobachtete sie, wie die Gangways eingezogen wurden. In der Ferne läutete Sankt Michael, den die Hamburger nur »den Michel« nannten, elf Uhr, doch die Glockenschläge wurden im nächsten Augenblick von einem lauten Tuten übertönt. Die Dampfmaschinen liefen an. Der Lärm wurde schließlich so ohrenbetäubend, dass er die Abschiedswünsche der Menschen verschluckte.

Während alle rings um Jaqueline winkten, umklammerte

sie mit eiskalten Händen die Reling. Nun ist es so weit, dachte sie. Es gibt kein Zurück mehr.

Dieser Gedanke erfüllte sie mit Unruhe, wenn nicht sogar Angst. Selbst wenn sie es sich anders überlegen sollte, könnte sie nicht mehr nach Hamburg zurückkehren. Das Geld, das sie von Petersen erhalten hatte, würde vielleicht für die Rückreise reichen. Doch was dann?

Nachdem das Schiff die Wartenden hinter sich gelassen und die offene Nordsee erreicht hatte, legte sich Jaquelines Aufregung ein wenig. Während sich die anderen Passagiere zerstreuten, blieb sie noch eine Weile stehen und blickte aufs Meer hinaus.

Die Schreie der Möwen über ihr klangen plötzlich nicht mehr wie Abschiedsgrüße, sondern wie die Aufforderung, nach vorn zu sehen. Mit dem festen Vorsatz, dies von nun an zu tun, kehrte Jaqueline in ihre Kabine zurück.

2

Der Himmel war strahlend blau, und nur vereinzelte Schäfchenwolken trieben dahin, als die *Taube* in den Hafen von Boston einlief. Wie viele andere Passagiere stand Jaqueline auf dem Oberdeck, um einen ersten Blick auf die Stadt zu werfen.

Es ist, als hieße uns die neue Welt willkommen, dachte sie, und plötzlich spürte sie Zuversicht. Von weitem hat Boston große Ähnlichkeit mit Hamburg, denn auch hier recken sich hinter den Hafenanlagen zahlreiche Kirchtürme in die Höhe.

Unwillkürlich fröstelte Jaqueline. Aber sie achtete nicht auf die Winterkälte. Mit allen Sinnen sog sie die neuen Eindrücke in sich auf: die Rufe der Matrosen, die soeben die dicken Taue auswarfen, das Geschrei der Möwen, denen einige Mitreisende Brot zuwarfen, das Gequengel der Kinder, die es gar nicht erwarten konnten, an Land zu gehen. Fischgeruch strömte in ihre Nase und mischte sich mit dem beißenden Gestank einer nahen Fabrik. Doch das machte ihr nichts aus.

Jaqueline konnte gar nicht glauben, dass die Reise nun hinter ihr lag. Wehmut stieg in ihr auf. Wie schön wäre es gewesen, diese Reise mit Vater zu machen! Er hätte mir sagen können, was mich erwartet, dachte sie seufzend, doch dann war es, als flüstere ihr eine innere Stimme zu: Würde es einer

Forscherin gefallen, wenn sie alles schon vorher wüsste? Wenn es nichts mehr zu entdecken gäbe?

Als ein Ruf ankündigte, dass die Passagiere gleich von Bord gehen könnten, schob Jaqueline die Angst vor dem Ungewissen beiseite und holte ihr Gepäck aus der Kabine. Vor lauter Aufregung flatterte ihr Puls, und ihre Hände wurden feucht. In der freien Hand hielt sie die kleine Fotoplatte, die sie von Warwick erhalten hatte. Wieder und wieder hatte sie sein Porträt während der Überfahrt betrachtet und sich zuweilen auch Träume von einer Zukunft mit ihm gestattet. Doch die hatte sie wieder beiseitegeschoben. Woher weiß ich denn, ob er mich überhaupt als Ehefrau will? Außerdem bin ich hier, um ein neues Leben zu beginnen. Eines, das ich selbst bestimme.

Wird Alan da sein?, fragte sie sich nun, während sie durch den engen Korridor eilte.

Dort musste sie erst einmal innehalten, denn ein Mann mühte sich mit einem riesigen Schrankkoffer an ihr vorbei. Zwei Passagiere folgten ihm und musterten Jaqueline abschätzig. Ihr war klar, dass es sich bei dem Kofferträger um einen Diener handelte. Seine Herrschaft, die ihm folgte, trug weitaus bessere Kleider als er und auch als sie selbst.

Als alle an ihr vorüber waren, schloss sie sich ihnen an. Auf der Treppe schien sich mit jeder Stufe, die sie erklomm, ihr Puls zu beschleunigen.

Oben drängten sich zahlreiche Reisende, sodass es eine Weile dauerte, bis sie die Gangway erreichte. Endlich konnte sie auf den Kai sehen, doch weil es dort von Wartenden nur so wimmelte, war es unmöglich, eine bestimmte Person auszumachen. Da die Menge hinter ihr drängte, beeilte Jaqueline sich, die Landungsbrücke zu überwinden.

Es war merkwürdig, wieder festen Boden unter den Füßen

zu haben. Nach dem langen Aufenthalt auf einem Schiff hatte sie das Gefühl, dass auch der Kai schwankte.

Suchend blickte Jaqueline sich um. Wie soll ich Warwick in dieser Menge nur finden?, fragte sie sich. Ihr wurde plötzlich heiß und kalt. Was ist, wenn er gar nicht gekommen ist?

»Aus dem Weg!«, donnerte da hinter ihr eine Stimme.

Jaqueline wirbelte herum. Eine Haarlocke versperrte ihr die Sicht. Sie strich sie beiseite.

Durch eine Traube von Wartenden drängte sich rücksichtslos ein schlanker, dunkelhaariger Mann. Eine Frau, die er grob beiseitegestoßen hatte, schickte ihm einen empörten Ausruf hinterher, doch das schien ihn nicht zu kümmern. Ohne Entschuldigung setzte er seinen Weg fort.

Was für ein Rüpel!, dachte Jaqueline, als sie erkannte: Das ist der Mann auf meinem Foto! Noch einmal blickte sie prüfend auf das Bildnis. Ja, kein Zweifel, der Mann ist Alan Warwick! Aber warum legt er solch ein schreckliches Verhalten an den Tag?

Als er sie bemerkte, hellte sich seine finstere Miene schlagartig auf. Er zog sein Jackett zurecht und steuerte direkt auf sie zu.

»Miss Halstenbek?«

»Ja, die bin ich«, antwortete sie, während sie die Fotoplatte rasch in die Manteltasche schob.

Sein Gesicht verzog sich zu einem gewinnenden Lächeln.

»Ich bin Alan Warwick.« Er reichte ihr die Hand.

Jaqueline ergriff sie zögerlich. Sie war von seinem Auftreten überrascht. Er sieht aus wie einer der Viehbarone, von denen ich an Bord der *Taube* so viel gehört habe. Und er ist wesentlich älter als auf dem Bild.

»Freut mich, Sie kennenzulernen«, erklärte Jaqueline höflich. »Wie haben Sie mich in der Menge ausfindig gemacht?«

»Ich habe nach einer wunderschönen jungen Frau Ausschau gehalten, die sich suchend umblickt«, antwortete Warwick lachend. »Aber wenn ich ehrlich bin, habe ich ein paarmal danebengelegen. Das Risiko war es mir allerdings wert, sonst hätte ich wohl noch heute Abend nach Ihnen gesucht.«

Jaqueline musste zugeben, dass er sehr charmant war. Dennoch wollte sie keine Begeisterung überkommen. *Sein rücksichtsloses Drängeln passt nicht zu seiner Erscheinung. Wahrscheinlich bin ich einfach nur erledigt von der Reise*, versuchte sie sich einzureden.

»Ich muss zugeben, dass Sie meine Erwartungen übertreffen.« Warwick beugte sich vor, um ihr einen Handkuss zu geben. »Ich habe bereits vermutet, dass Sie eine wunderschöne Frau sind, aber die Wirklichkeit übertrifft meine Vorstellung noch. In ganz Boston werden Sie keine Lady finden, die liebreizender ist als Sie.«

Jaqueline errötete. *In den Briefen hatte er doch so einen zurückhaltenden Eindruck gemacht. Sollte sie sich in ihm getäuscht haben?*

»Bitte verzeihen Sie mir meine Direktheit«, lenkte Warwick ein, als er ihre Verlegenheit bemerkte. »Ich bin einfach nur überwältigt davon, Sie endlich zu treffen. Die ganze Zeit über habe ich mir vorzustellen versucht, wie Sie wohl aussehen. Und jetzt stehen Sie vor mir.«

Jaquelines Wangen glühten. »Wissen Sie vielleicht, wo es hier eine gute Wechselstube gibt?«, fragte sie unvermittelt.

»Eine Wechselstube?«

»Ja, eine, die nicht betrügt, wenn ich mein restliches Geld umtausche.«

»Nun, damit werden Sie wohl warten müssen, bis wir in Buffalo sind. Den Wechselstuben auf dieser Seite traue ich nicht. In Buffalo werden Sie garantiert nicht übers Ohr gehauen.«

Wie soll ich das überprüfen?, fragte sich Jaqueline, schalt sich dann aber für ihr Misstrauen. Alan will sicher nur mein Bestes.

Warwick erlöste sie schließlich aus ihrer Verlegenheit. »Wir sollten so schnell wie möglich aufbrechen, damit wir bei Einbruch der Dunkelheit geschütztes Gelände erreicht haben. Meine Kutsche steht da drüben.«

Geschützt wovor?, fragte Jaqueline sich erstaunt, während Warwick ihr seinen Arm anbot. Da bemerkte sie, dass Warwick einen Revolver mitsamt Patronengurt trug, dessen Geschosse gefährlich glitzerten. Ihr wurde beklommen zumute.

»Solche Wagen bieten zahlreiche Vorteile«, erklärte Warwick nun.

Offenbar hatte er ihre Verwunderung bemerkt und auf sein Fahrzeug bezogen, das Jaqueline erst jetzt richtig wahrnahm. Es war kein Landauer, sondern ein einfacher Planwagen, wie sie ihn aus Illustrationen von Geschichten über amerikanische Siedlertrecks kannte.

»Durch die Plane sind Ladung und Personen vor Wind und Wetter geschützt. Außerdem ist der Wagen so groß, dass er genügend Platz zum Schlafen bietet.«

Jaqueline erschrak. Müssen wir etwa im Freien übernachten? Bei der Kälte? Das kann nicht sein Ernst sein!

»Wie lange dauert die Fahrt bis nach Chatham denn?«, fragte sie kleinlaut.

Sie ganz allein mit diesem Mann irgendwo mitten in der Wildnis? Ließ sich das wirklich nicht vermeiden? Ob es keine Gasthäuser gab? Sie versuchte, sich ihre Beunruhigung nicht anmerken zu lassen.

»Gut drei bis vier Tage. Deshalb habe ich den Planwagen

genommen. Da draußen gibt es nur noch wenige Handelsposten, an denen wir Halt machen können, von Ortschaften ganz zu schweigen. Mein Haus liegt nicht direkt in Chatham, sondern etwas außerhalb. Der Wagen wird uns gute Dienste leisten bei dem Wetter.«

Jaqueline blickte besorgt zum Himmel, an dem sich die Wolken drohend zusammenballten.

»Kommen Sie, ich helfe Ihnen rauf. Sie wollen doch bestimmt etwas von der Landschaft sehen und sich nicht gleich unter der Plane verkriechen.«

Jaqueline fehlten die Worte. Immer noch wirbelten die schlimmsten Befürchtungen durch ihren Kopf. Also ließ sie es geschehen, dass Warwick sie so diskret wie möglich auf den Kutschbock hob.

Nachdem er ihre Tasche aufgeladen hatte, kletterte er auf den Nebensitz. Lächelnd ergriff er Zügel und Peitsche und trieb die Tiere an.

Der Ruck, mit dem die Pferde lospreschten, steigerte Jaquelines Unwohlsein nur noch. Ihr Magen zog sich zusammen. Was, wenn die Tiere durchgehen? Ein Schwindel erfasste sie, und instinktiv suchte sie Halt an Warwicks Arm.

Ihm schien es nichts auszumachen. Er ließ die Peitsche über dem Gespann knallen und lächelte frohgemut.

Sie passierten den Hafen und fuhren eine Weile durch Häuserzeilen, die Jaqueline an Hamburg erinnerten. Doch dieser Eindruck verschwand schnell, als sie sich dem Stadtrand näherten. Hier dominierten fast nur noch Holzbauten, die aus geschwärzten Bohlen zusammengefügt waren.

Jaqueline hatte sich inzwischen an das flotte Tempo gewöhnt, und sie entspannte sich ein wenig. Sie beobachtete Frauen beim Wäscheaufhängen und musste über die langen roten Einteiler schmunzeln, die den Männern vermutlich als

Unterwäsche dienten. Ein paar Kinder spielten Fangen. Jaqueline amüsierte das Treiben, bis zwei Kinder auf die Straße stürmten, ohne zur Seite zu blicken. Entsetzt schrie sie auf, worauf Warwick sogleich die Zügel anzog.

»Brrr!«

Nicht einmal eine Handbreit vor den Kindern kamen die Pferde zum Stehen.

»Verflixte Lause…« Warwick unterbrach sich.

Offenbar war ihm bewusst geworden, dass er eine Dame neben sich hatte.

»Verschwindet!«, fuhr er die Jungen an, die seinem Befehl sogleich Folge leisteten.

»Jedes Mal dasselbe!«, setzte er knurrend hinzu. »In ihrem Übermut achten diese Gören nicht auf das, was um sie herum geschieht.«

Jaqueline zitterte noch immer vor Schreck.

3

Während der ersten Etappe der Reise gen Norden bezog sich der Himmel, bis nur noch ein schmaler Streif Sonnenlicht am Horizont leuchtete. Der Wind frischte auf und schnitt Jaqueline so schmerzhaft in die Wangen, dass sie sich noch tiefer in den Mantel kuschelte.

»Wenn Sie auf die Ladefläche klettern, finden Sie Wolldecken«, sagte Warwick, während er die Pferde zügelte. Der Schnee auf dem Weg war überfroren, und die Braunen liefen Gefahr auszurutschen, wenn sie zu schnell angetrieben wurden. Hin und wieder schlingerte der Wagen, wenn die Räder auf dem Eis keinen Halt fanden.

Jaqueline zitterte, als sie nach hinten zu klettern versuchte. Schließlich hatte sie es geschafft. Da Warwick nur ein paar Kisten geladen hatte, fand sie die Decken sofort. Sie bot Warwick eine davon an, doch der schüttelte den Kopf.

»Danke, ich brauche keine. Ich bin die Kälte gewohnt.«

Jaqueline kam sich plötzlich verzärtelt vor. Ob ich mich jemals an diese Kälte gewöhne?, fragte sie sich bang, während sie sich eine Decke um die Schultern legte und die andere über die Beine breitete. Ein Geruch nach Pferd und Holz stieg von ihnen auf, aber das war immerhin besser, als mit den Zähnen zu klappern.

Als ihre Glieder wieder ein wenig Wärme fühlten, entspannte Jaqueline sich und betrachtete die Landschaft. Die verschneiten Wälder waren dichter als die in ihrer Heimat. Wie ein Teppich bedeckten sie die Hänge der majestätischen Berge. Die Schneehauben der Gipfel schienen mit dem blassen Himmel zu verschmelzen. Wie die Berge wohl aussehen, wenn das Wetter klar ist?, fragte Jaqueline sich, als ein schriller Ruf über dem Wagen sie erschreckte. Ein riesiger Vogel mit braunen Schwingen schwebte direkt über ihnen. Als er sich aus der Höhe ein wenig tiefer schraubte, erkannte Jaqueline einen weißen Kopf und eine weiße Brust. Ein Weißkopfseeadler!

Sofort wanderten Jaquelines Gedanken wieder zu ihrem Vater, der ihr voller Begeisterung von diesen Greifvögeln erzählt hatte. Damals hatte sie sich nicht vorstellen können, dass deren Flügelspanne nicht selten die Größe eines erwachsenen Mannes aufwies.

Unweit von ihnen brach plötzlich ein Schneehase durch das Gebüsch und rannte, wilde Haken schlagend, vor ihnen davon. Der Adler flog sogleich hinter ihm her und verschwand schließlich zwischen Baumkronen.

»Wenn wir Glück haben, sehen wir heute auch noch Bären und Wölfe«, erklärte Warwick.

»Das nennen Sie Glück?«, fragte Jaqueline. »Im Winter haben die Tiere doch sicher wenig Nahrung. Da kommen zwei Reisende vielleicht gerade recht.«

Warwick lachte amüsiert. »Keine Bange, Miss Jaqueline! Es sind schon lange keine Reisenden mehr angefallen worden. Hier geht kein Mann unbewaffnet aus dem Haus. In einer der Kisten liegt mein Jagdgewehr, außerdem genug Munition, um einen ganzen Stamm von Irokesen auszurotten.«

Jaqueline war befremdet. Das meinte er doch nicht ernst? Aber sie verkniff sich die Bemerkung. »Irokesen?«, fragte sie stattdessen. Sie erinnerte sich an die Erzählungen vom Waldläufer Lederstrumpf. »Gibt's die hier wirklich noch?«

»Einige«, antwortete Warwick. »Nicht genug, um das Kriegsbeil auszugraben. Die Franzosen haben mit ihren pockenverseuchten Decken ganze Arbeit geleistet. Aber hier und da tauchen noch ein paar Rothäute auf.« Er legte eine Hand auf ihren Arm und fügte hinzu: »Keine Angst, auch die Irokesen werden uns nichts antun! Ich werd auf Sie aufpassen, Teuerste.«

Jaqueline zwang sich zu einem Lächeln, obwohl sich bei ihr keine Erleichterung einstellen wollte.

Nachdem die Dämmerung hereingebrochen war, machte Warwick auf einer kleinen Waldlichtung Halt. Hohe Fichten umstanden den Platz wie finstere Wächter. Das Unterholz bestand aus welken Farnen und kahlen Büschen. Einige schwarze Gehölze trugen leuchtend rote Beeren, die Vogelbeeren ähnelten. Schnee rieselte hier und da von den Zweigen, und manchmal lösten sich Schneebretter und donnerten zu Boden. Im Unterholz raschelte es, und Jaqueline wurde unheimlich zumute.

»Dieser Ort ist gut überschaubar für den Fall, dass die Wölfe es auf unsere Pferde abgesehen haben«, erklärte Warwick, während er die Wagenbremse feststellte.

Ängstlich sah sich Jaqueline um. Die Dunkelheit zwischen den Bäumen erschien ihr jetzt noch bedrohlicher. Ihr Mund wurde trocken, und ihr Herz raste plötzlich. »Sie glauben wirklich, dass sie sich an so viel größere Tiere heranmachen könnten?«

»Ja, das wäre durchaus möglich. Es gibt mittlerweile wieder recht viele Wölfe. Früher waren die Pelzjäger hinter ihnen her, doch das Pelzgeschäft geht schlecht. Deshalb haben sich die Rudel nahezu ungestört vermehrt.«

Damit verschwand er im Fond des Planwagens. Jaqueline hörte wenig später, dass er sich an den Kisten zu schaffen machte. Als sie sich umwandte, hielt er ein Gewehr in der Hand. Es sah moderner und gefährlicher aus als alle Waffen, die sie bisher zu Gesicht bekommen hatte.

»Interessieren Sie sich für Waffen, Miss Halstenbek?«, fragte Warwick, während er die Patronenkammer überprüfte.

»Nicht sonderlich.« Jaqueline lief ein Schauder über den Rücken. Schon immer hatte sie vor Dingen, die den Tod bringen konnten, großen Respekt gehabt.

»Dies ist eines der besten Gewehre, die es derzeit zu kaufen gibt«, erklärte er, während er liebevoll über den Lauf strich. »Die Winchester ist nicht zu übertreffen.«

In dieser Gegend ist ein Gewehr offenbar lebensnotwendig, dachte Jaqueline.

»Ich werde versuchen, Feuer zu machen«, kündigte Warwick an, während er vom Wagen sprang. »Versprechen kann ich aber nichts, denn das Holz ist kalt und durchnässt.«

»Ich helfe Ihnen beim Sammeln!«, schlug sie vor, doch Warwick winkte ab.

»Bleiben Sie lieber auf dem Wagen, Miss Halstenbek! Sie haben nicht das richtige Schuhwerk an. Der Schnee kann stellenweise ziemlich tief sein, und ich möchte nicht, dass Sie versinken.« Schon verschwand er im Dickicht.

Tatsächlich gelang es Warwick, ein Feuer zu entfachen. Zischend und qualmend gingen die feuchten Zweige, die er unter dem Schnee hervorgezogen hatte, in Flammen auf. Jaqueline genoss die Wärme, die sie verbreiteten. Sie wusste mittlerweile nicht mehr, ob sie vor Kälte zitterte oder vor Angst. Die Dunkelheit umfing ihr Lager wie ein Mantel, der sie allerdings nicht von den befremdlichen Geräuschen abschirmen konnte. Überall knackte und raschelte es, und schließlich ängstigte sich Jaqueline so sehr, dass sie Augen zu sehen glaubte, die in der Finsternis aufleuchteten.

»Sie schauen so furchtsam drein, Miss Jaqueline. Ist Ihnen nicht wohl?«, fragte Warwick besorgt, während er die Waffe beiseitelegte. »Sie brauchen wirklich keine Angst zu haben. Ich sorge schon dafür, dass wir heil in Chatham ankommen.«

»Das ist es nicht, Mr Warwick«, wiegelte Jaqueline ab. Dass sie ihre Reise bereits bereute, sollte er auf keinen Fall merken.

»Sie vermissen Ihren Vater, nicht wahr?«

Jaqueline nickte der Einfachheit halber. Wie sollte sie ihm erklären, dass sie sich ausgeliefert fühlte und am liebsten nach Boston zurückgekehrt wäre?

Eine schöne Abenteurerin bist du!, dachte sie. Sobald es ungemütlich wird, verzagst du.

»Ich bin sicher, dass er gutheißen würde, was Sie getan haben. In ein Abenteuer aufzubrechen ist nicht der schlechteste Weg, ein neues Leben zu beginnen.«

Jaqueline starrte nur ins Feuer, bis sich Warwicks Hand vor sie schob. Er reichte ihr ein Päckchen in Packpapier.

»Hier, essen Sie erst mal was! Danach sieht alles wieder besser aus.«

Dankbar wickelte sie ihre Mahlzeit aus, die aus getrockneten Fleischstreifen und Hartkeksen bestand. Jaqueline kannte solches Essen aus Coopers Romanen und den Erzählungen ihres Vaters. Skeptisch kostete sie zunächst von den Keksen, nach einer Weile vom Fleisch. Es war zäh wie Leder und schmeckte sehr salzig, aber sie wollte Warwick nicht beleidigen, indem sie es ausschlug.

Als sie gegessen hatten, zog Warwick zwei Schlafsäcke aus einer Kiste.

Ob er vorhat, mit mir im Wagen zu übernachten? Was, wenn er über mich herfällt, sobald ich eingeschlafen bin? Jaqueline fror plötzlich wieder. Nur mit Mühe konnte sie ein Zittern unterdrücken. Erst als Warwick mit einem Schlafsack aus dem Wagen kletterte, beruhigte sie sich ein wenig.

»Ich habe Ihnen Ihr Lager im Wagen bereitet«, erklärte er. »Ich werde neben dem Feuer schlafen.«

»Hier draußen?«, fragte Jaqueline, obwohl sie insgeheim erleichtert war. »Fürchten Sie nicht zu erfrieren?«

»Keine Sorge, mir passiert nichts! Solche Schlafsäcke benutzen auch die Cowboys und Trapper, wenn sie keine feste Unterkunft finden. Selbst wenn man über Nacht eingeschneit wird, kommt man darin nicht zu Schaden.«

Damit rollte er den Schlafsack neben dem Feuer aus.

»Ja, dann gute Nacht«, sagte Jaqueline beklommen. Konnte sie den Mann da draußen liegen lassen? Aber es war ja seine Idee, dachte sie. Von einer Dame kann er wirklich nicht erwarten, dass sie mit ihm in einem Wagen schläft.

In der Nacht tat Jaqueline beinahe kein Auge zu. Der Schlafsack schützte sie zwar weitgehend vor der Kälte, aber nicht vor den Geräuschen und vor allem nicht vor ihrer überbordenden Phantasie. Bei jedem Knacken, Knirschen und Rascheln stellte Jaqueline sich eine neue Gefahr vor. Hin und wieder fiel etwas Schnee auf die Wagenplane, was sie jedes Mal bis ins Mark erschreckte. Nachtgetier machte sich auf die Jagd, und der eindringliche Ruf eines Käuzchens erschien ihr wie die Ankündigung ihres nahenden Tods.

Mit rasendem Herzen verkroch Jaqueline sich immer tiefer in den schützenden Stoff. Alles in ihr schrie danach, ihren Begleiter zu wecken.

Ihm schienen die Geräusche nichts auszumachen, wie sein Schnarchen verriet. Oder knurrte da ein Wolf?

Was hab ich mir bloß dabei gedacht hierherzukommen?, fragte Jaqueline sich furchtsam. Wie naiv ich doch war! Ich hatte ja keine Ahnung, dass ich in der Wildnis übernachten muss und dass es hier wilde Tiere gibt.

Das war natürlich nur die halbe Wahrheit. Sie hatte von den Tieren gewusst und auch, dass die Jahreszeit hier alles andere als angenehm war. Aber sie hatte aufgrund des Fotos gehofft, dass Warwick der strahlende Held ihrer Träume war – und kein sehniger älterer Mann!

Als ihr schließlich doch noch die Augen zufielen, träumte sie von einem großen Wolf, der sie verfolgte. Das ausgewachsene Tier mit seinen gelb leuchtenden Augen kam ihr vor wie ein Dämon. Aus seinem Maul tropfte der Geifer, sodass Jaqueline die Tollwut fürchtete, sollte er ihre Haut auch nur mit den Zähnen streifen. Verzweifelt rannte sie durch hohe Schneewehen vor ihm davon. Als sie vor Erschöpfung hinfiel und der Graue hechelnd heransprang, schrie sie aus Leibeskräften um Hilfe.

Als sie schweißgebadet aufschreckte, geweckt vom eigenen Schrei, vernahm sie in der Ferne tatsächlich Wolfsgeheul. Im Mondlicht tanzten gespenstische Schatten auf der Plane.

Erschrocken zog Jaqueline sich eine Decke über den Kopf. Hör nicht hin!, befahl sie sich. Das ist weit weg. Du hast nur geträumt! Doch das Geheul wurde lauter. Jaquelines Zähne klapperten, während sie am ganzen Leib zitterte.

Lieber Gott, bitte, mach, dass das Geheul aufhört und es endlich Tag wird!, flehte sie stumm. Auf einmal schämte sie sich, dass sie Warwick so böse Dinge unterstellt hatte. Er lag da draußen, mitten im Schnee, und war den Wölfen ebenso wehrlos ausgeliefert wie die Pferde, die von Zeit zu Zeit unruhig schnaubten.

Als das Geheul verebbte, entspannte Jaqueline sich allmählich. Ihr Herz schlug ruhiger, und das Zähneklappern hörte auf. Noch immer lauschend, schälte sie sich aus der Decke und starrte gegen die Zeltplane, bis die Morgensonne die nächtlichen Schatten vertrieb.

4

In den folgenden zwei Tagen taute es, sodass die Räder des Planwagens wieder auf festem Boden fuhren. Hier und da lag noch Schnee auf Bäumen und Sträuchern, doch Jaqueline fühlte, dass sich die Luft erwärmte. Noch immer gab es Wind, aber der streichelte ihre Wangen nur angenehm.

Nachdem sie noch eine Weile durch die Wildnis gefahren waren, erreichten sie Buffalo am Lake Erie.

»Dies ist einer der großen Seen, durch die die Grenze zwischen Kanada und den Vereinigten Staaten verläuft«, erklärte Warwick, als sie auf die Stadt zuhielten.

Das Gewässer, das nur an den Rändern zugefroren war, glitzerte im Sonnenschein wie ein Spiegel, sodass Jaqueline die Augen beschirmen musste. Die Ufer waren mit Schilf und kleinen Büschen gesäumt. Jenseits des Sees erhoben sich mächtige Wälder, die weit ins Land hineinreichten.

»Buffalo ist die letzte Stadt auf dem Gebiet der Staaten, dahinter beginnt Kanada. Wir sollten uns ein wenig ausruhen, bevor wir weiterfahren.«

»Wie weit ist es denn noch bis Chatham?«, erkundigte sich Jaqueline, während sie Enten am Ufer beobachtete und dachte: Wie idyllisch! Wenn das Wetter etwas besser ist, sollte ich diesen Anblick malen.

»Nicht mehr sehr weit. Höchstens noch eine Tagesreise.«

Während die Kutsche die Straße hinaufrumpelte, betrachtete Jaqueline die Passanten. Die Männer in Hamburg trugen meist Zylinder zum Gehrock, hier dagegen dominierten ausgebeulte Hüte aus hellem oder dunklem Filz, die mit bunten Hutbändern geschmückt waren, und Lederjacken mit Fransen oder dicke Fellmäntel. Und nahezu jeder Mann führte demonstrativ eine Waffe mit sich.

Bei den Frauen schien noch immer die Mode der weiten Röcke vorzuherrschen, kaum jemand trug schmal geschnittene Modelle wie in der Alsterstadt. Hier werde ich in meinen altmodischen Fetzen wenigstens nicht allzu sehr auffallen, dachte Jaqueline.

Inzwischen hatten sie die Innenstadt erreicht. Sie bestand aus einer Town Hall, einer Kirche und einem Hotel, umgeben von kleineren Läden und einem großen Warehouse.

»Da wären wir!«, verkündete Warwick, als er das Fuhrwerk vor dem Hoteleingang zum Stehen brachte.

Das Hinweisschild könnte einen neuen Anstrich vertragen, dachte Jaqueline. Genauso wie Tür und Fensterrahmen. Besonders fein scheint diese Unterkunft nicht zu sein. Aber nach den Tagen im Freien, bedroht von Wölfen und anderen Gefahren, war sie froh, dass sie zur Abwechslung ein Dach über dem Kopf, einen warmen Ofen und ein Bett haben würde.

»Dieses Haus ist das beste in der gesamten Region!«, schwärmte Warwick und half ihr vom Wagen. »Es mag nicht nobel aussehen, aber die Verpflegung ist hervorragend. Und ich habe in den Zimmern noch nie Ungeziefer gefunden.«

Beruhigend!, dachte Jaqueline spöttisch, enthielt sich aber eines Kommentars.

Der Mann hinter der Rezeption begrüßte Warwick mit einem breiten Lächeln. »Ah, Mr Warwick, schön, Sie auch mal wieder hier zu sehen! Sie waren schon lange nicht mehr bei uns.«

»Sie wissen ja, Percy, die Geschäfte.«

»Gehört die junge Dame zu Ihnen?« Der Rezeptionist reckte den Hals.

»Sie ist die Tochter eines alten Freundes. Bis sie eine andere Bleibe gefunden hat, wird sie bei mir wohnen.«

Der Mann in der roten Livree verzog vielsagend das Gesicht.

Jaqueline errötete. Allerdings nicht vor Scham, sondern vor Ärger über seine Indiskretion. Muss er das jedem auf die Nase binden? Er tut ja fast so, als sei ich sein Eigentum.

Warwick entging das nicht. »Ich nehme selbstverständlich zwei separate Zimmer, eins für die Lady und eins für mich«, versicherte er eilig.

Jaqueline atmete erleichtert auf. Zwar hatte Warwick während ihrer Reise nichts Unangebrachtes versucht, dennoch fühlte sie sich in seiner Nähe noch immer unwohl. Sie wusste nicht einmal genau, was sie an Warwick störte. Er war freundlich und bemüht, ihr die Reise so bequem wie möglich zu machen. Aber etwas war an ihm, was nicht zu dem Eindruck passen wollte, den seine Briefe erweckt hatten.

Wahrscheinlich bin ich furchtbar undankbar, sinnierte sie. Und misstrauisch wegen der Sache mit Fahrkrog.

»Hier sind wir also«, erklärte Warwick, der auch diesmal ihre Tasche trug, während er auf die Tür mit der Nummer 7 deutete. »Ruhen Sie sich ein wenig aus, bevor wir zum Abendessen runtergehen.«

»Vielen Dank, Mr Warwick.«

»Gut, dann treffen wir uns in einer Stunde. Sie freuen sich bestimmt auf ein Bad!«

Lächelnd wandte Warwick sich einer Tür zu, die am Ende des Korridors lag.

Abendessen, hallte es wohltuend in Jaqueline nach, während sie den Schlüssel ins Schloss schob. Endlich mal kein Trockenfleisch und keine Hartkekse. Ich fürchte, ich bin doch keine Abenteurerin, jedenfalls, was die Verpflegung betrifft.

Als sie den Blick durch den einfach eingerichteten Raum schweifen ließ, entdeckte sie neben dem Messingbett auch einen Schminktisch und einen Schrank. Die Wärme, die ein kleiner Ofen verströmte, hüllte sie ein und gab ihr ein Gefühl von Behaglichkeit.

Wie der Wirt versprochen hatte, stand bald alles für ein Bad bereit. Die Zinkwanne war zwar nur groß genug, um darin zu sitzen. Dafür dampfte das Wasser in den Eimern, und es gab sogar einen Flasche Badeöl.

Erfreut über diese schrecklich entbehrte Annehmlichkeit, schälte Jaqueline sich aus ihren klammen Kleidern. Wenig später erfüllte der Duft von Kiefern die Luft. Während ihr Körper vom warmen Wasser umschmeichelt wurde, war Jaqueline gewillt, die Strapazen der vergangenen Tage zu vergessen. Genießerisch schloss sie die Augen und lehnte sich zurück.

Vielleicht wird ja doch noch alles gut.

Nach dem Bad durchforstete sie ihre Garderobe nach etwas Passendem für den Abend. Viel Auswahl hatte sie nicht. Außerdem stellte sie fest, dass der Inhalt ihrer Tasche die Reise nicht unbeschadet überstanden hatte. Die meisten Kleider waren so stark zerknittert, dass sie ein Bügeleisen gebraucht hätte.

Glücklicherweise war ein Kleid von groben Knitterfalten verschont geblieben.

Nehme ich eben das, dachte sie, während sie es auf dem Bett ausbreitete. Anschließend setzte sie sich an den Schminktisch.

Viele Möglichkeiten, sich zu verschönern, hatte sie nicht, aber wenigstens ihr Haar wollte sie ein wenig entwirren. Während der Fahrt hatte sie nicht oft die Gelegenheit gehabt, sich zu frisieren. Deshalb blieb ihr Kamm immer wieder an Knoten und kleinen Nestern hängen.

Da klopfte es an der Zimmertür. »Miss Halstenbek, sind Sie so weit?«, fragte Warwicks Stimme.

Jaqueline blickte erschrocken ihr Spiegelbild an. In Unterwäsche wollte sie Warwick nicht gegenübertreten.

»Einen Moment, bitte, ich bin gleich fertig!«, rief sie, während sie zum Bett eilte, hastig die Stiefeletten schnürte und ihr Kleid überwarf.

Es war aus zartgrüner Baumwolle gefertigt und hatte in Hamburg wegen des weiten Rocks und des hohen Stehkragens altmodisch gewirkt. Dort bevorzugten die Frauen inzwischen enger geschnittene Kleider mit raffinierten Turnüren. Aber wahrscheinlich war diese Mode noch nicht über den Ozean gelangt. Da Jaqueline keine Krinoline mitgenommen hatte, fiel es in Falten über ihre Hüften. Dennoch stand es ihr hervorragend, wie ein Blick in den Spiegel bestätigte.

Nachdem sie ihre Haare gerichtet hatte, öffnete sie die Tür.

Warwick, der ungeduldig von einem Fuß auf den anderen getreten war, blieb wie angewurzelt stehen. »Sie sehen ganz bezaubernd aus, wenn ich das sagen darf. Sie werden da unten eine Rose zwischen Gänseblümchen sein.« Er reichte ihr den Arm und führte sie zur Treppe.

Jaqueline errötete so tief, dass sie bedauerte, keinen Fächer zu haben, hinter dem sie ihre Verlegenheit verbergen könnte.

Von unten drang munteres Klaviergeklimper herauf, wie sie es nur aus Hamburger Hafenkneipen kannte. Sie hatte solch ein Lokal zwar nie betreten, aber wenn sie mit ihrem Vater in der Kutsche den Hafenkai entlanggefahren war, waren die Lieder nicht zu überhören gewesen.

Im Schankraum hatten sich viele Menschen versammelt. Der Zigarrenqualm brannte in Jaquelines Augen und Nase, als Warwick sie an einen der wenigen freien Tische bugsierte.

Männer in groben Holzfällerhemden, abgewetzten Lederwesten und blauen Hosen waren ebenso vertreten wie vornehme Herren in Gehröcken. Andere trugen helle Hemden zu exotisch gemusterten Westen. Beinahe ausnahmslos trugen die Männer Stiefel wie Warwick, einige sogar solche mit Sporen.

Außer den Kellnerinnen entdeckte Jaqueline nur wenige Frauen. Doch diese waren provokant gekleidet und legten ein Verhalten an den Tag, das ehrbaren Bürgern missfallen musste.

Fahrkrogs Drohung hallte wieder durch Jaquelines Kopf.

Das hier mag zwar kein Freudenhaus sein, dachte sie, aber diese Mädchen bieten sich zweifelsohne feil.

Da bemerkte Jaqueline, dass sie die Blicke aller Männer auf sich zog.

Vermutlich halten die mich ebenfalls für käuflich, schoss ihr in den Sinn, worauf ihre Wangen zu kribbeln begannen. Aber sie riss sich zusammen, bemüht, die taktlose Musterung zu ignorieren und sich nichts anmerken zu lassen.

Warwick, der neben ihr Platz genommen hatte, war offensichtlich stolz, eine so junge und hübsche Frau an seiner Seite zu haben. Beinahe schon unverschämt grinste er in die Runde. Da hörte das Starren der Männer endlich auf.

»Verzeihen Sie, Mr Warwick, aber gibt es hier in der Gegend

nicht viele Frauen?«, fragte Jaqueline schließlich, um sich von ihrer Verlegenheit zu befreien.

»Fragen Sie das, weil diese Männer Sie angestarrt haben?«, fragte er scherzhaft zurück.

Jaqueline nickte peinlich berührt.

»Nun, hier herrscht tatsächlich ein leichter Frauenmangel; aber der Grund, warum die Männer Sie anstarren, ist der, dass Sie eine schöne Frau sind. Davon gibt es zu wenige auf der Welt.«

Jaqueline errötete erneut. Glücklicherweise erschien im nächsten Augenblick eine Kellnerin.

Da Jaqueline die einheimische Küche nicht kannte, überließ sie Warwick die Auswahl. Er entschied sich für Elchsteaks mit Cranberries und gerösteten Kartoffeln.

»Elch?«, wunderte sich Jaqueline.

Warwick grinste breit. »Ja, das ist eine Spezialität hier. Und sehr köstlich! Ist dem europäischen Hirsch ein wenig ähnlich.«

»In Ordnung, dann nehme ich das auch.«

Die Kellnerin warf ihnen ein freundliches Lächeln zu, bevor sie zum Tresen zurückkehrte.

»Wollen Sie auch Karten zeichnen?«, fragte Warwick, während sie auf die Mahlzeit warteten.

»Ich fürchte, dazu fehlt mir das nötige Talent«, erklärte Jaqueline. »Aber vielleicht braucht hier jemand eine Erzieherin oder Hauslehrerin. Außerdem würde ich gern über dieses Land schreiben. Berichte über das, was hier geschieht.«

»Das sind sehr edle Vorhaben, und ich bin sogar so zuversichtlich zu behaupten, dass Sie Ihren Weg hier schon gehen werden. Aber eine Frau wie Sie sollte nicht außer Acht lassen, dass das Leben hier leichter wird mit einem Mann an ihrer Seite.«

Jaqueline zog verwundert die Augenbrauen hoch. Sicher, für eine verheiratete Frau war vieles leichter. Das war selbst in Deutschland so. Doch warum brachte er das zur Sprache?

»Nun, ich habe auch nicht vor, allein zu bleiben. Aber den passenden Ehemann werde ich wohl noch finden müssen.«

Wahrscheinlich hätte ich vor Wochen noch ganz anders geantwortet, gestand sie sich ein. Inzwischen schämte sie sich beinahe für die Schwärmerei, die sie Warwick entgegengebracht hatte, als sie noch mit ihm korrespondierte. Nun war ihr klar: Ihr Begleiter möchte bestenfalls ein Freund werden, aber nicht ihr Ehemann.

Bevor er das Thema weiterführen konnte, stellte die Kellnerin zwei Teller mit großen Fleischstücken auf den Tisch.

»Na, was sagen Sie dazu?«, fragte Warwick erwartungsvoll.

»Es riecht köstlich.« Jaqueline griff nach der Gabel. Der Duft regte ihren Appetit an.

Da Jaqueline von Kindesbeinen an eingebläut worden war, dass es sich für eine Dame nicht gehöre zu schlingen, bemühte sie sich, langsam zu essen.

Eine Weile verbrachten sie schweigend. Jaqueline vergaß über dem Genuss, den sie so lange entbehrt hatte, sogar die Umgebung.

»Entschuldigen Sie mich einen Moment?«, fragte Warwick schließlich.

Jaqueline gefiel gar nicht, dass er sie allein lassen wollte.

»Ich bin gleich zurück, muss nur mal kurz auf den Hinterhof.«

Was das bedeutete, konnte sie sich denken. »Gehen Sie ruhig, ich komme schon zurecht!«

Kaum war Warwick verschwunden, näherte sich ein Mann

in einem Holzfällerhemd. Noch bevor Jaqueline ihn hörte, roch sie die Whiskeyfahne, die ihn umgab.

»He, Süße, hast du nicht Lust, den Sattel zu wechseln?«

Jaqueline wurde kreidebleich. Sie wusste nicht, was schlimmer war: diese unverschämte Aufforderung oder dass der Mann ihr eindeutig zu nahe kam.

Ihr Puls beschleunigte sich, während sie Hilfe suchend zur Hintertür blickte. Dann nahm sie allen Mut zusammen und antwortete: »Tut mir leid, Sir, ich bin bereits vergeben.«

»Was für ein Jammer!« Der Mann fuhr ihr mit der Hand über das Haar. »Ich wäre gern ein Stück mit dir geritten. Aber vielleicht hast du ja irgendwann von deinem Kerl genug. So eine kleine Hexe wie dich würde ich immer nehmen.«

Bei der Berührung sprang Jaqueline empört auf. »Was fällt Ihnen ein? Nehmen Sie gefälligst die Finger von mir!«

Augenblicklich verstummten sämtliche Gespräche im Speiseraum.

Der Mann starrte Jaqueline aus glasigen Augen an. »Immer ruhig, Süße, ich hab dir doch nichts getan!« Er lachte unsicher. »Ich wollt dir doch nur ein nettes Angebot machen.«

Damit reizte er Jaqueline noch mehr. Vor lauter Aufregung hätte sie beinahe auf Deutsch losgeschimpft, aber im letzten Moment fing sie sich wieder. »Was glauben Sie denn, wer ich bin! Gehen Sie lieber wieder auf Ihren Platz, bevor mein Begleiter zurückkehrt!«

Die Worte waren offenbar eindringlich genug. Der Mann wich zurück. Mit offenem Mund starrte er sie eine Weile an, bevor er etwas murmelte, was Jaqueline nicht verstand.

Wahrscheinlich eine Beschimpfung, dachte sie. Aber das ist mir egal. Er soll einfach nur verschwinden.

Noch bevor es dem Kerl einfiel, sich abzuwenden, kehrte Warwick an den Tisch zurück. Er blickte von dem Mann zu

Jaqueline, die immer noch in einer Haltung dastand, als müsse sie sich einer Horde Angreifer erwehren.

Im nächsten Augenblick brandete Applaus auf, und der aufdringliche Gast zog sich zurück.

Jaqueline war verwirrt. Galt der Beifall ihr? Voller Unbehagen ließ sie sich wieder auf den Stuhl fallen.

Warwick lächelte. »Wie ich sehe, können Sie sich sehr gut behaupten.«

»Das war reine Notwehr«, gab Jaqueline zurück, während ihr Puls immer noch raste. »Sie glauben ja gar nicht, was dieser Mann gewollt hat.«

»Da ich ein Gentleman bin, frage ich lieber nicht danach. Aber ich kann's mir denken. Manche Männer vergessen ihren Anstand beim Anblick einer schönen Frau. Sehen Sie's dem armen Teufel nach! Wahrscheinlich wartet zu Hause ein Drache auf ihn.«

»Das klingt, als wären Sie schon mal verheiratet gewesen.«

Warwick schüttelte den Kopf. »Nein. Aber wenn die Richtige des Weges kommt, werd ich den Ehehafen mit Freuden ansteuern.« Er schaute sie eindringlich an.

Jaqueline errötete.

Der Rest des Abends verlief besser als erwartet. Der aufdringliche Gast ließ sich nicht wieder blicken. Warwick wich nicht mehr von Jaquelines Seite und unterhielt sie mit Berichten über die Zeit, die er mit ihrem Vater verbracht hatte. Damals war er sein Führer durch die Wildnis gewesen.

Als sie auf ihr Zimmer zurückgekehrt war, stutzte Jaqueline. Ihr Gepäck stand nicht mehr da, wo sie es abgestellt hatte. Das Badewasser war fortgeschafft.

Hat das Zimmermädchen vielleicht geschnüffelt?, fragte sie

sich erschrocken und durchsuchte mit zitternden Händen die Teppichtasche.

Ihr Herz raste, als sie den Umschlag mit dem Geld nicht fand. Schon überlegte sie, bei wem sie den Diebstahl anzeigen könnte, da ertasteten ihre Fingerspitzen Papier. Jaqueline grub tiefer, zog den Umschlag hervor und schaute hinein: Nichts fehlte. Vor Erleichterung seufzend, sank sie auf die Knie.

Du solltest nicht so misstrauisch sein, schalt sie sich, während sie das Kuvert wieder verstaute.

Nachdem Jaqueline die Vorhänge geschlossen und sich ausgezogen hatte, löschte sie das Licht und schlüpfte ins Bett. Die Decke war klamm, aber was machte das schon? Im Vergleich zu dem Nachtlager im Planwagen fühlte sie sich wie im Paradies. Aus dem Speiseraum drangen noch immer gedämpftes Stimmengewirr und Pianoklänge herauf, was jedoch eher beruhigend wirkte und Jaqueline einlullte. Ihr Körper wurde schwer, und ihre Umgebung entrückte.

Jaqueline konnte nicht sagen, ob sie bereits geschlafen oder nur gedöst hatte, als sie plötzlich etwas hörte, was nicht zu der vertrauten Geräuschkulisse passte.

Mit angehaltenem Atem lauschte sie. Siedend heiß fiel ihr ein, dass sie vergessen hatte, ihre Zimmertür abzuschließen.

Sind das Schritte? Jemand war in ihrem Zimmer! Sie schlug die Augen auf. Ohne sich zu rühren, spähte sie ängstlich in die Dunkelheit, doch sie konnte nichts erkennen.

Da! Waren das Atemzüge?

Jaquelines Kehle war mit meinem Mal so trocken, dass sie kein Wort hervorbringen konnte. Ihr Herz schlug so heftig, dass ihr übel wurde, und ihre Glieder begannen zu zittern.

Wenn es ein Dieb ist, soll er nehmen, was er will, dachte sie, Hauptsache er verschwindet wieder.

Da! Schon wieder das Geräusch!

Jaqueline wagte kaum zu atmen. Starr vor Angst, lag sie da. Schließlich meinte sie zu hören, dass die Tür zugezogen wurde. Jetzt war sie sicher, allein zu sein.

Augenblicklich sprang sie aus dem Bett und machte Licht.

Hat sich der Eindringling an meiner Tasche zu schaffen gemacht? Aber dann hätte die Schranktür geknarrt. Oder nicht? Jaqueline zog einen Flügel auf.

Soweit sie es beurteilen konnte, stand die Teppichtasche noch immer an ihrem Platz. Vorsichtshalber durchsuchte sie sie erneut, doch der Inhalt war unverändert.

Erleichtert aufatmend strich sie sich mit der kalten Hand über die glühende Stirn. Vielleicht habe ich mir all das nur eingebildet. Durchaus möglich, dass die Geräusche von nebenan gekommen sind, so dünn, wie die Wände hier sind.

Aber völlig überzeugte dieser Gedanke sie nicht. Jaqueline huschte zur Tür und überlegte, ob sie Alan davon erzählen sollte. Wahrscheinlich wird er mich für überspannt halten und mir erklären, dass ich nur schlecht geträumt habe, überlegte sie. Immerhin habe ich keinen Beweis dafür, dass wirklich jemand hier war.

Also drehte sie den Schlüssel um und kehrte ins Bett zurück.

5

Einen Tag später, nachdem sie nach einem kräftigen Frühstück in aller Frühe aufgebrochen waren, erreichten sie in den späten Nachmittagsstunden Chatham.

Der Ort enttäuschte Jaqueline, denn er ähnelte eher einer größeren Siedlung als einer Stadt. Bis auf wenige Ausnahmen waren sämtliche Gebäude aus Holz. Die Hauptstraße war nichts weiter als ein breiter, matschiger Weg voller Räderspuren, der sich in der Ferne im Wald verlor.

Ein paar Hunde bellten, als der Wagen an den Häusern vorüberrumpelte. Bewohner, die gerade aus der Tür traten, oder Passanten, die über die hölzernen Gehsteige eilten, blickten sich nach ihnen um.

Jaqueline hätte erwartet, dass Warwick grüßen würde, doch er zog nicht einmal dann den Hut, wenn Leute stehen blieben und ihn anschauten. Offenbar waren sie Luft für ihn.

Verunsichert nickte sie einigen von ihnen zu, bis Warwick sagte: »Lassen Sie das lieber! Die Menschen hier sind Fremden gegenüber misstrauisch. Durch einen Gruß kann man ihre Zuneigung nicht gewinnen.«

Diese Bemerkung stimmte Jaqueline nachdenklich. Kann es sein, dass er ein Eigenbrötler ist, dem es nie gefallen hat, sich mit seinen Nachbarn anzufreunden?, fragte sie sich.

»Wo liegt Ihr Haus denn?« Jaqueline schaute die Straße

entlang. Kein Gebäude erweckte den Eindruck, dass es einem reichen Kaufmann gehöre.

»Ein Stück außerhalb der Stadt. Und es sieht besser aus als ganz Chatham.«

Jaqueline hoffte nur, dass er nicht zu viel versprochen hatte. Was hat ein Mann wie Warwick nur in solch einem gottverlassenen Nest zu suchen?, fragte sie sich.

Eine halbe Stunde später gelangten sie auf eine Anhöhe, die von einem Gebäude gekrönt wurde. Da es von weitem wie eine Villa wirkte, bezweifelte Jaqueline nicht, dass es sich um Warwicks Domizil handelte.

Endlich!, dachte sie voller Vorfreude. »Ist das dort oben Ihr Haus?«

»Ja, das ist es. Es gibt noch einiges dran zu tun, aber ich bin zuversichtlich, dass es bald wieder im alten Glanz erstrahlt.« Warwicks Stimme verriet Stolz.

Wahrscheinlich wird es durch alle Ritzen ziehen. Und hoffentlich tanzen die Mäuse nicht auf dem Tisch, dachte Jaqueline und schämte sich im selben Moment dafür. Sie bemühte sich, ihre Enttäuschung zu verbergen.

Du benimmst dich wie eine verwöhnte Göre, schalt sie sich selbst. So hast du doch früher nicht gedacht. In deinem Elternhaus hat es auch gezogen, und du hast dich nie beklagt.

Je näher sie dem Gebäude kamen, desto offensichtlicher wurden seine Schäden. Jaqueline musste aber zugeben, dass es nach einer Renovierung durchaus ein schönes Haus sein könnte. Noch blickte sie allerdings auf rissige Wände, marode Fensterrahmen und eine Eingangstür, von der die Farbe abblätterte. Die Treppe, die zum Eingang führte, war an vielen Stellen beschädigt. Und Reste von Efeu klammerten sich wie Totenfinger an die Veranda.

Jaqueline schauderte unwillkürlich.

Im Sommer sieht es hier sicher freundlicher aus, tröstete sie sich, während ihr ein Makel nach dem anderen ins Auge stach: Sprünge in den Bodenplatten, mit denen der Weg in den Garten gepflastert war; von Unkraut überwucherte Beete; ein eingefallenes Scheunendach; ein Scheunentor, das schief in den Angeln hing. Hoffentlich ist das Innere ein wenig gastlicher, dachte Jaqueline, als Warwick ihr vor der Scheune vom Wagen half.

»Nun, wie finden Sie mein kleines Reich?« Begeistert betrachtete er sein Anwesen.

»Es ist ganz reizend«, schwindelte sie in der Hoffnung, dass Warwick ihr nicht ansah, was sie wirklich dachte.

Nachdem er ihr Gepäck und eine Kiste vom Wagen abgeladen hatte, stiegen sie die Treppe hinauf und traten ein.

Die Eingangshalle war zur Abwechslung eine positive Überraschung. Sie erinnerte Jaqueline an die ihres Elternhauses, denn an den Wänden fanden sich neben Jagdtrophäen auch kleine Gemälde.

Offenbar ist er kunstsinnig, dachte Jaqueline, während sie sich umschaute.

»Kommen Sie, ich zeige Ihnen Ihr Zimmer«, eröffnete Warwick ihr, nachdem er die Kiste abgestellt hatte.

Er nahm Jaqueline die Tasche ab und führte sie nach oben.

Die hölzerne Treppe knarrte bedrohlich unter ihrem Gewicht. Als Jaqueline nach dem Geländer griff, bemerkte sie, dass es wackelte. Rasch zog sie die Hand zurück.

Einen Teppich im oberen Korridor gab es nicht. Jaqueline registrierte einige beschädigte Lampenschirme und gewahrte die Staubschicht, die auf dem Boden lag.

Ob er keine Haushälterin hat?, überlegte sie, wagte jedoch nicht, danach zu fragen.

Vor einer Zimmertür blieb Warwick stehen. Er schaute

sie forschend an. »Noch nicht sehr repräsentativ, nicht wahr?«

Jaqueline senkte verlegen den Blick. Ist mir die Verwunderung über diesen Zustand so sehr anzusehen?

»Das würde ich nicht –«, hob sie an, aber Warwick fiel ihr ins Wort.

»Sie sind sehr freundlich. Ich bin mir der Notstände sehr wohl bewusst. Das Haus ist ein Geldgrab. Aber wenn es erst fertig renoviert ist, wird mich jeder in der Gegend um dieses Schmuckstück beneiden. Sie bekommen jedenfalls eines der besten Zimmer.«

Als er die Tür öffnete, fiel Jaquelines Blick in einen hübsch eingerichteten Raum. Das Messingbett sah wie neu aus. Die Decken und Kissen waren frisch bezogen, denn ein schwacher Lavendelduft ging von ihnen aus. Außerdem gehörten ein Schminktisch, ein Schrank und eine kleine Kommode zum Mobiliar. Auf dem Stuhl vor dem Schminktisch stand ein Waschgeschirr aus Porzellan, über der Lehne hingen Handtücher. Makellos weiße Spitzengardinen und blaue Vorhänge zierten das Fenster.

Wahrscheinlich hat Warwick es vollkommen neu eingerichtet, nachdem ich ihn von meinem Besuch in Kenntnis gesetzt habe, dachte sie.

»Gefällt es Ihnen?« Warwick war beiseitegetreten und schaute seinen Gast erwartungsvoll an.

Jaqueline nickte. »Es ist wunderschön.«

»Nun, dann fühlen Sie sich wie zu Hause, und richten Sie sich ein! Ich habe bislang noch kein Personal, aber ich bin sicher, dass ich Ihnen eine anständige Abendmahlzeit vorsetzen kann.«

Obwohl Jaqueline nicht hungrig war, bedankte sie sich. Sobald Warwick sich zurückgezogen hatte, schloss sie die Tür.

Ein mulmiges Gefühl beschlich sie plötzlich. Dass sie allein mit einem Junggesellen unter einem Dach leben sollte, behagte ihr gar nicht. Wenn wenigstens Personal im Haus wäre, dachte sie. Was sollen denn die Leute von mir denken, wenn sie das erfahren? Hoffentlich wird mir das nicht zum Nachteil gereichen, wenn ich mich auf die Suche nach einer Anstellung mache. Wenn ich gewusst hätte, dass er ganz allein lebt, hätte ich sein Angebot vielleicht nicht angenommen. Immerhin soll niemand denken, dass ich keine Moral habe.

Ratlos knetete sie die kalten Hände. Aber letztlich kam sie zu dem Schluss, dass sie erst einmal keine andere Wahl hatte, als hierzubleiben.

Es ist ja nicht für immer, tröstete sie sich. Wenn ich Arbeit finde, wird mein Dienstherr mir sicher helfen, eine andere Unterkunft zu finden.

Im letzten Ort hatte sie Ausschau nach Geschäften und Schulen gehalten und dabei entdeckt, dass es eine Eisenbahnlinie gab. Offenbar befand sich die Stadt im Aufwind. Gut möglich, dass man hier und da eine Hilfe brauchte. Vielleicht war auch jemandem daran gelegen, dass seine Kinder Deutsch lernten. Mit der Ausbildung, die sie von ihrem Vater erhalten hatte, musste sich doch etwas anfangen lassen!

Sie war entschlossen, sich so schnell wie möglich eine Anstellung zu suchen. Doch jetzt blieb ihr erst einmal nur, ihre wenigen Habseligkeiten auszupacken und sich einzurichten.

Die erste Nacht in diesem Haus verbrachte Jaqueline voller Unruhe. Sie hatte gehofft, dass vier Wände und ein Dach über dem Kopf reichen würden, um ihr ein wenig Geborgenheit zu geben. Doch sie hatte sich getäuscht.

So ängstlich wie jetzt war sie nicht einmal während der

Übernachtungen im Wald gewesen. Schlaflos wälzte sie sich im Bett hin und her. Überall knarrte und knackte es in den Wänden. Der Wind raunte und pfiff vor ihrem Fenster. Das Klappern eines Fensterladens zerrte an ihren Nerven. Nicht einmal die Bettdecke, die sie sich über den Kopf zog, konnte die Geräusche ersticken.

Aber es war nicht allein das Haus, das sie beunruhigte.

Von Warwicks angeblichem Wohlstand war nicht viel zu sehen. Hatte ihn die Renovierung dieses Gebäudes ruiniert?

Warum hat er mir dann nichts davon erzählt?

Ein lauter Knall unterbrach die Überlegungen.

Jaqueline fuhr im Bett auf. Hat da jemand geschossen?, fragte sie sich erschrocken. Nachdem sie einen Moment lang verängstigt in die Dunkelheit gestarrt hatte, schlüpfte sie aus dem Bett und schlich zum Fenster.

Zunächst konnte sie nichts weiter erkennen als den Mond, der hin und wieder zwischen dahinjagenden schwarzen Wolken auftauchte.

Dann erblickte sie einen Lichtstrahl, der auf den Hof fiel. Offenbar war Warwick noch immer wach. Oder war jemand ins Haus eingedrungen?

Jaqueline musste an Christoph denken, der seine Treue mit dem Leben bezahlt hatte. Sie vermutete nicht, dass Warwick Feinde hatte, dennoch wollte sie nach dem Rechten sehen.

Da sie keinen Morgenrock hatte, warf sie sich kurzerhand den Mantel über und schlich zur Tür.

Die Lampen im Flur brannten nicht, deshalb tastete sie sich vorsichtig zur Treppe. Von dort sah sie den Lichtschein und hörte Geräusche.

Da sie nicht merkwürdig klangen, ging sie davon aus, dass es wirklich nur Warwick war. Aber auf einmal packte sie die Neugier. Wie es wohl im restlichen Haus aussehen mochte?

Ihr Gastgeber hatte sie durch die Halle, ins Esszimmer und in die Küche geführt, doch mit Ausnahme ihres Zimmers hatte er ihr keine anderen Räume gezeigt.

Jaqueline brannte nur so darauf, mehr über Warwick zu erfahren. Obwohl er sehr beredt war, sprach er kaum über persönliche Dinge. Auch seine Beschreibungen von der Zeit mit ihrem Vater waren oberflächlich geblieben. Bisher hatte sie noch nicht verstanden, warum Anton Halstenbek gerade die Freundschaft dieses Mannes gesucht hatte, wo ihm weltweit doch viele andere Menschen in gleicher Weise behilflich gewesen waren.

Sie hatte die Treppe beinahe hinter sich gebracht, als unter ihren Füßen eine Stufe plötzlich laut knarrte. Das Geräusch fuhr Jaqueline durch Mark und Bein. Augenblicklich erstarrte sie.

Ob Warwick das gehört hatte? Seltsamerweise fürchtete sie sich davor, von ihm überrascht zu werden. Aber noch rührte sich nichts. Unverändert drangen Geräusche aus dem Korridor.

Unten angekommen, beschloss Jaqueline, den Flügel des Hauses zu erkunden, den sie noch gar nicht betreten hatte. Wer weiß, vielleicht finden sich dort schöne alte Möbel, dachte sie.

»Sie sind noch wach?«

Jaqueline erstarrte. Auf einmal fühlte sie sich wie jemand, der bei etwas Verbotenem erwischt worden war.

Was sollte sie sagen?

Außerdem stand sie ganz unschicklich in einem Nachthemd vor ihm! Am liebsten wäre sie vor Scham in den Boden versunken. Jaqueline raffte den Mantel vor der Brust zusammen und wandte sich um.

Warwick lehnte im Türrahmen. Seine Hose hatte Flecken,

und seine Ärmel waren hochgekrempelt. Nur zu gern hätte sie gewusst, was er in der Nacht noch zu arbeiten hatte. Aber sie wagte nicht zu fragen.

»Ich möchte mir in der Küche ein Glas Milch holen«, schwindelte sie.

»In die Küche geht es aber hier entlang«, antwortete Warwick lächelnd und deutete mit dem Daumen über seine Schulter.

»Oh, das habe ich verwechselt.«

Sie lächelte unsicher und spürte, wie sie errötete. Sie kam sich auf einmal vollkommen nackt vor. Für einen Moment versperrte Warwick ihr den Weg und musterte sie eindringlich. Seine Blicke schürten ihre Verlegenheit noch.

»Dann nur zu, Miss Halstenbek!«, sagte er schließlich. »Wo Sie die Milch finden, wissen Sie ja.«

Jaqueline huschte an ihm vorbei. Dabei spürte sie nur zu deutlich, dass Warwick ihr nachsah, und sie war froh, dass sie in die Dunkelheit der Küche eintauchen konnte.

Nachdem sie sich einen Becher Milch eingegossen hatte, durchquerte sie den Gang wieder in Richtung Treppe. Warwick war verschwunden. Die Tür, aus der der Lichtschein gefallen war, hatte er geschlossen. Dafür sorgten nun zwei Laternen in der Eingangshalle für etwas Helligkeit.

Fröstelnd strebte sie der Treppe zu, während sie hörte, dass Warwick hinter der verschlossenen Tür immer noch werkelte.

Ich hätte vorhin einen Blick in den Raum werfen sollen, ging ihr durch den Kopf, als sie die Treppe wieder hochstieg. Doch vielleicht ist es besser, wenn ich nicht weiß, was er treibt.

In ihrem Zimmer trat Jaqueline erneut ans Fenster. Der Lichtschein war noch immer da, aber es ertönten keine Schüsse mehr.

Obwohl sie wusste, dass ihr die Milch keine Beruhigung bringen würde, trank sie den Becher leer und legte sich wieder ins Bett. Eine Weile starrte sie noch in die Dunkelheit, bis sie in einen traumlosen Schlaf sank.

6

Als Jaqueline am nächsten Morgen erwachte, stand die Sonne bereits hoch am Himmel. Vögel zwitscherten vor ihrem Fenster.

Du meine Güte!, dachte sie, während sie sich den Schlaf aus den Augen rieb. Warwick wird dich für ein Faultier halten.

Sie erhob sich, verrichtete ihre Morgentoilette und kleidete sich rasch an.

Als sie sich in dem halb blinden Spiegel betrachtete, musste sie zugeben, dass sie eigentlich sehr gut in dieses Haus passte: Ihr blaues Kleid wirkte schmuddelig und wies an den Ellbogen blanke Stellen auf. Obwohl sie sich dafür schämte, entschied sie sich dafür, es anzubehalten, da die anderen Stücke ihrer Garderobe ebenfalls ziemlich verschlissen waren.

Wenn ich erst einmal eine Anstellung gefunden habe, werde ich mir schöne neue Sachen zulegen, dachte sie. So kann ich als Gouvernante jedenfalls nicht herumlaufen.

Als sie nach unten kam, blieb es still. Offenbar war ihr Gastgeber ausgegangen.

»Mr Warwick?«, rief sie sicherheitshalber noch einmal, aber sie erhielt keine Antwort.

Auf dem Küchentisch fand sie ein Frühstück und einen Zettel vor, der Warwicks Abwesenheit erklärte.

»Bin nach St. Thomas geritten, um mich um Ihre Papiere zu

kümmern«, stand dort. Das versöhnte Jaqueline ein wenig mit den Zuständen im Haus.

Immerhin kümmert er sich wie versprochen um meine Angelegenheiten, dachte sie. Vielleicht gibt es doch Seiten an ihm, die zu seinen gefühlvollen Briefen passen.

Erleichtert darüber, dass ihr Kleid nicht Warwicks prüfenden Blicken standhalten musste, setzte sie sich an den Tisch und machte sich über den Haferbrei her, der mit Zucker und Zimt recht passabel schmeckte. Außerdem hatte er ihr auch noch etwas von dem Gebäck hingestellt, das sie auf dem Weg hierher gegessen hatten.

Der Kaffee, der ziemlich stark war, vertrieb auch den letzten Rest von Jaquelines Müdigkeit und weckte ihren Unternehmungsgeist.

Da die Sonne schien, beschloss sie, nach dem Frühstück den verwilderten Garten zu erkunden und einen kleinen Spaziergang zu machen. Auf dem Weg hierher hatte sie einige wunderschöne Bäume entdeckt. Außerdem war es möglich, dass unter den Schneeresten die ersten Frühblüher die Köpfe emporreckten. Bei dem Gedanken an violette Krokusse, die es hier vielleicht auch gab, lächelte Jaqueline.

Nachdem sie das Geschirr gespült hatte, kehrte sie in ihr Zimmer zurück, um ihren Mantel zu holen. Dann ging sie frohgemut nach unten.

Nanu, die Haustür war abgeschlossen! Überrascht trat Jaqueline zurück. Er wird mich doch nicht eingesperrt haben?

Da der Schlüssel nicht steckte und sie auch keinen fand, machte sie sich auf die Suche nach einem zweiten Ausgang.

Warwick hatte erwähnt, dass das Anwesen einst einer wohlhabenden Familie gehört hatte. Also hatte es sicher auch Dienstboten gegeben, die in der Regel über einen eigenen Eingang zu ihren Quartieren verfügten.

Ein Stich durchzog sie bei diesem Gedanken, denn plötzlich sah Jaqueline wieder Christoph vor sich. Christoph, der seinen Mut, sie zu schützen, mit dem Leben bezahlen musste. Christoph, der nicht von ihr fortgehen wollte...

Als es ihr endlich gelang, ihre Trauer abzuschütteln, ging sie in die Küche zurück und sah sich genauer um. Und tatsächlich, hinter einem Vorhang verbarg sich ein Gang, der in einen Raum führte, der früher wohl einmal als Waschküche gedient hatte. Hier schlug ihr die Luft besonders kalt entgegen, sodass ihr Atem zu einer kleinen Wolke gefror. Die Wände hatten sich mit dem Geruch nach Kernseife und Waschlauge vollgesogen. Doch die Wanne und die Wäschemangel starrten vor Schmutz und wurden offensichtlich nicht mehr benutzt. Ließ Warwick seine Wäsche in der Stadt waschen? Oder hatte er vielleicht doch jemanden, der sich sporadisch um seinen Haushalt kümmerte?

Schließlich fand Jaqueline eine Tür, die wie der Dienstbotenausgang wirkte. Auch sie war verschlossen. Einen Schlüssel entdeckte sie nicht.

Die Verärgerung wich einem mulmigen Gefühl.

Ist dieser Mann wirklich Warwick? Oder hat sich in diesem Haus nur jemand eingenistet, der sich für Warwick ausgibt? Jaqueline verwarf den Gedanken sofort wieder. Er war wirklich zu abwegig.

Doch das Zittern in ihrer Brust und das Ziehen in ihrer Magengegend wollten nicht vergehen. Unruhig lief Jaqueline in der Waschküche auf und ab. Fragen über Fragen wirbelten durch ihren Kopf:

Wie kann er mich hier nur einsperren? Was bezweckt er damit? Und was wird aus mir, wenn er nicht zurückkommt?

Ich könnte aus dem Fenster steigen, dachte sie und eilte

augenblicklich in die Eingangshalle zurück und auf das erstbeste Fenster zu.

Doch was war das?

Jaquelines Augen weiteten sich. Fassungslos registrierte sie, dass das Fenster keine Griffe hatte. Sie hatte schon bemerkt, dass es in ihrem Zimmer keine Möglichkeit gab, das Fenster zu öffnen. Aber galt das auch für die Fenster der unteren Etage?

Nachdem Jaqueline in der Halle sämtliche Fenster ohne Griffe vorgefunden hatte, rannte sie in den Speiseraum. Sie überprüfte jedes Fenster, doch keines ließ sich öffnen.

Bin ich vielleicht nur zu dumm dazu?, fragte sie sich schließlich. Das Fenster im Hotel habe ich schließlich auch aufbekommen...

Je weiter sie ins Haus vordrang auf der Suche nach einem zu öffnenden Fenster, desto seltsamer wurde ihr zumute. Sie irrte durch zwei leere Räume, fand sich vor zwei verschlossenen Zimmertüren wieder und wurde immer verwirrter und argwöhnischer. Auffallend waren nicht nur die fehlenden Fenstergriffe, sondern auch dass mehr Kisten als Möbelstücke herumstanden.

Die einzigen vollständig eingerichteten Räume waren offensichtlich das Speisezimmer, die Halle und Jaquelines Zimmer. Und vielleicht noch die verschlossenen Räume, die vermutlich Warwick bewohnte. Auch in der oberen Etage gab es eine verschlossene Tür. Neugierig spähte Jaqueline durchs Schlüsselloch und wich dann überrascht zurück.

Hinter dieser Tür befand sich tatsächlich ein komplett eingerichtetes Zimmer!

Jaquelines Magen klumpte sich noch mehr zusammen. Vielleicht befürchtet er, ich könnte ihn bestehlen. Damit wäre dann auch klar, warum er die Haustür abgeschlossen hat...

Jaqueline lehnte sich an die Wand neben der verschlossenen Tür. Ein Luftzug, der über den Korridor strich, ließ sie frösteln.

Nichts passt zu dem Bild, das ich mir von Warwick gemacht habe, gestand sie sich ein. Er hat so freundliche, einfühlsame Briefe geschrieben, und nun sperrt er mich ein, als sei ich ein ungehorsames Kind. Er hat mir vorgegaukelt, ein erfolgreicher und wohlhabender Mann zu sein, dabei ist sein Haus nicht mal zur Hälfte fertig. Was hat er sich bloß dabei gedacht? Sie konnte sich keinen Reim darauf machen. Wenn ich unbedingt nach draußen will, bleibt mir nichts anderes übrig, als eine Scheibe einzuschlagen.

Aber das wollte sie nicht tun, bevor Warwick ihr nicht eine Erklärung für sein Verhalten gegeben hatte. Vielleicht sollte ich inzwischen meine Wäsche waschen, dachte Jaqueline resigniert. Immerhin gibt es genügend freie Räume, wo sie trocknen kann.

Nachdem sie noch eine Weile dem Wind gelauscht hatte, machte sie sich an die Arbeit.

Als der Abend anbrach, wusste Jaqueline vor Unruhe nicht mehr, was sie tun sollte. Den ganzen Tag hatte sie untätig herumgesessen, nachdem ihre Wäsche blitzsauber war. Ängstlich starrte sie aus dem Küchenfenster. Die Bäume wirkten vor dem blauvioletten Abendhimmel wie bedrohliche Wächter. Ein großer Raubvogel kreiste über den Wipfeln, dann stieß er nieder und blieb verschwunden. Wahrscheinlich zerfleischt er jetzt genüsslich seine Beute, dachte Jaqueline und erschauderte.

Noch immer hatte sich Warwick nicht blicken lassen. Wo mochte er nur so lange stecken? Es konnte doch nicht einen ganzen Tag dauern, sich um ihre Papiere zu kümmern. Ob das nur ein dummer Vorwand war? Und wenn dieser Mann nun doch nicht Warwick ist, sondern jemand, der ihn beiseitegeschafft hat? Diese Fragen quälten Jaqueline bereits seit Stunden. Aber immer wieder ermahnte sie sich selbst: Sei nicht albern! Warwick wird sicher für alles eine Erklärung haben.

Als das Licht zu schwach wurde, kehrte sie zum Tisch zurück. Im Küchenschrank hatte sie eine Petroleumlampe gefunden, die sie nun anzündete. Der Geruch des verbrennenden Petroleums stieg in ihre Nase. Ein warmer Hauch strich über ihr Gesicht. Das Licht drängte die Finsternis in die Ecken zurück, aber Jaquelines Ängste konnte es nicht vertreiben.

Obwohl sie außer dem Frühstück nichts gegessen hatte, hatte sie keinen Hunger. Warwick hatte genug Vorräte dagelassen, aber sie hätte keinen Bissen heruntergebracht. Sie würde mit dem Essen bis zu seiner Rückkehr warten.

Wenn er überhaupt zurückkehrte. Erneut spürte sie Panik in sich aufsteigen.

Da ertönte draußen Hufschlag.

Jaqueline sprang auf und stürmte zum Fenster.

Tatsächlich sprengte ein Reiter auf den Hof. Seine Züge lagen im Dunkeln, aber an der Silhouette glaubte sie Warwick zu erkennen.

Sogleich lief sie in die Eingangshalle. Obwohl sie Erleichterung über seine Rückkehr empfand, war sie zugleich furchtbar zornig.

Vielleicht ist es undankbar von mir, dachte sie. Aber eine Erklärung für das Einsperren und die fehlenden Fenstergriffe steht mir zu.

Sie hörte Warwicks Schritte auf der Treppe, und schon erschien er in der Tür.

Dass Jaqueline ihn in der Halle erwartete, schien ihn zu überraschen.

»Miss Halstenbek! Ich hoffe, Sie hatten einen guten Tag.«

Sein Lächeln steigerte Jaquelines Wut nur noch.

»Was hat das zu bedeuten, Mr Warwick?«, fuhr sie ihn an.

Er zog verwundert die Augenbrauen hoch. »Wovon sprechen Sie?«

»Sie haben mich eingesperrt!«, feuerte Jaqueline zurück. »Außerdem lässt sich kein einziges Fenster öffnen.«

»Sie wollten aus dem Fenster steigen?«

»Hätte ich denn eine andere Möglichkeit gehabt?«

Warwick wirkte überrumpelt.

Habe ich ihn zu harsch angefahren?, fragte sich Jaqueline, aber dann entsann sie sich der Angst, die sie empfunden hatte. Alles nur, weil er vermutlich vergessen hat, dass ich hier bin. Oder er hat mich mit Absicht eingesperrt, damit ich ja keinen Kontakt mit Leuten aus der Nachbarschaft aufnehme, überlegte sie.

»Ich dachte, Ihnen wäre nicht danach, das Haus zu verlassen«, entgegnete er schließlich, während er seine Tasche abstellte. »Außerdem musste ich Sie vor Eindringlingen schützen. Hier in der Gegend treiben Wilderer und Irokesen ihr Unwesen. Denen wollen Sie doch wohl kaum begegnen, oder?«

Jaqueline starrte Warwick aus großen Augen an. Seinem Tonfall nach zu urteilen, hatte er überhaupt kein schlechtes Gewissen.

»Bitte verzeihen Sie, ich wollte Ihnen keine Unannehmlichkeiten bereiten!«, lenkte er schließlich ein, doch auch sein Lächeln konnte den Eindruck nicht verscheuchen, dass die genannten Gründe nichts als Vorwände waren. »Ich bin in St. Thomas länger aufgehalten worden, als ich gedacht hatte. Eigentlich wollte ich schon gegen Mittag zurück sein.«

Jaqueline nickte nur, obwohl der Ärger immer noch in ihr rumorte. Sie zwang sich zur Ruhe, denn es war offensichtlich müßig, über die Sache zu diskutieren.

»Wie geht es eigentlich mit meinen Papieren voran?«, fragte Jaqueline beim Abendessen.

Warwick hatte Steaks aus der Stadt mitgebracht, die sie gebraten hatte. Sie waren nicht so gut wie die im Pub von Buffalo, aber Jaqueline war zufrieden. Und Warwick schien es auch zu sein, denn er schlang die Portionen in sich hinein, als sei er am Verhungern.

»Es wird noch eine Weile dauern«, antwortete er kauend und griff nach seinem Weinglas. Der Rote darin stammte aus Warwicks Weinkeller unter dem Haus, den Jaqueline nicht ausfindig gemacht hatte. »Ich habe die Anträge schon vor Ihrer Abfahrt eingereicht, aber es sind nicht die einzigen Papiere, die das Government bearbeiten muss.«

»Darf ich mich denn ohne Papiere hier aufhalten?«, fragte Jaqueline skeptisch.

»Nur als Besucherin. Als Einwanderin müssen Sie natürlich eingebürgert werden. Das bedeutet, solange Sie nicht die Papiere haben, stehen Ihnen auch keine Bürgerrechte zu. Aber die wollten Sie doch ohnehin nicht sofort wahrnehmen, oder?«

Jaqueline fragte sich, welche Rechte ihr in diesem Land überhaupt zustanden. Sie hatte sich mit dem Frauenwahlrecht beschäftigt, um das die Frauen weltweit kämpften, ohne beachtliche Erfolge zu erzielen. Kanada bildete da sicher keine Ausnahme, und es erschien Jaqueline beinahe wie Hohn, dass Warwick von Bürgerrechten sprach.

»Und wie steht es mit einer Anstellung, wenn ich keine Papiere habe?«, fragte sie weiter.

»Das hängt von denen ab, die Sie anstellen wollen. Aber ich glaube, Sie sollten sich besser noch eine Weile ausruhen. Das Wetter wird in den nächsten Wochen sicher wärmer, und wir könnten Ausflüge in die Umgebung machen. Es gibt vieles zu entdecken.«

Jaqueline spürte, dass sich in ihrem Inneren ein ungutes Gefühl ausbreitete. Hat er etwas dagegen, dass ich meinen Unterhalt selbst verdiene?, fragte sie sich. Der Unterton in seinen Worten war unmissverständlich. Sogleich regte sich Widerwille in ihr.

Er mag vielleicht der Freund meines Vaters sein, aber er hat nicht über mich zu bestimmen, dachte sie, während sie schweigend weiteraß.

Nach dem Abendessen schlug Warwick vor, ihr einige Landkarten zu zeigen, die er ihrem Vater abgekauft hatte. Ein Vorschlag, auf den Jaqueline nur allzu gern einging. Ihr Herz schlug höher bei der Erinnerung an ihren geliebten Vater, und sie freute sich darauf, etwas mehr aus seinem Kartografenleben zu erfahren.

»Ihr Vater war wirklich ein Genie, Miss Halstenbek«, erklärte Warwick, während er die Karten auf dem Esszimmertisch ausrollte. »Ich habe ihn auch auf seiner letzten Reise durch Kanada begleitet. Er war ganz fasziniert vom Saint Lawrence River. Und natürlich von den Großen Seen. An einem von ihnen befinden wir uns.«

Er deutete auf einen großen ovalen Fleck auf der Karte, dann auf einen kleinen Fleck, der die Stadt darstellte.

Andächtig strich Jaqueline mit dem Finger über das grobe Papier, dessen Rand mit liebevollen Naturzeichnungen geschmückt war. Es waren die gleichen großen Papierbögen, die ihr Vater in Hamburg gelagert hatte – und die die Gläubiger aus dem Haus getragen hatten.

Das muss ein Original sein, dachte sie. Unwillkürlich füllten ihre Augen sich mit Tränen.

»Woher haben Sie diese Karte?«

»Ihr Vater hatte sie mir überlassen. Es ist nur eine Kopie, aber dank dieser Karte habe ich mich in dieser Gegend noch nie verlaufen.«

Jaqueline erkannte an seinem Lächeln, dass er das scherzhaft meinte.

»Vielleicht sollten wir als Erstes diese Route nehmen und zu den Niagara Falls reisen. Ihr Vater hat Ihnen vielleicht davon erzählt.«

Jaqueline trocknete sich verstohlen die Tränen. »Ja. Mächtige Wassermassen stürzen dort in die Tiefe.«

»Das ist richtig, aber nichts kann das Gefühl wiedergeben, direkt danebenzustehen und sich das Naturschauspiel mit eigenen Augen anzusehen. Man spürt das Donnern des Wassers in der Brust, und der Dunst, der einem entgegenschlägt, legt sich feucht auf die Kleider.«

Die Vorstellung, vor den rauschenden Niagarafällen zu stehen, weckte Vorfreude bei Jaqueline. Sie konnte es kaum erwarten, sie zu sehen.

7

Auch in der folgenden Nacht schlief sie unruhig, doch diesmal hörte sie keine Schüsse. Sie wagte sich auch nicht nach unten, obwohl Warwick erneut rumorte. Gegen Mitternacht hatte sie unterschwellig das Gefühl, dass jemand in ihr Zimmer kam, doch als sie mit Herzklopfen hochschreckte, erkannte sie, dass sie allein war.

Als Jaqueline am nächsten Morgen aufwachte, hatte Warwick das Haus schon wieder verlassen. Ob sie noch einen Tag in Gefangenschaft verbringen müsste? Doch in der Küche entdeckte sie einen Schlüssel neben ihrem Frühstücksteller und einen Zettel. *Für alle Fälle*, stand darauf. Nachdem sie gegessen hatte, nahm sie den Schlüssel an sich und ging hinauf in ihr Zimmer.

Vielleicht sollte ich einen Spaziergang in die Stadt machen, dachte sie. Dort gibt es sicher einen Laden, in dem ich ein paar Dinge kaufen kann. Vielleicht schnappe ich ja auch etwas über Warwick und seine Geschäfte auf.

Auf der Suche nach ihrem Schal, den sie zusammen mit ihren Papieren in der Tasche aufbewahrt hatte, bemerkte Jaqueline mit Entsetzen, dass der Umschlag, in dem sie ihre Papiere und das Geld aufbewahrte, fehlte.

Habe ich ihn vielleicht versehentlich beim Auspacken herausgerissen?, fragte sie sich und suchte den Boden ab. Sogar unter das Bett kroch sie, fand aber nur ein paar dicke Staubmäuse. Vielleicht habe ich ihn versehentlich mit meiner Wäsche ins Regalfach geräumt, überlegte sie. Doch trotz fieberhafter Suche wurde sie nicht fündig.

Ist er mir vielleicht noch im Pub gestohlen worden?, fragte sie sich. Oder steckt das Kuvert noch in einem der Kleider, die ich gewaschen habe?

Jaqueline stolperte beinahe vor Aufregung, als sie die Treppe hinunter und in die Waschküche lief. Sie durchsuchte die Taschen und Falten der Kleider auf den Leinen, schaute auf den Boden und die Fensterbretter – nichts.

War es möglich, dass Warwick den Umschlag gefunden und zur Verwahrung an sich genommen hatte?

Dann hätte er ihn mir doch sicher gegeben, überlegte sie, während sie sich erschöpft gegen die Wand lehnte.

Ein böser Verdacht beschlich sie. Nein, das kann nicht sein. Warwick hat dich nicht bestohlen, Jaqueline! Das kann einfach nicht sein. Es gibt bestimmt eine ganz harmlose Erklärung dafür, redete sich ein.

Doch so recht glauben wollte sie es nicht.

Jaqueline kehrte in ihr Zimmer zurück und warf sich aufs Bett. Die Lust, in die Stadt zu gehen, war ihr gründlich vergangen. Viele Fragen wirbelten durch ihren Kopf: Ist es wirklich auszuschließen, dass ich das Kuvert verloren habe? Und wenn Warwick es genommen hat, welchen Grund könnte er haben?

Sein Gerede vom Heiraten und dass sie sich erst einmal ausruhen und Reisen mit ihm unternehmen solle, kamen ihr in den Sinn. Ihr fiel auch wieder ein, dass er sein Haus als Geldgrab bezeichnet hatte. Hatte es ihn in den Ruin getrieben?

Die Erkenntnis traf sie wie ein Schlag:

Warwick hofft, dass ich ihn heirate!

Schließlich hat er erlebt, dass Vater durch seine Arbeit reich geworden ist. Vaters Ruin hatte sie Warwick gegenüber nie erwähnt. Vermutlich glaubt Warwick, dass ich diese Reise nur dank Vaters Vermögen antreten konnte ...

Plötzlich fühlte Jaqueline sich, als hätte sie einen großen Feldstein im Magen.

Ich hätte ehrlich sein sollen, sagte sie sich. Vielleicht hätte Warwick mir dann gar nicht erst Hilfe angeboten. Aber trifft meine Vermutung überhaupt zu? Ob ich Warwick zur Rede stellen soll?, fragte sie sich. Wahrscheinlich führt das zu nichts. Er wird die gleiche Unschuldsmiene wie am Vortag aufsetzen und behaupten, dass alles einen guten Grund hat.

Jaqueline beschloss, Augen und Ohren offen zu halten und allein herauszufinden, was Warwick im Schilde führte. Sie erhob sich und nahm sich vor, trotz allem einen Spaziergang zu machen. Die frische Luft würde ihr helfen, ihre Gedanken zu ordnen.

Als Warwick am Abend zurückkehrte, verbot sich Jaqueline jegliche Vorwürfe. Obwohl es vor Wut in ihr brodelte und sie ihm am liebsten gleich alles entgegengeschleudert hätte, was sich in ihr aufgestaut hatte, zwang sie sich zur Beherrschung.

Ich werde schon noch herausfinden, ob er meine Papiere und das Geld genommen hat, dachte sie. Aber dazu darf er nicht misstrauisch werden.

»Wie war Ihr Tag, Miss Halstenbek?«, fragte Warwick frohgemut, während er die Satteltaschen auf den Boden stellte. »Haben Sie den Schlüssel gefunden?«

»Ja, habe ich, Mr Warwick. Vielen Dank.«

»Haben Sie Ihre Freiheit denn genutzt?«

»Ich habe mich ein wenig umgesehen, aber ich glaube, Sie

haben Recht. Im Sommer wird es hier wesentlich schöner sein.«

Während Warwick sie anlächelte, zog er ein Päckchen aus einer Satteltasche und reichte es ihr. »Ich habe Ihnen etwas mitgebracht. Es ist mir in St. Thomas über den Weg gelaufen, und ich fand es so passend für Sie, dass ich einfach nicht daran vorbeikonnte.«

Das Päckchen war weich und recht schwer. Der Segeltuchstoff, in den es eingeschlagen war, wies zahlreiche Schmutzspritzer auf.

Jaqueline starrte Warwick entgeistert an. Noch gestern wäre sie überglücklich gewesen, ein Geschenk von ihm zu erhalten, doch nun machten sich andere Empfindungen in ihr breit. Ihr Magen krampfte sich zusammen, während sie nur denken konnte: Er hat es wahrscheinlich von meinem Geld gekauft. Dem Geld, das ich von den Petersens erhalten habe, um mir ein neues Leben aufzubauen.

»Was ist?«, fragte Warwick verwundert.

Jaqueline rief sich zur Ordnung. Du darfst dir nichts anmerken lassen!, mahnte ihre innere Stimme. Wahrscheinlich glaubt er, dass du den Verlust des Umschlags noch nicht bemerkt hast. In dem Glauben solltest du ihn lassen.

»Ich... Ich bin vollkommen überwältigt.« Jaqueline zwang sich zu einem Lächeln. »Ich hätte nicht gedacht –«

»Dass ich Ihnen etwas schenken würde?« Warwick lachte auf. »Mein Haus mag zwar ein wenig marode wirken, aber meine Manieren sind es nicht. Machen Sie es auf, ich möchte wissen, ob ich damit ins Schwarze getroffen habe!«

Jaqueline zögerte einen Moment, bevor sie die Schleife löste. Unvermutet purzelte ihr eine Pelzstola entgegen. Sie war braun und weiß und das Weichste, was sie je in den Händen gehalten hatte.

»Damit Sie es bei unserer bevorstehenden Reise durch die Wildnis warm haben«, erklärte Warwick, während er sie gespannt ansah.

Jaqueline fiel es schwer zu atmen. Der Zorn würgte sie derart, dass sie ihre Maskerade beinahe vergessen hätte. Dann erinnerte sie sich an die Besucherinnen früherer Ballgesellschaften. Deren – mitunter auch falsche – freundliche Mienen versuchte sie nun nachzuahmen.

»Was für ein wunderschönes Stück!«, rief sie aus und brachte es sogar fertig, Warwick um den Hals zu fallen. »Haben Sie vielen Dank. Bei meiner nächsten Wanderung werde ich die Stola gleich einweihen.«

Warwick lächelte erfreut. »Fürs Abendessen ist auch gesorgt«, erklärte er bestens gelaunt. Damit wandte er sich ab und zauberte ein Kaninchen aus der anderen Satteltasche.

Mit Widerwillen betrachtete Jaqueline das Tier, das sich vermutlich in einer Schlingenfalle das Genick gebrochen hatte. Als Warwick damit in der Küche verschwand, fragte sie sich insgeheim, ob sie auch so ein wehrloses Geschöpf sei, das arglos in seine Falle getappt war.

Beim Kanincheneintopf, den Warwick zu Jaquelines Erleichterung ganz allein zubereitet hatte, versuchte Jaqueline, nicht an das arme Tier zu denken, das auf ihrem Teller lag. Wenn sie ehrlich war, schmeckte das Essen gar nicht so schlecht. Obwohl Warwick beim Kochen an Rotwein nicht gespart hatte und ein Glas Wein nach dem anderen trank, gelang es ihr nicht, etwas über seine Geschäfte herauszubringen. Geschickt wich er auch allen Nachfragen nach persönlichen Dingen aus. Jaqueline gelang es nicht einmal, etwas über seine Familie in Erfahrung zu bringen.

»Mein Verhältnis zu ihr ist nicht besonders gut«, antwortete Warwick lapidar. »Wir haben den Kontakt schon vor langer Zeit abgebrochen.«

Was sollte sie da noch fragen?

Recht früh begab sie sich wieder in ihr Zimmer.

»Ich bin von dem Spaziergang sehr müde«, schützte sie vor und wünschte Warwick eine gute Nacht.

Sie verzichtete jedoch darauf, sich umzuziehen, denn sie hatte beschlossen, Nachforschungen anzustellen, und wollte nicht noch einmal im Nachthemd von Warwick erwischt werden.

Ich muss vorsichtig sein, ermahnte sie sich, während sie sich aufs Bett sinken ließ und lauschte.

Als die Geräusche in der unteren Etage verklungen waren, erhob sie sich wieder. Sie war sicher, dass sich Warwick zur Ruhe begeben hatte. Wo sein Schlafzimmer lag, wusste sie nicht, wahrscheinlich gehörte es zu den abgeschlossenen Räumen. Aber danach suchte sie nicht.

Auf Zehenspitzen schlich sie zur Tür, öffnete sie einen Spalt breit und spähte nach draußen. Als sie glaubte, dass die Luft rein sei, trat sie auf den Gang.

Wenn er meine Papiere hat, bewahrt er sie sicher in seinem Arbeitszimmer auf, dachte sie. Und wenn ich sie dort nicht finde, suche ich eben woanders. Sie hoffte nur, dass er die Türen während seiner Anwesenheit nicht auch abschloss.

Vorsichtig stieg sie die Treppe hinunter, ohne die knarrende Stufe zu benutzen. Es war stockdunkel in der Halle.

Bestimmt muss ich in dem Raum suchen, in dem er sich die letzten Nächte aufgehalten hat, dachte sie und lauschte angestrengt.

Gottlob! Alles war ruhig. Langsam tastete Jaqueline sich vor. Endlich bekam sie die Klinke zu fassen. Als das Schloss aufschnappte, hielt sie den Atem an und blickte sich noch einmal um.

Noch immer war nichts von Warwick zu sehen.

Erleichtert stieß sie die Tür auf und trat ein.

Im Mondlicht erkannte Jaqueline einen Schreibtisch und Regale. Zahllose Kisten stapelten sich an einer Wand.

Überall lagen Schriftstücke und Geschäftsbücher verstreut. Ungeöffnete Briefe stapelten sich unordentlich auf dem Schreibtisch. Darauf bedacht, möglichst nichts an diesem Chaos zu verändern, nahm sie das oberste Schreiben vom Stapel und ging damit an die Stelle, die vom Mondlicht am besten beleuchtet wurde.

Es war die Mahnung eines Pelzhändlers, der die Bezahlung für seine Waren einforderte. Die Summe war beträchtlich. Warwick hatte Pelze im Wert von tausend kanadischen Dollars erhalten, sie jedoch nicht bezahlt.

Jaqueline vermutete, dass Warwick wohl so etwas wie ein Gemischtwarenhändler war – oder der Inhaber eines Warenhauses.

Tatsächlich fand sie unter den Briefen, die sie vorsichtig anhob und nach dem Lesen sorgsam an den alten Platz zurücklegte, auch welche, die an eine Geschäftsadresse in Detroit gerichtet waren.

Die Stadt liegt doch jenseits der amerikanischen Grenze, wunderte sie sich. Sollte Warwick nach Chatham geflohen sein, um seinen Gläubigern zu entgehen?

Schließlich fand Jaqueline Schreiben, wie sie sie selbst nur zu gut kannte. Es waren Pfändungsbescheide.

Warum hat er dann dieses Haus hier gekauft, und woher stammen die Möbel?, fragte sich Jaqueline erschrocken, während ihr das Herz bis zum Hals klopfte. Hat er sie beiseitegeschafft, als abzusehen war, dass sein Unternehmen scheitern würde?

»Das ist also der Dank für alles!«, donnerte plötzlich eine Stimme hinter Jaqueline.

Erschrocken wich sie vom Schreibtisch zurück. Mit rasendem Herzen und zitternden Händen wirbelte sie herum.

Warwick, der in dunkler Kleidung vor ihr auftragte, erschien ihr wie ein böser Dämon.

»Ich nehme Sie bei mir auf, mache Ihnen ein Geschenk, und Sie schnüffeln in meinen Sachen herum?«, brüllte er und beugte sich drohend zu ihr hinunter.

Obwohl Jaqueline vor Angst beinahe verging, sah sie nun keinen Grund mehr, ihre Maskerade aufrechtzuerhalten. »Sie haben mir meine Papiere gestohlen!«, schleuderte sie ihm wütend entgegen. »Und mein Geld ebenfalls. Wahrscheinlich haben Sie den Pelz davon gekauft, nicht wahr? Sie sind pleite, Warwick!«

Ihr Gegenüber rührte sich nicht. Nur die funkelnden Augen verrieten, wie aufgebracht er war.

Jaqueline wurde bewusst, dass sie in diesem Raum gefangen war. Aber es gab jetzt kein Zurück mehr. Sie wollte Klarheit! »Wo sind meine Sachen? Sie hatten kein Recht, sie an sich zu nehmen!«, setzte sie hinzu.

»Ihre Papiere sind gut verwahrt«, entgegnete er erstaunlich gefasst. »Allerdings sehe ich schwarz, was Ihre Einbürgerung angeht.«

Bei diesen Worten klumpte sich Jaquelines Magen zusammen. Sie wusste nicht, was sie sagen sollte, denn die Ausweglosigkeit ihrer Lage nahm ihr jeden Mut.

»Es gibt zwei Möglichkeiten, Miss Halstenbek«, erklärte Warwick kühl. »Entweder Sie reisen ab, was Ihnen aufgrund fehlender Mittel wohl schwerfallen wird. Oder Sie heiraten mich und werden aufgrund dessen kanadische Bürgerin.«

Jaqueline starrte ihn entgeistert an. Natürlich! Sie hatte richtig vermutet. Warwick hatte das von Anfang an geplant. Er hatte auf ihr Erbe spekuliert, als er sie ermuntert hatte, nach Kanada zu kommen.

»Ich werde Sie nicht heiraten«, entgegnete sie. »Schon gar nicht, nachdem Sie mich betrogen und bestohlen haben. Ich werde Ihr Haus auf der Stelle verlassen!«

Plötzlich schien etwas in seinem Kopf zu explodieren. »Oh nein, das wirst du nicht!«, fuhr er sie an und hob drohend die Hand.

Jaquelines Herz stolperte, aber sie wich keinen Schritt zurück.

»Sie können mich nicht dazu zwingen!«

»Und ob ich das kann!« Warwicks Augen verengten sich zu Schlitzen. »Du wirst mich heiraten! Und wenn ich dich dazu an den Haaren ins Trauzimmer schleppen muss. Ich brauche das Geld deines Vaters und bin bereit, alles dafür zu tun! Also nimm dich in Acht!«

Diese Worte trafen Jaqueline wie eine Ohrfeige. Verzweiflung stieg in ihr auf. Sie war diesem Kerl schutzlos ausgeliefert. Was sollte bloß werden? Hätte ich ihm bloß geschrieben, dass Vater ruiniert war!, dachte sie. Warum war ich nur zu stolz, das einzugestehen?

»Mein Vater hatte keinen Pfennig mehr«, presste sie endlich jämmerlich hervor. »Er war pleite, als er starb. Was meinen Sie denn, warum ich auswandern wollte? Nicht mal das Haus ist mir geblieben. Alles, was ich hatte, war das Geld für die Überfahrt.«

»Du lügst!«, bellte Warwick.

Er ist wahnsinnig, dachte Jaqueline entsetzt. Ich muss fort von hier, ehe er mir etwas antut. Sie hechtete zur Tür, doch Warwick setzte ihr nach und packte sie grob am Arm.

Obwohl sie wusste, dass ihr niemand zu Hilfe eilen konnte, schrie Jaqueline so laut, wie es ihre Kräfte erlaubten.

»Schrei nur! Dich hört sowieso keiner«, zischte Warwick. »Du wirst so lange hierbleiben, bis du einwilligst, meine Frau zu werden. Ich kann nicht riskieren, dass du aufgegriffen und als Illegale bestraft wirst.«

Damit zerrte er sie mit sich.

Jaqueline wehrte sich nach Leibeskräften. Sie zappelte, schlug um sich und zerkratzte Warwick das Gesicht, bis er ihr das Handgelenk umdrehte und ihr die Faust an die Schläfe rammte. Benommenheit erfasste sie, und Tränen schossen in ihre Augen.

Warwick schleppte sie durch den Korridor, drückte mit dem Fuß eine Tür auf und stieß Jaqueline so grob in den dahinterliegenden Raum, dass sie zu Boden fiel.

»Hier wirst du bleiben, bis du zur Vernunft gekommen bist!«, brüllte er. Dann fiel die Tür hinter ihm ins Schloss.

Als Jaqueline hörte, wie der Schlüssel umgedreht wurde, weinte sie hemmungslos. Wie naiv sie doch gewesen war! Wahrscheinlich hatte er sich überhaupt nicht um ihre Einbürgerung bemüht. Ob er das überhaupt beantragen könnte, wo er doch nicht einmal mit ihr verwandt war und auch keine Vollmacht von ihr besaß? Sie wusste nicht, was mehr schmerzte: Warwicks Übergriffe oder die Erkenntnis, dass sie viel zu blauäugig gewesen war und sich vollkommen in ihm getäuscht hatte.

8

Jaqueline saß auf dem Fußboden und sah mit geröteten Augen zum Fenster auf, vor dem sich bleigraue Wolkenschleier vor den Morgenhimmel schoben – ein Anblick, der genauso trostlos war wie ihre Lage.

Drei Tage war sie bereits in Gefangenschaft, drei Tage, die sie in einem kahlen, ungeheizten Raum ausgeharrt hatte.

Warwick will mich mürbe machen, dachte sie, während sie fröstelnd die Knie umschlang. Aber ich werde ihn niemals heiraten!

Die ganze Zeit hatte sie versucht, ihn davon zu überzeugen, dass sie außer dem Inhalt der Tasche nichts weiter besaß. Doch Warwick glaubte ihr nicht. Erst gestern früh, als er ihr das Essen gebracht hatte, hatte er ihr vorgehalten, wie viel Geld sie bei sich gehabt hatte. Geld, das er längst durchgebracht hatte, wie er inzwischen eingestanden hatte.

Auf Jaquelines Empörung hatte er nur mit einem »Wenn du erst meine Frau bist, ist dein Geld ohnehin mein Geld« reagiert und war wieder verschwunden.

Als die Tür nun erneut aufflog, schreckte sie zusammen. Entgegen ihrer Erwartung hatte Warwick an diesem Morgen doch nicht das Haus verlassen.

Er trug ein Tablett herein und musterte sie mit glasigen Augen.

Brot, getrocknetes Fleisch, Hartkekse und ein Apfel. Dazu ein kleiner Krug Wasser – die Tagesration für die Gefangene, dachte Jaqueline bitter.

Alkoholdünste gingen von Warwick aus. Ob er getrunken hatte?

Seine hochroten Wangen und sein unsteter Blick sprachen für diese Vermutung.

»Und, hast du es dir überlegt?«, lallte er und setzte das Tablett neben Jaqueline ab.

Als er sich wieder aufrichtete, geriet er ins Schwanken.

Er hat tatsächlich getrunken, dachte Jaqueline und wusste plötzlich:

Dies ist meine Chance!

Statt zu antworten, sprang sie blitzschnell auf und stürmte aus dem Zimmer.

»Dreckiges Miststück! Bleib stehen!«

Jaqueline schnürte es vor Angst die Kehle zu, als sie seine schweren Schritte hinter sich vernahm, doch ihre Beine gehorchten ihr. Sie rannte so schnell sie nur konnte zur Haustür. Bitte, lieber Gott, bitte mach, dass sie nicht abgeschlossen ist!, flehte sie innerlich.

Als sie nach der Klinke griff, ertönte hinter ihr ein hämisches Gelächter.

Die Tür war verschlossen.

Nachdem Jaqueline den Schock überwunden hatte, wirbelte sie herum. Warwick stürmte wie ein rasender Stier auf sie zu.

Die Küche!, durchfuhr es sie. Vielleicht ist der Dienstboteneingang offen.

Warwick geschickt ausweichend, rannte sie in den hinteren

Teil des Hauses. Obwohl sie Seitenstiche bekam, blieb sie nicht stehen.

Du musst hier raus! Du musst hier raus!, hämmerte sie sich ein und riss die Küchentür auf. Whiskeydunst strömte ihr entgegen. Auf Tisch und Boden lagen zahlreiche Flaschen. Jaqueline sprang über die Hindernisse hinweg wie ein gehetztes Reh.

Aber plötzlich legte sich eine schwere Hand um ihren Hals. Der Griff schnürte ihr die Luft ab, und sie rang um Atem. Sterne flammten vor ihren Augen auf, als Warwick sie auf den Boden zwang und sein Gesicht über ihr auftauchte.

Angesichts seiner Schnapsfahne überkam sie Übelkeit.

»Hast wohl vergessen, dass ich die Tür abgeschlossen hab, mein Schatz«, sagte er spöttisch. »Ich sag doch, du kommst hier nicht raus. Und wenn du mich nicht willst, werd ich eben andere Seiten aufziehen.«

Sein rot glühendes Gesicht verschwamm hinter ihrem Tränenschleier, dafür spürte sie seine Hand umso deutlicher. Sie schob sich grob unter ihren Rock und tastete sich zwischen ihren Schenkeln aufwärts.

»Du wirst mir noch dankbar sein, dass du keine alte Jungfer wirst«, raunte er und drückte seine feuchten Lippen an ihr Ohr.

Angewidert presste Jaqueline die Beine zusammen. Sie schlug um sich und wehrte sich mit allen Mitteln. Diesmal gab es keinen Christoph, der das drohende Unheil abwenden könnte.

»Wenn ich dich erst mal hatte, wirst du mich schon nehmen, du Miststück«, lallte er und zerrte an ihrer Unterhose.

Unter Warwicks Gewicht, der sich auf sie geschoben hatte, schnappte Jaqueline panisch nach Luft. Was sollte sie bloß tun? Angewidert wandte sie den Kopf zur Seite. Eine Flasche!

Neben ihr lag eine volle Whiskeyflasche. Das könnte die Rettung bedeuten!

Als Warwick sein Gesicht an ihrem Hals vergrub, versuchte Jaqueline, gegen das Schluchzen und Zittern anzugehen. Eine andere Chance wirst du nicht kriegen, also reiß dich zusammen!, befahl sie sich und streckte die rechte Hand nach der Flasche aus. Schließlich erreichten ihre Fingerspitzen das Glas. Wie ein Stromschlag fuhr die Kälte durch ihre Hand.

Kaum hatte sie den Flaschenhals umfasst, richtete Warwick sich auf. Ihre nachlassende Gegenwehr schien er für Einverständnis zu halten.

»Na, dir gefällt es auch, was?«, keuchte er, während er ihre Schenkel spreizte und seine Hose öffnete.

Im selben Moment schmetterte Jaqueline ihm mit aller Kraft die Flasche auf den Schädel. Ein Whiskeyschwall ergoss sich über sein Gesicht, und das zerbrechende Glas schnitt ihm tief in die Stirn.

Warwick heulte auf und wischte sich die Augen. Jaqueline wälzte sich zur Seite und rappelte sich auf, so schnell sie konnte. Ihre Knie waren butterweich, ein Schwindel tobte in ihrem Kopf. Aber sie dachte an nichts anderes als an die Flucht. Sie rannte zur Tür in der Absicht, in der Waschküche eine Scheibe einzuschlagen. Da spürte sie einen harten Schlag am Hinterkopf.

Ihr wurde schwarz vor Augen, sie sackte in die Knie und fiel vornüber.

Als Jaqueline wieder zu sich kam, blickte sie an eine weiße Zimmerdecke. Der Geruch nach Staub und Holz drang ihr in die Nase. Ein kühler Luftzug, der unter dem Fenster hervorwehte, strich über ihr Gesicht.

Ich bin wieder in meinem Gefängnis!, begriff sie.

Plötzlich überlief es sie heiß und kalt. Hatte Warwick ihre Bewusstlosigkeit ausgenutzt und war über sie hergefallen? Jaqueline richtete sich auf, sah an sich hinunter und riss die Röcke hoch. Doch da war kein Blut, und sie spürte auch keinen Schmerz. Erleichtert lehnte sie sich an die Wand. Das Tablett mit ihrer Mahlzeit war verschwunden. Offenbar wollte Warwick sie aushungern.

Solch eine Fluchtgelegenheit werde ich nie wieder bekommen, dachte sie, und die Ausweglosigkeit ihrer Lage wurde ihr bewusst. Was sollte sie nur tun? Überwältigt von Verzweiflung, brach sie in Tränen aus.

Schritte vor der Tür. Schnell wischte Jaqueline sich das Gesicht trocken.

Da ist er wieder, dachte sie ängstlich. Wird er es wieder versuchen?

Bevor die Tür aufgeschoben wurde, zog sie sich in die äußerste Ecke des Raums zurück.

Schon torkelte Warwick mit einem trunkenen Lächeln herein. Er hatte seine Verletzung nur notdürftig verbunden, seine Wangen waren noch immer blutverschmiert.

»Du hast Glück, dass ich dich und dein Geld brauche.« So, wie er sprach, hatte er seine Schmerzen mit Alkohol betäubt.

Obwohl Jaqueline vor Angst schlotterte, nahm sie sich vor, keine Schwäche zu zeigen.

»Ich habe kein Geld«, erklärte sie, obwohl es vielleicht besser gewesen wäre, in diesem Augenblick zu schweigen.

»Doch, du hast welches! Ich weiß es genau, dein Vater war ein reicher Mann. Schon damals, als er noch in Kanada war.«

Jaqueline schloss verzweifelt die Augen.

Was kann ich tun, damit er Vernunft annimmt? Hat der Schlag auf den Kopf ihn noch verrückter gemacht?

»Erlaubst du dir so etwas noch mal, prügele ich dich windelweich. Zur Strafe kriegst du bis auf weiteres nichts zu essen. Wenn du es dir überlegt hast, sag mir Bescheid! Dann hol ich den Reverend, damit er uns traut.«

Damit schlug er die Zimmertür hinter sich zu.

Jaqueline legte die Stirn auf die Arme. Obwohl ihre Augen vor Zorn und Verzweiflung brannten, konnte sie nicht weinen.

Ich muss hier raus!, beschwor sie sich. Ich muss einen Weg finden, um von hier zu verschwinden.

Jaquelines Magen knurrte, und ihr war kalt. Sie wusste nicht, wie viel Zeit vergangen war. Sie wusste nur: Sie würde nicht nachgeben.

Vater, wenn du mich so sehen könntest, dachte sie. Wie um alles in der Welt bist du bloß an diesen Warwick geraten? Warum hast du geglaubt, er sei dein Freund?

Oder hat erst die Not ihn zu diesem Monster gemacht?

Vielleicht wäre es besser, ich würde hier erfrieren.

Doch es war nicht der Tod, der sie in die Arme nahm, sondern der Schlaf.

Ein dumpfes Grollen weckte Jaqueline wieder.

Ein Blitz fuhr gleißend vom Himmel, gefolgt von einem ohrenbetäubenden Donnern, das den Boden vibrieren ließ.

Jaqueline erschrak und sprang auf. Instinktiv suchte sie Halt an der Wand, während sie aus dem Fenster blickte.

Wieder ging ein Blitz nieder, und bevor das Donnergrollen einsetzen konnte, ein zweiter. Der Wald hinter dem Haus wurde gespenstisch beleuchtet, während der Himmel wie verbrannt aussah.

Wie lange mag das Gewitter schon toben?

Den nächsten Donnerschlag spürte Jaqueline hart in der Brust, doch seltsamerweise hatte sie keine Angst.

Wenn ich nur hier rauskönnte!, dachte sie. Ich würde mich im Gewitter nicht fürchten. Hätte ich nur etwas, womit ich die Scheiben einschlagen könnte!

Sie blickte sich erneut im Zimmer um – vergeblich. Nur eine alte Zeltplane lag in einer Ecke.

Da ertönte ein markerschütterndes Krachen, das deutlich anders klang als der Donner. Das Haus bebte. Ängstlich wich Jaqueline vom Fenster zurück.

Was war das?

Sie blickte nach draußen, konnte allerdings nichts erkennen. Vermutlich ist der Blitz irgendwo eingeschlagen. Aber wo?

Ein Geruch nach Rauch drang in ihre Nase.

Mein Gott, das Haus ist getroffen worden! Blankes Entsetzen erfasste Jaqueline. Wenn hier alles in Flammen aufgeht, wird Warwick eher seine Habseligkeiten retten als mich!, dachte sie. Wie soll ich hier rauskommen?

Es gab nur einen einzigen Weg. Jaqueline ballte die Fäuste und rammte sie gegen die Fensterscheiben.

Die Schläge schmerzten, aber das war ihr egal. Lieber geschundene Hände, als bei lebendigem Leib zu verbrennen. Immer fester schlug sie zu, doch die Scheiben hielten stand.

Der Rauchgeruch wurde stärker. Panik erfasste Jaqueline.

Sie rannte kopflos im Zimmer auf und ab, bis sie über die Zeltplane stolperte.

Im Schein der Blitze funkelten die Ringe der Plane auf, die dazu dienten, sie auf dem Planwagen zu befestigen.

Einer Eingebung folgend, zerrte Jaqueline die Plane ans Fenster, umklammerte einen der Ringe und donnerte das Metall verzweifelt gegen das Fenster. Bald zeigte das Glas erste Risse.

Endlich!, dachte Jaqueline. Ich werde es schaffen.

Doch in dem Moment wurde hinter ihr die Tür aufgerissen.

»Was soll das?«, fauchte Warwick.

Mehr denn je wünschte sich Jaqueline wenigstens einen Knüppel oder eine Flasche, um sich gegen ihn zur Wehr zu setzen. Da sie beides nicht hatte, blickte sie ihn trotzig an.

»Wir müssen hier raus, das Haus brennt!«, rief er, und ehe sie es sich versah, packte er sie am Handgelenk und zerrte sie mit sich.

Der Rauch breitete sich immer weiter aus. Der Korridor war bereits vernebelt. Hustend versuchte sie, sich vor dem Rauch zu schützen.

»Das Dach brennt. Wir müssen es löschen.«

»Ich soll Ihnen helfen, das Dach zu löschen?«, fragte Jaqueline entgeistert.

»Es ist jetzt auch dein Zuhause«, entgegnete Warwick trunken. »Du willst es doch nicht verlieren, oder?«

Jaqueline erschauderte. In ihrem Magen rumorte es, und ihre Knie wurden weich. Noch immer gingen die Blitze nieder, noch immer grollte der Donner.

Was, wenn einer davon uns trifft?

Warwick schien ihre Furcht zu spüren.

»Reiß dich zusammen, verdammt!«, fuhr er sie an. »Sonst stecke ich dich in den Keller!«

Als er sie auf den Hof schleppte, erkannte Jaqueline, dass die Hälfte des Dachstuhls bereits in Flammen stand. Der Qualm trieb ihr Tränen in die Augen, und sie spürte Hustenreiz.

Jetzt verbrennt auch noch das Letzte, was ich besitze, dachte sie wehmütig.

Doch dann besann sie sich. Sei nicht albern!, ermahnte sie

sich. Sieh lieber zu, dass du von hier wegkommst! Alles andere ist unwichtig.

Als Warwick den Griff um ihren Arm lockerte, nahm sie alle Kraft zusammen und riss sich los.

»Verdammtes Miststück!«, heulte er auf. »Ich werde dir ...«

Plötzlich ertönte ein lautes Geräusch.

Aus aufgerissenen Augen beobachtete Jaqueline, dass auf dem Dach eine Reihe Ziegel ins Rutschen geraten war. Sie duckte sich und rannte fort vom Haus, denn sie wollte sich nicht den Schädel einschlagen lassen.

Warwick hatte keine Chance. Ehe er in seinem betrunkenen Zustand überhaupt reagieren konnte, donnerten die Schindeln herab und warfen ihn zu Boden.

Jaqueline überlegte nicht lange und rannte in den Stall. Noch nie zuvor hatte sie auf einem Pferd gesessen, aber es war die einzige Möglichkeit, von hier wegzukommen. Da die Tiere nicht in Boxen standen, sondern alle an Pfosten gebunden waren, nahm sie das erste, das sie erreichen konnte. Zeit, es zu satteln, hatte sie nicht. Dass es aufgezäumt war, musste reichen. Sie führte den Braunen nach draußen und hangelte sich auf seinen Rücken, ohne sich nach dem brennenden Haus umzudrehen.

Da sie Mühe hatte, sich auf dem Tier zu halten, schmiegte sie sich an den starken Hals und klammerte sich an die Mähne. Dann drückte sie die Hacken in die Flanken des Braunen. Er wieherte und ging auf die Hinterhand, doch Jaqueline gelang es, oben zu bleiben. Als das Tier lospreschte, wusste sie, dass sie es nicht unter Kontrolle bekommen würde. Aber wohin es auch liefe, es würde sie forttragen von Warwick und seinem verfluchten Haus.

Der Regen prasselte so stark, dass Jaqueline binnen Kürze bis auf die Haut durchnässt war. Aber sie spürte es nicht, so sehr konzentrierte sie sich darauf, das Gleichgewicht zu halten. Sie wagte es nicht, sich umzuschauen. Wenn sie Glück hatte, war Warwick noch immer bewusstlos. Bitte, lieber Gott, wenn es dich gibt, dann mach, dass er mich nicht findet! Und mach, dass ich das hier heil überstehe!, flehte sie stumm, während die Blitze über sie hinwegzuckten.

Das Pferd galoppierte durch einen Wald. Am ganzen Leib zitternd und mit Übelkeit im Magen presste sie sich an den Hals des Pferdes, das den peitschenden Ästen geschickt auswich.

Da ertönte über ihr ein Knacken.

Jaqueline richtete sich erschrocken auf. Ein massiger Ast löste sich direkt über ihr. Mit einem Aufschrei versuchte sie, das Tier zu zügeln, doch es war zu spät: Der Ast traf den Kopf des Pferdes, es strauchelte, und Jaqueline wurde im hohen Bogen zu Boden geschleudert. Plötzlich empfand sie nur noch Stille und Dunkelheit.

3. Teil

Ein Leben in der Wildnis

1

St. Thomas, Mai 1875

»Miss, können Sie mich hören?«

Die Worte drangen wie durch eine dicke Watteschicht in Jaquelines Gehör. Die Dunkelheit, in die sie gestürzt war, zog sich langsam zurück. Mit dem Erwachen kamen auch die Schmerzen. Sie pulsierten durch ihren Rücken und hämmerten in ihren Schläfen. Eine leichte Übelkeit stieg in ihr auf, doch ihr Mund blieb so trocken, als sei sie durch eine Wüste marschiert.

Was ist passiert?, war ihr erster Gedanke.

»Miss, hören Sie mich?«

Die Männerstimme brachte sie dazu, die Augen zu öffnen.

Sie lag auf dem Rücken und blickte in das verschwommene Gesicht eines Mannes mit dunklem Haar und Schnurrbart.

Warwick!

Mit lähmender Angst erinnerte sie sich an das Unwetter und ihre Flucht. Sie war in den Wald geritten, wo sie ein harter Schlag vom Pferd geholt hatte.

Er wird mich töten, wenn ich nicht ...

Als sie sich stöhnend aufbäumte, legten sich zwei Hände sanft auf ihre Schultern und drückten sie auf den Boden zurück.

»Nein!«, wimmerte sie, während ihre Gegenwehr erlahmte.

»Nun mal langsam, Miss! Sie brauchen keine Angst zu haben.«

Was ist das für eine Stimme?, dachte Jaqueline. Ihr Herz klopfte bis zum Hals. Sie klingt gar nicht wie die von Warwick.

Als sie die Augen weiter öffnete, klärte sich ihr Blick ein wenig. Die Konturen des Gesichts über ihr wurden schärfer. Sie erkannte, dass der Mann kein schwarzes, sondern braunes Haar hatte und außer einem Schnurrbart auch einen kurzen Kinnbart trug. Seine Augen leuchteten in einem hellen Blau, das sie an den Himmel über der *Taube* erinnerte. Er trug einen braunen Anzug mit passender Weste und einem gut gestärkten weißen Hemd, dessen Kragen von einem rot gemusterten Halstuch zusammengehalten wurde.

»Wo bin ich?«

»Im Wald von St. Thomas.« Der Fremde lächelte freundlich. »Sie sind vom Pferd gefallen. Das Tier ist von einem Ast erschlagen worden. Sie hatten offenbar Glück.«

Es dauerte eine Weile, bis Jaqueline das Gehörte realisierte. Das war also der Schlag gewesen! Sie erschauderte nachträglich, als ihr bewusst wurde, wie nahe sie dem Tod war.

»Mein Name ist Connor Monahan. Mir gehört eine Sägemühle in St. Thomas. Wir wollten gerade Bäume aussuchen, die geschlagen werden sollten, als wir Sie fanden.«

Während die Worte an ihr vorbeiplätscherten, versuchte Jaqueline erneut, sich aufzusetzen.

»Vorsichtig, Miss!« Connor Monahan streckte ihr eine Hand entgegen und half ihr auf.

Schwindelgefühle übermannten sie, und das Pochen in ihren Schläfen wurde unerträglich. Sie fürchtete schon, sie müsse sich übergeben, aber die Beschwerden klangen ab, als sie im Sitzen still verharrte.

Erst jetzt wurde ihr bewusst, dass sie sich noch nicht vorgestellt hatte. »Ich heiße Jaqueline Halstenbek.«

Der Mann, der sie immer noch stützte und von dem ein angenehmer Duft nach Holz und Kiefernnadeln ausging, lächelte so breit, dass seine Zahnreihen zum Vorschein kamen, die von einer Goldkrone geschmückt wurden.

»Sehr angenehm, Miss Halstenbek. Was halten Sie davon, dass ich Sie mitnehme? Ich habe hier ganz in der Nähe eine kleine Hütte, die nebenbei bemerkt sehr gut mit Lebensmitteln, Decken und Wasser ausgestattet ist. Sie könnten sich dort ein wenig von dem Schrecken erholen. Wenn Sie wollen, hole ich einen Arzt für Sie.«

»Nein, nein, nicht nötig. Ich brauche keinen Arzt«, versicherte Jaqueline rasch. Die Schmerzen würden bestimmt vergehen, wenn sie erst einmal wieder auf den Beinen stand.

»Sie sind anscheinend eine tapfere Lady. Was meinen Sie, kriegen wir Sie gemeinsam auf die Füße?«

Jaqueline nickte. Mehr als alles in der Welt wollte sie fort von hier. Jeden Moment könnte Warwick hier auftauchen. Monahans Anwesenheit würde ihn sicher nicht davon abhalten, seine vermeintlichen Ansprüche anzumelden.

Ihr Retter zog sie nun vorsichtig hoch. Ihre Beine fühlten sich noch etwas wacklig an, und in ihrem Rücken pochte es heftig.

Immerhin habe ich mir nichts gebrochen, dachte Jaqueline, als sie, gestützt auf Monahans Arm, vorsichtig ein paar Schritte machte.

Als sie den Blick umherschweifen ließ, bemerkte sie einige Männer, die etwas abseits zu warten schienen. Einige hatten die Hüte gezogen, während andere sie einfach nur anstarrten, als hätten sie schon lange keine Frau mehr gesehen.

»Das sind meine Leute. Bradley McGillion ist mein

Vormann, die anderen heißen Tom, Nick, James, Phil und Mason.«

Jaqueline begrüßte sie mit einem Kopfnicken. Erleichterung durchflutete sie. In Gegenwart all dieser Männer könnte Warwick sie bestimmt nicht gegen ihren Willen fortschleppen.

»Tom, hol eines der Pferde!«

Der Gerufene setzte sich sofort in Bewegung.

»Meinen Sie, dass Sie sich auf einem Pferd halten können?« Monahan deutete auf die Reittiere, die auf einer Lichtung ruhig grasten. Der junge Mann, der losgelaufen war, führte einen Braunen an den Zügeln herbei.

»Sicher. Solange mich nicht wieder ein Ast trifft.« Jaqueline lächelte zaghaft und bewunderte das schöne Tier. Es hatte eine schwarze Mähne und einen schwarzen Schweif, und seine Stirn zierte eine längliche Blesse.

Nachdem sie vergeblich allein versucht hatte, in den Steigbügel zu kommen, fragte Connor höflich: »Erlauben Sie mir, dass ich Ihnen helfe?«

»Natürlich.« Jaqueline spürte, dass er vorsichtig die Hände auf ihre Hüften legte.

»Jetzt halten Sie sich am Sattelhorn fest und ziehen sich nach oben.«

Jaqueline tat wie geheißen und wunderte sich über Connors Kraft. Beinahe spielerisch schob er sie in den Sattel.

Er würde es gewiss schaffen, Warwick in Schach zu halten, fuhr ihr durch den Kopf.

»Wird es gehen?«, fragte er, während er ihren zweiten Fuß sanft in den Steigbügel schob.

»Ja, ich denke schon«, antwortete Jaqueline, obwohl sie sich wieder ein wenig schwindelig fühlte. »Hätte der Ast mein Pferd nicht getroffen, wäre ich wohl auch nicht runtergefallen.«

Monahan wandte sich nun an seine Männer. »Bradley, Sie wissen, was für Stämme ich haben will. Markieren Sie die in Frage kommenden Exemplare, und lassen Sie dann schon mal mit dem Sägen anfangen. George müsste mit den Pferden gleich hier sein.«

»Ist gut, Boss«, versicherte der Vormann. »Was sollen wir mit dem Gaul machen?«

»Lasst ihn liegen, sofern er euch nicht bei der Arbeit behindert! Die Bären und Wölfe wollen auch was zu beißen haben.«

Damit saß er ebenfalls auf, griff nach den Zügeln des Braunen und trieb seinen Apfelschimmel an.

Das Krächzen von Krähen riss Alan Warwick aus der Finsternis.

Was ist geschehen?, fragte er sich. Er wälzte sich herum und schlug die Augen auf. Das Tageslicht blendete ihn. Die Luft roch verbrannt. Etwas stach ihm von unten in den Rücken.

Er hatte keine Ahnung, wo er war.

Der Himmel über ihm war bleigrau. Als ihm ein Stück des Dachvorsprungs ins Auge fiel, kehrte die Orientierung allmählich zurück. Mein Haus!

Krähen flatterten auf. Erst hörte Warwick nur das Schlagen ihrer Schwingen, dann sah er die Vögel über sich hinwegziehen.

Ich muss mich aufrichten.

Langsam tastete er den Boden unter sich ab. Er zog ein paar Dachziegel hervor, die leise knirschten.

Verwirrt setzte Warwick sich auf und betrachtete die Schindeln. Da durchzuckte ihn ein Erinnerungsbild: Feuer!

Der Blitz ist in mein Haus eingeschlagen. Ich hab Jaqueline aus ihrem Zimmer geholt, damit sie mir hilft, es zu löschen. Und dann...

Dann waren die Ziegel auf ihn herabgeregnet.

Nein, vorher hatte Jaqueline sich losgerissen und war davongelaufen.

Stöhnend rappelte Warwick sich auf. Sein Blick fiel auf den Stall, dessen Tür sperrangelweit offen stand.

Ohne nach den Pferden zu sehen, wusste er, dass eines fehlte. Die Erkenntnis, dass Jaqueline die Flucht gelungen war, brannte wie Säure in ihm.

Keuchend blickte er sich zum Wohnhaus um. Der Anblick der geschwärzten Mauern traf ihn wie ein Fausthieb in den Magen.

Ein großer Teil des Daches war eingestürzt. Die Fenster der oberen Etage waren in der Hitze geborsten. Dass das Feuer die untere Etage verschont hatte, verdankte er wohl dem Regen und der Feuchtigkeit im Mauerwerk.

Ich bin ruiniert! Die Erkenntnis durchfuhr Warwick wie ein scharfes Messer. All die Mittel, die er in die Renovierung gesteckt hatte, waren verloren.

Alles wäre anders gekommen, wenn sich dieses starrsinnige Miststück mir nicht widersetzt hätte, dachte er und ballte die Fäuste.

Erst jetzt kam ihm in den Sinn, dass von den Stadtbewohnern niemand gekommen war, um ihm zu helfen – und das, obwohl das Feuer wahrscheinlich meilenweit zu sehen gewesen war. Wahrscheinlich freuen sie sich sogar, dass mir das Haus über dem Kopf abgebrannt ist, dachte er wütend.

Warwicks Verhältnis zu den Menschen von Chatham war von Anfang an gespannt gewesen, weil er als Zugezogener mit dem Kauf des alten Herrenhauses einen einheimischen Konkurrenten aus dem Rennen geschlagen hatte.

Wenn ich Halstenbeks Vermögen bekommen hätte, hätte ich es ihnen zeigen können. Doch so ... Er bezwang seinen Zorn und wirbelte herum.

Ich muss sie finden! Er ließ keinen anderen Gedanken mehr zu, während er zum Pferdstall rannte.

Natürlich hat sie sich den Braunen genommen!

Verärgert darüber, dass sie mit seinem besten Pferd geflüchtet war, sattelte er seinen Rappen und trieb ihn an.

»Weit kann sie nicht gekommen sein. Sie kennt sich hier nicht aus. Gnade ihr Gott, wenn ich sie schnappe!«, brummte er wütend.

2

Ein schmaler, kaum sichtbarer Pfad schlängelte sich vor ihnen in das Dickicht hinein. Jaqueline schaute zu den Bäumen auf, die immer größer zu werden schienen, je weiter sie in den Wald vordrangen. Sie erkannte Fichten und Kiefern, Tannen und Laubbäume, die um diese Jahreszeit noch kahl waren.

Gehört dieser Wald Monahan, oder hat er nur die Erlaubnis, hier Holz zu schlagen?, fragte sie sich.

Ebenso wie die Bäume wurden auch die Sträucher höher, die den Wegrand säumten. Ein erdiger Geruch stieg ihr in die Nase. Die kühle, regenfeuchte Luft ließ sie frösteln. Hin und wieder rieselten ein paar Wassertropfen auf sie herab. Dennoch konnte sie sich der Faszination des Waldes nicht entziehen.

Wie mag es hier wohl im Sommer aussehen? Ihr Vater hatte von hohen Farnen, dichtem Gras und leuchtenden Blütenteppichen berichtet.

Der Pfad wurde noch schmaler. Grassoden überwucherten ihn beinahe vollständig.

»Hier kommt offenbar nur selten jemand lang, oder?«, fragte Jaqueline schließlich, während Äste ihr über Rock und Beine strichen.

»Das kann man wohl sagen. Früher hatten Fallensteller hier ihr Domizil, doch das ist eine Weile her. Der Wald ist sehr unwegsam, und außerdem gibt es mittlerweile viele Straßen, auf denen man reisen kann. Nur Holzfäller wie wir verirren sich noch in dieses Gebiet.«

Jaqueline gefiel es, dass er von sich als einfachem Holzfäller sprach, obwohl seine Kleidung und die Art, wie er sprach, verrieten, dass er ein wohlhabender Mann war.

Offenbar hat er sich seinen Wohlstand hart erarbeitet, ging ihr durch den Sinn.

Als das Gelände immer unwegsamer wurde, fürchtete Jaqueline bereits, sie hätten sich verirrt.

Doch Monahan rief unvermittelt:

»Da wären wir!«

Er deutete auf eine große Blockhütte aus geschwärzten Bohlen, vor der ein Hauklotz ins Auge fiel, in dem eine Axt steckte. Neben der Blockhütte standen eine kleine Hütte oder ein Stall sowie ein Verschlag, der an einer Seite offen war und einen Stützbalken hatte, an dem Seile hingen. Darunter lag ein seltsames Metallgebilde, das schon ziemlich verrostet war.

Hat Monahan die Hütte von einem Trapper übernommen?, fragte sich Jaqueline, während Monahan das Pferd zum Stehen brachte.

Ein mulmiges Gefühl überkam sie. Ihre Hände wurden schlagartig kalt. Was, wenn er die Situation ausnutzen will?, schoss ihr durch den Kopf.

Doch dann rief sie sich wieder zur Vernunft.

Der Mann will dir helfen! Nicht jeder ist so ein Widerling wie dieser Warwick!

Als Monahan abgesessen hatte, half er Jaqueline aus dem Sattel.

Sie war froh, wieder festen Boden unter den Füßen zu haben. Allerdings sanken ihre Schuhe ein wenig ein. Als sie irritiert nach unten blickte, erkannte sie, dass sie auf einem großen Moosteppich stand, der den Waldboden bedeckte.

»Hier gibt es sehr viel Moos«, erklärte Monahan beruhigend, als er ihren Blick bemerkte. »Aber keine Sorge, der Boden darunter ist fest. Das nächste Moor liegt etliche Meilen von hier entfernt. Sie müssen sich nicht ängstigen.«

Jaqueline atmete erleichtert auf. Während sie der Hütte zustrebte, versuchte sie sich vorzustellen, wie es wäre, mit nackten Füßen über das Moos zu laufen. Ihre Schritte federten, als liefe sie über Wolken.

Doch diese Illusion verschwand rasch wieder, als sie die hölzerne Plattform vor der Hütte betrat. Der Geruch nach Tierfellen strömte ihr entgegen, als Monahan die Tür öffnete.

Das trübe Tageslicht fiel auf einen Tisch, zwei Stühle und eine Schlafstatt, die mit Fellen bedeckt war.

»Treten Sie ruhig ein, und fühlen Sie sich wie zu Hause!«, ermunterte Monahan Jaqueline. Er zündete das Holz in der Feuerstelle an.

Es fing sofort Feuer. Als die Flammen auflöderten, hängte er einen kleinen Wasserkessel an die dafür vorgesehene Vorrichtung.

Zögernd betrachtete Jaqueline den Raum. Jagdtrophäen zierten die Wände, darunter der imposante Kopf eines Wapiti-Hirsches. Ob Connor den erlegt hatte? Eine lange Jagdflinte hing quer unter einem Paar riesiger gedrehter Hörner. Von was für einem Tier die wohl stammten? Jaqueline hatte nicht einmal eine Vermutung.

Ein Bärenfell lag vor der Schlafstatt. Wirklich schade um das Tier, dachte sie.

Neben einer großen, aus Feldstein errichteten Esse war Holz aufgestapelt, auf dem Bord darüber standen einige farblich nicht zusammenpassende Tassen und Kaffeebecher. Wahrscheinlich waren sie aus Monahans Haushalt ausgemustert worden. Ob Connor verheiratet war?

So attraktiv, wie er ist, wird er zumindest eine Verlobte haben, überlegte Jaqueline, doch diesen Gedanken verdrängte sie schnell wieder. Es geht mich nichts an, sagte sie sich. Ich kann froh sein, dass er bereit ist, mir zu helfen.

»Setzen Sie sich ruhig! Ist kein Palast, aber mein Lieblingsort, wenn ich mal ein bisschen Ruhe haben möchte.«

Jaqueline ließ sich auf einem der Küchenstühle nieder.

»Was hat Sie eigentlich in diese Gegend verschlagen?«, fragte ihr Gastgeber, während er eine Dose aus einem kleinen Schrank nahm.

Als er sie öffnete, strömte Jaqueline ein kräftiges Kaffeearoma in die Nase.

»Ich meine, Ihr Name klingt nicht danach, als seien Sie von hier«, fuhr er fort. »Lassen Sie mich raten: Sie kommen aus Deutschland.«

Jaqueline zog überrascht die Augenbrauen hoch. »Das stimmt, ich bin aus Deutschland. Das haben Sie an meinem Akzent erkannt, nicht wahr?«

»Und an Ihrem Namen«, gab Connor amüsiert zurück. »Wobei ich zugeben muss, dass Ihr Englisch hervorragend ist. Leben Sie schon eine Weile hier?«

Soll ich ihm die ganze Geschichte erzählen?, fragte sich Jaqueline, während sie unruhig an der Ärmelspitze ihres Kleides zupfte. Wird er mir glauben?

»Nein, ich bin erst vor kurzem hier angekommen.«

»Bitte verzeihen Sie meine Neugierde, aber welchen Grund hatten Sie dazu? Hat Ihr Gemahl Sie mitgenommen oder hergeholt?«

»Ich bin nicht verheiratet«, gab Jaqueline unwirsch zurück.

Allein schon der Gedanke an die wahnsinnige Forderung Warwicks ließ sie erschaudern.

»Bitte verzeihen Sie, ich wollte Sie nicht kränken!«

Habe ich mich so angehört, als sei ich gekränkt?, fragte sich Jaqueline, und es tat ihr plötzlich leid, dass sie so schroff reagiert hatte.

»Das haben Sie nicht«, erklärte sie. »Es ist nur ... Es ist einiges seit meiner Ankunft hier passiert. Und leider nichts Gutes.«

Sie brach ab und richtete den Blick auf das Fenster. Das Blattwerk und die massigen Stämme beruhigten ihre Sinne wieder ein wenig. Hier wird er mich nicht so leicht finden.

Monahan sagte erst einmal nichts mehr. Hinter ihm begann der Wasserkessel zu scheppern.

»Gibt es noch mehr Deutsche in Kanada?«, fragte Jaqueline unvermittelt, denn das Schweigen war ihr unangenehm. Monahan sollte merken, dass sie ihm nicht böse war.

»Selbstverständlich! Nicht umsonst heißt einer unserer nördlichen Verwaltungsbezirke Neu-Braunschweig. Die Gegend um den Lake Erie ist allerdings eher in der Hand von englisch- und französischstämmigen Einwanderern und ihren Nachkommen.«

Nachdem Connor Kaffeepulver in das kochende Wasser getan hatte, setzte er sich zu ihr an den Tisch.

»Bitte verzeihen Sie meine Neugierde, sie ist eine ganz unangenehme Angewohnheit von mir!« Er stockte kurz, dann fuhr er, allen Mut zusammennehmend, fort: »Wenn Sie über das, was Ihnen widerfahren ist, reden möchten ... Ich kann Ihnen vielleicht helfen. Immerhin reitet keine Frau nur aus Spaß in ein Unwetter hinaus und riskiert, von einem Blitz erschlagen zu werden.«

Jaqueline sah ihm tief in die Augen.

Kann ich ihm trauen? Oder wird er über meine Dummheit lachen?

Bevor sie sich entscheiden konnte, erhob sich Monahan wieder und ging zum Kaffeetopf.

Als er mit zwei gefüllten Kaffeetassen zurückkehrte, hatte sie eine Entscheidung getroffen.

»Ich bin vor jemandem geflohen. Vor einem Mann, der mich zwingen wollte, ihn zu heiraten.«

Monahan runzelte die Stirn.

»Ich muss zugeben, dass es meine eigene Dummheit war. Ich hätte die Einladung in sein Haus niemals annehmen dürfen. Er hat mich dort gefangen gehalten und mir meine Papiere abgenommen. Sie liegen immer noch dort. Aber ich musste das Unwetter ausnutzen, um von ihm wegzukommen.«

»Was die Papiere angeht, da kann ich Ihnen sicher behilflich sein. Haben Sie vor, in Kanada einzuwandern, oder waren Sie nur zu Besuch?«

»Ich wollte eigentlich hierbleiben.« Jaqueline schloss die eiskalten Hände um die Tasse. Ihre Handflächen kribbelten, als sie die Wärme spürten. »Aber ob das ohne Papiere überhaupt möglich ist? Ich will auf keinen Fall erneut mit diesem Kerl zusammentreffen.«

»Klingt so, als wäre das ein Fall für die Polizei.« Monahan pustete in seine Tasse, bevor er den Kaffee vorsichtig probierte.

Jaquelines Magen klumpte sich zusammen. »Nein, keine Polizei.«

Monahan setzte die Tasse ab. »Warum nicht? Allem Anschein nach handelt es sich hierbei um ein Verbrechen. In diesem Land darf niemand einen anderen gegen dessen Willen festhalten.«

»Das mag sein, aber er hält mich ja nicht mehr fest. Und

was die Papiere angeht, die hat er sicher längst verbrannt, um die Spuren zu beseitigen.«

Monahan betrachtete sie skeptisch. »Wollen Sie mir denn nicht wenigstens den Namen dieses Mannes nennen? Ich könnte mich ein wenig umhören.«

Jaqueline schüttelte heftig den Kopf. »Nein, das möchte ich nicht! Ich will ihn einfach nur vergessen. Wie Sie sehen, bin ich unversehrt. Es gibt also keinen Grund, sich weiter mit der schrecklichen Angelegenheit zu befassen.«

Monahan runzelte die Stirn. Offensichtlich war er ganz anderer Meinung. Doch er schwieg und nahm einen weiteren Schluck Kaffee.

Unangenehmes Schweigen trat zwischen sie, und Jaqueline schämte sich plötzlich. Vielleicht hat er ja Recht mit der Polizei...

»Bitte verzeihen Sie, es ist nur –«

Monahan bedeutete ihr mit einer Handbewegung, dass sie sich nicht zu entschuldigen brauche. »Wenn Sie wollen, können Sie eine Weile bleiben«, sagte er versöhnlich. »Ich werde in den nächsten Wochen hier zu tun haben und nur hin und wieder zurück nach St. Thomas reiten. Das Lager meiner Männer befindet sich ebenfalls in diesem Wald. Dorthin wird auch der Proviant geliefert.«

»Sie meinen, ich darf in Ihrer Hütte wohnen?«

»Ja. Dann können Sie sich in Ruhe überlegen, wie es weitergehen soll. Ich werde nur abends hier sein und mich natürlich wie ein Gentleman benehmen. Aber wenn Sie das nicht möchten, begleite ich Sie auch gern nach St. Thomas.«

Wieder mit einem wildfremden Mann unter einem Dach wohnen?, überlegte Jaqueline. Ob ich das wagen kann? Doch welche Möglichkeiten habe ich sonst? Nicht nur meine Papiere sind bei Warwick geblieben, sondern auch mein Geld.

Ein Hotel in der Stadt kommt nicht in Frage. Sind denn hier alle Männer so, dass sie sich nicht um den Anstand scheren?

»Wenn Sie sich für eine Übernachtung in der Hütte entscheiden, werde ich natürlich drüben im Stall schlafen«, erklärte Monahan, der ihr Zögern richtig zu deuten wusste. »Ich möchte Ihnen nicht zumuten, mit jemandem zu nächtigen, den Sie gar nicht kennen.«

Jaqueline blickte ihn überrascht an. Offenbar gab es doch noch Männer, die Ehre im Leib hatten.

Natürlich war ihr immer noch nicht ganz wohl dabei, hier draußen zu übernachten. Aber Monahans Angebot war immerhin anständig.

Wenn ich mich von den Strapazen der vergangenen Tage ein wenig erholt habe, werde ich mir eine Unterkunft in der Stadt suchen, sagte sie sich.

»Das ist sehr freundlich von Ihnen. Ich nehme Ihr Angebot gern an. Vielen Dank«, erklärte sie rasch, bevor Monahan es sich anders überlegen konnte.

»In Ordnung, die Hütte gehört Ihnen.«

»Wird es Ihnen denn im Stall nicht zu kalt werden?«, fragte Jaqueline ein wenig beschämt. So froh sie auch über seine Geste war, überkam sie nun doch das schlechte Gewissen. All die Umstände wegen mir!

»Keine Bange, Miss, ich bin Kummer gewöhnt. Ich werde das Bärenfell mit nach draußen nehmen. Vielleicht sollten Sie sich jetzt ein wenig hinlegen. Nach all der Aufregung sollten Sie sich ausruhen.«

Jaqueline bezweifelte, dass sie nach dem starken Kaffee Ruhe finden würde. Aber der Mann hatte Recht. Es konnte nicht schaden, sich langzumachen. Das würde ihren schmerzenden Knochen guttun.

Monahan erhob sich. »Ich muss noch einmal zu meinen

Männern und ins Lager reiten. Oder macht es Ihnen etwas aus, allein zu bleiben?«

»Aber nein! Lassen Sie sich durch mich nicht in Ihrer Arbeit stören! Ich fühle mich schon wieder viel besser.«

»Schön.« Connor wies auf eine Truhe neben der Eingangstür. »Sie sollten sich umziehen. Ich kann Ihnen zwar keine Damengarderobe bieten, denn hierher verirrt sich nur selten eine Frau. Aber die Sachen da drin sind sauber. Bitte, bedienen Sie sich!«

»Danke, das ist sehr aufmerksam von Ihnen.«

Die Blicke der beiden trafen sich.

Monahan räusperte sich verlegen und öffnete die Tür. »Nun dann – bis heute Abend! Und fühlen Sie sich ja nicht verpflichtet, hier einen Finger krumm zu machen! Wenn ich zurückkomme, will ich sehen, dass Sie ausgeruht sind.«

»Ich verspreche es Ihnen.« Jaqueline lächelte still in sich hinein, als die Tür hinter ihm zufiel.

3

Der Geruch frisch geschlagenen Holzes strömte in Warwicks Lunge und belebte ihn ein wenig. Stundenlang ritt er nun bereits durch den Wald, aber aufgeben und zu seinem Haus zurückkehren, das wollte er um keinen Preis. Er würde dieses Frauenzimmer wieder einfangen, koste es, was es wolle. Doch jetzt brauchte er eine Pause. Auf einer Lichtung, deren Boden aufgewühlt war von Pferdehufen und Spuren abgeschleppter Stämme, saß er ab.

Wenn sie bei mir geblieben wäre und mir geholfen hätte, läge mein Haus jetzt nicht in Trümmern, dachte er bitter.

Als er sich die Beine vertrat und den Blick schweifen ließ, entdeckte er vor sich etwas, was aus der Ferne aussah wie ein toter Bär. Neugierig schlich er näher.

Sieh da, das war kein Bär, das war ein totes Pferd! Wölfe hatten bereits große Stücke aus dem Kadaver gerissen, aber das Brandzeichen an der Hinterhand war unverkennbar: Er hatte seinen eigenen Braunen vor sich! Offensichtlich hatte er sich das Genick gebrochen.

Aber Warwick hielt sich nicht damit auf, den Verlust seines besten Reittiers zu bedauern. Seine Gedanken galten allein Jaqueline. Was ist aus dem Miststück geworden?, fragte er sich. Hat sie den Sturz nicht überlebt und ist bereits begraben?

Nein, das war schon seit geraumer Zeit nicht mehr üblich. Leichen, die im Wald gefunden wurden, schaffte man in die nächste Stadt, damit sie vor dem Begräbnis identifiziert werden konnten.

Sollte er nach Chatham reiten und den Bestatter aufsuchen? Oder sollte er erst den Wald durchkämmen? Vielleicht hatte sie ja überlebt und hatte sich irgendwo ins Dickicht geschleppt. Oder sie irrte durch den Wald, auf der Suche nach Hilfe.

Da es bereits dunkelte, beschloss Warwick, sein Lager auf der Lichtung aufzuschlagen. Wenn sie noch lebt, werde ich sie finden, sagte er sich. Und dann gnade ihr Gott!

»Schauen Sie mal, was mir über den Weg gelaufen ist, Miss«, erklärte Monahan bei seiner Rückkehr am Abend stolz und zog zwei Rebhühner hinter dem Rücken hervor. »Das gibt ein prächtiges Dinner«, erklärte er lächelnd, als er sie auf den Tisch legte.

Jaqueline verbarg ihr Entsetzen hinter einem Lächeln. Etwas Blut klebte noch am Gefieder der toten Vögel. »Womit haben Sie die geschossen?«

Monahan schlug den Schoß seiner Jacke zurück. An seinem Gürtel trug er wie Warwick einen Revolver. Bei der Erinnerung an ihren Peiniger bekam Jaqueline Gänsehaut. Doch rasch verdrängte sie diesen Gedanken wieder, denn sie wollte sich und auch ihrem Retter nicht den Abend verderben.

»Ich fürchte, ich weiß gar nicht, wie man die rupft«, sagte sie und schämte sich beinahe dafür. Aber früher hatte das stets die Köchin erledigt. Und als es keine Köchin mehr gegeben hatte, da war kaum noch Fleisch auf den Tisch gekommen.

»Das mach ich schon«, erklärte Connor und begann sogleich mit der Arbeit. Er bewies dabei so viel Geschicklichkeit, dass Jaqueline klar wurde, wie selbstverständlich die Jagd für ihn war. Vermutlich waren er und seine Männer im Wald auf solche Mahlzeiten angewiesen. Auch das Ausnehmen, bei dem Jaqueline ihm über die Schulter schaute, ging ihm leicht von der Hand.

Wenig später brutzelten die Vögel am Spieß über dem Feuer. Monahan hatte auch frisches Brot mitgebracht, das einen berauschenden Duft verbreitete.

»Halten Sie mich bitte nicht für unverschämt«, sagte Connor, während er sich und Jaqueline Wein eingoss. »Ich würde sehr gern mehr über Sie erfahren. Sie haben mir zwar erzählt, dass Ihre erste Zeit hier nicht sehr glücklich war, doch warum haben Sie überhaupt den Entschluss gefasst, nach Kanada zu reisen?«

Jaqueline zögerte, während sie ihr Glas in der Hand drehte.

Soll ich es ihm erzählen?, überlegte sie und entschied sich dafür. Was hatte sie schon zu verlieren?

»Mein Vater war Kartograf. Sein Leben lang hat er weite Reisen in ferne Länder unternommen. In Länder, von denen er mir so lebhaft erzählt hat, dass ich die Geschichten beinahe selbst zu erleben glaubte. Ich habe immer davon geträumt, all die Orte zu besuchen, aber dann ist erst meine Mutter, später mein Vater gestorben, und ich hatte von einem Tag auf den anderen keine Zukunft mehr.«

»Und deshalb haben Sie beschlossen, in die Fußstapfen Ihres Vaters zu treten.«

»Nicht ganz, denn sein Metier beherrsche ich nicht. Aber ich wollte zumindest das Land sehen, das er auf seiner ersten Karte festgehalten hat und das ihm Glück gebracht hat.«

Monahan sah sie schweigend an. Wie ist diese nette junge Frau nur an diesen Kerl geraten?, fragte er sich. Hat er sie entführt? Sie mit falschen Versprechen hergelockt? Aber er wollte nicht in sie dringen, auch wenn er es zu gern gewusst hätte.

»Ja, wenn man Risiken und Gefahren nicht scheut, kann man hier durchaus sein Glück machen«, sagte er schließlich. »Meine Vorfahren stammen aus Irland. Dort herrschte eine Hungersnot, als sie sich auf den Weg nach Kanada machten. Mein Urgroßvater Rowen hat als Fallensteller begonnen. Eine Zeitlang konnte er seine Familie davon ernähren, doch die Konkurrenz wurde immer größer und die Tiere, deren Felle viel einbrachten, immer seltener. Schon mein Großvater hat nicht mehr als Fallensteller gearbeitet. Da das Land reich an Wäldern ist und dieser Rohstoff ständig nachwächst, hat er sich dem Handel mit Holz zugewandt. Er war der Erste, der es gewagt hat, Stämme über den Saint Lawrence River zu flößen.«

»Klingt gefährlich.« Jaqueline erinnerte sich noch gut an die Flößer, die Holz über die Alster flößten.

»Ist es auch. Der Saint Lawrence ist wild und unberechenbar. Kaum vorstellbar, dass die Irokesen den Fluss mit Kanus aus Holz und gehärteten Häuten befahren haben. Aber die Indianer kennen jede Stromschnelle, jede Untiefe. Mein Großvater hat immer erzählt, dass er von den Indianern am meisten über die Flussfahrt gelernt hat.«

»Und warum sind Sie nicht mehr am Saint Lawrence? Wenn ich mich recht entsinne, verläuft der Strom ein ganzes Stück von hier entfernt.«

»Ja, das stimmt. Mein Vater hatte drei Söhne, und natürlich konnte nur einer sein Geschäft übernehmen. Als Erstgeborener hatte mein Bruder Barry dieses Glück. Dylan, der

Jüngste, hat studiert und arbeitet als Anwalt in Ontario. Und ich wollte unbedingt im Holzhandel bleiben, also hab ich mich in einer anderen Gegend selbstständig gemacht. Ich wollte meinem Bruder ja nicht ins Gehege kommen. Ich übernehme es auch, Holz vom Lake Erie nach Montreal zu bringen. Das ist nicht ganz ungefährlich, denn wie Sie vielleicht wissen, liegen zwischen diesem See und dem Lake Ontario die Niagara Falls.«

Jaqueline nickte. »Mein Vater hat mir davon erzählt: der größte Wasserfall, den er je gesehen hat.«

»Tja, soweit ich weiß, gibt es kaum einen größeren und gefährlicheren. Jeder, der hinabstürzte, weil sein Boot mitgerissen wurde oder weil er sich einbildete, die Falls bezwingen zu können, wurde von den Wassermassen verschlungen und getötet.«

Ein Schauder überlief Jaqueline. »Und wie überwinden Sie dieses Hindernis?«

»Nun, kurz vor den Niagarafällen laden wir das Holz auf Pferdefuhrwerke um, transportieren die Stämme in die tiefer gelegene Region und lassen sie dort wieder zu Wasser.« Während er sprach, leuchteten seine blauen Augen wie die eines begeisterten Jungen.

»Das klingt umständlich. Warum nehmen Sie dann nicht gleich den Landweg?«

Monahan lächelte belustigt. »Weil der viel zu lange dauern würde und weil er viel aufwendiger ist. Bis auf das kleine Stück, auf dem die Stämme gezogen werden müssen, nimmt das Wasser sehr viel Arbeit ab. Und wir können die Stämme in einem Bruchteil der Zeit liefern, die der Landtransport benötigt. Das ist das Geheimnis meines Erfolgs.«

Damit schob sich Monahan einen Rebhuhnschenkel in den Mund.

Obwohl er ein Naturbursche ist, hat er sehr gepflegte Hände, dachte Jaqueline. Und ihr wurde bewusst, dass sie Monahans Gesellschaft genoss. Wenn er erzählte, konnte sie ihre schlimme Lage für eine Weile vergessen.

Warum hat Warwick nicht so wie er sein können?, fragte sie sich. Warum hat mich das Schicksal zuerst zu einem Verrückten geführt? Und was wird noch auf mich zukommen?

»Ein Rebhühnchen für Ihre Gedanken.«

»Wie bitte?« Erst als Monahan schallend lachte, verstand Jaqueline, worauf er hinauswollte. Sie blickte auf die abgenagten Knochen auf ihrem Teller.

»Eigentlich habe ich nur gedacht, dass ich Glück hatte, an Sie zu geraten. Abgesehen davon, dass offenbar nur wenige Leute in den Wald kommen, hätten mir wohl auch nicht alle geholfen.«

»Das sagen Sie mal nicht. Die Kanadier sind hilfsbereite Menschen.«

Warwick nicht, dachte Jaqueline, doch sie wollte sich diese unbeschwerten Stunden nicht verderben lassen. Also verdrängte sie die Erinnerung an ihn und nahm sich noch einen Hühnerschlegel.

Als es Zeit wurde, sich zur Nacht zurückzuziehen, nahm Monahan das Bärenfell, um sich im Stall einzuquartieren.

Er ist offenbar ein echter Gentleman, dachte Jaqueline dankbar. Aber kann ich zulassen, dass er meinetwegen im Schuppen friert?

»Brauchen Sie nicht noch ein paar Decken?«, fragte sie mit schlechtem Gewissen.

Monahan winkte ab. »Keine Bange, Miss, ich erfriere nicht! Sollten Sie noch etwas brauchen, machen Sie sich bemerkbar.«

Jaqueline dankte ihm. Nie würde es ihr in den Sinn kommen, den Mann zu behelligen, während er schlief, aber das Angebot rührte sie sehr.

»Gute Nacht, Mr Monahan.«

»Gute Nacht, Miss Halstenbek.« Er hob die Hand zum Gruß und verließ die Hütte.

Jaqueline schloss die Tür hinter ihm und schob den Riegel vor.

Obwohl sie sehr müde war, konnte sie lange nicht einschlafen. Zahlreiche Gedanken geisterten durch ihren Kopf, während sie an die Decke sah und den Geräuschen der Wildnis lauschte.

Wie weit mag es von hier bis in die Stadt sein? Ich sollte dort so schnell wie möglich nach einer Anstellung suchen. Immerhin kann ich Mr Monahan nicht länger auf der Tasche liegen. Ich brauche eine eigene Wohnung und muss Geld verdienen, um selbst für mich aufzukommen.

Ein Geräusch vor der Tür lenkte sie ab.

Ist das Monahan, dem da draußen doch zu kalt ist?

Sie drehte sich um und blickte zum Fenster.

Mondlicht brach durch das Blätterdach und malte unruhige Schatten auf die Scheibe. Draußen knisterte und knackte es, als schleiche jemand umher.

Vielleicht ist es nur ein Tier, dachte sie. Ein Dachs vielleicht – oder ein Bär!

Oder ist es Warwick? Verängstigt zog Jaqueline die Bettdecke bis zum Kinn hoch. Wie gebannt starrte sie hinaus in die Dunkelheit, bis die Lider schwer wurden und sie in einen tiefen Schlaf fiel.

4

Als Jaqueline am nächsten Morgen erwachte, waren ihre Glieder bleischwer, ihre Füße eisig kalt und ihre Schläfen pochten schlimmer als nach dem Sturz. Ihr Hals schmerzte, als hätte sie Sandpapier gegessen, und ihre Brust fühlte sich eng an. Mühsam richtete sie sich auf.

Ich sollte Frühstück machen. Ich kann mich ja nicht immer von Monahan bedienen lassen, dachte sie und schwang die Beine aus dem Bett.

Als Jaqueline sich aufstellen wollte, erfasste sie ein Schwindel, der sie zurück auf ihr Lager zwang. Erschrocken klammerte sie sich an die Decke und schloss die Augen. Das Bett unter ihr schien sich zu drehen.

Es wird vorübergehen, sagte sie sich. Nur noch einen Moment.

Aber es dauerte eine Weile, bis der Schwindel verging. Vorsichtig öffnete sie die Augen wieder. Zitternd stand sie auf. Sie lechzte geradezu nach Wasser.

Das ist das Fieber, dachte sie. Ein Anflug von Angst schnürte ihr die Kehle zu. Wer soll mich hier draußen versorgen, wenn ich krank bin? Monahan hat sicher Besseres zu tun. Sie nahm all ihre Kräfte zusammen und schleppte sich zum Wasserkessel. Dass die paar Schritte so anstrengend sein konnten! Ihre Beine gehorchten ihr kaum, und ihr Rücken schmerzte. Ein

Hustenanfall schüttelte Jaqueline. Verzweifelt schnappte sie nach Luft. Ihre Brust brannte, und erneut erfasste ein Schwindel sie. Instinktiv suchte sie Halt an der Tischkante, doch sie verfehlte sie, denn es wurde dunkel ringsum.

Connor Monahan warf einen zufriedenen Blick auf die Baumstämme, die seine Männer am Vortag geschlagen hatten. Aufgrund ihres großen Durchmessers mussten sie einzeln von Rückepferden bewegt werden. Auch jetzt mühten sich zwei der gutmütigen Kaltblüter den schlammigen Weg hinauf, im Schlepptau einen weiteren Riesen.

Monahan überschlug im Kopf den Preis, den man ihm in Montreal dafür zahlen würde. Die Stadt wuchs beständig, und damit stieg auch der Bedarf an Baumaterial. Sein Holz war das beste der Gegend. Natürlich war die Konkurrenz weiter nördlich groß, aber er hatte sich in den letzten Jahren einen Namen gemacht. Deshalb war er sicher, dass er mit dem Gewinn aus dem Verkauf dieser Stämme die Lebenshaltungskosten eines halben Jahres decken könnte. Und es war nicht die einzige Lieferung, die er zu flößen gedachte.

Mit einem dumpfen Dröhnen fiel der Stamm zu Boden, als er von der Kette am Pferdegespann losgemacht wurde. Sogleich begannen ein paar Männer, ihn zu entasten.

Monahan sah die Stämme bereits vor sich: Wie ein Teppich würden sie, dicht an dicht, auf dem Wasser schwimmen, über Stromschnellen hinwegtanzen und alles mit sich reißen, was sich ihnen entgegenstellte.

»Bradley, weisen Sie die Männer an, die Stämme unter der Rinde auf Borkenkäfer zu untersuchen! Nicht, dass die Viecher uns das Floß unterm Hintern wegkauen.«

»Wird gemacht, Boss!«

»Und schicken Sie noch ein paar Leute in den Black Ground. Dort stehen auch noch ein paar geeignete Bäume. Die Auswahl überlasse ich Ihnen.«

»Wollen Sie schon wieder los, Boss?«, fragte McGillion verwundert, denn eigentlich ließ es sich Monahan nicht nehmen, die zu schlagenden Bäume selbst auszuwählen.

»Ich muss noch was in der Stadt erledigen. Ich komme morgen früh vorbei, um die Stämme zu begutachten.«

»Okay.« McGillion grinste vielsagend.

Wahrscheinlich vermutet er, dass ich zu meiner Verlobten will, dachte Connor, während er aufsaß und dem Pferd die Sporen gab. Auch gut! Er muss ja nicht alles wissen.

Der Damenausstatter in St. Thomas verzog skeptisch das Gesicht. »Wollen Sie mir die Dame nicht herschicken, damit ich persönlich Maß nehmen kann?«

Connor kratzte sich verlegen am Kopf.

»Das dürfte schwierig werden. Sie sollen kein Kleid für sie anfertigen, sondern mir eins verkaufen, das Sie bereits dahaben und das ungefähr passen könnte.«

»Aber die Maße der Damen sind sehr unterschiedlich«, hielt der Schneider dagegen, der es augenscheinlich für eine dumme Idee hielt, einfach ein Kleid zu verkaufen, ohne die Trägerin gesehen zu haben.

»Die Dame, um die es geht, ist mittelgroß und zierlich. Ich glaube nicht, dass Sie ein sonderliches Risiko eingehen würden, wenn Sie mir ein Kleid mitgäben. Sollte es nicht passen, kann die Dame immer noch zum Ändern vorbeikommen. Erst einmal soll es eine Überraschung sein.«

»Nun gut, wie Sie meinen. Folgen Sie mir, ich zeige Ihnen die fertigen Modelle.«

Im Hinterzimmer waren etliche Kleider auf Schneiderpuppen dekoriert. Ein lindgrünes, das ein wenig abseits der anderen stand, fiel Connor Monahan sofort ins Auge.

Das würde Jaqueline mit ihrem feuerroten Haar hervorragend stehen!, dachte er.

»Geben Sie mir das da!«, sagte er kurzerhand und erntete einen erstaunten Blick.

»Sind Sie sicher? Dieses Kleid können wirklich nur ganz wenige Damen tragen.«

»Es ist wie gemacht für die Lady, für die es gedacht ist«, versicherte Connor selbstsicher. Da das Modell weder übermäßig verziert war, noch einen gewagten Schnitt aufwies, würde es Jaqueline bestimmt gefallen. »Könnten Sie es bitte einpacken, damit ich es gleich mitnehmen kann?«

Der Schneider schnaufte zwar, nahm das Kleid aber von der Puppe und verstaute es in einer Segeltuchtasche.

5

Auf seinem Ritt von der Stadt zur Waldhütte wunderte Connor sich über sich selbst. Es war das erste Mal, dass er einen Damenschneider aufgesucht hatte. Es wäre ihm nie in den Sinn gekommen, seine Verlobte auf dieselbe Weise zu überraschen, wie er es nun vorhatte. Ob es daran lag, dass Marion beinahe übertrieben auf ihr Äußeres achtete und in Kleiderfragen ganz genaue Vorstellungen hatte? Er seufzte. Was Jaqueline wohl zu dem Kleid sagen wird?, fragte er sich. Ob ihr Farbe und Schnitt zusagen werden? Je näher er seinem Ziel kam, desto größer wurden die Zweifel. Könnte sie das Geschenk vielleicht missverstehen und glauben, dass ich mich an sie heranmachen will?

Einen Atemzug später fragte er sich, warum ihm das so wichtig war.

Er versuchte sich einzureden, dass es nur die Bereitschaft war, dieser in Not geratenen Frau zu helfen, doch er musste zugeben, dass sie ihm gefiel und ihn anrührte. Ihre natürliche Art war erfrischend. Es war ihm nicht entgangen, dass es Jaqueline Überwindung gekostet hatte, das Ausnehmen der Rebhühner zu beobachten, und er rechnete ihr hoch an, dass sie sich bemüht hatte, es vor ihm zu verbergen. Im Gegenteil, sie hatte sich durchaus wissbegierig gezeigt. Er musste lächeln, als er sich seine Verlobte in der gleichen Situation vorstellte. Wie anders hätte Marion reagiert! Mit Sicherheit hätte sie ihr feines Näschen gerümpft und ihm vorgehalten, dass man einer Dame solch einen Anblick einfach nicht zumuten könne. Connor seufzte. Tja, vielleicht hatte Marion ja Recht. Aber trotzdem: Es war so viel entspannter, mit Jaqueline umzugehen als mit seiner schönen Verlobten und ihren extravaganten Freundinnen. Ob er es jemals schaffen würde, Marion keinen Anlass zum Stirnrunzeln zu bieten?

Als die Hütte vor ihm auftauchte, stockte Connor.

Kein Rauch? Hatte Jaqueline das Feuer ausgehen lassen? Und das bei diesen Temperaturen? Oder ist ihr etwas zugestoßen?

Mit einem Satz sprang er aus dem Sattel, stürmte zur Tür und klopfte an.

Keine Antwort.

Er rüttelte an der Tür. Sie war verriegelt.

»Miss Halstenbek?«, rief er und klopfte erneut.

Es blieb still.

Connor wiederholte seinen Ruf, während er durch das Fenster spähte.

Sein Herzschlag beschleunigte sich, als er Jaqueline entdeckte. Sie lag nur wenige Schritte von der Esse entfernt auf dem Boden.

»Um Himmels willen!«, murmelte Connor und drückte gegen die Fensterflügel.

Zum Glück gaben sie nach. Offenbar hatte er am Vortag vergessen, das Fenster zu verriegeln. Dankbar kletterte Connor ins Innere.

»Miss Halstenbek, hören Sie mich?«, rief er und sank neben der Bewusstlosen auf die Knie. Als sie nicht antwortete, tastete er nach ihrem Puls.

Sie glüht wie ein Schmiedefeuer!, durchfuhr es Connor.

Vorsichtig hob er Jaqueline auf und trug sie zum Bett. Jaqueline stöhnte und brabbelte etwas Unverständliches.

»Miss Halstenbek, hören Sie mich?«

Aber er erhielt wieder nur ein Stöhnen als Antwort.

Sie fiebert! Ich muss einen Arzt holen, und zwar schnell, dachte Connor.

Überwältigt von Angst, sah er plötzlich wieder die kleine Beth vor sich, und er war wie gelähmt. Sein Herz raste, seine Hände wurden feucht. Nein, noch einmal durfte der Arzt nicht zu spät kommen.

Er durfte jetzt nicht an Beth denken! Entschlossen schob Connor die schmerzende Erinnerung beiseite. Er holte zwei Decken aus der Truhe und wickelte die junge Frau zusätzlich darin ein.

Es wäre ihm lieber gewesen, wenn jemand auf sie aufgepasst hätte, doch zum Lager zu reiten und jemanden herzuschicken würde zu lange dauern. Er wollte auf kürzestem Wege nach St. Thomas reiten.

Nachdem er Jaqueline noch einmal vergeblich angesprochen hatte, stürmte er aus der Hütte.

Das Wetter hatte sich inzwischen weiter verschlechtert. Während Connor sein Pferd antrieb, als sei der Teufel hinter ihm her, wirbelten Erdklumpen und Grassoden unter ihm auf. Der Regen peitschte ihm ins Gesicht, aber das kümmerte ihn nicht.

Hoffentlich hält Jaqueline durch, dachte er, und seine Gedanken wanderten zurück zu Beth. Seine kleine Schwester hatte nicht durchgehalten. Als sein Vater mit dem Arzt ans Krankenbett seiner fiebernden Tochter trat, war es bereits zu spät. Beth starb kurz vor ihrem achten Geburtstag.

Connor, der damals zwölf Jahre war, hatte jahrelang um seine einzige Schwester getrauert. Und noch heute bereitete ihm die Erinnerung an ihren tragischen Tod großen Schmerz. Die gleiche Sorge, die er damals für Beth empfunden hatte, erfüllte ihn nun seltsamerweise auch für Jaqueline. Obwohl er sie erst seit zwei Tagen kannte, hatte sie ihn mit ihrem sanften Wesen für sich eingenommen.

Sie darf nicht sterben! Auch sie ist noch jung und voller Neugierde auf das Leben, grübelte er.

Zum Glück tauchten nun die Lichter von St. Thomas vor ihm auf, ein Anblick, der Connor ablenkte. Er schob die schwarzen Gedanken beiseite und wischte sich den Regen aus dem Gesicht. Die Straßen des Ortes waren zu dieser Uhrzeit beinahe ausgestorben. Nur aus dem örtlichen Pub drangen noch Geräusche. Ein Pianospieler gab eine alte englische Weise zum Besten, ein paar angetrunkene Gäste sangen dazu. Connor preschte durch die Pfützen und erreichte wenig später das Haus des Arztes.

Dr. Leeroy war ein erfahrener Arzt, dem die ganze Stadt großes Vertrauen schenkte. Wie Connor vermutet hatte, war das Licht in den Fenstern seiner Praxis bereits erloschen.

Da Rufe nicht helfen würden, suchte sich Monahan kurzerhand einen Kieselstein und warf ihn gegen das Giebelfenster, hinter dem sich Leeroys Schlafzimmer befand.

Es dauerte nicht lange, bis dort Licht aufflammte und sich ein grauer Haarschopf zeigte. Das Fenster gab ein Quietschen von sich, als der Arzt einen Flügel öffnete.

»Was ist los?«, krächzte er, worauf ein Hund in der Nachbarschaft zu kläffen begann.

Auch Fenster in der Nachbarschaft wurden plötzlich hell.

»Ich bin's, Monahan. Ich brauche dringend Ihre Hilfe, Doc!«

Der Arzt zögerte nicht. Er schlug das Fenster zu und erschien nur wenige Minuten später angekleidet in der Haustür.

»Dann kommen Sie mal rein, Mr Monahan!«

»Es geht nicht um mich, Doktor, es geht um eine Frau, die ich im Wald gefunden habe. Ich fürchte, sie hat eine Lungenentzündung.«

»Gut, dann gehen wir zu ihr.«

Bevor er wieder in der Tür verschwinden konnte, hielt Monahan ihn zurück. »Wir müssen reiten. Die Kranke liegt in meiner Hütte.«

Der Arzt zog die Augenbrauen hoch, aber in all den Jahren, in denen er schon praktizierte, hatte er bereits viele merkwürdige Dinge erlebt. Deshalb sparte er sich jede Antwort. Er warf sich einen Regenmantel über, zog die Haustür zu und holte sein Pferd aus dem Stall. Seine Arzttasche hing am Sattel.

Wenn ich Pech habe, fiebere ich als Nächster, dachte Connor und beneidete den Doktor um den Regenschutz. Aber das soll es mir wert sein.

Schon gaben beide den Pferden die Sporen.

Als die Männer wenig später die Hütte betraten, lag Jaqueline noch immer wie leblos auf dem Bett. Ihr schnell gehender Atem war deutlich zu hören.

Ohne Umschweife trat Leeroy neben sie, tastete ihre Stirn ab und fühlte ihren Puls. Dann zog er sein Stethoskop aus der Tasche und horchte sie ab.

Monahan trat unruhig auf der Stelle.

»Ihre Vermutung war richtig, Mr Monahan«, sagte der Arzt schließlich. »Die junge Lady hat sich eine Lungenentzündung eingefangen. Gottlob eine leichte, aber sie braucht Medikamente und kühle Wickel. Sie könnten schon mal Wasser holen.«

Sie wird nicht sterben! Das war das Einzige, was Connor denken konnte, während er zu dem Brunnen hinter der Hütte lief und Wasser schöpfte.

Als er mit einem gefüllten Eimer zurückkehrte, hatte Leeroy schon ein paar Medikamente auf dem Tisch ausgebreitet. »Sie sollten heute Nacht besser bei ihr wachen«, erklärte der Arzt, nachdem Connor den Eimer abgestellt hatte. »Wenn sich ihr Zustand sehr verschlechtert, flößen Sie ihr dieses Pulver mit etwas Wasser ein.« Er deutete auf eine kleine Pappschachtel ohne Beschriftung. »Ansonsten reicht es, wenn Sie ihr das Fiebermittel geben. Wenn sie wieder zu sich kommt, sollte sie eine kräftige Brühe essen und möglichst noch ein, zwei Äpfel oder Zitronen, wenn Sie welche beschaffen können. Was sich auf Schiffen bewährt, ist auch bei einer Lungenentzündung nicht falsch.«

»Ich könnte ihr auch noch einen Tee brühen. Ein Medizinmann von den Irokesen hat mir eine Kräutermischung empfohlen.«

»Meinetwegen. Kräuter können die Wirkung des Fieberpulvers wohl kaum beeinträchtigen. Doch seien Sie vorsichtig, falls die junge Frau von den Kräutern Ausschlag bekommt! Dann sollten Sie den Tee sofort weglassen.«

»Selbstverständlich.«

Der Doktor nahm seine Arzttasche wieder an sich. »Sollte sich ihr Zustand sehr verschlimmern, werden Sie sie ins Hospital bringen müssen.«

»Sie wollen sie also nicht zur Ader lassen?«, fragte Connor verwundert.

Leeroy schüttelte lachend den Kopf. »Wo denken Sie hin? Ich mag vielleicht alt sein, aber meine Methoden sind das keineswegs. Ich werde doch keine geschwächte Patientin zur Ader lassen! Das wäre glatter Mord!«

Monahan musste wieder an Beth denken. Hatte der damalige Familienarzt ihren Tod zu verantworten? Bei seinem vorletzten Besuch hatte er einen Aderlass vorgenommen. Obwohl es schon so lange her war, zog Connors Magen sich erneut schmerzhaft zusammen.

»Ich nehme an, die junge Dame ist nicht in der Lage, mein Honorar zu zahlen.«

Connor verstand Leeroys prüfenden Blick nur allzu gut. Vermutlich ging es ihm nicht allein um das Geld, sondern er fragte sich, woher Jaqueline kam und warum er sie hier untergebracht hatte. »Keine Sorge! Ich werde Ihre Rechnung begleichen, Doktor«, erklärte er freundlich.

»Danke.« Mit einem letzten Blick auf die Kranke verabschiedete der Arzt sich.

»Wenn Sie möchten, begleite ich Sie zurück«, bot Connor an, aber der Arzt schüttelte den Kopf.

»Nicht nötig. Ich finde allein nach Haus. Passen Sie gut auf das Mädchen auf! Und auf sich.«

Damit verschwand er im Regen. Connor schloss die Tür, beobachtete den Arzt aber durch das Fenster. Wahrscheinlich denkt er, ich habe mir eine heimliche Geliebte zugelegt, ging ihm durch den Sinn. Hoffentlich kann ich mich auf seine Diskretion verlassen, sonst wird Marion mir die Hölle heißmachen.

6

Der Duft nach Brühe lag in der Luft, als Jaqueline die Augen aufschlug. Doch sie konnte ihn nur kurz genießen, denn sofort erschütterte ein Hustenanfall sie. Um Atem ringend, versuchte sie sich aufzusetzen. Ihre Kraft reichte nicht aus, aber sogleich waren hilfreiche Hände zur Stelle.

»Da sind Sie ja wieder, Miss Halstenbek«, sagte eine warme Männerstimme.

»Wie spät ist es denn?«

»Drei Uhr nachmittags«, antwortete Connor Monahan. »Sie gestatten?«, fragte er und machte Anstalten, ihr das Gesicht mit einem Lappen abzuwischen.

Sie ließ es geschehen, denn ihre Stirn fühlte sich heiß an. »So lange habe ich geschlafen?«, fragte Jaqueline verwundert. Da das Licht, das durch die Fenster fiel, in ihren Augen schmerzte, blinzelte sie Monahan an.

»Ja, das haben Sie, und Sie können auch gern noch weiterschlafen. Immerhin sind Sie krank. Sie brauchen Ruhe.«

Jaqueline sank erschöpft auf ihr Lager zurück. Jetzt erinnerte sie sich wieder daran, dass sie vor dem Kamin zusammengebrochen war. Offenbar hatte Monahan sie gefunden und damit ein zweites Mal gerettet.

»Sind Sie hungrig?«, fragte Connor und nahm eine kleine Schale in die Hand.

Kopfschüttelnd verneinte sie. Sie fühlte sich zu matt, um zu essen.

»Ich fürchte, Sie müssen trotzdem etwas essen«, beharrte Connor. »Der Doc reißt mir die Ohren ab, wenn Sie mir vor Schwäche eingehen.«

Ein Arzt war hier?, fragte sich Jaqueline. Dann entdeckte sie auf dem Küchentisch ein paar Fläschchen und Tütchen.

»Doc Leeroy kann ziemlich streng sein«, fuhr Connor fort, während er sich auf einem Stuhl neben dem Bett niederließ. »Wenn er Sie in den nächsten Tagen besucht und sieht, dass es Ihnen nicht besser geht, ist es um meine Ohren geschehen.«

Die ernste Miene, die er dabei zog, reizte sie zum Lachen, was sie allerdings mit einem erneuten Hustenanfall bezahlte.

»Immer langsam, Miss Halstenbek! Lachen können Sie noch genug, wenn Sie wieder auf den Beinen sind.«

Geduldig wartete er, bis der Hustenreiz abgeklungen war. Dann hielt er ihr die Suppenschüssel unter die Nase. Obwohl die Brühe sehr gut roch, hatte Jaqueline keinen Appetit. Ihre Brust schmerzte beim Atmen, und ihre Arme stachen bei jeder Bewegung.

»Nur einen Löffel«, bat Monahan mit einem gewinnenden Lächeln.

»Also gut, einen«, lenkte sie ein und öffnete den Mund.

Connor balancierte den vollen Löffel geschickt über die Bettdecke hinweg.

Jaqueline musste zugeben, dass die Brühe so gut schmeckt, wie sie roch. Außerdem ölte sie den wunden Hals ein wenig.

»Wann war der Doktor denn hier?«

»Gestern Nacht.« Connor tupfte ihr vorsichtig den Mund mit einem Tuch ab. »Nachdem ich Sie fiebernd am Boden gefunden hatte, bin ich zu ihm geritten, denn ich kenne mich nicht mit Krankheiten aus.«

»Das war sehr nett von Ihnen. Ich fürchte nur, ich werde ihn nicht bezahlen können.«

»Keine Sorge, Doc Leeroy ist ein guter Kerl. Er hat ein Herz für Menschen, die in Not geraten sind. Wie wäre es mit einem weiteren Löffel Brühe?«

»Wir hatten doch nur einen ausgemacht«, gab Jaqueline schwach lächelnd zurück, öffnete aber den Mund.

Als die Schüssel halb leer war, stellte Connor sie beiseite und holte das Paket hervor, mit dem er Jaqueline am Vorabend überraschen wollte. »Hier, das habe ich Ihnen aus der Stadt mitgebracht. Eigentlich wollte ich es Ihnen schon gestern überreichen.«

Die Segeltuchtasche lag angenehm schwer auf ihrem Bauch, während Jaqueline mit fahrigen Händen hineinfuhr. Wenig später blitzte ihr lindgrüner Stoff entgegen, und sie erstarrte.

»Was ist?«, fragte Connor.

Jaqueline konnte noch immer nicht antworten, so überwältigt war sie.

Ein Kleid, dachte sie, während ihre Hände begehrlich über den Stoff strichen. Er schenkt mir ein Kleid!

»Das kann ich nicht annehmen!«, platzte es im nächsten Augenblick aus ihr heraus, als die ungute Erinnerung an Warwicks Geschenk wieder in ihr aufstieg.

»Warum denn nicht?«, fragte Connor überrascht. »Da Ihr altes Kleid geflickt werden muss und nicht mehr salonfähig ist, dachte ich, Sie könnten eines gebrauchen. Das können Sie bei einem Vorstellungsgespräch tragen. Oder wenn Sie in die Stadt gehen wollen.«

Jaqueline stiegen Tränen in die Augen. Offenbar meint er es gut und hat keine Hintergedanken, dachte sie und konnte es kaum fassen.

»Gefällt es Ihnen denn nicht?«, fragte Monahan, nun sichtlich irritiert. Er schämte sich beinahe, dass er so danebengegriffen hatte.

Jaqueline trocknete ihre Tränen und räusperte sich. »Doch, danke, Mister Monahan. Es ist wirklich wunderschön. Es erinnert mich an ein Kleid, das ich in Deutschland zurücklassen musste.«

»Und welchen Grund haben Sie dann, es abzulehnen?«

Ihr Blick verriet ihm die Antwort.

»Hören Sie«, sagte er dann, während er ein Stück näher an das Bett heranrückte. »Ich versichere Ihnen, dass ich keinerlei Hintergedanken habe. Ich möchte Ihnen nur helfen. Dazu gehört auch, dass ich Ihnen eine kleine Freude machen will. Außerdem müssen Sie ordentlich gekleidet sein, wenn Sie sich Papiere besorgen oder eine Anstellung antreten wollen. Bitte nehmen Sie mein Geschenk an!«

Jaqueline schämte sich plötzlich, dass sie die Absichten ihres Retters in Zweifel gezogen hatte. Auf einmal hasste sie Fahrkrog und Warwick dafür, dass sie sie so misstrauisch gemacht hatten. »Gut, ich nehme es gern«, lenkte sie ein. »Haben Sie vielen, vielen Dank!«

Monahans Miene hellte sich auf. »Das freut mich. Sollte das Kleid nicht passen, bringe ich es gern zum Ändern in die Schneiderei zurück.«

»Das ist sehr freundlich von Ihnen. Aber ich kann recht gut nähen. Sollte es nicht passen, werde ich die Änderung selbst vornehmen.«

»Wie Sie wünschen. Aber die Anprobe sollten wir verschieben.« Connor wollte das Kleid und die Segeltuchtasche an sich nehmen, doch Jaqueline hielt beides fest.

»Ach, bitte, Connor, lassen Sie das ruhig noch ein Weilchen hier! Es ist lange her, dass mir jemand so was Schönes geschenkt hat.«

Monahan nickte. Er war so gerührt, dass er kein Wort über die Lippen brachte. Und insgeheim freute er sich auch darüber, dass sie ihn mit dem Vornamen angeredet hatte. Er wandte sich ab, räumte die Suppenschüssel fort und warf noch ein paar Holzscheite ins Feuer.

Indes bewunderte Jaqueline den feinen lindgrünen Stoff und erlaubte sich einen Moment lang die Vorstellung, in diesem Kleid durch St. Thomas zu spazieren – am Arm von Connor Monahan.

Marion Bonville betrachtete sich kritisch im Spiegel, obwohl es an ihrem Bild nichts auszusetzen gab. Ihre schlanke Taille wurde von dem weißen Korsett zu einer perfekten Kurve geformt, ihre Brüste wölbten sich wie zwei Halbmonde über der Spitzenborte ihres Seidenhemdes. Die schmalen Hüften und langen, schlanken Schenkel steckten in langen Seidenunterhosen, und die schillernden Strümpfe betonten ihre zarten Fesseln. Einzig ihre Locken waren nicht makellos. Sie wirkten etwas zerzaust, doch das würden die geschickten Hände ihrer Friseurin richten.

»Ihr Bräutigam wird in der Hochzeitsnacht vollkommen hingerissen sein von Ihnen!«, schwärmte die Schneiderin Mrs Hopkins, die Marion über ihre Betrachtung beinahe vergessen hatte.

»Ich hoffe, das ist er schon vorher«, entgegnete sie, während sie sich vorbeugte, um ihr Gesicht zu betrachten. Sie war seit jeher stolz auf die schmale Nase, die blauen Augen und den milchweißen Teint, um den sie all ihre Schwestern beneideten. Ihr Mund war vielleicht etwas zu groß, aber eigentlich wirkte er ganz verheißungsvoll. Connor betonte jedenfalls immer, dass er ihn liebe.

»Wann meinen Sie, können Sie das Hochzeitskleid fertig haben?«, fragte Marion schließlich, nachdem sie sich von dem Spiegel zurückgezogen hatte. Ihre Hände strichen über das Korsett, und für einen kurzen Moment gestattete sie sich die erregende Vorstellung, dass es Connors Hände waren, die sinnlich darüberstrichen.

»Wann immer Sie es brauchen. Haben Sie denn bereits einen Hochzeitstermin?«

Marions Miene verfinsterte sich für einen Moment. Aber sie hatte nicht umsonst die strenge Erziehung ihrer Mutter genossen, die sie gelehrt hatte, sich in jeder Situation zu beherrschen, und sei diese noch so ärgerlich.

»Ich bin sicher, dass mein Verlobter schon bald einen Termin festsetzen wird. Wir müssen nur zahlreiche Verwandte bedenken und wollen besseres Wetter abwarten. Ihre Kreation soll ja nicht vom Regen aufgeweicht werden.«

Die Schneiderin nickte zustimmend, doch Marion spürte, dass Mrs Hopkins ihr nicht so recht glaubte. Es war mittlerweile stadtbekannt, dass Connor Monahan es mit der Ehe nicht eilig hatte. Zwei Jahre waren sie nun schon miteinander verlobt, lange genug, um endlich zu heiraten. Doch immer wieder fand er einen Grund, die Hochzeit zu vertagen.

Die Liebe zu seiner verdammten Sägemühle! Es kümmert ihn nicht, dass er mich allmählich zum Gespött der Leute macht!, dachte Marion.

Rasch verbarg sie ihren Kummer unter einem perfekten Lächeln. »Sehen Sie zu, dass Sie das Kleid in vier Wochen liefern können!« Doch ihre barsche Stimme verriet, wie aufgebracht sie war.

»Wie Sie wünschen, Miss Bonville.«

Die Schneiderin schnippte mit den Fingern, und sogleich

huschte eine ihrer beiden Gehilfinnen herbei, die sie in das Haus der Bonvilles begleitet hatte.

Marion beobachtete kritisch, wie sie die abgesteckte Seidenrobe, die selbstverständlich der neuesten Pariser Mode entsprach, von der Kleiderpuppe nahm und dann vorsichtig in einer länglichen Schachtel verstaute.

Wenn ich es das nächste Mal sehe, ist es vollkommen, dachte Marion freudig.

»Möchten Sie die Unterwäsche schon hierbehalten, oder soll ich sie wieder mitnehmen?«, wollte die Schneiderin wissen und riss Marion aus ihren Gedanken.

»Lassen Sie sie hier!«, antwortete Marion, während sie insgeheim überlegte: Wenn ich Connor schon vor der Hochzeit verführe, wird er keine Möglichkeit mehr haben, die Hochzeit zu verschieben.

Connor hatte kein besonders gutes Gefühl dabei, Jaqueline allein zu lassen, aber er hatte keine andere Wahl. Er musste Marion mitteilen, dass das gemeinsame Abendessen ausfallen würde. In der Nacht brauchte die Deutsche ihn mehr als seine Verlobte, die kerngesund war und ein unbeschwertes Leben im Haus ihres Vaters führte.

Während er sein Pferd die Hauptstraße von St. Thomas hinauftrieb, begegnete er ein paar von seinen Kunden, Geschäftsmännern, die dann und wann Holz bei ihm kauften, wenn sie neue Gebäude errichten oder alte erweitern wollten. Alle grüßte er freundlich, doch Zeit für einen kurzen Plausch nahm er sich nicht.

Vor dem Haus der Bonvilles machte er schließlich Halt. Es war eines der größten Gebäude von St. Thomas. Übertroffen wurde es nur von der Kirche und der vor einigen Jahren fertiggestellten Railway Station. Nicht umsonst behaupteten manche, dass George Bonville der heimliche Bürgermeister der Stadt sei. Reicher als der Mayor war Marions Vater auf jeden Fall, was dieser Benton Stockwell auch regelmäßig spüren ließ, wenn es um Beschlüsse im Stadtrat ging.

Mit alldem hatte Monahan nichts am Hut. Er verabscheute die Politik, denn in seinen Augen gründete sie sich hauptsächlich auf Lügen, mit denen er sein Gewissen nicht belasten wollte. Deshalb hatte er bisher jedem Versuch Bonvilles widerstanden, ebenfalls Platz im Stadtrat zu nehmen. Die Arbeit in seiner Firma, die ihn voll und ganz einnahm, war stets eine gute Ausrede, und sosehr er Marion auch liebte, von ihrer Familie vereinnahmt werden wollte er nicht.

Nachdem er sein Pferd festgebunden hatte, eilte er die Treppe hinauf. Wie von Geisterhand öffnete sich die Tür, bevor er überhaupt nach dem Türknauf greifen konnte.

James, der zuverlässige Butler der Bonvilles, hatte ihn natürlich bemerkt. »Willkommen, Mr Monahan! Die junge Herrin wird erfreut sein, Sie zu sehen.«

Das wagte Connor zu bezweifeln. Er kannte Marion nur allzu gut und wusste, wie sie reagieren konnte, wenn etwas nicht so lief, wie sie es sich in ihren hübschen Kopf gesetzt hatte.

Das Essen an diesem Abend war schon eine Weile geplant. Verschiedene wichtige Persönlichkeiten des öffentlichen Lebens waren dazu geladen. Damit wollte Marions Vater hinsichtlich der in wenigen Monaten stattfindenden Stadtvertreterwahl für sich werben. Allerdings würde er auf seine Unterstützung verzichten müssen.

»Ich werde Sie dem Fräulein melden«, erklärte der Butler.

»Tun Sie das, James! Ich komme gleich. Vorher möchte ich nur noch einmal kurz in die Küche, um etwas mit Savannah zu besprechen.«

Der Butler verneigte sich. »Wir Sie wünschen, Sir!«
Connor begab sich schnurstracks in die Küche.

Savannah, die langgediente Köchin der Bonvilles, war irokesischer Herkunft und kannte sich hervorragend mit Kräutern aus. Für ihre Herrschaften zauberte sie nicht nur köstliche Mahlzeiten, sondern braute auch Medikamente. Connor war sicher, dass sie auch gegen Jaquelines Leiden ein Mittelchen hatte.

An diesem Nachmittag hatte Savannah mit den Vorbereitungen des Abendessens alle Hände voll zu tun. Einige Dienstmädchen waren zu ihrer Unterstützung in die Küche abgeordnet worden. Mit befehlsgewohnter Stimme scheuchte die Köchin ihre Untergebenen umher, als sei sie die Hausherrin.

»Vergiss das Salz nicht, Maggie! – Hast du Wasser an den Braten gegossen, Judy? Nelly, was ist mit den Wachteln?«

Wie von einer unsichtbaren Peitsche getroffen, sprengten die Mädchen auseinander.

»Man merkt, dass Sie die Enkelin eines Häuptlings sind, Savannah«, warf Connor lachend ein, als er in den Duft von Backwerk und Gebratenem eintauchte.

Der Kopf der Köchin schnellte herum, sodass er einen Blick auf ihr rundliches Gesicht werfen konnte. Der dicke Zopf, zu dem sie ihre schwarze Haarpracht stets flocht, war heute unter einer weißen Haube verborgen. Ihre dunklen Augen musterten ihn so aufmerksam, als sei sie auf dem Kriegspfad.

»Mr Monahan, was führt Sie in meine Küche?«, fragte sie, während sie sich die Hände an einem Tuch abwischte, das sie im Bund ihrer Schürze trug.

»Guten Tag, Savannah. Ich frage mich, ob Sie noch etwas von Ihrem hervorragenden Hustensaft haben.«

»Sind Sie krank?« Die Köchin klang besorgt.

211

»Nein, es ist nicht für mich, es ist...« Connor stockte. Konnte er gegenüber Savannah zugeben, dass es für eine Frau war? Als Angestellte der Bonvilles würde sie sicher zu ihrer Herrschaft halten und Marion davon erzählen. Da sollte er wohl besser zu einer Notlüge greifen.

»Es ist für die Frau eines meiner Leute. Sie hat hohes Fieber und hustet sehr stark. Der Doc tippt auf Lungenentzündung, aber seine Mittel schlagen nicht an.«

Ein überlegenes Lächeln ließ die Zähne der Köchin blitzen. »Pah, ich sag doch immer wieder, dass die Medizin der Weißen nichts taugt. Natürlich habe ich noch was von dem Saft. Warten Sie, ich hole Ihnen ein Fläschchen!« Damit verschwand sie in der Vorratskammer.

Belustigt beobachtete Connor, dass ihre Gehilfinnen sogleich erleichtert aufatmeten, aber lange währte die Freude nicht.

Wie ein Wirbelwind kehrte Savannah nur wenig später zurück und klatschte in die Hände. »Denkt nicht, dass ihr Maulaffen feilhalten könnt, wenn ich euch mal den Rücken zudrehe!«

Während die Mädchen wieder umherwirbelten, reichte sie Connor ein Fläschchen mit dunklem Sirup.

Aus eigener Erfahrung wusste er, dass das Zeug furchtbar schmeckte, aber es hatte gewirkt und würde vielleicht auch Jaqueline helfen.

»Vielen Dank, Savannah.«

»Gern geschehen. Richten Sie der Frau aus, dass die Götter über sie wachen! Der göttliche Atem ist in den Pflanzen, die ich verwendet habe, also kann ihr nichts passieren.«

»Das werde ich«, versprach Connor und fragte sich im Stillen, wie Jaqueline wohl reagieren würde, wenn er ihr das erzählte.

Er verstaute die Medizin in der Jackentasche und machte sich auf die Suche nach Marion.

Er fand sie inmitten von Kleidern, angetan mit einem samtenen Morgenmantel, den sie über ihrem Unterkleid trug. Sie scheuchte ihre beiden Dienstmädchen durch den Raum. Connor genoss den Anblick seiner Verlobten, bevor er gegen den Türrahmen klopfte. Die Mädchen erschraken und wurden rot, als stünden sie in Unterwäsche vor ihm.

Marion dagegen schien nichts dabei zu finden, dass sie nicht anständig gekleidet war. »Connor!«, flötete sie freudig. »Was für eine Überraschung! Ich habe dich erst gegen Abend erwartet.«

Unverwandt sprang sie auf und flog ihm so ungestüm entgegen, als nähme sie ihn nach einer langen Weltreise wieder in Empfang.

»Nicht doch, nicht, was sollen deine Mädchen von uns denken!« Connor lächelte und versuchte scherzhaft, sie abzuwehren, aber schon warf sie die Arme um seinen Hals und küsste ihn ungestüm. Begehren stieg in seine Lenden, als die Wärme ihrer Haut durch seine Kleider drang. Sie hatte ein Parfum aufgelegt, das nach gerösteten Mandeln duftete. Rouge lag auf ihren Wangen und auf ihren Lippen Cochenille.

»Mir ist egal, was die Mädchen denken«, hauchte Marion. »Wo warst du denn so lange?«

Connor fühlte das Gewicht des Fläschchens in seiner Tasche und wurde verlegen. »Ich war noch mal kurz in der Küche, ich...«

»Ich meinte doch in den letzten Tagen!«, flötete Marion. »Du hast mich ein wenig vernachlässigt. Ich dachte schon, ein Bär hätte dich gefressen.«

»Na, das hätten meine Männer dir doch längst berichtet«, erklärte Connor lachend, während er sich ein wenig von ihr zurückzog. »Allerdings habe ich schlechte Nachrichten, fürchte ich.«

Marions perfekt gezupfte Brauen zogen sich besorgt zusammen. »Schlechte Neuigkeiten? Ist was passiert?«

»Kann man so sagen.« Connor spürte den Impuls zu schwindeln, beschloss jedoch, bei der Wahrheit zu bleiben.

»Einer deiner Männer?«

»Nein, wir haben eine Frau im Wald gefunden. Ihr Pferd ist von einem Ast erschlagen worden, und sie hat sich eine Lungenentzündung geholt. Ich habe gestern Nacht den Doc rufen müssen, weil sie so schlimm gefiebert hat.«

»Du kümmerst dich um eine Frau, die du im Wald gefunden hast?« Marion löste sich aus der Umarmung und schaute ihn ungläubig an.

»Ja, und sie hat großes Glück gehabt.«

»Warum hast du sie denn nicht in die Stadt gebracht? Es gibt Pensionen hier, und Doktor Leeroy hätte sie sicher auch in seinem Krankenzimmer aufgenommen.«

»Es gibt gewichtige Gründe für meine Entscheidung«, gab Connor zurück.

»Und welche?«, schnappte Marion eifersüchtig.

»Das Leben der Frau ist in Gefahr. Allein schon aus christlicher Nächstenliebe ist es meine Pflicht, mich um sie zu kümmern.«

»Christliche Nächstenliebe! Bist du neuerdings bei der Heilsarmee? Du kannst doch das Wohl einer Fremden nicht über das deiner Verlobten stellen.« Marion war hörbar aufgebracht.

Connor versuchte, die Situation durch ein Lächeln zu entspannen. »Ich kann nicht feststellen, dass es dir schlecht geht, meine Liebe. Du bist schön wie immer.«

Als er sie küssen wollte, wich Marion vor ihm zurück.

»Und was hat das nun für mich zu bedeuten?«

Bevor Connor es ihr eröffnen konnte, erriet sie es.

»Nein, das kannst du mir nicht antun!«

»Marion, versteh doch, ich kann nicht zu diesem Dinner kommen! Ich muss mich um die Kranke kümmern.«

»Du musst?«, entgegnete Jaqueline höhnisch. »Ist sie deine Schwester oder was? Vater wird ungehalten sein. Es kommen einige sehr wichtige Leute aus der Stadt!«

»Das weiß ich, und es tut mir auch aufrichtig leid, aber ich kann nicht anders. Dieser Frau geht es sehr schlecht. Ich kann nicht riskieren, sie in die Stadt zu transportieren.«

Marions Miene verdüsterte sich. Zornig trommelte sie auf den Tisch. »Es könnte doch ein anderer auf sie Acht geben. Nur heute Abend.«

»Ich habe sie in meiner Hütte untergebracht, und nach allem, was sie durchgemacht hat, sollte ich bei ihr bleiben. Dass ich hier bin, ist schon gefährlich genug. Wenn sie wieder auf den Beinen ist, werde ich dir alles erzählen.«

»Das brauchst du nicht!«, fuhr Marion ihn schnippisch an. »Mich interessiert dieses Weibsstück nicht. Pass nur auf, dass du dir bei ihr kein Ungeziefer holst!«

Herrgott, warum hab ich ihr bloß die Wahrheit gesagt!, dachte Connor. Jetzt hab ich nichts als Schereien. Aber er hasste es nun mal zu lügen und hatte nicht vor, seine zukünftige Ehefrau zu hintergehen. Außerdem war doch nichts Schlimmes dabei, einer Bedürftigen zu helfen.

»Ich habe erst vor ein paar Stunden mein Hochzeitskleid bei Mrs Hopkins bestellt«, fuhr Marion fort, während sie zum Schminktisch zurückkehrte. »So langsam glaube ich allerdings, dass ich es niemals tragen werde!«

Connor kannte Sätze wie diese zur Genüge. Auf diese Weise wollte Marion ihn zwingen, seine Meinung zu ändern.

Aber diesmal war er nicht gewillt nachzugeben. Jaqueline Halstenbek brauchte ihn.

»Dass ich nicht will, dass dieser Frau etwas zustößt und sie womöglich stirbt, hat doch nichts mit unserer Hochzeit zu tun!« Obwohl er es nicht beabsichtigt hatte, klang seine Stimme ungehalten. Marion konnte so süß und lieb sein, aber Verständnis für Menschen in Not besaß sie nicht. »Wenn es ihr wieder besser geht, werde ich sie in die Stadt bringen. Das wird sie selbst wollen. Aber bis dahin fühle ich mich für sie verantwortlich. Wäre ich der Bruder oder der Vater dieser Frau, würde ich dem Mann, der sich um sie kümmert, sehr dankbar sein.«

»Ach, ist sie denn die Tochter einer wichtigen Persönlichkeit?«, feuerte Marion giftig zurück. »Die Tochter eines Mannes, von dessen Dank du auch etwas hättest?«

»Es geht nicht immer nur darum, ob man von einer Sache etwas hat. Ich werde heute Abend auf alle Fälle in der Hütte bleiben.«

Marion starrte ihn entgeistert an. Dann griff sie nervös nach ihrer Puderquaste und blickte in den Spiegel, als sei er nicht mehr da.

Aus dem Augenwinkel heraus bemerkte Connor die betretenen Blicke der Dienstmädchen.

»Grüß deinen Vater von mir! Ich hoffe, er hat Verständnis dafür.«

Marion antwortete nicht.

Früher hätte Connor versucht, sie zu überzeugen, doch seltsamerweise stand ihm heute nicht der Sinn danach. Jaqueline liegt in der Hütte und fiebert, dachte er. Ich kann mir nicht erlauben, noch mehr Zeit zu vergeuden. Deshalb sagte er nur: »Also gut, ich verabschiede mich wieder. Viel Vergnügen heute Abend!«

Als er sich umwandte, meinte er, Marions Blicke wie Nadelstiche im Rücken zu spüren. Sie wird sich schon wieder beruhigen, tröstete er sich.

Auf dem Weg zur Haustür traf er erneut auf James, der ihn verwundert ansah.

»Sie wollen uns schon wieder verlassen, Mr Monahan?«

Connor zwang sich zur Ruhe. »Ja, James, tut mir leid. Ich werde in den nächsten Tagen wieder vorbeischauen.«

Damit setzte er den Hut auf und verließ das Haus.

Er hatte sich gerade in den Sattel geschwungen, als Dr. Leeroy neben ihm auftauchte.

»Mr Monahan!«, rief der Arzt, während er ihm mit einem Handzeichen bedeutete, dass er mit ihm sprechen wolle.

Connor war das alles andere als recht. Dennoch beugte er sich zu dem Arzt hinab.

»Wie geht es denn meiner Patientin?«

»Sie ist wieder bei Bewusstsein, und das Fieber ist gesunken«, berichtete Connor und legte unwillkürlich die Hand auf die Tasche, in der die Flasche mit dem Hustensaft steckte. »Ich reite gerade wieder zu ihr.«

»Dann grüßen Sie sie schön! Sehe ich Sie heute Abend im Haus Ihres Schwiegervaters?«

»Nein, ich komme nicht«, erklärte Connor. »Ich werde ein Auge auf Miss Jaqueline haben und möchte Sie bitten, Ihre Schweigepflicht zu wahren. Ich habe keine Geheimnisse vor meiner Verlobten. Sie weiß, wo ich bin, aber dennoch braucht sie keine Details zu wissen.«

»Keine Sorge!«, gab Leeroy ein wenig verstimmt zurück, denn er mochte nicht, wenn man sein Wort in Zweifel zog. »Ich weiß sehr wohl, was meine Schweigepflicht bedeutet. Außerdem will ich bei einem privaten Essen ohnehin nicht über meine Arbeit reden.«

Connor wusste nur zu gut, dass der Doktor es noch nie geschafft hatte, sich an diesen Vorsatz zu halten. Viel zu oft hatte er schon mit angehört, was der Arzt über die Leiden mancher seiner Patienten verbreitete.

»Gut. Haben Sie vielen Dank!«

»Wenn es der jungen Dame etwas besser geht, erwarte ich sie in meiner Praxis«, setzte Leeroy noch hinzu, bevor er sich verabschiedete.

Wütend schleuderte Marion die Haarbürste von sich. Sie verfehlte den Spiegel nur knapp, und die Bürste polterte auf das Parkett.

Die Dienstmädchen standen noch immer wie angewurzelt zwischen den Schneiderpuppen mit den Abendkleidern.

»Was steht ihr da und glotzt so dumm in die Gegend?«, fuhr Marion sie an.

Während ein Mädchen sogleich loshuschte, um die Bürste aufzuheben, und das andere an einem der Kleider herumnestelte, betrachtete Marion sich erneut im Spiegel.

Eine fremde Frau, dachte sie zornig, ein dahergelaufenes Weib ist ihm wichtiger als ich! Habe ich mich so sehr in dir getäuscht, Connor Monahan? Misstrauen stieg in ihr auf. Hat er sich vielleicht eine Geliebte angelacht? Irgendein dahergelaufenes Flittchen aus Chatham? Wie man hört, ist die Stadt ein ziemlicher Sündenpfuhl. Wenn man so lange wie er nur mit Männern unterwegs ist, kann man schon mal auf dumme Gedanken kommen. Aber andererseits: Hätte er ihr diese Geschichte dann überhaupt erzählt?

Das Klappen der Tür ließ sie hoffnungsvoll herumfahren. Kommt er zurück?

»Oh, verzeih, Liebes, ich wusste nicht, dass du dich gerade ankleidest!«

Enttäuschung malte sich auf Marions Gesicht. Nicht Connor, ihr Vater stand vor ihr.

»Ich weiß gar nicht, ob ich mich wirklich so fein machen soll.« Sie seufzte.

»Warum denn nicht?« Bonville zupfte an seiner Krawatte, die in ihrem vornehmen Silberton bestens auf seinen dunkelgrauen Gehrock abgestimmt war.

»Connor wird nicht kommen.«

Bonville zog die Augenbrauen hoch. »Was sagst du da?«

»Er war eben hier und hat es mir mitgeteilt.«

»Und aus welchem Grund?« Bonvilles Ton verriet Entrüstung. Er schätzte es überhaupt nicht, wenn sich sein zukünftiger Schwiegersohn bei offiziellen Anlässen rar machte.

»Eine Frau!«

»Eine was?«

»Er hat eine Frau im Wald aufgelesen, noch dazu eine kranke. Die ist ihm wichtiger als ich.«

Bonville verstand noch immer nicht. »Eine kranke Frau?«

»Ja, er hat sie gefunden«, antwortete Marion schnippisch. »Angeblich ist ihr Zustand lebensbedrohlich. Deshalb will Connor den Abend über bei ihr bleiben, anstatt mit uns zu essen.«

»So etwas gibt es doch nicht!« Bonville fuhr herum und begann, auf und ab zu gehen. Dabei schüttelte er immer wieder den Kopf. »Sicher ist es eine alte Landstreicherin«, sagte er schließlich.

Marion spürte, dass er damit nicht nur sie, sondern auch sich selbst beruhigen wollte.

»Mach dir keine Sorgen, mein Kind! Connor Monahan ist ein Gentleman. Er lässt dich nicht für irgendein dahergelaufenes Frauenzimmer sitzen. Er hat ein weiches Herz, das ist alles. Und das kann für dich nur von Vorteil sein, wenn es darum geht, deine Interessen bei ihm durchzusetzen. Sobald ihr verheiratet seid, wird er nach meiner Pfeife tanzen. Und ich werde schon dafür sorgen, dass mein Mädchen glücklich wird.«

Marion zog einen Schmollmund.

Aber ihr Vater bemerkte es nicht einmal. Er war in Gedanken bereits bei anderen Dingen. »Und jetzt zieh dich an, und mach dich hübsch! Der Bürgermeister wird noch ein paar Bekannte aus Toronto mitbringen, einflussreiche Männer, die sich vielleicht finanziell an meinem Wahlkampf beteiligen. Ob sie das tun, hängt von diesem Abend ab, deshalb muss er ein Erfolg werden. Es kann nicht schaden, wenn du ihnen gefällst.«

Damit drückte er ihr einen Kuss auf die Wange und stürmte zur Tür hinaus.

Als Monahan bei Einbruch der Dunkelheit zu seiner Hütte zurückkehrte, empfing ihn Jaqueline im Bett sitzend. Sie war noch immer sehr blass, wirkte aber etwas lebendiger als am Nachmittag. Und sie hatte es offensichtlich geschafft, die Lampe anzuzünden.

»Wie geht es Ihnen, Miss Jaqueline?«, fragte er, während er die Tür hinter sich zuzog.

»Etwas besser. Zwar kann ich nicht weiter als bis zum Tisch laufen, aber ich habe das Gefühl, dass das Fieber weiter gefallen ist. Das Mittel Ihres Doktors wirkt gut.«

Connor streifte lächelnd die Satteltaschen von der Schulter. »Das sind doch gute Nachrichten. Hier habe ich etwas für Sie.«

Er zog die Flasche mit Savannahs Hustensirup hervor.

»Was ist das?«, fragte Jaqueline neugierig.

»Medizin für Sie.«

»Hat der Doktor denn nicht genug dagelassen?«

»Die hier ist nicht vom Doktor, sondern von der Enkelin eines Irokesenhäuptlings.«

Jaqueline setzte ein schwaches Lächeln auf. »Sie nehmen mich auf den Arm, Connor.«

»Keineswegs, das schwöre ich Ihnen!« Er legte die Hand auf die Brust. »Dieser Hustensaft wurde von einer echten Halbirokesin gebraut. Und ich behaupte nicht zu viel, wenn ich sage: Sie macht die beste Medizin in dieser Gegend.«

»Und wo trifft man in dieser Gegend echte Halbirokesinnen?«, erkundigte sich Jaqueline fröhlich. Plötzlich hatte sie wieder die Lederstrumpf-Geschichten vor Augen.

»So, wie sie früher lebten, trifft man sie nur noch selten an, aber im Haushalt meiner Verlobten arbeitet die Enkelin eines Häuptlings. Sie versteht sich hervorragend auf die Kräuterheilkunde. Ich wollte unbedingt eines ihrer Wundermittel für Sie haben. Die Medizin schmeckt zwar grässlich, aber sie hilft hervorragend.«

Jaqueline nickte nur, bemüht, sich die Enttäuschung nicht anmerken zu lassen, die ihr – zu ihrer eigenen Verwunderung – plötzlich die gute Laune verdarb. Was soll das, Jaqueline?, tadelte sie sich selbst. Du hast doch längst vermutet, dass ein Mann wie er gebunden ist. Vergiss nicht: Du willst dein eigenes Leben leben! Also los, bedank dich für die Fürsorge!, befahl sie sich.

»Danke für die Medizin. Das ist sehr nett von Ihnen. Ich werde sofort einen Löffel davon nehmen.« Jaqueline lächelte.

Monahan fackelte nicht lange. Er holte einen Löffel, entkorkte das Fläschchen, füllte den Löffel mit der Medizin und hielt ihn Jaqueline hin.

Sie ließ sich nicht lange bitten und schluckte den Kräutersirup.

Connor brach in schallendes Gelächter aus, als er das Gesicht sah, das sie dabei zog. »Ja, schmeckt grässlich, ich weiß, aber ich hab Sie ja vorgewarnt.«

Jaqueline atmete einmal tief durch und wischte sich verstohlen eine Träne aus dem Augenwinkel. Die bittere Medizin zu schlucken war nicht schwer, aber die neue Information über ihren Retter beschäftigte sie immer noch.

»Sie sind also verlobt«, sagte sie deshalb, begierig, mehr zu erfahren.

»Ja. Marion kann es kaum abwarten, dass wir vor den Traualtar treten. Ständig liegt sie mir in den Ohren, ich soll endlich dem Pastor Bescheid sagen.«

Na, das klingt ja nicht gerade begeistert, dachte Jaqueline. Vielleicht überlegt er es sich noch mal. Aber sofort verbot sie sich diese Hoffnung: Er ist vergeben, finde dich damit ab! Du würdest doch auch nicht wollen, dass dir eine andere deinen Verlobten ausspannt. Außerdem solltest du nach dem Reinfall mit Warwick wirklich klüger geworden sein.

»Und wann haben Sie vor, sie zu heiraten?« Jaqueline bereute im selben Augenblick, dass sie damit herausgeplatzt war. Das geht dich gar nichts an!, schalt sie sich still. »Bitte verzeihen Sie, ich wollte nicht –«

»Neugierig sein?«, fragte Monahan lächelnd zurück. »Nun, wenn Sie wieder neugierig sind, befinden Sie sich auf dem Weg der Besserung, was mich freut. Sie scheinen ein Mensch zu sein, der sein Herz auf der Zunge trägt.«

Nicht so sehr, wie ich mir wünschte, dachte Jaqueline. Sonst würde ich dir sagen, dass du mir sehr gefällst.

»Nun, es ist ja kein Geheimnis, auch Marion weiß es. Ich möchte sie erst ehelichen, wenn ich die Baumstämme, die gerade geschlagen werden, nach Montreal geflößt habe. Nicht, dass ich jetzt nicht genug Geld hätte, aber der Verkauf der

Stämme würde es mir erlauben, ein rauschendes Fest zu feiern. Ein Fest, wie es angemessen ist für Marion.«

»Vielleicht legt sie gar keinen Wert darauf. Wenn sie Sie drängt, ist ihr das Fest vielleicht egal. Frauen sind nicht immer nur auf Glanz aus.«

»Oh, da kennen Sie meine Verlobte schlecht. Sie ist der Glanz in Person und liebt prachtvolle Feste! Immerhin entstammt ihre Familie uraltem französischem Adel.«

»Ist der Adel nicht der Revolution zum Opfer gefallen?«

Sofort schämte Jaqueline sich für die Häme, die in ihrer Stimme mitgeschwungen hatte. Aber sie konnte nicht anders. Obwohl sie Connors Verlobte nicht kannte, verspürte sie eine gewisse Abneigung gegen sie. Schon wegen deren Prunksucht.

Monahan lachte nur. »Sie haben wirklich das Herz auf dem rechten Fleck, Miss Jaqueline! Natürlich ist es dem französischen Adel im Mutterland schlecht ergangen. Aber Marions Familie war klug genug, sich schon vor dem Ausbruch der Revolution in die Neue Welt abzusetzen. Die Bonvilles haben ein Imperium von Fallenstellern und Pelzhändlern aufgebaut und sind hier angesehene Leute.«

Jaqueline schoss Warwicks Bemerkung durch den Kopf, dass es den Pelzhändlern mittlerweile nicht mehr gut gehe. Ein eisiger Schauder lief ihr über den Rücken.

»Ist Ihnen nicht kalt?«, fragte Connor, als er ihre Erstarrung bemerkte.

»Doch.« Jaqueline verkroch sich unter die Bettdecke. »Es wird wohl noch ein Weilchen dauern, bis ich wieder ganz in Ordnung bin.«

»Das wird schon«, gab Connor unbekümmert zurück und legte noch ein Scheit ins Feuer. »Machen Sie die Augen ruhig zu! Sie verpassen im Moment nichts. Ich bereite uns ein

Abendessen zu, vielleicht haben Sie ja doch etwas mehr Appetit als heute Nachmittag.« Damit zwinkerte er ihr zu.

Jaqueline wusste nicht, ob sie sich darüber freuen sollte oder nicht. Obwohl sie ihn kaum kannte, regten sich Gefühle für ihn in ihrem Herzen. Aber sie durfte sich nichts anmerken lassen. Sicher gibt es noch andere nette Männer in diesem Land, tröstete sie sich. Vielleicht finde ich eines Tages einen, der ebenso freundlich und sanft ist wie Connor. So lange erfreue ich mich an seiner Fürsorge und bin zufrieden, dass ich dem Ungeheuer Warwick entkommen bin. Und sobald ich wieder auf den Beinen bin, werde ich mein Leben selbst in die Hand nehmen.

7

In den folgenden Tagen verschwand Jaquelines Fieber, und auch der Husten ließ nach. Monahan nächtigte immer noch im Schuppen. Jaqueline war das peinlich, aber der Anstand verbot es ihr, ihn zu bitten, doch in der Hütte zu übernachten. Außerdem, da war sie sicher, würde er dieses Angebot ohnehin nicht annehmen. Immerhin schien er ein wahrer Gentleman zu sein.

Tagsüber kümmerte sich Connor, sooft es ging, um Jaqueline und freute sich über jeden kleinen Schritt, mit dem sie sich der Genesung näherte. Um sie aufzumuntern, erzählte er ihr Anekdoten aus seiner Jugend und berichtete von seiner Arbeit.

Da Jaqueline das Gefühl gewann, dass sie ihm vertrauen konnte, zögerte sie nicht länger, etwas von sich preiszugeben. Sie erzählte ihm von Hamburg und ihrer Kindheit, die begleitet war von den Geschichten ihres Vaters. Sie gestand ihm, nur zu gern über Reisen schreiben zu wollen, die sie selbst erlebt hatte.

Connor nahm dies mit einem selbstverständlichen Nicken hin. Nie versuchte er, ihr irgendetwas auszureden. Als sie ihm erzählte, dass sie plane, sich eine Anstellung als Gouvernante zu suchen, wirkte er regelrecht begeistert.

»Ich bin sicher, dass jemand eine Frau Ihres Formats in

seine Dienste nehmen wird. Zumal Sie den Kindern Ihre Muttersprache beibringen könnten. Gewiss sind einige gut betuchte Familien daran interessiert.«

»Darauf hoffe ich.«

Dass Connor offenbar nichts dagegen hatte, wenn eine Frau selbstbestimmt leben wollte, wärmte Jaquelines Herz und gab ihr Auftrieb.

Nach einer Weile fühlte sie sich schon wieder stark genug, um aufzustehen. In dicke Decken gehüllt, saß sie abends oft mit Connor auf der Bank vor der Hütte und lauschte dem Rauschen des Waldes.

»In wenigen Tagen ist es hier einfach traumhaft«, erklärte er bei einer solchen Gelegenheit mit einer ausladenden Handbewegung. »Der ganze Waldboden ist bedeckt mit gelben und weißen Blüten. In den Baumkronen hämmern die Spechte, und man kann eine Vielzahl von Vögeln beobachten. Es wird Ihnen gefallen.«

»Das glaube ich Ihnen aufs Wort. Ihnen scheint das Leben hier draußen sehr zu gefallen. Besser als das in der Stadt, nehme ich an.«

»Bin ich so schnell zu durchschauen?«, fragte Connor lachend.

»Man merkt es Ihren Worten an. So ähnlich hat mein Vater auch immer geredet, wenn er von seinen Reisen berichtet hat oder wenn er uns begeistert seine Karten zeigte. Die Sprache der Menschen mag unterschiedlich sein, aber ich glaube, der Tonfall, in dem man bestimmte Gefühle ausdrückt, ist immer derselbe.«

»Darüber habe ich nie nachgedacht, aber wenn Sie es sagen ...«

Connor betrachtete das Profil der Frau neben sich. Wieder fiel ihm ihre Schönheit auf. Die Krankheit hatte dunkle Ränder unter ihren Augen hinterlassen, und ihre Wangen waren eingefallen, doch all das minderte nicht das freundliche, natürliche Wesen dieser Frau, die mit ihrem aparten Aussehen und dem feuerroten Haar selbst in den Ballsälen von Montreal Aufmerksamkeit erregen würde.

»Wenn ich ehrlich bin, würde ich lieber im Wald leben, wenn ich könnte. Sie werden mir vielleicht widersprechen, aber ich finde das Leben in der Stadt anstrengend. Ständig muss man darauf achten, wie man sich benimmt und was man sagt. Zumindest wenn man dort bekannt ist, wird man ständig mit Erwartungen konfrontiert. Und wenn man sie nicht erfüllt, ist man erledigt.«

»Da widerspreche ich Ihnen überhaupt nicht. Auch auf unserer Familie lastete ein ziemlicher Druck. Als alles den Bach runterging, haben mich nicht mal mehr die Diener der Nachbarn gegrüßt. Wie schön wäre es doch, wenn wir überhaupt keinen Erwartungen gerecht werden müssten!«

»Das wäre das wahre Paradies. In dem Paradies, das uns die Kirche predigt, werden ja auch Erwartungen gestellt. Aber ich glaube, hier draußen, in dieser Hütte, haben wir immerhin Ruhe vor der Welt. Die Vögel, Bären und Wölfe interessieren sich nicht für uns.«

Jaqueline nickte. »Ich kann es kaum erwarten, den Wald zu erkunden. Gibt es wirklich Bären?«

»Mehr, als es einem lieb sein kann.« Monahan lachte. »Braunbären, Grizzlys, alles, was das Herz begehrt. Sollten Sie allein loslaufen, achten Sie bloß auf alte Bärenfallen. Und natürlich auf die Bären selbst. Es bringt nichts, sich vor ihnen ins Wasser zu flüchten oder auf einen Baum. Bären schwimmen und klettern besser als jeder Mensch.«

»Ich habe nicht vor, einen Bären zu reizen«, erklärte Jaqueline entschlossen. »Aber ich würde gern einen sehen.«

»Nun, ich glaube, dann sollten wir einen kleinen Ausflug machen, sobald es Ihnen noch besser geht. Ich weiß, wo sich die meisten Bären herumtreiben, und in meiner Begleitung brauchen Sie auch keine Angst zu haben. Wenn Sie wollen, bringe ich Ihnen sogar das Schießen bei, dann können Sie sich notfalls verteidigen.«

Jaqueline dachte an die Flinte im Arbeitszimmer ihres Vaters und an seine Jagdtrophäen. Sie hatte immer Mitleid mit den Tieren gehabt und bezweifelte, dass sie auf eines schießen könnte.

»Danke für das Angebot, aber ich sehe mir die Tiere lieber an, als dass ich sie töte.«

Connor lächelte breit. »Dann wollen wir mal hoffen, dass die Bären und Wölfe Sie in Ruhe lassen, damit Sie Ihre Meinung nicht ändern müssen.«

An das Gespräch dachte Connor noch immer zurück, als er sich am nächsten Abend, es war ein Sonntag, wieder bei den Bonvilles einfand. Ein berauschender Duft nach Gebratenem strömte ihm entgegen. Savannah versteht ihr Handwerk wirklich, ging ihm durch den Kopf, und er beschloss, der Köchin nachher noch im Namen von Jaqueline für den Sirup zu danken.

Marion hatte sich inzwischen wieder beruhigt und ihm vergeben, dass er das festliche Dinner hatte ausfallen lassen. Dennoch spürte er, dass sich irgendetwas zusammenbraute. Sein Schwiegervater in spe brachte ihm deutlich weniger Wärme entgegen als vorher. Wahrscheinlich konnte er ihm nicht verzeihen, dass er es vorgezogen hatte, jemandem zu helfen, als einen Abend mit oberflächlichen Gesprächen zu verbringen.

Lieber wäre ich da draußen mit Wölfen und Bären, dachte er, während der Butler ihn ins Esszimmer führte.

George Bonville und Marion saßen bereits am Tisch, der wie immer wunderschön gedeckt war.

»Bitte verzeiht die Verspätung!«, entschuldigte Connor sich, während er sich an seinen Platz begab. »Der Holzeinschlag ist derzeit in vollem Gange. Und zu allem Überfluss hat es Probleme mit den Pferden gegeben.«

»Für solche Dinge hast du doch eigentlich Angestellte«, bemerkte George Bonville spitz, während er nach seinem Weinglas griff.

»Schon, aber es gibt Entscheidungen, die können nur von mir getroffen werden. Eines der Tiere hat sich zwei Knöchel verstaucht. Ich musste die Entscheidung treffen, ob es geschient oder erschossen werden soll. Wie du vielleicht weißt, sind gute Rückepferde sehr teuer, also habe ich entschieden, das Tier zu schonen und es mit Schienen zu versuchen.«

Bonville gab ein unwilliges Brummen zurück.

Geld spielt bei dir ja auch keine Rolle, durchfuhr es Connor.

»Du solltest dich vielleicht mehr um deine Verlobte kümmern, als im Wald herumzulaufen«, fuhr Marions Vater fort. »In letzter Zeit scheinst du ja gar nicht mehr aus dem Wald rauszuwollen.«

Connor spürte, wie sich sein Magen zusammenzog. Der Appetit auf den köstlichen Kalbsbraten war ihm auf einmal vergangen. Er ahnte, worauf sein Schwiegervater hinauswollte. Seit einiger Zeit machten Gerüchte in der Stadt die Runde. Gerüchte, die besagten, dass er eine heimliche Geliebte habe, die er im Wald verstecke.

»Wie du weißt, ist der Wald meine Lebensgrundlage. Ich verdanke ihm alles: meinen Beruf, mein Ansehen und mein Einkommen.«

»Trotzdem könntest du mehr delegieren.«

»Nur möchte ich das nicht!«, gab Connor scharf zurück. »Ich bin noch immer so dumm, vieles selbst machen zu wollen. Und ich habe auch leider noch keinen Gefallen daran gefunden, meine Zeit mit politischen Ränkespielen zu verschwenden.«

Die beiden Männer funkelten einander zornig an.

Marion beobachtete das eine Weile stumm, bevor sie einwarf: »Die Rosen, die du mir geschickt hast, sind wunderschön, Connor.«

Aber das löste die Spannung nicht. Die Feindseligkeit der Männer war beinahe mit Händen zu greifen.

Schließlich sagte Bonville: »Ich gedenke, am Freitag einen Empfang zu geben, einen großen Empfang. Zahlreiche Persönlichkeiten aus der Umgebung werden erwartet. Kann ich diesmal mit dir rechnen, oder ziehst du es wieder vor, im Wald zu bleiben?«

Am liebsten wäre ich auch jetzt im Wald, dachte Connor zornig. Aber weil er keinen Streit wollte, lenkte er ein: »Natürlich werde ich kommen. Und sicher wird sich in dieser Woche noch mehrfach die Gelegenheit ergeben, dass ich mich um Marion kümmere.«

Sichtlich beruhigt, lehnte Bonville sich zurück. Mit einem Handzeichen bedeutete er dem Butler, dass er seinem Schwiegersohn in spe auflegen solle.

Vielleicht hätte ich kein Essen bekommen, wenn ich nicht zugestimmt hätte, spöttelte Connor insgeheim, während er sich die Serviette in den Kragen schob.

8

Obwohl er eigentlich vorgehabt hatte, am Morgen des Empfangs in die Stadt zu reiten, lenkte Monahan sein Pferd noch einmal zum Holzfällerlager, wo seine Leute die geschlagenen Stämme stapelten. Die Vögel zwitscherten über ihm, und in der Ferne hämmerte ein Specht. Connor genoss das Alleinsein im Wald und sog den Duft des frischen Grüns ein. Die hellgraue Rinde der Butternut Trees schimmerte verheißungsvoll. Ihre gelben Blüten und die ersten Blätter leuchteten gleichzeitig. Bei diesem Anblick verblasste der Ärger der vergangenen Tage. Ich muss Jaqueline diese Bäume unbedingt zeigen, dachte Connor, die gibt es in ihrer Heimat nicht. Jaqueline... Sie ging ihm einfach nicht aus dem Kopf.

Seit beinahe zwei Wochen war sie nun bei ihm, und mittlerweile hatte sie sich sehr gut erholt. Sie hatten gemeinsam kleinere Spaziergänge unternommen, und er hatte ihr dabei die Flora erklärt. Jaqueline schien den Forscherdrang ihres Vaters geerbt zu haben. Connor bedauerte beinahe, dass er den Kartografen nicht kennenlernen konnte.

Doch nicht nur ihre unermessliche Neugier auf die Umgebung faszinierte ihn. Jaqueline strahlte eine Stärke aus, die andere Frauen vermissen ließen. Sie hatte das Zeug dazu, ihr Leben allein in die Hand zu nehmen. Er spürte, dass es ihr unangenehm war, seine Hilfe in Anspruch zu nehmen, obwohl sie sie ihm mit so viel Wärme und Freundlichkeit dankte, dass ihm das Herz aufging, wenn er die junge Frau nur ansah. Ja, mittlerweile freute er sich darauf, nach Feierabend zur Hütte zurückzukehren, auch wenn das wieder eine Nacht auf dem Bärenfell bedeutete.

Je angenehmer er die Zeit mit Jaqueline empfand, desto unangenehmer wurden die Besuche bei Marion. Das Abendessen vor ein paar Tagen war erst der Auftakt zu einer Reihe von bohrenden Fragen gewesen, die er sich in ihrem Haus gefallen lassen musste. Dabei kamen sie nicht von Marion. Nein, das überließ sie tunlichst ihrem Vater. Während Bonville ihn immer wieder aufforderte, sich mehr um seine Tochter zu kümmern, spielte sie die Unschuld.

Connor seufzte. Bonvilles Verhandlungen mit den Geschäftsleuten aus Toronto waren erfolgreich gewesen. George machte sich mittlerweile sogar Hoffnungen auf höhere politische Weihen.

Connor konnte nur den Kopf darüber schütteln, aber das verbarg er vor seinem zukünftigen Schwiegervater. Wenn er nur daran dachte, dass die Männer am Abend wieder ausnahmslos über Politik reden und sich mit ihren Argumenten gegenseitig übertrumpfen würden, verging ihm die Lust auf den Empfang. Lieber würde ich Bäume fällen, dachte er seufzend. Aber ich habe es versprochen und werde ihnen diesmal keinen Anlass zur Verstimmung geben.

Der würzige Duft von Sägespänen brachte Connor auf andere Gedanken. Das Holzfällerlager lag vor ihm, und jetzt sollte er sich auf die Arbeit konzentrieren. An der Mannschaftsunterkunft vorbei ritt er zum Holzlager, das am Ufer eines Sees lag. Schon von weitem bemerkte er den beeindruckenden Holzstapel, den seine Leute aufgeschichtet hatten. Die Stämme mussten nun nur noch zu Wasser gelassen werden. Obwohl sie die Kronen verloren hatten, wirkten sie noch immer imposant. Einige von ihnen wogen mehrere hundert Pfund und wären früher sicher zu Schiffskielen verarbeitet worden. Mittlerweile wurden jedoch allenfalls kleine Boote aus Holz gebaut; nicht einmal mehr die Klipper bestanden noch aus Holz. Aber Connor war sicher, dass seine Abnehmer über die stattlichen Stämme begeistert sein würden.

Er lenkte das Pferd zu seinem Vormann. »Bradley, wie sieht es aus?«

»Sehr gut, Sir! Wir haben bereits die Hälfte der Stämme hergeschafft. Es dauert nicht mehr lange, bis wir sie weitertransportieren können. Und wenn Sie mich fragen, haben wir die Stämme für unser Floß auch schon gefunden.«

McGillion deutete auf ein paar besonders gerade gewachsene Exemplare, die abseits lagen. Monahan musste zugeben, dass sie wirklich sehr gut geeignet waren, und auf einmal packte ihn wieder jenes Kribbeln, das er schon vor seiner ersten Floßfahrt gespürt hatte. Auf einem Floß zu reisen war ein gefährliches Unterfangen, aber auch eines der wenigen Abenteuer, die man heutzutage noch erleben konnte.

»Gute Arbeit, Bradley!« Mit diesen Worten ritt Connor um den großen Stapel herum.

»Vorsicht, Boss!« Der gellende Schrei fuhr Connor durch Mark und Bein.

Ein Baumstamm oben auf dem Stapel bewegte sich! Connor gab seinem Pferd die Sporen.

Es rumpelte und knirschte. Stämme rollten und donnerten zu Boden. Connor presste sich an sein Tier und stob davon. Der Boden unter den Hufen bebte. Da hörte das Rumpeln hinter ihm auf. Er nahm allen Mut zusammen, zügelte sein Pferd und blickte sich um.

Die Baumstämme lagen kreuz und quer verstreut wie überdimensionale Streichhölzer, die achtlos auf einen Tisch geworfen waren. Einer war nur wenige Meter von ihm entfernt zum Stillstand gekommen. Der Anblick bereitete Connor Gänsehaut. »Ruhig, mein Guter! Da haben wir gerade noch mal Glück gehabt.« Dankbar tätschelte er seinem Pferd den Hals und wendete es.

Schon stürmte Bradley McGillion ihm entgegen.

»Alles in Ordnung, Sir?«, keuchte er, ganz weiß um die Nase.

»Keine Sorge, mir ist nichts passiert. Ist irgendwer zu Schaden gekommen?«

»Soweit ich erkennen kann, nicht«, antwortete der Vorarbeiter. »Die meisten Männer sind in den Wald zurück. Und die, die noch hier waren, standen eben noch neben mir.«

Monahan atmete erleichtert auf. Jeder seiner Leute wusste, wie gefährlich die Arbeit war. Einige hatten sich auch schon Verletzungen zugezogen, doch bislang hatte es gottlob noch keinen Toten gegeben. Connor fürchtete nichts mehr, als einer Frau mitteilen zu müssen, dass ein Arbeitsunfall sie zur Witwe gemacht hatte.

»Immerhin sind sie nicht ins Wasser gerollt«, bemerkte McGillion.

»Beim nächsten Mal müssen wir die Stämme sorgfältiger schichten. Ich reite in den Wald und benachrichtige die anderen«, gab Monahan zurück.

Er fand seine Männer unweit vom Lager und beorderte sie dorthin zurück.

Das gemeinsame Aufräumen nahm mehrere Stunden in Anspruch. Nachdem die Rückepferde die verkeilten Stämme auseinandergezogen hatten, konnten die Männer die ersten Stämme am Lastkran befestigen. An mächtigen Tauen wurden sie auf den Stapelplatz zurückgeschafft und abgelegt. Connor überprüfte persönlich die Lage der Stämme, indem er mit ein paar Männern auf sie stieg. Erst als gesichert war, dass die untere Lage hielt, wurde die nächste aufgeschichtet.

Während ihm der Schweiß nur so über den Rücken lief, fiel ihm der Empfang wieder ein. Das hier wäre eine gute Ausrede. Aber ich kann mich nicht schon wieder drücken, überlegte er. Hoffentlich löchern mich die anderen Gäste nicht zu sehr. Connor seufzte. Vermutlich will jeder rausfinden, was an den Gerüchten dran ist, die in der Stadt kursieren.

Auf einmal kam ihm eine Idee. Sie war vielleicht etwas kühn, aber dennoch gefiel sie ihm.

Vielleicht kann ich den Gerüchten ein Ende bereiten, wenn ich es wage, dachte er. Und plötzlich freute er sich sogar auf den Abend.

Am Nachmittag hielt es Jaqueline nicht mehr aus in der Hütte. Die Sonne schien, und die Vögel zwitscherten. Die Natur hatte sich verändert. Obwohl es in der Nacht immer noch Fröste gab, zeigten sich erste Knospen an Bäumen und Sträuchern und die ersten Frühblüher leuchteten im Gras.

Was für ein herrlicher Tag!, dachte sie. Vielleicht finde ich Veilchen.

Damit warf sie den Mantel über, den Connor ihr überlassen hatte, und trat vor die Tür. Obwohl sie mittlerweile genesen war, fühlte sie sich immer noch ein wenig wacklig auf den Beinen. Deshalb wollte sie lediglich einen kleinen Spaziergang machen in der Hoffnung, Eichhörnchen oder Hirsche beobachten zu können.

Connor hatte ihr beinahe jeden Abend Geschichten über

den Wald und seine Bewohner erzählt. Seine Schilderungen mächtiger Biberburgen, gefährlicher Wolfsrudel und riesengroßer Bären hatten sie besonders beeindruckt. Jaqueline lächelte. Ja, Connor verstand es wirklich, sie zu fesseln. Er wusste viel über die Indianer, die von den weißen Siedlern mittlerweile weitgehend verdrängt worden waren, und sprach oft von Savannah, der Köchin seiner Verlobten, die immer noch die Traditionen ihres Volkes aufrechterhielt, obwohl sie sich an die Lebensweise der Weißen angepasst hatte. Natürlich war auch die Rede vom Holz und vom Flößen gewesen. Jaqueline stellte es sich faszinierend vor, auf einem mächtigen Floß über reißende Wasser zu fahren. Unbedingt wollte sie die Niagarafälle sehen, die sie von Berichten ihres Vaters kannte. Connor hatte ihr versprochen, sie einmal dorthin mitzunehmen, denn seiner Meinung nach sollte sich niemand diesen grandiosen Anblick entgehen lassen.

Die Luft umfing Jaqueline wie ein seidener Schleier, und die Aromen und der Vogelgesang belebten sie. Schon lange hatte sie sich nicht mehr so lebendig gefühlt. Voller Tatendrang beschleunigte sie den Schritt.

Aber was war das? Ein seltsames Rascheln, dicht hinter ihr. Doch nicht etwa ein Wolf?

Blitzschnell wirbelte Jaqueline herum und spähte ins Unterholz. Obwohl sie das Geräusch noch immer deutlich vernahm, konnte sie noch nichts entdecken.

Ein beklemmendes Gefühl beschlich sie. Schlagartig wurde ihr kalt. Vielleicht gibt es hier Indianer, die nicht darüber erfreut sind, dass eine weiße Frau auf ihren Pfaden wandert?, dachte sie.

Vorsichtig in die Runde blickend, kehrte sie um und ging in Richtung Hütte.

Noch immer knackte und raschelte es, als folge ihr jemand.

Jaquelines Herz schlug so laut, dass sie befürchtete, ihr Verfolger könne es hören.

Unsinn, Jaqueline! Denk an die Indianergeschichten! Ein Indianer würde sich niemals bemerkbar machen, beruhigte sie sich selbst. Das ist bestimmt nur ein kleines Tier.

Da ertönte ein grimmiges Fauchen.

Jaqueline fuhr zusammen und erstarrte vor Angst.

Lieber Gott, mach, dass es nicht das ist, wonach es sich anhört!

Zitternd sah sie sich um. Was war das? Ein kleiner Fetzen braunes Fell. Aber schon wurde der Fetzen größer und größer... Jaqueline stockte der Atem. Ein Braunbär! Ein riesiger Braunbär, der offensichtlich nach Futter suchte!

Lauf!, schrie ihr Verstand, aber erst als das Tier durch das Gehölz brach, löste Jaqueline sich aus ihrer Starre und rannte davon.

Nur gut, dass sie eine Hose trug! Dennoch: Sie war nicht schnell genug. Der Bär war ihr dicht auf den Fersen!

Vor Panik wimmernd, stürmte Jaqueline den Waldweg entlang, während sie sich immer wieder umsah.

Der Bär kam näher. Zwischendurch stieß er ein wütendes Schnauben aus, als wolle er seine Beute damit lähmen.

Was soll ich nur tun?, fragte Jaqueline sich. Ihr Puls raste, und ihr Verstand arbeitete auf Hochtouren. Soll ich auf einen Baum klettern? Nein, davon hatte Connor abgeraten. Kann ich das Tier mit einem Ast vertreiben? Oder mit Gebrüll verscheuchen?

Die Panik schnürte ihr die Brust zusammen und raubte ihr den Atem. Fast glaubte sie, den Atem des Bären im Nacken zu spüren. Jeden Moment würde eine Pranke nach ihr greifen und sie niederreißen... Ich bin verloren!, dachte Jaqueline, und ein tiefes Schluchzen drang aus ihrer Kehle.

Ein plötzliches Krachen. Ein Aufschrei. Jaqueline rannte weiter, so schnell sie konnte, bis ein gequältes Brüllen hinter ihr ertönte.

Erst da begriff sie: Das war ein Schuss! Jaqueline erstarrte und warf einen Blick zurück: Der Bär taumelte.

Ich bin gerettet! Jemand hat auf ihn geschossen, durchzuckte es Jaqueline. Die Beine versagten ihr den Dienst. In ihrem Kopf drehte sich alles. Sie rang nach Luft und kämpfte gegen die drohende Ohnmacht an. Der Bär schwankte, verschwamm vor ihren Augen – und machte kehrt.

Mit rasselndem Atem suchte Jaqueline Halt an einem Baum. Du lieber Gott, das war knapp! Ob das Tier jetzt endgültig in die Flucht geschlagen war? Noch so eine Begegnung würde sie nicht überstehen.

Aber was war das? Schon wieder ein Knacken! Jaqueline war wie gelähmt vor Angst.

»Alles in Ordnung mit Ihnen, Miss Jaqueline?«

Connor Monahan! Dem Himmel sei Dank! Er ritt mit gezogenem Revolver aus dem Gebüsch.

Keuchend stemmte Jaqueline die Hände in die Seiten. Antworten konnte sie nicht. Aber sie nickte und lächelte schwach.

Connor schaute sich sichernd nach allen Seiten um. Verwundete Bären waren unberechenbar. Doch das Tier war verschwunden. Dennoch behielt er die Waffe in der Hand.

»Das hätte böse enden können«, murmelte er. Die Erleichterung war ihm anzusehen. »Ich glaube, wir müssen uns beide von dem Schreck erholen. Kommen Sie, ich bring Sie zur Hütte zurück! Dort trinken wir erst mal einen Kaffee.«

Damit beugte er sich zu Jaqueline hinunter und streckte ihr eine Hand entgegen. Dankbar ließ sie sich hinter ihn aufs Pferd ziehen.

Wenig später brodelte es im Kaffeetopf auf dem Herd. Jaqueline war immer noch wie betäubt. Aber der würzige Duft, der die Hütte erfüllte, belebte sie allmählich.

»Habe ich Ihnen zu viel versprochen?«, fragte Connor, während er ihr einen Kaffee eingoss. »Ich wette, solche Riesen haben Sie in deutschen Wäldern nicht.«

»Nein, ganz gewiss nicht.« Jaqueline zitterte noch ein wenig. »Die größte Gefahr dort sind tollwütige Füchse.«

»Hier müssen Sie stets damit rechnen, dass Ihnen einer der Braunpelze begegnet. Sie hatten Glück, dass es ein Jungtier war. Ein ausgewachsener Bär hätte sich von einem Schuss nicht so leicht verjagen lassen. Ich hätte ihn schon töten müssen, um ihn von Ihnen abzubringen.«

»Was wird jetzt aus dem Tier?«

»Keine Sorge! Die Wunde verheilt. Er wird vielleicht ein wenig humpeln, aber das beeinträchtigt ihn sicher kaum.«

»Eigentlich ist es meine Schuld. Er hatte offenbar Hunger, und ich war unvorsichtig. Ob er hier noch mal auftaucht?«

»Schon möglich. Immerhin weiß er jetzt, dass es hier was zu fressen gibt. Vielleicht sollten Sie ein paar Streifen Fleisch auslegen.«

»Das werde ich ganz sicher nicht tun!«, gab Jaqueline erschrocken zurück. Sie merkte zu spät, dass der Vorschlag scherzhaft gemeint war, und lachte. »Weshalb waren Sie eigentlich so früh wieder auf dem Heimweg?«, fragte sie dann.

»Ich wollte Sie was fragen.«

Jaqueline zog die Augenbrauen hoch. »Mich was fragen?«

Monahan zögerte einen Moment, als müsse er allen Mut zusammennehmen. »Was würden Sie davon halten, mich zu einem Empfang zu begleiten?«

Diese Frage überraschte Jaqueline. »Wird Ihre Verlobte auch dort sein?«, erkundigte sie sich beklommen.

239

»Natürlich. Ich würde sie Ihnen zu gern vorstellen. Marion ist zwar nicht gerade erfreut darüber, dass ich mich um Sie kümmere. Aber ich glaube, Sie beide würden sich gut verstehen; vielleicht könnten Sie sich sogar mit ihr anfreunden.«

Jaqueline war sprachlos. Ist der Mann verrückt geworden?, fuhr ihr durch den Kopf. Ich soll mich mit seiner Verlobten anfreunden?

Heftiger Widerwille regte sich in ihr.

Nein, sie wollte Monahan nicht mit seiner Verlobten erleben. Und bestimmt legte auch seine Verlobte keinen Wert darauf, ihre Bekanntschaft zu machen, wenn es ihr schon nicht gefiel, dass Connor sich um Jaqueline kümmerte. Außerdem gab es noch ein anderes Problem: Monahan löste tiefe Gefühle in ihr aus, Gefühle, die sie vor ihm verbergen konnte. Frauen besaßen allerdings ein weitaus besseres Gespür für Empfindungen als Männer. Und Marion durfte keinesfalls merken, wie es um Jaqueline stand.

»Ich weiß nicht, ob das gut wäre.« Jaqueline bemühte sich um eine diplomatische Antwort. So freudig, wie Connor ihr den Vorschlag unterbreitet hatte, schien ihm sehr viel an diesem Abend zu liegen. »Ihre Verlobte wird es sicher nicht gern sehen.« Jaqueline errötete.

»Marion und ich sind nun schon seit Jahren verlobt«, fuhr Monahan fort. »Bisher hat es keine größeren Krisen zwischen uns gegeben, und sie hat keinerlei Grund anzunehmen, dass ich ihr jemals untreu gewesen wäre. Das Einzige, worauf sie eifersüchtig sein kann, ist meine Arbeit, aber von der werde ich nicht lassen.«

Das zerstreute Jaquelines Bedenken keineswegs. »Ich sollte trotzdem nicht da sein. In Hamburg hätte es ein peinliches Getuschel gegeben, hätte ein verlobter Mann eine fremde Frau zu einer Gesellschaft mitgebracht. Die Klatschbasen hätten sich darüber die Mäuler zerrissen. Ich möchte Ihnen keine Unannehmlichkeiten bereiten.«

Connor lächelte fein.

Wenn du wüsstest!, dachte er. »Was das angeht: Es gibt bereits Gerede in der Stadt«, erklärte er. »Die Gerüchte besagen, ich hätte eine Frau in meiner Hütte versteckt. Eine Frau, die man für meine Geliebte hält. Solange Sie in St. Thomas niemand gesehen hat, wird man immer wildere Geschichten spinnen.«

»Und Sie meinen, mein Auftauchen auf dem Empfang wird die Leute davon abbringen?« Jaqueline musste sich anstrengen, um ihre Enttäuschung zu verbergen, denn insgeheim fragte sie sich: Findet er mich so hässlich, dass er denkt, die Leute werden mich nicht für eine Konkurrentin von Marion halten?

»Nun, Sie könnten ihnen erzählen, was Sie hergetrieben hat. Und was Sie vorhaben.«

»Sie glauben also, eine Abenteurerin ist hier besser angesehen als anderenorts?«

»Zumindest ist man hier liberal genug, um Frauen nicht das Denken und Handeln abzusprechen. Wenn die Leute mit Ihnen sprechen und merken, dass Sie gar nicht daran interessiert sind, meine Hochzeit zu verhindern, werden sie uns beide in Ruhe lassen.«

Monahan griff unvermittelt nach ihren Händen.

Jaqueline wäre am liebsten aufgesprungen, doch sie mochte sich ihm nicht entziehen. Ihr Herzschlag beschleunigte sich, und sie war froh, dass sie saß, denn sonst wären ihr wohl die Knie weich geworden.

Warum hat dieser Mann nur so eine Ausstrahlung auf mich? Warum bringt er mich so durcheinander?, fragte sie sich.

»Bitte, Miss Jaqueline, tun Sie mir den Gefallen! Ich bin sicher, dass wir alles klären können. Marion ist kein schlechter Mensch, sie fürchtet Sie nur, weil sie Sie nicht kennt. Ich will nicht, dass sie den Eindruck gewinnt, ich wäre nicht mehr an ihr interessiert, nur weil ich das Bedürfnis habe, Ihnen zu helfen.«

Diese Worte rührten und enttäuschten Jaqueline zugleich. Natürlich hatte sie die närrische Vorstellung, dass sie die Frau an seiner Seite sein könnte, gleich beiseitegeschoben. Und sie war auch nicht nach Kanada gekommen, um sich ausschließlich auf die Suche nach einer guten Partie zu machen. Dennoch klang das so, als gebe es für ihn nichts Reizvolles an ihr. Nichts, was ihn vielleicht doch in Versuchung führen könnte.

Aber kann ich ihm die Bitte abschlagen?, fragte Jaqueline sich. Immerhin gewährt er mir Quartier, und er hat mich rührend gepflegt. Nein, ich darf jetzt nicht undankbar sein. Immerhin ist es nicht selbstverständlich, dass er sich um mich kümmert. Offenbar hat er damit sogar in Kauf genommen, seine Verlobte zu verärgern. Das muss ich wiedergutmachen! Ihr Entschluss stand fest.

»Also gut, ich komme mit«, sagte sie.

»Ich danke Ihnen«, sagte Connor lächelnd. »Sie werden es bestimmt nicht bereuen. Wenn die Wogen geglättet sind, wird sich niemand mehr das Maul zerreißen. Ich werde mich jetzt in Schale schmeißen und hole Sie dann gegen halb acht ab.«

Jaqueline hoffte inständig, dass er Recht behalten würde.

9

Ein würziger Duft nach Erde, Holz und Laub umwehte Jaqueline und üppige Farne streiften ihren Rocksaum, als sie mit Connor den schmalen Weg entlangritt, der in die Stadt führte. Überall im Unterholz knackte und raschelte es, Das Echo des Hufschlags verhallte in der Dunkelheit. Ab und zu ertönte der Ruf eines Kauzes. In der Ferne jaulte ein einsamer Wolf. Dennoch fürchtete Jaqueline sich nicht vor der Natur. Es war eher die bevorstehende Gesellschaft, die sie ängstigte.

Warum habe ich mich nur darauf eingelassen?, fragte Jaqueline sich voll unguter Ahnung, während sie die Zügel fest umklammerte. Der Abend wird sicher sehr unangenehm. Und wer weiß, vielleicht verdirbt er mir sogar alle Chancen, in der Stadt eine Anstellung zu finden.

Connor dagegen schien sich keinerlei Sorgen zu machen. Zumindest ließ er es sich nicht anmerken. Offenbar glaubt er wirklich, dass mein Erscheinen die Gerüchte entkräften wird, überlegte Jaqueline skeptisch. Sie stellte sich innerlich bereits auf Ärger ein, denn die feine Gesellschaft konnte gnadenlos sein. Das hatte sie in Hamburg oft genug erlebt.

Vater, was würdest du mir raten?, fragte sie sich verzweifelt, aber ihr fiel keine Antwort ein.

Nachdem sie noch eine Weile durch den Wald geritten waren, stießen sie auf einen freien Weg, der von zahlreichen

Pferdehufen und Wagenrädern aufgewühlt war. In der Ferne leuchteten Lichter.

»Ist das die Stadt?«, fragte Jaqueline, während sich ihr Herzschlag beschleunigte und sich ihr Magen schmerzhaft zusammenzog.

Am liebsten hätte sie kehrtgemacht, doch sie wusste selbst, dass das albern war. Du wirst das schon durchstehen, beruhigte sie sich. Vielleicht kannst du nützliche Kontakte knüpfen und dich ein wenig umhören. Es wäre doch möglich, dass dich einer der Anwesenden als Hauslehrerin oder Gouvernante einstellt. Dann fällst du Connor bald nicht mehr zur Last.

»Ja, das ist St. Thomas«, erklärte Monahan. »Im Moment noch nicht besonders imposant, aber glauben Sie mir, die Stadt hat Zukunft. In ein paar Jahren wird es hier gepflasterte Straßen und schöne Geschäftshäuser geben. Keine andere Stadt in der Gegend hat das Zeug dazu.«

Damit erreichten sie die Hauptstraße, welche die Stadt wie ein dunkles Band durchzog. Einige streunende Hunde bellten, und eine Katze nahm fauchend vor den Pferdehufen Reißaus.

Jaqueline erkannte sofort, welches Gebäude ihr Ziel war. Zahlreiche Kutschen reihten sich vor einer Villa mit Loggia, die von zwei hohen Säulen flankiert war. Die Fenster waren allesamt erhellt. Der Mond fiel auf glänzende Dachsteine. Jeder Quadratmeter dieses Anwesens kündete vom Reichtum seiner Bewohner.

Jaqueline war sprachlos angesichts dieses Palastes. Nur wenige Bauten in Hamburg konnten damit konkurrieren. Nicht mal die Häuser unserer Senatsmitglieder sind so groß, dachte sie. Wie mag es wohl im Inneren aussehen?

Die Erinnerung an die Pfändung ihres Elternhauses stieg wieder in ihr auf. Jaqueline unterdrückte die Tränen, als sie durch die Fenster in den hell erleuchteten Empfangssaal blickte. Schöne Feste hatte es früher auch bei ihnen gegeben. Und damals war ihre einzige Sorge gewesen, welches Kleid und welche Frisur sie tragen sollte.

Jetzt hatte sich alles geändert. Sie war vollkommen mittellos, hatte sich einen unberechenbaren Mann zum Feind gemacht und würde an diesem Abend vielleicht zum Gespött der Leute werden. Jaqueline seufzte.

Connor Monahan, warum tun Sie mir das an?, fragte sie sich erneut.

»Wollen Sie nicht absitzen?«

Monahans Stimme riss Jaqueline aus ihren trüben Gedanken. Erst jetzt bemerkte sie, dass er bereits abgestiegen war.

»Doch, sicher.«

»Darf ich Ihnen helfen?« Connor streckte ihr die Hand entgegen.

Jaqueline wehrte die Hilfe mit einem Kopfschütteln ab. »Danke, es geht schon.« Die Antwort war schroffer ausgefallen, als Jaqueline beabsichtigt hatte.

»Sie haben immer noch kein gutes Gefühl, nicht wahr?«, fragte Connor, nachdem er dem herbeigeeilten Stallburschen aufgetragen hatte, sich um die Pferde zu kümmern.

»Offen gestanden, nein. Aber was soll's? Auch dieser Abend wird vorübergehen. Vielleicht kann ich ja sogar den einen oder anderen nützlichen Kontakt knüpfen.« Jaqueline richtete ihr grünes Kleid und schob eine vorwitzige Strähne zurück in den Chignon.

Sie ist nervös, aber sie wird alles tun, um es nicht zu zeigen, dachte Connor bewundernd. Sie ist nicht nur schön, sondern besitzt auch eine ganze Menge Mut. Ich wünsche ihr so sehr, dass sie ihr Glück findet.

»Na, dann nichts wie hinein! Stellen wir uns der Meute!« Damit gab er ihr den Vortritt.

Obwohl die Wärme der Eingangshalle Jaqueline wie ein Mantel umfing, hatte sie plötzlich das Gefühl, zu Eis zu erstarren, denn das Augenmerk der Anwesenden richtete sich sogleich auf sie. Die Blicke, die sie trafen, erschienen Jaqueline spitz wie Nadeln. Eine heftige Übelkeit überfiel sie, sodass sie auf der Stelle stehen blieb.

»Nur Mut, Miss Jaqueline!«, raunte Connor hinter ihr. »Es ist wie mit Raubtieren. Erlaubt man sich die kleinste Schwäche, fallen sie über einen her. Schaut man ihnen in die Augen, ziehen sie sich zurück.«

»Keine Sorge, ich habe keine Angst.«

Obwohl das nicht der Wahrheit entsprach, straffte Jaqueline sich und schritt mit hoch erhobenem Haupt voran. Denk an früher zurück!, ermahnte sie sich.

Doch das erwies sich nicht als hilfreich, denn in Hamburg hatte sie auf Empfängen nie schiefe Blicke geerntet oder erleben müssen, dass bei ihrem Auftritt getuschelt wurde.

Verwirrt zwang Jaqueline sich, nicht mehr auf die Umstehenden zu achten.

Schließlich erreichten sie eine offen stehende Flügeltür, hinter der sich weitere Menschen drängten.

Hat diese Familie so viele reiche Freunde?, fragte sich Jaqueline beeindruckt, als sie all die eleganten Gehröcke, Fräcke und Abendroben sah. Juwelen glitzerten ihr entgegen und riefen die Erinnerung an die Brosche wach, die sie versetzt hatte. Wenn ich gewusst hätte, was mich in Kanada erwartet, hätte ich das Geld für etwas anderes verwendet, dachte sie niedergeschlagen.

Am liebsten hätte sie Halt suchend nach Connors Hand gegriffen, aber das wäre zutiefst unpassend gewesen.

Monahan führte sie zu einer kleinen Gruppe, die aus drei Frauen und zwei Männern bestand. Eine der Damen stach zwischen den anderen hervor wie eine einsame Lilie inmitten von Feldblumen. Ihr lindgrünes Kleid war aus Seide, und die Frisur, zu der die schwarzen Haare aufgesteckt waren, konnte man nur als extravagant bezeichnen.

Wahrscheinlich nimmt sie ein Bleichmittel, um ihre Haut so strahlend weiß zu bekommen, ging Jaqueline angesichts des makellosen Porzellanteints durch den Kopf. Ist das Monahans Verlobte?

Während sich alle Augen auf Jaqueline richteten, konnte diese den Blick nicht von der Dame in Lindgrün lassen.

»Ah, Connor, da sind Sie ja!«, rief einer der Männer, der einen ausgefallen geschnittenen Gehrock trug, in dem er wie einer anderen Zeit entsprungen wirkte. »Ich dachte schon, Sie würden auch diesen Anlass versäumen.«

»Warum sollte ich?«, gab Monahan zurück. »Mein Gast ist wieder genesen und bedarf nun keiner Aufsicht mehr.«

»Dann ist das also das Findelkind«, bemerkte der Mann mokant.

Trotz seines guten Aussehens war er Jaqueline auf Anhieb unsympathisch, denn er erinnerte sie an Fahrkrog.

»Das ist die junge Dame, der ich geholfen habe«, erklärte Monahan ungerührt, als habe er den spitzen Unterton nicht bemerkt. »Miss Jaqueline Halstenbek aus Deutschland.«

»Eine Einwanderin«, zischte jemand im Hintergrund abfällig.

»Miss Halstenbek, das sind meine Verlobte Marion Bonville, Miss Elina Chance, Miss Mary Wenham sowie ihr Vater August Wenham und mein zukünftiger Schwiegervater George Bonville.«

Jaqueline war sicher, dass sie die anderen Namen morgen

schon wieder vergessen haben würde. Doch auf keinen Fall den der Bonvilles. Ihr entging nicht, dass in Marions Augen Feindseligkeit aufblitzte.

O ja, Mr Monahan, Marion und ich werden bestimmt die besten Freundinnen, spottete sie im Stillen, während sie den Kopf zum Gruß neigte und ein Lächeln aufsetzte.

»Miss Halstenbeks Vater war einer der besten Kartografen Deutschlands. Die junge Dame möchte in seine Fußstapfen treten.«

»Rote Haare wie eine Hexe«, flüsterte eine der Damen ihrer Nachbarin zu, nicht mal besonders unauffällig. Wahrscheinlich wollte sie, dass Jaqueline es hörte.

Obwohl diese Worte Jaquelines Zorn entfachten, tat sie so, als habe sie nichts gehört. Da man sie hier offenbar für unkultiviert hielt, würde sie den Leuten das Gegenteil beweisen und sich vollkommen ungerührt geben. Vielleicht hören sie auf, wenn sie die Lust verlieren, dich zu verspotten, dachte sie.

»Er war es?«, fragte Bonville belustigt. »Ist er es denn nicht mehr?«

»Mein Vater ist vor zwei Monaten gestorben«, erklärte Jaqueline so ruhig wie möglich. »Er war schon eine Weile schwer krank.«

»Wie bedauerlich!«, sagte Bonville mit gespieltem Mitleid. »Und Sie sind in Kanada jetzt auf der Suche nach einer guten Partie?«

Diesmal gelang Jaqueline nicht, ihre Betroffenheit über so viel Taktlosigkeit zu verbergen. Erschrocken suchte sie Connors Blick. Es kostete sie große Anstrengung, mit ruhiger Stimme zu antworten: »Nein, ich dachte eher daran, das Land zu erkunden, das mein Vater auf seine Karten gebannt hat. Vielleicht gelingt es mir, einige Erkenntnisse zu sammeln und sie zu veröffentlichen, wie es andere reisende Frauen bereits getan haben.«

Die Damen rümpften sichtlich die Nase, aber Bonville zeigte sich nicht im Geringsten beeindruckt. »Nun, dann hat Ihr Vater Ihnen wohl ein ziemliches Vermögen vermacht.«

Jaqueline musste zugeben, dass ihr Gegenüber ein ausgeprägtes Gespür für die Schwächen anderer Menschen hatte. Aber dass er es ausspielte, machte ihn nicht sympathischer. Eine tiefe Abneigung gegen Bonville stieg in ihr auf.

Ein erneuter Seitenblick auf Connor zeigte ihr, dass er dieses Gespräch alles andere als billigte.

Eigentlich geht es Bonville gar nichts an, was ich hier mache und wie meine finanzielle Lage ist, dachte Jaqueline. Er sucht nur nach einer Gelegenheit, mich vor seiner Tochter herabzusetzen.

»Ich kann mich über meinen Vater nicht beklagen, Mister Bonville. Er war ein ausgesprochen fürsorglicher und höflicher Mann.«

Jaqueline bemerkte, dass die Blicke, die sie jetzt trafen, stechend wurden.

Monahan lächelte gequält. Er wirkte peinlich berührt.

Jaqueline ahnte, dass er am liebsten sofort wieder in den Wald geritten wäre.

»Schön, dass Sie wieder auf den Beinen sind, meine Liebe«, schaltete sich Marion nun in das Gespräch ein. »Sie sollten sich nicht davon abhalten lassen, Ihr Leben selbst in die Hand zu nehmen.«

Das musst gerade du sagen!, dachte Jaqueline spöttisch. Dein Leben ist vermutlich bereits bis ins Detail vorgezeichnet. Wahrscheinlich wirst du nie einen Fuß aus diesem Palast setzen, es sei denn, dein Ehemann nimmt dich mit auf Reisen.

»Vielen Dank für den Hinweis. Genau das habe ich vor«, gab sie kühl zurück. Ich darf nicht auf ihre Provokationen eingehen!, hämmerte sie sich ein, während sie ihr vor Aufregung stolperndes Herz wieder in den Griff zu bekommen versuchte. »Nur werde ich heute Abend wohl kaum die Gelegenheit haben, mir eine andere Bleibe zu suchen. Es sei denn, einer Ihrer Gäste vermietet mir ein Zimmer.«

Marion öffnete den Mund, aber eine passende Erwiderung blieb aus.

Jaqueline fühlte sich zunehmend unwohl. »Würden Sie mich jetzt bitte entschuldigen, ich möchte mir gern etwas zu trinken holen. Da ich keinen Begleiter habe, werde ich eben selbst für mich sorgen.« Lächelnd wandte sie sich ab.

Sie wusste, dass man ihr das als schlechtes Benehmen auslegen würde, aber was hatte sie schon zu verlieren?

Sie bahnte sich einen Weg durch die Gäste und sah sich suchend um. Sofort kam ein Diener in einer weißen Livree auf sie zu. Er trug ein Tablett mit gefüllten Champagnerflöten. Bevor er ihr ein Glas anbieten konnte, nahm sie sich eines und zog sich damit in eine Ecke des Saales zurück. Von hier aus hatte sie einen guten Blick auf die Gäste, ohne gleich von allen bemerkt und angegafft zu werden.

Zitternd hob Jaqueline das Glas an die Lippen und trank. Obwohl das Getränk vermutlich teuer war, schmeckte es schal.

Ich gehöre nicht hierher, dachte sie und stellte das Glas auf einem Tischchen ab. Wäre Vater bei mir, würden solche Leute wie die Bonvilles mich sicher mit offenen Armen empfangen. Aber dann fragte sie sich, ob ihr überhaupt an der Achtung von George Bonville und seiner Tochter lag. Die beiden mochten Geld haben, Charakter hatten sie jedenfalls nicht.

»Glaub ja nicht, dass du mir meinen Verlobten abspenstig machen kannst!«, zischte es da plötzlich.

Jaqueline hob den Blick. Marion Bonville stand vor ihr, flankiert von ihren beiden Freundinnen. Alle drei wirkten so angriffslustig, als wollten sie ihr eine Tracht Prügel verabreichen.

»Das habe ich gar nicht vor«, gab Jaqueline ruhig zurück, obwohl der Zorn ihr Herz rasen ließ.

»Das hast du gar nicht vor?« Marion stieß ein schrilles Gelächter aus. Offenbar hatte sie dem Punsch schon zu sehr zugesprochen. »Natürlich hast du das vor! Ich kenne solche Weibsbilder wie dich! Schau dich doch mal an mit deinem billigen Kleid und deiner Frisur! Du bist nur darauf aus, eine gute Partie zu machen.«

Jaqueline errötete. Vor Scham wäre sie am liebsten im Erdboden versunken. Sie hatte Mühe, sich zu beherrschen. Die Frau ist betrunken, redete sie sich zu. Tu einfach so, als wäre sie Luft!

Sie wollte sich entfernen, aber Marion vertrat ihr den Weg. Ihre Augen wurden schmal. »Denk bloß nicht, dass Connor so dumm ist, auf dich reinzufallen!«, kreischte sie nun.

Die Gespräche in der Umgebung verstummten. Schon bildete sich ein Traube Neugieriger, die die Frauen sensationslüstern anstarrten.

Wahrscheinlich bin ich morgen das Stadtgespräch, dachte Jaqueline bitter. Und das, obwohl ich niemandem etwas getan habe. Sie stieß Marion beiseite und flüchtete in Richtung Tür.

Aber Marion folgte ihr und setzte ihre Hasstirade fort. »Du glaubst doch nicht etwa, dass so ein dahergelaufenes Flittchen wie du Eindruck auf ihn macht!«

Im Saal wurde es so still, dass man eine Stecknadel hätte

fallen hören. Alle warteten gespannt darauf, was nun folgen würde.

»Ich bin ebenso wenig ein Flittchen wie Sie eine ehrenwerte Frau! Wenn man Sie so reden hört, könnte man meinen, eine aus der Gosse vor sich zu haben!«, erwiderte Jaqueline wütend und rannte davon.

Sie wartete nicht auf eine Antwort, sondern stürmte durch die Loggia und die Eingangstreppe hinunter.

»Mein Pferd!«, rief sie dem Stallknecht zu, der am Fuß der Treppe bereitstand. Tränen der Empörung und Scham trübten ihren Blick.

Sie wischte sie entschlossen fort und folgte dem Knecht in den Hof. Sie musste fort von hier! Während der Mann im Stall verschwand, lehnte sie sich erschöpft an einen Baum. Du meine Güte! Was für eine grauenhafte Szene! Wir haben uns wie dumme Gänse aufgeführt. Was für ein peinlicher Auftritt! Der arme Connor! Er wird es nicht gerade leicht haben heute Abend. Ob diese blöde Marion ihm jetzt die Hölle heiß macht? Erneut brach sie in Tränen aus.

»Es tut mir leid.«

Connor! Wo kam er plötzlich her? Seine Stimme verriet ehrliches Bedauern.

Jaqueline wischte sich hastig die Tränen ab. »Ist schon in Ordnung.«

Das Einzige, was sie ihm vorhalten konnte, war, dass er die feine Gesellschaft da drinnen falsch eingeschätzt hatte.

»Nein, das ist es ganz und gar nicht. Ich weiß nicht, was in Marion und in meinen Schwiegervater gefahren ist, so habe ich die beiden noch nie erlebt.«

Er hat eben Angst, dass ich seiner Tochter die gute Partie ausspanne, dachte Jaqueline, sprach es aber nicht aus. »Ein Grund mehr für mich, ihnen nicht mehr unter die Augen zu kommen«, antwortete sie stattdessen. »Ich werde mir ein Zimmer in der Stadt suchen. Ich möchte nicht, dass Sie meinetwegen noch mehr Schwierigkeiten kriegen.«

Connor schaute sie seltsam traurig an. Er erinnerte sie plötzlich an einen kleinen Jungen, dem man sein Lieblingsspielzeug weggenommen hatte.

Unwillkürlich lächelte Jaqueline. »Gehen Sie besser wieder rein, Connor! Ihre Verlobte wird sonst noch denken, Sie hätten es sich anders überlegt.«

In diesem Moment erschien der Stallbursche mit dem Pferd. Jaqueline nahm die Zügel. Sie musste fort von hier. Jeden Moment konnte Bonville auftauchen und sie mit Schimpf und Schande fortjagen.

Connor griff nach ihrem Arm. »Warten Sie! Wo wollen Sie denn jetzt hin um diese Zeit? Sie haben nicht mal einen Mantel an. Außerdem: Ein Zimmer in der Stadt, das würde bedeuten, dass Sie den Bonvilles häufig über den Weg laufen werden. Wollen Sie das?«

Jaqueline ließ den Kopf hängen. Er hatte ja Recht. Die ganze Auswegslosigkeit ihrer Lage wurde ihr schlagartig bewusst. Was sollte sie nur tun? Sie hatte keinen Cent.

Connor betrachtete sie nachdenklich.

»Hören Sie, Jaqueline, Sie können weiter in meiner Hütte wohnen. Wenn Sie meinen, dass Sie mir Miete zahlen müssen, dann können Sie das tun, sobald Sie eine Anstellung gefunden haben.«

Wenn ich nach diesem Auftritt heute Abend noch eine finde, dachte sie bitter. Aber Connors Angebot rührte sie. »Ich weiß nicht, ob ich das annehmen kann«, flüsterte sie. »Auch wenn Sie weiter im Schuppen nächtigen, so wird doch jedermann glauben, dass Sie und ich ...«

»Unsinn! In ein paar Tagen bin ich mit dem Holz unterwegs. Und danach kehre ich ohnehin in mein Kontor zurück. Sie werden die Hütte ganz für sich allein haben. Solange Sie nicht wieder auf Bärenjagd gehen, gibt's keinen Grund, warum Sie nicht dort bleiben sollten.« Er zwinkerte ihr verschwörerisch zu.

Jaqueline lächelte unwillkürlich. »Na, wenn Ihre Verlobte kein Grund ist... Ihr wird es gar nicht gefallen.«

»Sie wird es nicht mitkriegen, dafür sorge ich. Also, was sagen Sie?«

»Danke, Connor! Ich wüsste nicht, was ich ohne Sie tun sollte. Ich nehme Ihr Angebot gern an. Aber ich werde Sie nie wieder in die Stadt begleiten. Lieber lasse ich mich erneut von einem wild gewordenen Bären durch den Wald jagen.«

Connor lachte lauthals.

4. Teil

Ein hoher Preis

1

St. Thomas/Niagara Falls, Juni 1875

St. Thomas lag friedlich im Schein der Nachmittagssonne, als Alan Warwick die Main Street hinaufritt. Die Dampfpfeife eines Zuges, der in den Bahnhof einfuhr, ertönte, und ein paar Hunde stimmten in das Fauchen ein.

Am Vorabend hatte er im Silver Leaf, dem örtlichen Pub, wo mit Bier und Whiskey auch Tratsch und Klatsch die Runde machten, etwas Interessantes gehört: Im Haus der piekfeinen Familie Bonville, so hatte ein Gast einem anderen erzählt, habe es vor kurzem einen handfesten Skandal gegeben. George Bonvilles Tochter sei seit Jahren mit Connor Monahan liiert, dem das Sägewerk unten am See gehöre. Schon lange gebe es Gerüchte, wonach es nicht sehr gut um das Verhältnis der beiden stehe. Eigentlich hätten sie längst verheiratet sein sollen, doch Monahan zögere die Hochzeit immer wieder hinaus. Zum Empfang in der vergangenen Woche habe er schließlich eine andere junge Frau mitgebracht.

Warwick hörte nur mit einem Ohr hin – bis der Wirt sich in der Beschreibung dieser Person erging: »Rote Haare wie eine Hexe soll sie gehabt haben! Und außerdem verdammt hübsch gewesen sein. Manche munkeln, dass sie Ausländerin ist.«

»Man stelle sich vor«, krakeelte ein Mann am Tresen,

»Monahan hat sie im Wald aufgegabelt und zu seiner Geliebten gemacht.«

Warwick hätte sich beinahe an seinem Whiskey verschluckt.

Sollte das Zufall sein?, fragte er sich. Hübsche Weibsbilder gibt es viele, aber welche mit rotem Haar? Wenn sie allerdings Ausländerin und aus dem Wald gekommen ist ...

Er fasste den Plan, die Bonvilles aufzusuchen. Wenn er es geschickt anstellte, würde er vielleicht herausfinden, wer diese Frau war.

Nun stieg er vor dem Haus des Pelzhändlers aus dem Sattel und band sein Pferd an. Der Butler, der auf sein Klopfen öffnete, musterte ihn abschätzig. »Sie wünschen?«

»Mein Name ist Warwick. Ich würde gern Mr oder Miss Bonville sprechen. In einer privaten Angelegenheit.« Er hätte den hochnäsigen Diener am liebsten am Kragen gepackt. Was fällt diesem Kerl ein, mich anzustarren wie einen Landstreicher? Doch er hielt sich zurück, denn Türen wie diese öffnete man nicht, indem man sie eintrat.

»Ich werde nachfragen, ob Miss Bonville bereit ist, Sie zu empfangen. Wenn Sie einen Augenblick in der Halle warten würden?«

Immerhin muss ich nicht wie ein Bettler vor der Tür bleiben, dachte Warwick, klopfte seinen Hut aus und trat ein. Die prunkvolle Einrichtung des Entrees erschlug ihn beinahe. Nachdem er neidvoll die Ölgemälde betrachtet hatte, erschien der Butler wieder.

»Miss Bonville wird Sie im Salon empfangen. Wenn Sie mir bitte folgen würden.« Der Diener führte Warwick durch die Halle bis zu einer Flügeltür, die halb offen stand.

Marion Bonville thronte auf ihrem Korbstuhl wie eine Königin. Jeder Faltenwurf ihres spitzenverzierten blauen Nachmittagskleides wirkte geplant. Ihre Haltung und das unverbindliche Lächeln signalisierten dem Besucher, dass sie sich ihres Standes durchaus bewusst war.

Was für ein selbstgefälliges kleines Miststück!, dachte Warwick grimmig, während er sich formvollendet verbeugte.

»Nun, Mr Warwick, was kann ich für Sie tun?«

»Bitte verzeihen Sie die Störung, Miss Bonville! Ich behellige Sie nur ungern, aber es ist wichtig.«

Marions perfekt gezupfte Brauen zuckten. »Sprechen Sie!«

»Mir ist zu Ohren gekommen, dass eine Frau auf Ihrem Empfang für Ärger gesorgt hat.«

»Wer erzählt denn so was?«

»Die Leute.« Warwick deutete auf das Fenster. »Es ist nicht so, dass ich etwas auf das Geschwätz geben würde. Mich interessiert nur der Name dieser Person.«

»Und was geht Sie das an?« Marions Wangen röteten sich unter der Puderschicht.

»Hieß sie zufällig Jaqueline Halstenbek?«

Marions Gesichtszüge entgleisten.

Oh, ein Volltreffer! Warwick war zufrieden.

»Was haben Sie mit ihr zu schaffen?« Miss Bonvilles Hand griff nach dem Glöckchen, das neben ihr auf einem Tischchen stand.

»Verstehen Sie mich bitte nicht falsch!« Warwick hob die Hand. »Die Frau ist eine Bekannte von mir. Wir haben uns aus den Augen verloren, oder besser gesagt, sie ist mir davongelaufen.«

»Davongelaufen?«, fragte Marion, sichtlich befremdet, und setzte die Glocke wieder ab.

Warwick drehte den Hut in den Händen. »Nun, wir hatten eine kleine Meinungsverschiedenheit, ein Missverständnis. Ich würde gerne einiges mit ihr klären, aber ich weiß nicht, wo ich sie finden kann.«

Marions Augen blitzten kalt. Dann verzog sie den Mund, als hätte sie in eine Zitrone gebissen. »Ich weiß nicht, wo sie ist. Und es geht mich auch nichts an.«

Warwick unterdrückte ein verdrossenes Schnaufen. Da war er schon so dicht dran gewesen ... Und nun? »Besteht denn die Möglichkeit, dass sie sich noch in der Stadt aufhält?«

»Woher soll ich das wissen?«, fauchte Marion, griff erneut nach der Glocke und läutete. »Und jetzt verschwinden Sie!«

»Sie wünschen, Miss?«

Der Butler hatte vermutlich an der Tür gelauscht, so schnell, wie er auftauchte.

»Geleiten Sie den Gentleman bitte hinaus! Guten Tag, Mr Warwick.«

Warwick verneigte sich zum Abschied.

Tja, ich hab nicht alles erfahren, was ich wollte, aber mit etwas Geduld sollte mir das bald gelingen, tröstete er sich, als er sich in den Sattel schwang. Immerhin weiß ich jetzt, dass Jaqueline sich ganz offensichtlich Marion Bonville zur Feindin gemacht hat. Vielleicht kann mir das von Nutzen sein.

In der Sägemühle waren die Vorbereitungen für das Flößen der gefällten Stämme in vollem Gange. Nach Sorten getrennt, wurde das Holz auf dem großen Hof an einer Rampe gestapelt, über die es zu Wasser gebracht wurde. Monahan handelte mit Douglasien, Sitkafichten sowie Hemlock- und Purpurtannen. Der Duft der verschiedenen Hölzer schwebte in der Luft. Wenn die große Bandsäge lief, wehte der Wind Sägespäne durch die Fensterritzen.

Connor strich das feine Mehl von den Papieren auf dem Schreibtisch und presste die Finger an die Augenwinkel. Seit dem frühen Morgen hatte er Kopfschmerzen. Dass er gezwungen war, den Tag mit dem ungeliebten Schreibkram im Kontor zu verbringen, besserte seinen Zustand nicht gerade. Die Transportpapiere für die Stämme mussten ausgefüllt werden, außerdem wartete die Korrespondenz, die in den vergangenen Wochen liegen geblieben war.

Um sich vom Schmerz abzulenken, warf Connor einen Blick auf den künstlichen Flusslauf, mit dem das Schaufelrad für die Säge gespeist wurde. Das Sägegeräusch übertönte dessen Plätschern.

Dort, wo sich die Sägespäne türmten, hatten seine Männer neulich eine Biberburg entdeckt. Hin und wieder konnte man Biber beobachten, die auf der Suche nach Baumaterial ans Ufer schwammen.

Vielleicht sollte ich Jaqueline diese possierlichen Tierchen mal zeigen, dachte Connor, und ihm wurde ganz warm zumute. Spontan beschloss er, den Papierkram erst einmal zu vergessen. Ohnehin hatte er vorgehabt, Jaqueline heute neuen Proviant zu bringen.

Seit mehr als einer Woche lebte sie allein draußen in der Hütte, und sie schien dort sehr gut zurechtzukommen.

Bei seinem letzten Besuch hatte sie ihn mit einer hervorragenden grünen Kräutersuppe überrascht. Und sie hatte ihm eröffnet, dass sie ein Herbarium anlegen wolle.

»Sie sind erstaunlich naturverbunden für eine Städterin«, hatte er bemerkt, während er sich die Suppe schmecken ließ.

»Ja, schon als Kind wäre ich am liebsten draußen in den Wäldern herumgestreift. Ich habe die Erzählungen meines Vaters geliebt und freue mich, jetzt alles mit eigenen Augen zu sehen.«

Zu gern hätte er noch mehr Zeit mit ihr verbracht, doch die Geschäfte gingen vor. Neben den Büroarbeiten hatte die Begutachtung der Stämme für den Transport angestanden. Der Frost hatte den Holzschädlingen zwar zugesetzt, aber einige hatten unter der Borke und im Holzmehl überwintert. Solche Stämme mussten aussortiert und zu Kleinholz gemacht werden.

Connor schulterte die Satteltaschen mit den Lebensmitteln, die er im Flur abgestellt hatte, und trug sie hinaus. Die Männer, die ihm begegneten, grüßten ihn freundlich.

Als er sein Pferd beladen hatte, sprengte er vom Hof. Diesmal nahm er einen kleinen Umweg durch den Wald. Das hatte einen ganz besonderen Grund. Schon vor ein paar Tagen hatte er sich bei Joe Flannigan, einem bekannten Hundezüchter, nach einem kleinen Mischling erkundigt, der sich zur Wacht gegen Bären eignen würde. Der kauzige Alte hatte nur wortkarg geantwortet, dass er Mitte nächster Woche noch einmal wiederkommen solle.

Als Connor sich dem Gehöft näherte, tönte ihm Hundegebell entgegen. Einige Tiere warfen sich heftig gegen die Zwingerstäbe.

Von dem Lärm aufgescheucht, rannte Doggy Joe, wie der Züchter nur genannt wurde, seinem Besucher bereits entgegen. Blut klebte an seinen Händen. Als er Connors befremdeten Blick bemerkte, erklärte er: »Elsa, meine Colliehündin, hat gerade geworfen. Ging nicht so glatt, wie es sollte. Das alte Mädchen wäre mir beinahe draufgegangen.«

»Tut mir leid.«

»Das muss es nicht.« Doggy Joe rieb sich mit dem rechten Unterarm über das von grauen Stoppeln übersäte Gesicht.

Monahan saß ab.

Joe bedeutete Connor, ihm zu den Zwingern zu folgen. »Wie versprochen, kriegen Sie einen Rüden, der Bären wittern kann. Hab's mit dreien versucht, aber der eine springt besonders gut an.«

»Wie haben Sie das denn rausgefunden?«, erkundigte sich

Monahan und erschauderte, als er die gefletschten Zähne der Tiere sah, die hinter den Gitterstäben tobten.

»Mit Bärenfell und Bärenfleisch. Ich habe ihn Blut lecken lassen.«

»Kann ich ihn dann überhaupt anfassen?«

»Sicher!«, versicherte der Alte lachend. »Sie sind doch kein Bär, Mr Monahan! Da der Hund Bärenfleisch gekostet hat, will er noch mehr. Der gute Junge weiß ja nicht, dass er einen Bären niemals reißen könnte.«

»Demnach greift der Hund notfalls einen Bären an?«

»Und ob! Aber ich würde Ihnen nicht raten, ihn auf diese Monster zu hetzen. Wäre schade um ihn.« Die Sorge um seinen Zögling war nicht zu überhören.

»Das habe ich auch nicht vor. Er soll lediglich auf meine Hütte aufpassen und Bären verbellen.«

»Das wird er gut hinkriegen.«

Doggy Joe deutete auf einen kleinen Zwinger abseits der anderen. Eine überschaubare Meute stand schwanzwedelnd jenseits der Gitter. Mit den zähnefletschenden Bestien aus den großen Käfigen hatten diese Tiere nichts gemeinsam. Sie waren wohl eher als Jagd- oder Hofhunde gedacht. Der Rüde, den Joe auswählte, war mittelgroß, hatte zottiges braunschwarzes Fell, Schlappohren und eine lange Rute. Aus braunen Augen blickte er die Männer treuherzig an.

»Ist er nicht ein Prachtkerl?«, rief Flannigan begeistert aus. »Er sieht aus, als könne er kein Wässerchen trüben, aber sobald er einen Bären wittert, wird er zur Bestie. Dann sträubt sich sein Fell, er knurrt und faucht und fletscht die Zähne wie ein Wolf!«

Auf Connor wirkte nichts an diesem Hund Furcht erregend. Im Gegenteil, das Winseln, mit dem das Tier reagierte, als der Züchter es auf den Arm nahm, wirkte beinahe erbärmlich.

Ob er wirklich als Wächter zu gebrauchen war? Skeptisch wandte Connor sich wieder an Joe. »Wie alt ist der Bursche denn?«

»Zwei Jahre. Wenn Sie wollen, können Sie's am Gebiss überprüfen!«

So harmlos der Hund auch aussah, Connor verzichtete dankend darauf. »Nein, ich glaube Ihnen, Joe. Kann ich ihn gleich mitnehmen? Vorausgesetzt, er lässt sich auf dem Pferd transportieren.«

»Keine Sorge, er ist eine Seele von Hund. Aber wenn Sie einem Bären begegnen, kann ich für nichts garantieren.«

Damit schloss der Alte den Zwinger, tätschelte den Kopf des Tieres, setzte es ab und legte es an eine Lederleine, die er wie einen Gürtel umgeknotet hatte.

Monahan zahlte den ausgehandelten Betrag und führte den Hund zu seinem Pferd.

»Na, was hältst du davon, deine Pfoten zu schonen?«, fragte er, erhielt jedoch nur ein trauriges Winseln als Antwort. Der Hund schaute sich zu seinem alten Herrn um, der die Szene beobachtete.

»Sie müssen ihn streicheln, damit er sich Ihren Geruch merken kann!«

»Hast du das gehört?«, fragte Connor den Rüden, tätschelte ihn unter der Schnauze und hob ihn dann unter den rechten Arm. Mit Hilfe des linken stieg er in den Sattel.

Kaum saß er oben, schob sich der Hund vor ihn und lehnte sich gegen den Hals des Pferdes.

»Oh, phantastisch! Das also kennst du schon!«, rief Connor erstaunt. Dann winkte er dem Alten zum Abschied zu und machte sich auf den Weg.

2

Sonnenlicht kitzelte Jaqueline wach. Unwillig öffnete sie die Augen. Als sie sah, dass es bereits helllichter Tag war, reckte sie sich gähnend den goldenen Strahlen entgegen, die durch das Fenster fielen, und erhob sich von ihrem Lager.

In der vergangenen Nacht war es spät geworden. Jaqueline hatte über dem Herbarium gesessen und versucht, die gesammelten Pflanzen zu bestimmen. Das Botanikbuch, das Connor ihr beim letzten Besuch mitgebracht hatte, war dabei eine große Hilfe. Sie hatte Triebe von Indian Paintbrush und Baldrian gefunden, außerdem Blätter von Weidenröschen, die hier »Fireweed« genannt wurden. Die Abbildungen im Buch zeigten wunderschöne Blüten, sodass Jaqueline beschlossen hatte, die Sammlung in der Blütezeit der Pflanzen zu erweitern.

Aber nun musste sie sich beeilen. Connor hatte versprochen, sie heute wieder zu besuchen. Bis dahin wollte sie wenigstens Kaffee gekocht haben!

Jaqueline wusch sich, kleidete sich an und frisierte sich eilig. Dann verließ sie mit der Holzstiege die Hütte, um Feuerholz zu holen. Die frische Waldluft strömte in ihre Lunge und belebte sie, und die wärmende Sonne streichelte ihr Gesicht. Jaqueline blinzelte und schaute zu den Douglasien auf, deren Kegel sich sanft im Wind wiegten. Der Duft von Harz betörte sie. Herrlich!, dachte sie, während sie dem Gesang der Vögel lauschte. Ich wollte, ich könnte für immer hier leben!

Jaqueline umrundete das Haus und ging zu dem kleinen Schuppen. An einer Außenwand war das Feuerholz fein säuberlich gestapelt. Etwas Wasser tropfte von der schützenden Plane auf ihren Rock, als sie sie beiseiteschob. Aber das machte ihr nichts aus. Sie stapelte Scheite in die Stiege und zog danach das große Stück Segeltuch wieder über den Stapel.

Plötzlich ertönte ein Rascheln dicht hinter ihr.

Jaqueline wirbelte herum. Ein Bär! Nur wenige Armlängen von ihr entfernt stand ein Bär. Erschrocken wich sie zurück und prallte gegen das Holz. Dabei hielt sie sich rasch den Mund zu, um nicht aufzuschreien.

Der Bär witterte ihre Angst und stieß ein grimmiges Brummen aus.

Lauf! Du musst laufen!, befahl sie sich. Doch sie war wie hypnotisiert.

Reglos starrte sie das Tier an, das sich unvermittelt auf die Hinterbeine stellte.

Es überragte den Schuppen!

Todesangst überfiel Jaqueline. Sie schrie auf, ließ die Stiege fallen und rannte davon.

Der Bär brüllte, fiel auf die Vorderpfoten und stürmte hinter ihr her. Der Weg zur rettenden Hüttentür erschien Jaqueline endlos. Der Bär schnaufte. Fast meinte sie, im Rücken bereits seine Krallen zu spüren.

Da ertönte ein scharfes Gebell. Wie der Blitz schoss ein braunes Fellbündel aus dem Gebüsch und warf sich dem Raubtier entgegen. Als sich der Bär erneut auf die Hinterbeine stellte, krachte ein Schuss.

Der Koloss schnaubte, fiel wieder auf alle viere und trottete seelenruhig davon. Der Hund folgte ihm kläffend, doch ein schriller Pfiff rief ihn zurück.

Erst jetzt realisierte Jaqueline, dass Connor gekommen war. Keuchend sank sie gegen die Hüttenwand. Ihre Schläfen pochten. Ihre wie Espenlaub zitternden Knie gaben nach. Sie rutschte in die Hocke.

»Jaqueline!« Monahan rannte zu ihr. »Ist alles in Ordnung mit Ihnen?«

»Er hat mich nicht erwischt.« Sie klapperte mit den Zähnen und umschlang die Knie mit den Armen, als fröre sie.

Connor beugte sich zu ihr hinunter, strich ihr das Haar aus dem Gesicht und streichelte zärtlich ihre Wangen.

Allmählich beruhigte sich Jaqueline wieder. »Vielen Dank, Connor. Sie haben mich schon zum zweiten Mal gerettet.«

»Keine Ursache. Ist eine schöne Gewohnheit«, gab er lachend zurück und setzte sich neben sie.

»Woher haben Sie den kleinen Bärenjäger?« Jaqueline deutete auf den Hund, der sich im Gras ausgestreckt hatte. »Er scheint sehr mutig zu sein.«

»Das ist er auch. Ich habe ihn von Doggy Joe, einem unserer Hundezüchter. Er hat ihn speziell auf Bären abgerichtet, und zu meiner Überraschung hört er sogar, wenn ich nach ihm pfeife.«

»Ein braves Tier!«

Als hätte der Hund Jaquelines Lob verstanden, jaulte er und wedelte mit dem Schwanz.

»Ich bin sicher, dass er Sie gut beschützen wird.«

»Mich?« Jaqueline zog verwundert die Augenbrauen hoch.

»Ja, Sie! In der Stadt gibt es zwar auch reißende Bestien, aber die laufen auf zwei Beinen und in Gehröcken oder Kleidern herum. Um sie zu vertreiben, brauche ich keinen Hund.«

Jaqueline war fassungslos. Connor schenkt mir einen Hund! Tränen der Rührung schossen ihr in die Augen. Am liebsten wäre sie ihm um den Hals gefallen. Aber sie hielt sich zurück. »Wird er denn auch auf mich hören?«

»Das werden wir ihm beibringen.« Damit erhob Connor sich und reichte ihr die Hand, um ihr aufzuhelfen.

Der Hund betrachtete sie beide mit Unschuldsblick.

»Sie sollten ihn vor dem Haus anleinen. Wenn er nachts einen Bären wittert und davonläuft, können Sie ihn nicht zurückpfeifen. Streicheln Sie ihn mal! Doggy Joe meint, dann lernt er Sie kennen.«

»Beißt er mich auch nicht?« Jaqueline musterte den Hund skeptisch. Ihre Eltern hatten nie ein Haustier besessen, obwohl sie sich als Kind immer eins gewünscht hatte.

»Wenn doch, werde ich ihm Ihre Hand entreißen«, scherzte Connor, während er den Hund streichelte.

»Das klingt ja sehr ermutigend!« Jaqueline schreckte zurück, als der Hund den Kopf zur Seite wandte, denn sie fürchtete, dass er tatsächlich nach ihr schnappen wollte. Doch dann stupste er von selbst unter ihre Hand.

Jaqueline atmete gepresst aus, als sie das weiche Fell berührte. Dann lachte sie erleichtert auf. »Er fühlt sich ganz wunderbar an.«

»Wie Sie sehen, ist er ganz friedlich. Der Züchter hat ihn auf Bärenfleisch abgerichtet. Solange Sie nicht mit einem Bären ringen, wird er Ihnen wahrscheinlich nichts tun.«

Nachdem sie einen Platz für den Hund gesucht hatten, schaffte Connor den Proviant in die Hütte. Dabei bemerkte Jaqueline, dass er hin und wieder das Gesicht verzog, als habe er Schmerzen.

»Ist alles in Ordnung mit Ihnen?«

Monahan nickte vorsichtig. »Ja, nur ein leichtes Kopfweh. Ich habe wohl heute Morgen zu lange Akten gewälzt.«

»Gegen Kopfschmerzen hat meine Großmutter stets Baldrian und Thymian empfohlen. Wenn Sie möchten, brühe ich Ihnen einen Tee auf.«

»Haben Sie denn Thymian und Baldrian hier?«

»Thymian nicht, aber Baldrian. Auf der Suche nach Pflanzen für mein Herbarium habe ich gestern welchen gefunden und mitgenommen.«

»Setzt man Baldrian nicht nur zum Beruhigen ein?«

»Nun, meine Großmutter schwor auch bei Kopfschmerzen darauf.« Jaqueline betrachtete ihn besorgt. »Ein Aufguss wäre schnell gemacht.«

»In Ordnung. Versuchen wir es!«

Während Connor weiter die Satteltaschen ausräumte, kochte sie Wasser und warf schließlich ein paar getrocknete Baldrianblätter hinein. Schon bald erfüllte der Duft des Krauts die Hütte.

»Hoffentlich locken Sie damit nicht die Katzen aus der Umgebung an«, witzelte Connor, trank dann aber brav den Tee, den Jaqueline ihm reichte.

»Wenn hier erst einmal alles in voller Blüte steht, werde ich sicher eine größere Hausapotheke anlegen können«, bemerkte sie, als sie die Teekanne wieder neben die Esse stellte.

»Kennen Sie sich denn damit aus?«

»Ein wenig. Meine Großmutter hatte so einige wirksame Hausrezepte, mit denen selbst mein Vater sich geholfen hat, wenn er auf Reisen war. Ich bin gespannt, welche Pflanzen es hier sonst noch gibt und was man daraus machen kann.«

Connor sah Jaqueline fasziniert an. Schon vorher war ihm ihre Naturverbundenheit aufgefallen. Er spürte eine gewisse

Seelenverwandtschaft zu ihr, denn auch er liebte die Natur. Vielleicht sollte ich eine kleine Tour durch die Wildnis mit ihr unternehmen, ging ihm durch den Kopf, während er den Tee schlürfte. Sobald ich vom Flößen heimgekehrt bin.

Tatsächlich fühlte er sich nach dem Genuss des Getränks entspannter, und der schmerzhafte Druck auf seine Schläfen verschwand allmählich.

»Ihre Großmutter hatte Recht«, bemerkte er, nachdem er nachdenklich die Tasse hin und her gedreht hatte. »Baldrian hilft wirklich. Dann können wir jetzt die Sachen einräumen.«

Jaqueline war entzückt, weil Connor sogar an Seife und einen neuen Kamm gedacht hatte. Auch die Essensrationen konnten sich sehen lassen. Kleine Gläser mit eingekochtem Fleisch, sauer eingelegte Eier und eingeweckte Gemüse waren dabei. Außerdem Hartkekse, Mehl für Brot, Kartoffeln und Reis.

»Damit sollten Sie die nächste Woche überstehen!« Augenzwinkernd schob Connor die letzten Schachteln in eine Ecke neben dem Fenster, die Jaqueline sich als kleine »Speisekammer« eingerichtet hatte.

Verlegen schob Jaqueline sich eine Haarsträhne hinters Ohr. »Ich weiß gar nicht, wie ich das wiedergutmachen soll.«

»Wir haben doch unser Abkommen! Wenn Sie eine Anstellung finden, zahlen Sie mir Miete.«

»Aber ich werde Ihnen kaum –«

Monahans Lächeln unterbrach sie.

»Ehe ich es vergesse, wegen Ihrer Papiere sollten Sie nächste Woche in St. Thomas beim Bürgermeister vorsprechen. Er wird dafür sorgen, dass Sie eine vorläufige Aufenthaltsgenehmigung erhalten. Wenn Sie nach Deutschland schreiben, dann wird man Ihnen sicher auch Ihre Papiere ersetzen. Danach sollte die Einbürgerung kein Problem mehr sein.«

»Dann kann ich mich also beruhigt auf die Suche nach einer Stelle begeben.«

Monahan lächelte aufmunternd. »Ich habe gehört, dass das Kindermädchen der Jennings in zwei Monaten heiraten wird. Dann wird die Familie jemand anderen brauchen, der sich um den Nachwuchs kümmert.«

»Meinen Sie das im Ernst?« Jaqueline versagte sich, der aufsteigenden Euphorie nachzugeben. Die Sache hörte sich gut an, aber sie wollte sich keine falschen Hoffnungen machen.

»Ja. Die Jennings sind anständige und wohlhabende Leute. Abe Jennings gehört das Warenhaus der Stadt. Sie würden es sicher gut bei ihnen haben.«

»Vorausgesetzt, sie wollen, dass eine Deutsche ihre Kinder erzieht.«

»Die Jennings sind sehr offene Menschen, die es möglicherweise begrüßen würden, wenn ihre Kinder ganz nebenher eine Fremdsprache erlernen können. Wenn ich Sie wäre, würde ich schon mal ein Bewerbungsschreiben aufsetzen.«

Jaqueline musste sich erst einmal setzen, so groß war ihre Freude. Sollte ich wirklich einmal Glück haben?, fragte sie sich.

»Für den Fall, dass Sie sich bei den Jennings bewerben wollen, habe ich Schreibzeug in diese Kiste gepackt.« Er deutete auf ein Paket neben dem Bett. »Und ich lege auch gern ein gutes Wort für Sie ein, wenn es nötig ist. Aber ich glaube, Sie überzeugen Ihre Arbeitgeber auch allein.«

Jaqueline presste die Hand auf den Mund. Tränen schossen ihr in die Augen. Sie war sprachlos vor Rührung. Schließlich sprang sie auf und umarmte Monahan spontan. »Ich danke Ihnen, Connor!«

»Na, na, Miss Halstenbek, nicht weinen! Dazu besteht doch wirklich kein Anlass.«

Connor hielt sie einen Moment lang und strich ihr behutsam über den Rücken. Dann gab Jaqueline ihn wieder frei. Unter Tränen lächelnd, wischte sie sich mit einer fahrigen Handbewegung übers Gesicht.

Monahan konnte den Blick nicht von ihr wenden.

Jaquelines Wangen glühten. Eine Woge angenehmer Gefühle breitete sich in ihr aus, und unbekannte Wünsche erwachten in ihr.

»Würde es Ihnen etwas ausmachen, mir heute Abend ein wenig Gesellschaft zu leisten?«, platzte es aus ihr heraus.

Connor seufzte schwer. »So gern ich dieses Angebot angenommen hätte, ich werde heute zum Dinner bei meiner Verlobten erwartet. Tut mir leid.«

»Oh!« Jaqueline versuchte sich die Enttäuschung nicht anmerken zu lassen. Was hast du denn geglaubt?, fragte ihre innere Stimme. »Entschuldigen Sie bitte, ich wollte nicht –«

»Sie brauchen sich nicht zu entschuldigen«, unterbrach er lächelnd. »Ich verspreche Ihnen, dass ich bei Gelegenheit auf Ihre reizende Einladung zurückkommen werde.« Monahan betrachtete sie prüfend.

Jaqueline hoffte nur, dass er ihr nicht ansah, wie sehr sie seine Verlobte beneidete.

»Wenn Sie wollen, mache ich morgen mit Ihnen einen kleinen Spaziergang und zeige Ihnen einen Hain von Purpurtannen. Wir haben dort ein paar Bäume herausgenommen, um den anderen ein stärkeres Wachstum zu ermöglichen. Aber bereits jetzt ist es ein imposanter Anblick.«

»Das ist eine gute Idee.« Ihre Enttäuschung verdrängend, lächelte Jaqueline. »Dann wünsche ich Ihnen einen schönen Abend.«

»Das wünsche ich Ihnen auch, Jaqueline. Vergessen Sie nicht, den Hund zu füttern!«

»Keine Sorge, ich vergesse doch meinen Lebensretter nicht!« Als Jaqueline merkte, dass damit nicht nur der Hund, sondern auch Connor gemeint sein könnte, senkte sie verlegen den Blick.

Nachdem Monahan die Hütte verlassen hatte, tätschelte er dem Hund noch einmal den Kopf und stieg dann wieder auf sein Pferd.

Jaqueline blickte ihm noch so lange sehnsuchtsvoll nach, bis sie ihn zwischen den Bäumen nicht mehr erkennen konnte. Dann begab sie sich zu der Kiste mit dem Schreibmaterial. Sie fand darin ein Tintenfass, einen Federhalter, Löschpapier und feine hellgelbe Briefbögen und Umschläge.

Eigentlich war das Papier viel zu edel für ein Bewerbungsschreiben. *Wahrscheinlich will er sichergehen, dass ich einen guten Eindruck mache.* Zärtlich strich sie mit der Hand über das Papier. *O Connor, warum bist du bloß nicht mehr frei...*

Brennende Sehnsucht stieg in ihr auf, aber Jaqueline versagte es sich, ihr länger nachzuhängen, und konzentrierte sich auf die Bewerbung. *Eine Anstellung wird mich hoffentlich von meiner Schwärmerei für ihn abbringen*, dachte sie.

3

Beim Abendessen im Hause Bonville herrschte eine frostige Stimmung. Nur Marion und Connor waren anwesend, denn George Bonville hatte eine wichtige Sitzung in der Town Hall. Wie der Abend mit Marions Vater verlaufen wäre, wusste Connor nicht. Aber er war froh darüber, dass der nicht für gezwungene Heiterkeit am Tisch sorgte oder ihn gar auf Probleme zwischen ihm und seiner Tochter ansprach. Marion war noch immer verstimmt wegen des Vorfalls auf dem Empfang. Wie Connor vermutete, hauptsächlich deshalb, weil sich die Leute noch immer das Maul über den Skandal zerrissen – selbst die, die gar nicht dabei gewesen waren.

Unwillkürlich wanderten Monahans Gedanken wieder zu Jaqueline. Darüber vergaß er sogar das köstliche Hammelfleisch.

Ob der Hund sie vor einem Bärenangriff schützen kann? Wenn er, Connor, in der Hütte gewohnt hatte, hatten sich bisher nur selten Bären blicken lassen. Bei Jaqueline dagegen war bereits der zweite aufgetaucht. Hat das einen bestimmten Grund?, überlegte er.

Unwillkürlich musste er an den alten Medizinmann der Irokesen denken, der für seinen Vater gearbeitet hatte. Der Indianer hatte ihm oft erzählt, dass der Bär Connors Krafttier sei. »Dein Totem wird sich immer dann zeigen, wenn du zu blind bist, etwas Bestimmtes zu erkennen«, hatte er ihm erklärt.

Gibt es etwas, was ich noch nicht erkannt habe? Und was hat das mit Jaqueline zu tun?, sinnierte er nun.

»Heute Nachmittag war ein seltsamer Kerl hier«, unterbrach Marion die Stille. »Er hat sich nach dem Mädchen erkundigt, das du ›gerettet‹ hast.« Der Spott in ihrer Stimme war nicht zu überhören.

Seit dem Vorfall auf dem Ball bedachte Marion ihn immer wieder mit spitzen Bemerkungen hinsichtlich Jaqueline.

»Und, was hast du ihm gesagt?«, fragte er betont unbeteiligt, während er weiterkaute.

»Ich habe ihn weggeschickt. Soll er doch allein nach diesem liederlichen Weib suchen.« Marion starrte ihn unverwandt an. »Wenn du mich fragst, hat sie irgendwas auf dem Kerbholz. Der Mann hat behauptet, dass sie ihm davongelaufen ist. Er sprach von ihr als einer ›Bekannten‹, doch ich glaube, da ist mehr zwischen den beiden. Vielleicht ist sie seine Frau.«

Connor spürte plötzlich einen inneren Aufruhr. Aber er bemühte sich, nach außen möglichst ungerührt zu wirken. Ich darf Marion nicht noch mehr Zündstoff liefern, dachte er. Aber wenn ich die Sache ignoriere, ist das ebenfalls Wasser auf ihre Mühlen.

»Wie war denn der Name des Mannes?«, erkundigte er sich, nachdem er sich noch ein Stück Brot vom Silbertablett genommen hatte.

»Alan Warwick. Vielleicht kannst du ihm weiterhelfen. Immerhin warst du der Letzte, der dieses Frauenzimmer gesehen hat.«

Connor unterdrückte ein Seufzen. Marions schnippischer Ton ging ihm allmählich auf die Nerven. War sie schon immer so? Mittlerweile häuften sich die Situationen, in denen er bezweifelte, noch die Frau vor sich zu haben, in die er sich verliebt hatte. Wo war nur die bezaubernde Marion geblieben, die er beim Sommerball ihres Vaters kennengelernt hatte?

»Ich wüsste nicht, wie ich ihm helfen könnte.«

»Irgendwohin musst du der Frau doch nach dem Empfang gefolgt sein«, schnappte Marion, während sie nach ihrem Weinglas griff. »Wenn er ihr Ehemann oder ihr Verlobter ist, hat er ein Recht zu erfahren, wo sie steckt.«

»Ich bin ganz deiner Meinung. Aber ich kann ihm nicht helfen.«

»Wer weiß, vielleicht verbindet die beiden noch etwas ganz anderes«, fuhr Marion ungeachtet seiner Worte fort. Ihre Stimme schraubte sich in schrille Höhen. »Die zwei könnten ein Gaunerpärchen sein. Oder vielleicht hat sie ihn bestohlen.«

Connor ballte die Faust. Er musste sich zwingen, nicht auf den Tisch zu schlagen. Es war möglich, dass Warwick der Kerl war, vor dem Jaqueline die Flucht ergriffen hatte.

»Ich sage es zum letzten Mal, ich kann ihm nicht helfen. Wenn es dir recht ist, würde ich jetzt gern das Thema wechseln, offenbar macht es dich noch immer hysterisch.«

Das Letzte hatte er eigentlich nicht sagen wollen. Aber es war nun mal aus ihm herausgeplatzt.

Marion verstummte auf der Stelle. Sie starrte ihn an, als sei ihr ein Bissen im Hals stecken geblieben, und schnappte hörbar nach Luft.

»Du findest also, dass ich hysterisch bin?«, fragte sie schließlich.

»Neuerdings schon«, gab Connor zurück. Seine erwachende Streitlust beunruhigte ihn. Aber er mochte nicht mehr schweigen. »Du führst dich auf wie ein verzogenes kleines Mädchen, das fürchtet, ein anderes könne ihm sein Spielzeug wegnehmen. Benimm dich endlich mal wie eine erwachsene Frau!«

Marion wurde abwechselnd blass und puterrot. »*Ein verzogenes kleines Mädchen?*« Ihre Stimme klang spitz. »Dann geh doch zu diesem Flittchen, wo auch immer du es versteckt hast!«

»Gut, wie du willst! Allerdings werde ich nicht zu meinem ›Flittchen‹ gehen, sondern an die Arbeit. Wenn du wieder zur Vernunft gekommen bist, kannst du ja James vorbeischicken.«

Connor erhob sich und warf die Serviette neben den Teller. Sein Gesicht glühte, und sein Herz raste. Marions geschminktes Gesicht erinnerte ihn auf einmal an das gefühllose Gesicht einer Porzellanpuppe. Nein, das war nicht mehr die Frau, die er liebte.

Als er das Esszimmer verließ, traf er auf James, der vermutlich ihren Streit mit angehört hatte, denn der Diener blickte betreten nach unten, während er den Gast zur Haustür geleitete.

Connor verabschiedete sich und verließ das Haus. Er verschwendete keinen Gedanken an das Gerede, das es morgen in der Stadt über ihn geben würde. Er konnte nur noch an Jaqueline denken. Er musste sie vor Warwick warnen, und das so schnell wie möglich.

Warwick hatte sich am Abend erneut zu den Bonvilles aufgemacht in der Hoffnung, dort Marions Verlobten anzutreffen.

Gerade wollte er sein Pferd anbinden, als die Haustür aufgerissen wurde.

»Auf Wiedersehen, Mister Monahan! Schade, dass Sie uns schon verlassen.« Das war die Stimme des hochnäsigen Butlers.

»Tja, ich schätze, meine Verlobte ist heute nicht in der Stimmung, Besuch zu empfangen. Bis zum nächsten Mal, James!«

Unwillkürlich drückte Warwick sich in den Schatten neben den Fenstern. Er konnte sein Glück kaum fassen. Offenbar verabschiedete sich da gerade Miss Bonvilles Verlobter. Und tatsächlich, schon stürmte der Holzhändler die Treppe hinunter und die Hauptstraße entlang.

Warwick folgte ihm, ohne lange zu überlegen. Vielleicht geht er ja zu seiner Geliebten, dachte er. Irgendwo muss sie doch hausen.

Es dauerte eine ganze Weile, bis der Holzhändler sein Ziel erreichte. Die Sägemühle erhob sich dunkel in den Nachthimmel. »Monahan's Holzhandel« stand in großen Lettern auf dem Schild, das vom Mondlicht beleuchtet wurde.

Warwick hielt sorgsam Abstand. Bislang hatte Monahan ihn nicht bemerkt, und das sollte auch so bleiben.

Der Händler betrat das Geschäftsgebäude nicht, sondern umrundete es. Warwick folgte ihm nicht, sondern wartete geduldig. Und siehe da! Wenig später erschien Monahan mit einem gesattelten Apfelschimmel.

Wohin will er?, fragte sich Warwick, während Monahan aufsaß und in Richtung Wald davonritt.

Jaqueline hatte den ganzen Abend über ihrem Bewerbungsschreiben gesessen. Sie hatte so etwas noch nie gemacht, und sie konnte nur hoffen, dass sie den richtigen Ton getroffen und alle wichtigen Informationen über ihre Person zu Papier gebracht hatte. Zur Entspannung genehmigte sie sich einen Schluck Kaffee, lehnte sich zurück und betrachtete zufrieden ihr Werk. Die Schrift sah dank des neuen Federhalters gleichmäßig und ansprechend aus.

Hufschlag durchschnitt die Stille. Jaqueline eilte ans Fenster.

Wer will um diese Zeit noch zu mir? Und warum schlägt der Hund nicht an?

Die Angst vor Alan Warwick ließ ihren Puls in die Höhe schnellen. Seit ihrer Flucht hatte sie nichts mehr von ihm gehört, doch sie befürchtete, dass er noch immer nach ihr suchte.

Mit rasendem Herzen beobachtete sie den Reiter, von dem sie nur Umrisse erkennen konnte. Die Tür war zwar verriegelt, aber würde das Warwick aufhalten?

Plötzlich fiel Mondlicht auf die Gestalt.

Connor!

Jaquelines Angst verflog und machte freudiger Erregung Platz.

Er trug einen feinen Abendanzug. Natürlich, er war ja bei seiner Verlobten gewesen ... Aber was sucht er jetzt hier?, fragte Jaqueline sich.

Da klopfte es auch schon.

»Jaqueline, sind Sie noch wach?«

»Ja!« Sie entriegelte die Tür und öffnete. »Kommen Sie rein!«

Monahan zog den Hut und trat ein.

»Ich hoffe, ich störe Sie nicht.«

»Keineswegs. Ich habe meine Bewerbung für die Jennings gerade erst fertig.« Jaqueline deutete auf die Blätter, die ordentlich auf dem Tisch lagen. »Stimmt etwas nicht, Connor, dass Sie sich zu so später Stunde herbemühen?«

»Ich muss Sie warnen.«

Jaqueline blickte ihn erschrocken an. »Warnen? Wovor?«

»Ein Mann ist in der Stadt aufgetaucht. Er hat meine Verlobte nach Ihnen ausgefragt.«

Jaqueline schnappte nach Luft. Er hat mich gefunden! Lieber Gott, nein!

»Sagt Ihnen der Name Warwick was?« Connor trat unruhig von einem Bein aufs andere.

Jaqueline musste sich erst einmal setzen. Sie zitterte plötzlich. »Das ist der Mann, vor dem ich geflohen bin.«

»Meine Verlobte glaubt, er wäre Ihr Ehemann.« Connors Stimme klang rau.

»Das ist eine Lüge!« Der Zorn schnürte Jaqueline beinahe die Kehle zu. Dieses Biest lässt es sich nicht nehmen, mich zu verleumden, wo sie nur kann, durchfuhr es sie. »Dieser Mann war ein Bekannter meines Vaters, der mir nach seinem Tod Hilfe angeboten hat. Warwick wollte aber nur mein Erbe. Ich hatte ihm in meinen Briefen verschwiegen, wie schlecht es finanziell um uns stand. Kaum war ich hier, hat er mir meine Papiere abgenommen und mich eingesperrt. Den Rest kennen Sie ja.«

Monahans Augen verengten sich zu Schlitzen.

Wie sollte er mir auch glauben?, dachte Jaqueline resigniert. Die Geschichte klingt zu sehr nach einem schlechten Roman. »Wenn Sie mir nicht glauben, reiten Sie nach Chatham!«, verteidigte sie sich aufgeregt. »Das Haus auf dem Hügel gehört Warwick. Es hat bestimmt einen ziemlichen Brandschaden und –«

»Ich glaube Ihnen ja, Jaqueline. Warwick hat nichts davon gesagt, dass Sie seine Frau oder Verlobte sind. Das ist allein Marions Eifersucht entsprungen. Der Kerl ist jedenfalls auf der Suche nach Ihnen. An Ihrer Stelle würde ich mich der Polizei anvertrauen. Seine Tat ist Grund genug, ihn hinter Gitter zu schicken.«

»Aber wird mir die Polizei denn glauben? Immerhin bin ich eine Ausländerin ohne Papiere, und er ist ein Einheimischer und kann alles Mögliche behaupten. Wie Sie auf dem Ball mitbekommen haben, halten mich alle für ein Flittchen.«

Connor nahm sanft ihre Hand. »Es tut mir aufrichtig leid, dass Sie das alles erdulden mussten. Aber ich halte die Polizei wirklich für die beste Lösung.«

Auf einmal kam es Jaqueline so vor, als könne er tief in ihre Seele blicken. »Mein Leben hat sich von Grund auf verändert, seit mein Vater gestorben ist«, gestand sie leise. »Für die Gläubiger war ich Freiwild. Einer von ihnen hat meinen Diener ermorden lassen. Die Polizei hat versprochen zu ermitteln, aber solange ich in Hamburg war, ist nichts geschehen. Kanada war eine neue Hoffnung für mich.« Sie senkte den Kopf. Wieder einmal fühlte sie sich den Tränen nahe.

»Und Sie werden hier Ihr Glück finden«, sagte Connor und drückte ihre Hand. »Ich werde Sie beschützen und immer für Sie da sein, wenn Sie wollen.«

Jaquelines Wangen röteten sich schlagartig. Was hatte er da gesagt? Und wie er sie ansah! Sein Blick vermochte nicht nur die Angst in ihrem Bauch aufzulösen, er wärmte auch ihr Herz und weckte wieder diese unbändige Sehnsucht in ihr, sich in seine Arme zu werfen und sich an ihn zu schmiegen.

Nein, das darfst du nicht!, ermahnte sie sich sofort. Er gehört einer anderen.

Aber es half alles nichts. Sie schaffte es nicht, ihre zärtlichen Empfindungen zu unterdrücken. Jaqueline spürte einen Kloß im Hals. Nur mit Mühe wahrte sie die Fassung.

»Meine Verlobung mit Marion steht auf der Kippe«, erklärte er nun. »Wir haben uns gestritten. Ich kann es einfach nicht ertragen, dass jemand, der noch nie Not leiden musste, einen Menschen verurteilt, dem das Leben so übel mitgespielt hat. Marions Lächeln ist nur Fassade.«

Seine Worte nahmen Jaqueline den Atem. Verwirrt wich sie seinem Blick aus.

»Connor, ich ...« Vor Aufregung verschluckte sie den Rest des Satzes.

»Jaqueline«, raunte Connor und beugte sich vor, um sie zu küssen, doch sie entzog sich ihm.

Nein! Das darf nicht sein!, sagte sie sich erneut, obwohl sie sich diesen Kuss so sehr wünschte. »Bitte, Connor, ich will nicht, dass du meinetwegen ...«

Monahan legte die Hände sanft auf Jaquelines Schultern und drehte sie zu sich. »Jaqueline, sieh mich an, bitte!«, flüsterte er. »Mach dir keine Sorgen um mich! Meine Gefühle für Marion haben sich verändert. Und das nicht nur wegen dir. Seit der Auseinandersetzung auf dem Empfang ist mir einiges klar geworden. Vielleicht habe ich es unterschwellig längst gespürt, denn ich habe unseren Hochzeitstermin immer wieder verschoben. Und der Grund dafür war keineswegs die Arbeit, wie ich mir eingeredet habe. Marion hat sich verändert und ich mich auch.«

»Du liebst sie nicht mehr?«

Connor schüttelte den Kopf. »Nein, ich denke nicht.«

»Du denkst?«

»Ich bin mir ganz sicher. Ich will mein Leben nicht mit Marion verbringen, sondern ...« Er stockte.

Jaqueline überlief es heiß und kalt. Der Abdruck seiner Hände schien sich in ihre Schultern einzubrennen. Sie wagte kaum zu atmen.

»Ich hatte dich von Anfang an gern, Jaqueline. Und ich will, dass du glücklich bist.«

»Aber das bin ich doch!«, flüsterte sie und schlug errötend die Augen nieder. »Zumindest dann, wenn du bei mir bist.«

Erschrocken schlug sie die Hände vor den Mund. Die letzten Worte hatte sie nur gewispert. Niemals hätte sie sich dazu hinreißen lassen dürfen. Aber es stimmte ja, und zurücknehmen wollte sie sie nicht.

Connor kniete sich vor sie auf den Boden.

»Genauso empfinde ich, wenn ich bei dir bin, Jaqueline. Ein Spaziergang mit dir ist so wundervoll, viel schöner als alle Empfänge und Bälle der Welt. Bei dir fühle ich mich zu Hause. Bei dir kann ich sein, wie ich bin; ich muss mich nicht dauernd verstellen.«

Er verstummte, zog sie an sich und küsste sie leidenschaftlich auf den Mund.

Bei der Berührung seiner Lippen erfasste ein köstlicher Schauder der Erregung Jaqueline. Ihr wurde schwindelig vor Glück. Sie fühlte sich wie warmes Wachs in den Armen dieses Mannes und konnte nicht das Geringste dagegen tun. Sie sehnte sich danach, sich ihm ganz zu schenken.

Es ist Sünde!, ging ihr durch den Kopf. Aber alle Bedenken waren bedeutungslos. Nun sprach nur noch ihr Herz.

»Bitte bleib heute Nacht bei mir!«, hauchte sie, während sie die Arme um seinen Nacken schlang.

Connor blickte sie überrascht an. »Weißt du, was das bedeutet?« Seine Stimme klang rau und leidenschaftlich.

»Ja, das weiß ich, Connor.« Jaquelines Stimme wurde schluchzend. »Ich liebe dich schon so lange... Vielleicht kann ich ja kein Leben an deiner Seite haben, aber ich wünsche mir wenigstens eine Nacht mit dir.« Sie schaute ihn ängstlich an.

Was Jaqueline in Connors Blick las, war grenzenloses Begehren.

Er strich ihr zärtlich eine Haarsträhne aus dem Gesicht, stand auf, riss sie in seine Arme und hielt sie fest umschlungen.

Connor glühte, als hätte er Fieber. Er küsste sie leidenschaftlich, und Jaqueline war, als finge sie Feuer. Seine Lippen brannten auf ihrem Mund und wanderten hinab zu ihrem Hals.

»Du bist wunderschön«, raunte er, ließ von ihr ab und löste ihren Chignon. Seine Finger verfingen sich in ihren Locken. Lachend entwirrte er sie. »Ich mag dein Haar.« Damit zog er Jaqueline aufs Bett.

Ein unbeschreiblicher Taumel erfasste sie. Sie wusste nicht, wie ihr geschah. Plötzlich spürte sie Connors streichelnde Hände auf ihren Brüsten, seine schönen, zupackenden, sanften Hände, in denen sie sich so aufgehoben fühlte, und sie gab sich ganz der Ekstase hin, die in ihr aufstieg.

Es fiel Warwick nicht leicht, Monahan aus der nötigen Distanz heraus auf der Spur zu bleiben. Nach einer Weile tauchte zwischen den Bäumen ein kleines Gebäude auf, dessen Fenster hell erleuchtet war.

Warwick ließ sich vorsichtshalber noch weiter zurückfallen und wartete, was geschah.

Türangeln knarrten. Ein Lichtkegel durchschnitt die Dunkelheit. Er beleuchtete nicht nur den Holzhändler, sondern auch ein Kleid.

Warwick war wie vom Donner gerührt. Er stieg vom Pferd, band die Zügel an einen Baum und schlich vorsichtig näher.

Hinter einem Baumstamm versteckt, zog er ein Fernglas aus der Tasche und richtete es auf das Fenster. Da sah er die beiden. Weil Monahan die Frau halb verdeckte, war weder ihr Haar noch ihr Gesicht zu erkennen. Aber Warwick spürte, dass er hier richtig war. Ich muss nur noch darauf warten, dass der Kerl wieder verschwindet, dachte er, und dann kann das Weibsbild was erleben!

Warwick hockte eine Weile hinter dem Baum, ohne dass sich etwas tat. Doch dann verschwand Monahan aus Warwicks Blickfeld, und er sah die Frau, die sich zur Seite wandte. Jaqueline Halstenbek! Das Profil hätte er unter hunderten wiedererkannt. Außerdem war da das rote Haar, das ihr lose über die Schultern fiel.

Wie wirst du auf unser Wiedersehen reagieren, mein Täubchen?, dachte er hämisch. Gut möglich, dass es dir gar nicht gefällt... Vor Ungeduld begann er zu zittern.

Er schlich noch ein Stück näher heran – und erstarrte.

Monahan küsste Jaqueline!

Am liebsten wäre er wutentbrannt in die Hütte gestürmt, um den Kerl von ihr wegzureißen. Aber Warwick zügelte sich. Meine Stunde wird kommen, dachte er. Und meine Rache wird fürchterlich sein.

4

Jaqueline lag erschöpft, aber glückselig da und blickte verträumt ins Zimmer, wo das flackernde Lampenlicht mysteriöse Schatten tanzen ließ. Connor, der starke, verführerische, liebe Connor, schmiegte sich an ihren Rücken und streichelte sie. Draußen raunte der Wind in den Bäumen.

Jaqueline tastete nach Connors Hand. Sie genoss es unendlich, seine Nähe zu spüren, und konnte gar nicht glauben, was geschehen war.

Wie soll es jetzt bloß weitergehen?, dachte sie. Kann ich weiterleben ohne ihn? Aber darüber sollte sie sich nicht den Kopf zerbrechen. Sie wollte jede Minute mit ihm genießen.

Da ertönte ein wütendes Bellen. Jaqueline fuhr zusammen. »Was ist denn mit dem Hund?«

Alarmiert sprang Connor aus dem Bett und schlüpfte in seine Hose. »Wohl wieder ein Bär. Ich vertreibe ihn besser, ehe er den Hund reißt.«

Damit zog er seinen Revolver aus dem Holster, das er über einen der Stühle gehängt hatte.

Jaqueline wickelte sich in die Decke und erhob sich ebenfalls. »Pass auf dich auf!«

»Das werde ich, keine Angst.« Damit stürmte Connor zur Tür hinaus. Er sah sich draußen gründlich um, konnte aber keinen Bären entdecken.

Der Hund knurrte noch immer böse.

»Was ist denn, alter Junge?«

Plötzlich glaubte Connor Hufschlag zu hören. Angespannt lauschte er. Tatsächlich, da ritt jemand durch den Wald. Er entfernte sich zwar, dennoch war das mehr als beunruhigend.

»Ist ja schon gut! Bist ein braver Junge.« Connor tätschelte Kopf und Rücken des Tieres, das am ganzen Leib zitterte.

Nachdem Connor sich ein letztes Mal umgesehen hatte, kehrte er in die Hütte zurück.

»Was war los?«, fragte Jaqueline, die sich inzwischen ein Nachthemd übergeworfen hatte.

»Ein Bär war es jedenfalls nicht«, antwortete Connor und legte den Revolver auf die Tischplatte. »Aber ich fürchte, du musst die Hütte verlassen.«

Jaqueline wurde blass. »Warum?«

»Jemand war hier. Ich habe Hufschlag gehört. Kann sein, dass er sich an die Hütte herangeschlichen hat.«

Ein Zittern erfasste sie. »Glaubst du, dass es Warwick war?«

»Ist nicht auszuschließen. Meine Leute würden mich nachts nicht behelligen.«

»Vielleicht hat Marion einen Detektiv engagiert?«

Connor schüttelte den Kopf. »Das glaube ich nicht. Doch selbst wenn, dann läuft es auf dasselbe hinaus: Ich werde dich in die Stadt begleiten und dich woanders unterbringen, Jaqueline. Alles andere wäre zu riskant. Ich möchte nicht, dass du allein hier in der Wildnis bleibst, Liebste. Zieh dich an, und pack die Sachen, die du mitnehmen willst!«

Jaqueline war wie vor den Kopf geschlagen. Kaum habe ich ein bisschen Glück gefunden, wird wieder alles zerstört, dachte sie verzweifelt. Und obwohl sie sich vor Warwick fürchtete, empfand sie in diesem Augenblick auch Wut.

Ein letztes Mal werde ich noch vor ihm davonlaufen, aber wenn er meinen Weg in der Stadt kreuzt, wird er es bereuen, gelobte sie sich und machte sich ans Packen.

Sie hatte nicht viel mitzunehmen. Ein Paar Schuhe, das grüne Kleid, das Schreibheft mitsamt Schreibutensilien sowie das Herbarium waren neben einem Nachthemd, den Toilettenartikeln und den Wäschestücken, die Connor ihr im Laufe der Zeit mitgebracht hatte, ihr einziger Besitz. Die Hosen und Jacken von Connor werde ich in der Stadt wohl kaum tragen können, dachte sie. Dabei waren sie so praktisch. Darin hatte sie sich nicht nur unbeschwert, sondern auch Connor ganz nahe gefühlt. Am liebsten würde ich dich mitnehmen, dachte sie, während sie Connor dabei beobachtete, wie er sich anzog und seinen Revolver gürtete.

»Werden wir uns denn sehen können, wenn ich in St. Thomas bin?«

»Natürlich. Ich bin nicht bereit, dich wieder aufzugeben.«

»Und was ist mit Marion?«

»Sie wird nicht erfahren, dass du in der Stadt bist. Außerdem werde ich die Verlobung lösen. Es wird einen riesigen Skandal geben, aber ich mache keine halben Sachen.«

»Wirst du es auch nicht bereuen, Connor?« Jaqueline fürchtete sich vor der Antwort.

Er wandte sich unvermittelt um und zog sie in die Arme. »Ein Fehler wäre es, eine Frau wie dich gehen zu lassen, Liebste. Wenn du in der Stadt bist, melden wir der Polizei, dass du von Warwick belästigt wirst. Es wird sich alles klären.« Er küsste sie auf den Mund und machte so jeden Widerspruch unmöglich.

Wenig später verließen sie die Hütte. Connor warf dem Hund ein paar Streifen Trockenfleisch hin und sattelte seinen Apfelschimmel.

Wehmütig blickte Jaqueline zur Hütte zurück. Ich würde so gern hier draußen bleiben, dachte sie. Wie glücklich ich hier doch war! Vielleicht kann ich eines Tages, wenn alles vorbei ist, hierher zurückkommen.

Als Connor ihre Tasche am Sattel ihres Pferdes festgebunden hatte, saßen sie auf.

»Was ist mit dem Hund?«, fragte Jaqueline, während sie nach den Zügeln griff. »Wir können ihn doch nicht hier alleinlassen?«

»Ich werde ihn morgen abholen und ins Sägewerk bringen. Da können wir auch einen Wachhund gebrauchen. Aber jetzt müssen wir uns erst einmal um deine Sicherheit kümmern.«

Eine halbe Stunde später erreichten sie St. Thomas. Der Morgen war noch fern. Die rötlich gelbe Scheibe des Mondes hing tief über dem Horizont.

Die schlafende Stadt lag vor ihnen. Nirgendwo brannte Licht. Als die Hunde den Hufschlag vernahmen, bellten sie.

Erleichterung überkam Connor. Jetzt wirst du sie nicht mehr so leicht finden, Warwick, dachte er. Außerdem herrschen hier Gesetz und Ordnung.

»Ich werde dich im besten Hotel der Stadt unterbringen«, erklärte er. »Versprich mir, dass du auf deinem Zimmer bleibst, Jaqueline! Zumindest so lange, bis ich weiß, wo Warwick sich herumtreibt.«

»Und wenn Warwick auch dort wohnt?«

»Das werde ich herausfinden. Wenn ja, kommst du zu mir ins Kontor.« Connor lenkte das Pferd um die nächste Hausecke auf die Hauptstraße. Der Mond spiegelte sich in den Pfützen, und eine streunende Katze nahm vor den Reitern Reißaus. Nur an einem Gebäude waren noch zwei Fenster schwach beleuchtet. Die Aufschrift »Hotel St. Thomas« über dem Eingang blätterte bereits.

Wohlige Wärme schlug ihnen entgegen, als sie eintraten. Rosenduft hing in der Luft. Drei Gaslaternen verbreiteten ein gedämpftes Licht.

Das Gebimmel der Türglocke schreckte den Portier auf, der offenbar eingenickt war. Überrascht blickte er auf und straffte sich, als er die späten Gäste sah. »Guten Morgen, meine Herrschaften!«

Die Zeiger der großen Standuhr neben dem Empfangstresen standen auf kurz vor zwei.

Ein wehmütiges Gefühl machte sich in Jaquelines Brust breit, weil die Uhr der ähnelte, die ihr Vater besessen hatte.

»Mr Monahan, was verschafft mir das Vergnügen?«, fragte der Portier, der den Holzhändler sofort erkannt hatte.

»Ich würde gern wissen, ob in Ihrem Haus ein Mr Warwick abgestiegen ist«, fragte Connor ohne Umschweife.

Der Nachtportier blickte ihn verwundert an.

»Der Herr ist ein Bekannter von mir, und ich möchte sicherstellen, dass er gut in der Stadt angekommen ist«, erklärte Connor rasch, denn er spürte das Misstrauen seines Gegenübers.

Bereitwillig schlug nun der Portier das Gästebuch auf und überflog die Einträge. Schließlich schüttelte er den Kopf. »Nein, bedaure, ein Mr Warwick ist in den letzten Tagen nicht eingezogen.«

Connor wechselte einen Blick mit Jaqueline, die erleichtert aufatmete. »Schade, ich dachte, er sei meiner Empfehlung gefolgt. Hätten Sie denn ein Zimmer für meine Nichte?«

»Selbstverständlich. Zwei der besten Suiten sind noch frei. Wie lange möchte die Dame denn bleiben?«

»Eine Woche vorerst. Es kann jedoch sein, dass sich ihr Aufenthalt verlängert.«

»Wie Sie wünschen, Mr Monahan. Auf welchen Namen darf ich das Zimmer vergeben?«

Als Connor Jaqueline erneut anblickte, huschte ein schelmisches Lächeln über sein Gesicht. »Auf Miss Emily Monahan«, antwortete er. »Es gab ein kleines Malheur mit der Kutsche, und da um diese Zeit kein Zug mehr fährt, sind wir gezwungen, Sie so früh am Morgen zu behelligen.«

»Kein Problem, Mr Monahan. Wir sind immer für unsere Gäste da.«

Jaqueline lächelte breit. Offenbar ist Connor ein Schlitzohr. Ich sollte mich wohl in Acht nehmen.

Nachdem der Portier ihren Namen ins Gästebuch eingetragen hatte, reichte er ihr einen Schlüssel. »Die Nummer neunzehn ist eine unserer besten Suiten, Miss Monahan. Ich wünsche Ihnen einen schönen Aufenthalt.«

»Nichte?«, flüsterte Jaqueline Connor zu, als sie die Treppe hinter sich gelassen hatten. Ein langer, mit rotem Teppich ausgelegter Korridor lag vor ihnen. Hinter den Türen, die den Gang säumten, ertönte hier und da ein Schnarchen.

»Warum denn nicht?«, gab er feixend zurück. »Mein ältester Bruder ist alt genug, um eine Tochter in deinem Alter zu haben. Du bist doch um die zwanzig, oder?«

»Das nenne ich einen raffinierten Versuch, mein Alter herauszubekommen«, gab Jaqueline zurück. »Aber du hast Recht, ich bin zweiundzwanzig.«

»Na also! Niemand wird Verdacht schöpfen. Sollte Warwick hier aufkreuzen, wird der Portier keine Miss Halstenbek in seinem Buch finden. Das ist alles, was im Moment zählt.«

Vor der Tür mit der Nummer 19 machten sie Halt. Nachdem Jaqueline aufgeschlossen hatte, sagte sie: »Ich weiß gar nicht, wie ich dir danken soll, Connor.«

»Das musst du doch nicht, liebste *Nichte*.« Er zwinkerte vergnügt und zog sie in die Arme. »Vergiss nicht: Ich bin immer für dich da! Gemeinsam werden wir diesen Warwick bezwingen.« Damit küsste er sie zum Abschied.

»Gute Nacht, Connor. Das war der schönste Tag meines Lebens«, wisperte Jaqueline. Tränen traten ihr in die Augen. War es der Abschied? Oder war es die Erinnerung an die gemeinsamen Stunden, an dieses berauschende Glück?

Rasch nahm sie ihre Tasche entgegen und schlüpfte ins Zimmer.

5

Dem bleigrauen Morgen, der sich auf St. Thomas gelegt hatte, folgte ein sonniger Mittag. Die Sicht war so klar, dass man in der Ferne die waldbedeckten Berge erblicken konnte. In den Gärten leuchteten bunte Frühblüher.

Marion hatte dafür keinen Blick. Mit wehenden Röcken eilte sie den Sidewalk entlang, in Gedanken bei ihrem Streit mit Connor am Vorabend. Obwohl sie damit gerechnet hatte, dass ihr Verlobter wieder auftauchen und sich entschuldigen würde, sobald er sein Gemüt gekühlt hatte, war er nicht zurückgekehrt. Sollte Connor ihre Worte etwa ernst genommen haben? Die Furcht, dass dem so sein könnte, machte sie blind für ihre Umwelt, sodass sie nicht einmal die Grüße der Passanten erwiderte.

»Miss Bonville!«, rief plötzlich jemand neben ihr. Augenblicklich erstarrte sie und wandte sich um.

Neben ihr stand Alan Warwick.

Der schon wieder! Habe ich ihm nicht gesagt, er soll verschwinden? »Was wollen Sie von mir?«, schnarrte sie.

»Ich war gerade unterwegs zu Ihnen. Ich habe eine Entdeckung gemacht, die Sie interessieren wird.«

»Woher wollen Sie wissen, was mich interessiert?«

Sie wollte schon weitergehen, doch Warwick versperrte ihr den Weg.

»Es geht um Ihren Verlobten!«

Marion starrte ihn überrascht an. »Um meinen Verlobten?«

Warwick nickte. »Ich glaube, wir sollten uns kurz unterhalten. Bei Ihnen.«

Marion wurde unwohl. Worauf wollte er hinaus? »Haben Sie dieses Frauenzimmer gefunden?«

»Beinahe. Eins hat mit dem anderen zu tun. Ich ersuche Sie dringlich...«

Marion starrte ihn geschockt an. Also hatte ich doch Recht!, durchfuhr es sie, während die Eifersucht in ihrem Magen brannte.

»Na, dann kommen Sie!«, schnappte Marion, wirbelte herum und marschierte mit langen Schritten zurück zu ihrem Elternhaus.

Dort eilte ihnen der Butler entgegen. »Sie sind schon wieder zurück, Miss Bonville?« Er warf einen abschätzigen Blick auf ihren Begleiter.

»Ich habe es mir mit meinem Spaziergang anders überlegt. Bringen Sie uns Tee in den Salon!«

»Sehr wohl, Madam.« Der Diener verneigte sich und verschwand in den hinteren Räumen des Hauses.

Während sie ihn in den Salon führte, stellte Warwick zufrieden fest, dass von Marions majestätischer Kühle nichts mehr übrig geblieben war.

Sie schleuderte ihren federgeschmückten Hut achtlos auf einen Sessel und lief unruhig auf und ab. »Nun, was haben Sie mir zu sagen, Warwick?«

»Ich gebe zu, es ist etwas heikel. Aber als Ehrenmann habe ich die Pflicht –«

»Jetzt reden Sie schon!«, fuhr sie ihn ungehalten an.

»Ihr Verlobter hält diese Halstenbek versteckt.«

Bei diesen Worten machte Marion abrupt Halt. Zornig

starrte sie ihr Gegenüber an. »Wie kommen Sie denn darauf?«

»Ich habe ihn zufällig getroffen. Er hat gestern Abend ihr Haus verlassen, nicht wahr?«

Sie bejahte, obwohl ihr Körper zu Eis erstarrt zu sein schien.

»Ich bin ihm heimlich gefolgt. Er hat dieses Frauenzimmer in einer Hütte im Wald versteckt. Offenbar ist das ihr Liebesnest.«

»Schweigen Sie!« Marions Stimme überschlug sich. »Das ist nicht wahr!«

»Ich erzähle Ihnen nur, was ich mit eigenen Augen gesehen habe.« Warwick wandte sich zum Gehen. »Aber wenn Sie es nicht hören wollen ...«

»Warten Sie!«

Warwick drehte sich betont langsam zu ihr um.

»Was haben Sie gesehen?«

»Sie haben sich geküsst und sind dann für eine ganze Stunde aus meinem Blickfeld verschwunden.«

Marion tastete nach dem Tischchen neben sich, denn sie hatte das Gefühl, gleich in Ohnmacht zu fallen. So ein verdammter Mistkerl! Wie konnte er sie so hintergehen?

Nun erschien James in der Tür, mit einem Tablett in der Hand.

»Stellen Sie das auf dem Tisch ab!«, herrschte sie ihn an.

Der Butler gehorchte mit regloser Miene und verschwand sogleich wieder.

»Gibt es sonst noch etwas, was Sie mir mitteilen wollen, Mr Warwick?« Marion war sichtlich um Fassung bemüht.

Warwick unterdrückte ein breites Grinsen. Es gefiel ihm, sie dermaßen außer sich zu erleben.

»Nein, das ist alles, Miss Bonville. Sollten Sie noch etwas

mit mir besprechen wollen, finden Sie mich im Silver Leaf, Zimmer Nummer sieben.«

Damit verabschiedete er sich.

Marion sah ihm aufgebracht nach. Er lügt!, versuchte sie sich einzureden, obwohl sie wusste, dass Warwick keinen Grund dazu hatte. Er will sich rächen, dachte sie. Und das werde ich auch tun.

Beflügelt durch das Gespräch mit Marion Bonville, ritt Warwick erneut zu Monahans Waldhütte. Dabei vermied er es tunlichst, den Holzfällern zu begegnen, deren Geräusche meilenweit durch den Wald hallten. Niemand durfte erfahren, was er vorhatte, und ihm womöglich ins Handwerk pfuschen.

Wie immer trug er seinen Revolver bei sich. Außerdem steckte in seiner Satteltasche eine kleine Flasche Chloroform für den Fall, dass Jaqueline sich zur Wehr setzen würde. Sich das Betäubungsmittel zu beschaffen war nicht leicht gewesen. Er hatte im Drugstore einen Freund in Chatham vorgeschützt, einen Arzt, für den er das Mittel besorgen solle. Auf dessen Namen hatte der Apotheker es ihm auch angeschrieben, weil Warwick versprochen hatte, seinen Drugstore überall in der Gegend weiterzuempfehlen.

Seltsam, es steigt gar kein Rauch aus dem Schornstein auf, dachte er, als er das Gebäude vor sich ausmachte. Er saß ab, band sein Pferd an einen Baum und griff zum Feldstecher. Zu sehen war nichts. Nichts regte sich im und am Haus. Offenbar war Monahan zu seiner Sägemühle zurückgekehrt. Dennoch schlich Warwick vorsichtig durchs Unterholz. Als ein Ast unter seinem Stiefel knackte, schlug der Hund an. Wütend warf sich das Tier in die Leine und fletschte die Zähne.

Verdammtes Mistvieh!, dachte Warwick und ließ die Hütte nicht aus den Augen. Wenn Monahan oder Jaqueline da sind, werden sie sicher gleich vor die Tür treten, um nachzusehen, was los ist. Wenn der Kerl rauskommt, mach ich ihn kalt!

Aber nichts geschah. Das Gebell des Hundes schreckte zwar die Vögel aus den Baumkronen auf, aber in der Hütte blieb alles still.

Soll ich reingehen oder nicht?, überlegte Warwick. Er beschloss, seine Deckung aufzugeben.

Doch selbst als er sich gut sichtbar der Tür näherte, tat sich nichts.

Ist sie vielleicht ausgeflogen? Macht einen Spaziergang?

Der Hund bellte sich beinahe heiser; das Halsband würgte ihn, als er sich zähnefletschend auf die Hinterbeine stellte.

»Halt die Klappe, du Mistvieh!« Damit riss Warwick den Revolver aus dem Holster und drückte ab. Mit einem kläglichen Jaulen brach das Tier zusammen. Ungerührt ging Warwick zur Tür.

Nicht abgeschlossen!

Ein Funken Hoffnung überkam ihn. Vielleicht schläft sie noch.

Als er die Tür aufzog, strömte ihm kühle, nach Bettfedern und Asche riechende Luft entgegen. Jaqueline war fort!

»Verdammt!«

Wütend trat er gegen einen Stuhl, der ihm im Weg stand, und kippte den Tisch um. Eine Lampe, die darauf gestanden hatte, zerschellte auf dem Fußboden. Petroleum breitete sich auf den Dielen aus. Der beißende Geruch stach Warwick in die Nase, während er das Lager betrachtete, dessen Bettdecke nur nachlässig zurechtgezogen war.

Hier haben sie es miteinander getrieben! Ich war dir ja nicht gut genug, du elendes Frauenzimmer. Aber warte nur:

Ich werd's dir auch noch besorgen, du kleine Hure. Wieder und wieder wirbelten diese Gedanken durch seinen Kopf.

Hasserfüllt packte er die Bettdecke und warf sie neben den Petroleumfleck. Dann zog er ein Streichholz aus der Tasche und riss es an. Kaum berührte es die Flüssigkeit, schoss eine Flamme empor. Warwick stieß mit dem Fuß die Decke hinein, die auf der Stelle Feuer fing.

Soll die verdammte Hütte doch niederbrennen!, dachte er. Monahan wird vielleicht ahnen, wer ihm diesen Denkzettel verpasst hat, aber nachweisen kann er mir nichts.

Damit kehrte Warwick zu seinem Pferd zurück und machte sich aus dem Staub.

6

Connor fiel der Gang zum Haus der Bonvilles äußerst schwer. Alles hatte sich für ihn verändert. Bis zum Morgen hatte er wach gelegen und über sich und Jaqueline nachgedacht. Immer wieder war er zu demselben Schluss gekommen: Marion wird mich niemals glücklich machen. Und ich will kein Leben führen, in dem ich etwas bereuen muss.

Drei Mal musste Connor klopfen, ehe die Tür geöffnet wurde.

»Ah, Mr Monahan, willkommen!«, grüßte der Butler. »Miss Bonville ist in ihrem Salon.«

»Danke, James!« Connor durchquerte mit langen Schritten die Halle. Aus der Küche drang der Duft von Savannahs selbstgebackenem Kuchen.

Ihre Kochkünste werde ich wahrscheinlich mehr vermissen als Marion, kam ihm in den Sinn.

Im Salon saß Marion vor dem Fenster. In dem lilafarbenen Kleid wirkte ihre weiße Haut kränklich. Schwäche zeigte sie allerdings nicht. Fast schon wütend stach sie auf einen Stickrahmen ein.

Connor wusste, dass sie nur dann stickte, wenn sie sich über etwas ärgerte. Angeblich beruhigte das ihre Nerven, aber meist endete es damit, dass sie mit der Nadel nach den Dienstmädchen stach oder den Rahmen einfach in die Ecke schleuderte.

»Guten Tag, Marion.«

Seine Verlobte tat, als habe sie ihn nicht bemerkt.

»Marion, ich ...«, setzte Connor erneut an. Noch immer wusste er nicht, wie er ihr beibringen sollte, dass er eine andere liebte.

»Willst du dich entschuldigen?«, fragte sie kühl, die Augen weiterhin auf die Stickarbeit gerichtet.

»Warum sollte ich das tun?«

»Fällt dir kein Grund ein?«, erwiderte sie schnippisch.

Sie konnte ihre Regungen noch nie gut verbergen, dachte Connor, als er ihre wutverzerrte Miene sah. Kalter Hass blitzte in ihren Augen auf.

»Wie konntest du mir das antun!«, fauchte sie.

Connor runzelte überrascht die Stirn. »Was meinst du?«

»Warum bist du nicht bei deiner Hure?«, blaffte Marion. »Da du es heimlich mit ihr treibst, kannst du auch ganz bei ihr bleiben!«

Marions Worte trafen ihn wie Fausthiebe in den Magen.

Woher weiß sie das?, fragte er sich. Hatte sie wirklich jemanden angestellt, der mir nachspioniert? Oder hab ich das Warwick zu verdanken? Nun, es hatte keinen Zweck zu leugnen. Er wollte Marion ohnehin reinen Wein einschenken.

»Tut mir leid, Marion. Ich habe mich in Jaqueline verliebt. Ich wollte das nicht, glaube mir. Aber ich liebe sie. Und das schon seit einer Weile.« Das schlechte Gewissen saß ihm im Nacken. Doch was konnte er schon gegen sein Herz tun? Versteckspiele und Unehrlichkeit lagen ihm nicht.

»Sie ist ein Miststück, das nur auf eine gute Partie aus ist!«, kreischte Marion, am ganzen Leibe zitternd.

»Nein, sie ist auf gar nichts aus. Nur auf Freiheit. Freiheit, die dein neuer Freund Warwick ihr genommen hat und noch immer nehmen will. Ich weiß nicht, wie du es erfahren hast, aber ich tippe darauf, dass er mir nachgeschlichen ist, stimmt's?«

Marion wandte sich abrupt ab.

Das war Connor Antwort genug. »Sieh bloß zu, dass du dich nicht zu sehr mit ihm einlässt, Marion!«, fuhr er ruhig fort. »Er ist ein Schuft.«

Marion holte dramatisch Luft. »Verschwinde von hier! Ich löse die Verlobung auf! Du wirst noch sehen, was du davon hast!«

Obwohl die Sätze Connor wie Maulschellen um die Ohren flogen, fühlte er eine seltsame Erleichterung. Alles hatte er erwartet, nur nicht, dass Marion es ihm so einfach machen würde. »Du willst die Verlobung also lösen?«, fragte er skeptisch.

»Ja, das will ich! Und ich will dich hier nicht mehr sehen. Verschwinde auf der Stelle, sonst lasse ich dich rauswerfen!«

»Wie du willst, Marion.«

Connor verbeugte sich vor ihr, machte kehrt und ging hinaus. Während er den Flur entlangschritt, hörte er plötzlich ein Klirren. Offenbar hatte Marion gerade mit dem Stickrahmen um sich geworfen. Aber das kümmerte ihn ebenso wenig wie ihr hysterisches Weinen.

Mit Verwunderung bemerkte er, wie wenig ihn die Entwicklung der Dinge berührte, und ihm wurde klar, dass er für Marion nie diese brennende Leidenschaft gehegt hatte, die er für Jaqueline selbst dann empfand, wenn er nur an sie dachte.

Nach dem unerfreulichen Gespräch mit Marion machte sich Connor auf den Weg in den Wald. Am liebsten wäre er gleich zu Jaqueline geeilt, aber er fürchtete, dass Warwick in der Nähe sein und ihn auch weiterhin beobachten könnte. Also beschloss er, erst einmal den Hund und ein paar andere Dinge aus der Hütte zu holen.

Das Rauschen und der Duft der Douglasien und Sitkafichten beruhigten sein Gemüt. Als es neben ihm raschelte, entdeckte er im Buschwerk eine Weißwedelhirschkuh, die ihn wachsam beäugte, bevor sie blitzartig das Weite suchte.

Das war es, was er an dem Leben hier draußen schätzte: frei von Zwängen und einfach nur eins mit der Natur zu sein. Eine Empfindung, die Jaqueline – im Gegensatz zu Marion – mit ihm teilte.

Als er sich der Hütte näherte, überkam Connor ein mulmiges Gefühl. Noch wirkte nichts ungewöhnlich, dennoch spürte er, dass etwas nicht stimmte. Er trieb sein Pferd an und schlug den Schoß seiner Jacke zurück, um seine Waffe notfalls schneller zu erreichen. Und tatsächlich, plötzlich stieg ihm Brandgeruch in die Nase. Das wäre nicht beunruhigend gewesen, wenn Jaqueline noch in der Hütte gewohnt hätte. Aber jetzt alarmierte es Connor.

Nanu, warum bellt der Hund nicht?, fragte er sich gerade, da entdeckte er das leblose Tier. Fassungslosigkeit und Zorn wallten in Connor auf. Er sprang aus dem Sattel und kniete sich neben den Hund. Die Zunge hing ihm aus dem Maul, sein Blick war starr. Eine Kugel hatte ihm offenbar das Herz zerfetzt.

Monahan strich über die Schlappohren des Rüden. Tränen schossen ihm in die Augen. Er biss die Zähne so fest zusammen, dass es knackte.

Warwick!, dachte er grimmig. Er schnellte hoch und stürmte in die Hütte. Der Brandgeruch nahm ihm für einen Moment den Atem und ließ ihn zurückweichen.

Inmitten eines großen schwarzen Brandflecks auf dem Boden lagen die Reste einer angesengten Bettdecke. Die Flammen hatten Rußspuren an der Zimmerdecke hinterlassen. Es grenzte an ein Wunder, dass die Hütte nicht vollständig niedergebrannt war.

Die Botschaft, die dieser Warwick hier hinterlassen hatte, war nur zu deutlich. Schreckte der Kerl denn vor gar nichts zurück? Angst um Jaqueline überwältigte Connor. Sie ist in höchster Gefahr, dachte er. Kann ich sie vor diesem Unhold schützen? Wer ist dieser Warwick, dass er niemals aufgibt und zu solchen Mitteln greift? Ich sollte den Mann bei der Polizei anzeigen. Aber habe ich Beweise für seine Schuld?, überlegte er.

Nachdem Connor den Boden sorgfältig abgesucht hatte, wurde ihm klar, dass der Täter nicht die geringste Spur hinterlassen hatte. Kein Richter der Welt würde in dieser Sache etwas gegen Warwick unternehmen.

Angst und Hilflosigkeit tobten in Connor, während er die Reste der Decke und die Asche nach draußen fegte.

Ich muss sie zu mir holen!, durchfuhr es ihn. Auch wenn man im Hotel Jaquelines richtigen Namen nicht kennt, kann ich sie nur beschützen, wenn sie in meiner Nähe ist.

Er beeilte sich, den Hund neben der Hütte zu vergraben, sicherte die Hütte und hängte ein Schloss vor die Eingangstür. Dann schwang er sich wieder in den Sattel.

Ob es die besten Räume des Hotels waren, konnte Jaqueline nicht beurteilen, aber die Suite gefiel ihr. Das Wohnzimmer erinnerte sie an den Salon ihrer Mutter, in dem sie immer ihre Teekränzchen abgehalten hatte. Die rosa-weiß gestreifte Tapete passte hervorragend zu den Empiremöbeln und den schweren Brokatvorhängen. Ein goldgerahmter Spiegel schmückte neben geschmackvollen kleinformatigen Stillleben die Wand. Ein Zimmer wie für eine Prinzessin, ging Jaqueline durch den Kopf, während sie darin auf und ab wanderte. Trotzdem wäre ich jetzt lieber bei Connor in der Hütte. Was er wohl macht? Und wann werde ich ihn wiedersehen?

Den ganzen Tag wartete sie nun schon auf ihn. In dem pompösen Hotelbett in dem kleinen Schlafraum der Suite hatte sie nach den Aufregungen der Nacht wie ein Stein geschlafen und sich beim Aufwachen zunächst vollkommen verloren gefühlt. Doch dann war ihr alles wieder eingefallen.

Ob sich der Portier nicht wunderte, dass Mister Monahans »Nichte« ihr Zimmer den ganzen Tag nicht verlassen und alle Mahlzeiten in ihrem Salon eingenommen hatte? Jaqueline musste lachen.

Sie trat ans Fenster und beobachtete gebannt das abendliche Treiben auf der Hauptstraße von St. Thomas. Diese Stadt war ganz anders als Hamburg. Der französische Einfluss war hier deutlich zu erkennen. Einige Gebäude hätten genauso gut in Paris stehen können. Allerdings bildeten sie einen ziemlichen Kontrast zu den hölzernen Gehsteigen und der nicht befestigten Straße, die sich bei Regen oder Schneeschmelze vermutlich in ein Schlammloch verwandelte.

Jaqueline bedauerte allmählich, dass sie Connor versprochen hatte, keinesfalls hinauszugehen.

Plötzlich polterte es auf dem Korridor.

Jaqueline zuckte zusammen und schalt sich gleichzeitig für ihre Furcht. Sicher ist draußen nur jemand hingefallen.

Als es an ihrer Tür klopfte, raste ihr Herz vor Angst.

Ob Warwick sie gefunden hatte?

»Jaqueline?«, rief Connor. »Darf ich reinkommen?«

Jaqueline atmete auf. »Ja, bitte!«

Connor wirkte gehetzt, als er eintrat. An seiner Kleidung klebte Schmutz und Ruß.

Ein eisiger Schrecken durchfuhr sie. »Was ist geschehen?«
»Du musst weg von hier!« Eilig drückte er die Tür ins Schloss.

Jaqueline schüttelte verständnislos den Kopf. »Warum denn? Hast du Warwick in der Nähe gesehen? Hat er sich hier eingemietet?«

»Warwick war bei der Hütte. Er hat den Hund erschossen und versucht, Feuer zu legen, was ihm glücklicherweise nicht richtig gelungen ist. Außerdem wusste Marion, dass ich gestern bei dir war. Warwick muss uns beobachtet und es ihr erzählt haben.«

Bei dem Gedanken, wie nahe dieser Kerl ihnen offenbar war, erschauderte Jaqueline.

Connor nahm sanft ihre Hände und sah Jaqueline eindringlich an. »Auf jeden Fall musst du das Hotel verlassen, und zwar sofort!«

»Und wo soll ich hin?«

»Ich werde dich zwei Tage lang in der Sägemühle unterbringen«, antwortete er. »Dann beginnt ohnehin das Flößen. Hast du den Mut, mich auf dem Floß zu begleiten?«

Jaqueline konnte kaum glauben, dass er ihr dieses Angebot machte. »Ja, den habe ich!« Die Freude fegte die Angst vor Warwick fort. Jaqueline riss sich los und warf die Arme um ihren Liebsten. »Ach, Connor, wenn du wüsstest, wie sehr ich mir das gewünscht habe!«

Connor musste lachen über ihr Ungestüm. »Du weißt, dass das nicht ungefährlich ist«, setzte er hinzu.

Jaqueline ließ ihn los und nickte nur.

»Gut, dann pack deine Sachen zusammen und komm mit! In meinem Sägewerk wird dir niemand etwas zuleide tun.«

Als Connor das Zimmer bezahlt und dem Portier ein großzügiges Trinkgeld zugesteckt hatte, verließen sie das Hotel.

Jaqueline wurde mulmig zumute. Unter den Passanten konnte sie zwar niemanden entdecken, der Warwick auch nur im Entferntesten ähnelte, aber dennoch schnürte sich ihre Kehle zu.

Nachdem sie eine Weile der Hauptstraße gefolgt waren, zog Connor Jaqueline in eine Seitenstraße. Von dort aus gingen sie in Richtung Norden. Schließlich stieg Jaqueline der Geruch von frisch geschnittenem Holz in die Nase. Wasser plätscherte, begleitet von einem schrillen Sägegeräusch.

Als die Sägemühle vor ihr auftauchte, hielt sie vor Überraschung den Atem an. Auf einem weitläufigen Hof lagen mächtige Holzstämme, einige bereits von der Rinde befreit. Vor dem Sägewerk stapelten sich Bretter in unterschiedlichen Größen; manche waren so lang, um als Boots- oder Schiffsplanken zu taugen, andere eigneten sich eher für Möbel. Daneben stapelten sich Holzscheite, die auf den ersten Blick an Kaminholz erinnerten. Neben dem Gebäude befand sich eine Baumschule, in der neue Bäume herangezogen wurden.

Das Faszinierendste war für Jaqueline jedoch die große wasserbetriebene Säge, die gerade einen Stamm zerteilte. Das Sägeblatt war mächtig, seine Zähne wirkten bedrohlich. Wie durch Butter fraßen sie sich durch das Holz.

»Beeindruckend«, flüsterte sie. Sie konnte die Augen nicht abwenden, so fasziniert war sie von der Maschine.

»Ja, und gefährlich. Die könnte einen Mann problemlos zerteilen.«

Das wäre eine schöne Strafe für Warwick, dachte Jaqueline, schob den Gedanken aber, entsetzt über sich selbst, sofort wieder beiseite.

»Hier entlang!«, sagte Connor, während er auf das Kontor deutete. Er wollte Jaqueline so wenig wie möglich den Blicken anderer preisgeben, denn er fürchtete, dass Warwick in der Nähe sein könnte. »Im oberen Stockwerk des Kontors befinden sich meine Wohnräume und ein Gästezimmer. Es ist nicht so luxuriös wie das Hotel, aber meine Putzkraft, die zweimal die Woche vorbeikommt, hält alles sauber und ordentlich.«

Als sie das Kontor betraten, staunte Jaqueline über die kunstvollen Schnitzereien, mit denen die Deckenbalken und Treppengeländer verziert waren. Sie spürte durch und durch, dass Holz Connors große Leidenschaft war. Der Duft der Hölzer weckte Erinnerungen an die Hütte.

»Möchtest du mein Büro sehen?« Connor stellte Jaquelines Tasche auf die erste Stufe der Treppe, die neben dem Eingang nach oben führte.

Jaqueline war begeistert.

Ein wenig erinnerte Connors Büro sie an das Arbeitszimmer ihres Vaters, auch wenn es hier mehr Geschäftsbücher als Trophäen gab. Die Standuhr zwischen den beiden Fenstern tickte gemütlich vor sich hin. Die einzigen beiden tierischen Trophäen waren ein Hirschgeweih und eine Pelzkappe mit Zobelschwänzen. Beides hing neben einer alten Flinte und dem Gemälde eines Mannes, der Connor ein wenig ähnlich sah.

»Ist das ein Verwandter von dir?«, erkundigte sich Jaqueline.

»Mein Großvater. Die Mütze ist aus seinen ersten Pelzen gefertigt, die er hier abgezogen hat.«

»Und die Flinte war die, mit der er diese Pelze beschafft hat.«

»Nicht ganz, es war die letzte Flinte, die er besessen hat. Dieser Wapiti da drüben war übrigens der erste, den ich erlegt habe. Mit der Flinte meines Großvaters.«

»Du kannst mit diesem Monstrum von Gewehr umgehen?« Jaqueline betrachtete die Waffe genauer. Auch ohne die Zierbeschläge musste die Flinte ziemlich viel wiegen. »Wie alt warst du da?«

»Vierzehn. Jeder männliche Nachkomme unserer Familie kann mit dieser Flinte schießen, das ist Tradition. Sollte ich je einen Sohn haben, werde ich es ihm beibringen.«

Connor verfiel plötzlich in Schweigsamkeit. Jaqueline konnte in seinem Gesicht lesen, was ihn beschäftigte.

»Wenn Marion das von uns beiden wusste...«, begann sie vorsichtig.

Connor atmete tief durch. »Mach dir deswegen keine Sorgen! Sie hat die Verlobung mit mir gelöst. Ich bin wieder ein freier Mann.«

Obwohl unbändige Freude in Jaqueline aufstieg, hatte sie jedoch auch ein schlechtes Gewissen. »Also hab ich ihr den Mann weggenommen...«

Connor schüttelte den Kopf und nahm sie in die Arme. »Nein, hast du nicht. Marion und ich waren nicht füreinander geschaffen. Wir sind zu unterschiedlich. Sie liebt den gesellschaftlichen Glanz und ich den Wald. Du hast mir lediglich gezeigt, dass es eine Frau gibt, die besser zu mir passt.«

Marion unterstellt mir sicher, berechnend gehandelt zu haben, sinnierte Jaqueline. Dabei habe ich mich dagegen gewehrt, mich in ihn zu verlieben. Ein Spruch ihres Vaters kam ihr in den Sinn: Das Leben ist unberechenbar, kein Unglück, aber auch kein Glück währt ewig. Mach also aus deinem Leben, was du nur kannst, und nutze jede Gelegenheit, die sich dir bietet.

»Komm, ich zeige dir dein Zimmer!«, sagte Connor schließlich, löste die Umarmung und zog Jaqueline zur Treppe.

Das Gästezimmer lag direkt unter dem Dach und hatte zwei schräge Wände. Aber Jaqueline fand es auf den ersten

Blick gemütlich. Es gab ein bequemes Messingbett, eine Kommode und einen Schreibtisch mit Stuhl. Vom Fenster aus, das in eine der Dachschrägen eingelassen war, konnte sie auf den See blicken, in dem sich die von Sonnenlicht vergoldeten Wolken spiegelten.

»Gefällt es dir?«

»Es ist herrlich. Allein dieser Ausblick! Hier werde ich es gut aushalten.« Damit wandte sie sich Connor zu und küsste ihn.

Die Nacht drückte wie ein schwarzes Biest gegen die Fenster des Pubs. Mit glasigem Blick starrte Warwick, der auf seinem Bett lag, in die Dunkelheit. In der Hand hielt er ein halb volles Glas, auf dem Nachttisch neben ihm stand eine Whiskeyflasche. Der Ärger darüber, dass Jaqueline ihm noch einmal entkommen war, saß tief.

Nicht einmal der Rachenputzer schmeckt mir mehr, dachte er, und alles wegen diesem verfluchten Weibsstück! Dieser Monahan muss Lunte gerochen haben. Vielleicht hätte ich ihn vorher erledigen sollen.

Ein Klopfen an der Tür brachte ihn von seinen Gedanken ab. Wer mochte das sein?

»Herein!«, rief er und stellte das Glas beiseite.

Zu seiner großen Verwunderung schob sich ein raschelnder dunkelblauer Rock durch den Türspalt. Marion Bonville trat ein und schob die Kapuze ihres Mantels zurück. Verächtlich blickte sie auf den Mann, der mit Stiefeln auf dem Bett herumlümmelte.

»Oh, Miss Bonville, was verschafft mir die Ehre Ihres Besuchs?«, fragte Warwick, während er sich gemächlich erhob. Der Rausch, der ihn erfasst hatte, ließ ihn schwanken.

Marion drückte die Tür ins Schloss und blickte sich um. Was für eine schäbige Absteige!, dachte sie angewidert. Und was für ein schäbiger Kerl! Dennoch brauche ich seine Hilfe. »Sie müssen etwas für mich erledigen«, entgegnete sie kühl.

Warwick zog die Augenbrauen hoch. So betrunken, dass er den Unterton nicht verstand, war er glücklicherweise nicht.

»So? Was denn?«

»Ich will, dass Sie Connor Monahan aus dem Weg räumen. Mitsamt seinem Flittchen.«

Das überraschte Warwick nun doch. »Ich soll was?«

»Tun Sie nicht so, als wären Sie auf den Kopf gefallen!« Marion spielte nervös mit der Spitze ihres linken Ärmels. »Es muss natürlich wie ein Unfall aussehen.«

»Da verlangen Sie recht viel von mir, Miss.«

Marion kniff die Augen zusammen. »Sie wollen sich also nicht an dem Kerl rächen, der Ihnen Ihr Liebchen weggenommen hat? Das war sie doch, oder?«

Warwick setzte ein schiefes Lächeln auf. »Mein Verhältnis zu Miss Halstenbek ist ein wenig kompliziert. Aber ich bin der Rache nicht abgeneigt. Allerdings wird es einen Preis haben, wenn ich Ihren Verlobten –«

»Er ist nicht mehr mein Verlobter«, entgegnete sie fahrig. »Was ist Ihr Preis?«

»Ich dachte an zwanzigtausend Dollar.«

»Zwanzigtausend!«, rief Marion erschrocken aus. »Sind Sie von allen guten Geistern verlassen?«

»Keineswegs! Ein Menschenleben ist kostbar. Ich nehme an, dass die Öffentlichkeit noch nichts von der gelösten Verlobung weiß. Also bin ich auch verantwortlich für Ihren guten Ruf. Sie treten als trauernde Verlobte auf und wahren Ihr Gesicht. Wenn Ihnen das nichts wert ist ...«

»Sie verdammter –«

»Überlegen Sie sich gut, was Sie sagen, Miss Bonville! Sie wollen doch nicht, dass morgen die ganze Stadt von der geplatzten Verlobung erfährt.«

Marions Gesicht glühte, und ihre Augen funkelten zornig. Wie kann dieser Mistkerl es nur wagen, mir zu drohen! Vielleicht sollte ich mir einen anderen Handlanger suchen, der den Job ohne Forderungen erledigt. »Sie wollen mich also erpressen?«, fragte sie kühl.

Warwick schnalzte mit der Zunge. »Erpressung ist so ein hartes Wort. Sagen wir doch lieber, dass ich nur das Beste für Sie will! Die Menschen sind sensationslüstern. Sie stürzen sich auf jeden Skandal, den sie kriegen können.«

Marion wollte keine passende Erwiderung einfallen, denn er hatte ja Recht. Die gelöste Verlobung würde ihr reichlich Spott einbringen, besonders, wenn sich herausstellte, dass Monahan sie betrogen hatte. Man würde ihr vorwerfen, nicht genug getan zu haben, um den Mann zu halten. Ihr Vater würde das jedenfalls tun. Er wusste noch nichts davon, dass sie Connor aus dem Haus gejagt hatte.

»Also, was ist, Miss?«, fragte Warwick, während er drohend auf sie zukam.

Marion wich unwillkürlich zurück, straffte sich dann aber und blickte ihn entschlossen an. »Ich werde etwas Zeit brauchen, um das Geld zu beschaffen.«

Ein zufriedenes Grinsen huschte über Warwicks Gesicht. »Braves Mädchen! Und kluges Mädchen noch dazu. Sie werden es nicht bereuen.«

»Übermorgen wird Monahan mit seinen Flößen in Richtung Montreal ablegen. Der Weg dorthin ist lang und nicht ganz ungefährlich...«

Warwick grinste breit. »Mir wird schon was einfallen.

Allerdings benötige ich eine Anzahlung – zum Decken der Unkosten, wenn Sie verstehen.«

Marion griff in ihre Handtasche und warf ihm ein paar Geldscheine aufs Bett. »Hier sind hundert Dollar. Immerhin sollen Sie sich nicht lange mit Monahan aufhalten.«

»Das werde ich nicht, verlassen Sie sich drauf! Ich erwarte die restliche Zahlung bei meiner Rückkehr.«

Marion nickte und verließ grußlos das Zimmer.

7

St. Thomas lag unter einem Mantel samtiger Schwärze, als Warwick das Pub verließ. Das Licht in den meisten Fenstern war bereits erloschen. Vom See her wehte brackige Luft herüber. Nachdem er noch einmal zum Haus der Bonvilles geschaut hatte, das er von hier aus gut ausmachen konnte, wandte er sich um und stapfte über den Sidewalk in Richtung Sägemühle.

Ein Lächeln zog über sein Gesicht. Sein Plan war geradezu genial. Immer wieder blickte er sich prüfend um, doch hier draußen war niemand.

Die Sägemühle lag friedlich in der Dunkelheit. Auf dem Eriesee trieben riesige Stämme, die mit Seilen zusammengezurrt waren, damit sie unterwegs nicht abtrieben. Zwei Hausflöße reckten die Dächer in den Himmel, außerdem gab es noch zwei Lastflöße zum Transport von Brettern und Kleinholz. Warwick hatte keine Ahnung vom Holzhandel, aber er wusste, worauf es bei einem Floß ankam und wo die Schwachstellen lagen.

Vor dem Tor hielt er inne. In einem der Fenster des Kontors brannte Licht. Sitzt du noch über deinen Büchern, Monahan?, dachte Warwick spöttisch. Oder treibst du es gerade mit deiner Hure?

Als eine Gestalt am Fenster erschien, zog er sich weiter in

den Schatten zurück. Hat er mich vielleicht bemerkt? Spürt er, dass ich hier bin?

Nachdem der Schatten am Fenster, der eindeutig männliche Konturen gehabt hatte, verschwunden war, erlosch das Licht. Warwick wartete noch eine Weile, und nachdem er sich vergewissert hatte, dass weder ein Hund noch ein Wächter auf dem Hof war, schlich er voran.

Am Morgen herrschte schon früh rege Betriebsamkeit im Sägewerk. Einige Frauen erschienen, um ihren mitreisenden Männern Proviant zu bringen. Die Arbeiter schafften die Vorräte auf die Lastflöße.

Als die Sonne ihren Mittagsstand erreicht hatte, war die Mannschaft so weit, dass alle an Bord gehen konnten.

Jaqueline stand in Connors Büro, nachdem sie mitgeholfen hatte, einige Gegenstände auf das Hausfloß zu schaffen, das für gut eine Woche ihre Wohnung sein würde.

Freudige Erregung erfasste sie. Connor hatte ihr viel über die herrliche Landschaft erzählt, die an ihnen vorbeiziehen würde. Zu dieser Jahreszeit sollte es blühende Wiesen und Bäume geben. Da sie zwischendurch anlegen mussten, würde sie Gelegenheit haben, ihr Herbarium zu füllen und sich Notizen zu machen. Mittlerweile hatte sie beschlossen, einen Reisebericht zu schreiben als Ermutigung für alle, die vorhatten, dieses Land zu besuchen.

Die Angst, dass Warwick hier auftauchen könnte, war allmählich in den Hintergrund getreten. Endlich würde sie das Abenteuer erleben, das sie sich schon so lange erträumt hatte!

»Warum lässt du die Stämme nicht einfach mit dem Zug transportieren?«, fragte sie schließlich und wandte sich zu Connor um.

»Weil die Bahnlinie noch nicht bis überall hinreicht.« Er trat hinter Jaqueline und umfasste ihre Taille. »Außerdem könnte ein Zug diese Massen an Holz niemals transportieren. Die Lokomotiven sind noch nicht stark genug. Das Wasser wird sicher noch eine Weile das vorrangige Transportmittel für Holz bleiben. Außerdem ist es kostengünstiger.«

»Und wir könnten die Floßtour nicht machen, wenn du das Holz per Bahn transportieren würdest.«

Connor küsste ihre Schläfe. »Das ist wohl das wichtigste Argument.«

Wenn er ehrlich war, freute er sich auch aus einem anderen Grund, von hier wegzukommen. Noch hatte er zwar nichts vom alten Bonville gehört, aber er wusste, dass der die geplatzte Verlobung nicht einfach hinnehmen würde. Ein Mann wie George tat nichts unüberlegt. Auch wenn Marion die Verlobung gelöst hat, wird er mir die Schuld dafür geben und versuchen, mir zu schaden, dachte Connor.

»Wollen wir dann?«, fragte er Jaqueline.

»Ja, sehr gern!«

Draußen wartete bereits die Mannschaft bei den Flößen. Ihr gegenüber hatte Connor kein Geheimnis aus seinem Verhältnis zu Jaqueline gemacht. Die Männer, von denen einige Marion offensichtlich nicht gemocht hatten, behandelten Jaqueline stets zuvorkommend.

Im Unterschied zu Marion, die stets einen gewissen Dünkel vor sich her trug, war Jaqueline freundlich zu seinen Angestellten. Vom ersten Tag an antwortete sie höflich auf deren Fragen und bemühte sich um deren Sympathie, indem sie sich zurückhaltend verhielt. Und heute Morgen hatte sie seine Leute in den Arbeitspausen sogar mit Getränken versorgt.

Der Anblick der Hausflöße faszinierte Jaqueline erneut, als sie vor ihnen stand. Auf der aus mächtigen Stämmen bestehenden Basis hatten die Männer Hütten errichtet, deren Wände nicht genagelt, sondern durch ein kompliziertes Keilverfahren entstanden waren, sodass man sie in Windeseile wieder auseinanderbauen konnte. Connor hatte ihr erklärt, dass sie kein Stück Holz wieder mit zurücknehmen würden, alles werde verkauft. Die Lastflöße, die dem Teppich aus Baumstämmen folgen würden, waren dazu gedacht, all das Holz zu transportieren, das zu klein war, um es zu flößen.

Nachdem Connor die Männer instruiert und eindringlich zur Vorsicht ermahnt hatte, begaben sich alle auf die Flöße. Die Haltetaue wurden gekappt, und wenig später trug die Strömung das Holz und die Flöße langsam vom Ufer weg.

»Jetzt kannst du mir nicht mehr entkommen«, flüsterte Connor Jaqueline zu, die sich an einem Tau festhielt, um vom Rucken des Floßes nicht umgeworfen zu werden.

»Das will ich auch gar nicht.«

Obwohl ihr ein wenig mulmig zumute war, konnte sie sich in dem Augenblick nichts Schöneres vorstellen, als hier bei Connor zu sein. Es war, als trage dieses Floß sie in die Freiheit, weit fort von allen Sorgen.

Jaqueline beobachtete, wie St. Thomas langsam hinter ihnen verschwand. Die Häuser wurden kleiner, sodass sie bald wie eine Miniaturstadt in einer Kinderstube wirkte. Jenseits der Stadtgrenze erblickte sie vor der Kulisse der mächtigen dunklen Wälder eine Dampflok, die ihre Waggonlast in Richtung Bahnhof zog. Der Dampf, der aus dem Schornstein entwich, schwebte hinauf zum leicht bewölkten Himmel, an dem ein majestätischer Adler seine Kreise zog.

Jaqueline schloss beglückt die Augen und atmete die frische, mit Aromen des Sees und des Holzes angereicherte Luft ein.

Vater hätte dies auch gefallen, sinnierte sie, schob das Vergangene jedoch sofort wieder beiseite.

Warwick beobachtete das Ablegen der Flöße vom Ufer aus durch seinen Feldstecher. Das dichte Gestrüpp bot ihm genügend Deckung.

Während er auf dem einen Hausboot nur Männer sah, bemerkte er auf dem zweiten plötzlich einen roten Haarschopf.

Jaqueline!

Sie ist mit auf dem Floß?

Er hatte zwar geahnt, dass Monahan sie versteckt hielt, doch dass er sie mitnehmen würde, hatte er nicht einkalkuliert. Aber vielleicht ist es für mich von Vorteil, wenn sie ebenfalls stirbt, dachte er. Dann kann ich mich als ihr Gatte ausgeben und ihr Erbe endlich einstreichen.

Wann und wo seine Sabotage Wirkung zeigen würde, wusste er nicht. Deshalb hielt er es für besser, hinter dem Floß herzureiten.

Er wartete noch eine Weile, bis das Floß sich von der Sägemühle entfernt hatte. Dann kehrte er zu seinem Pferd zurück und lenkte es wenig später im großen Bogen um die Sägemühle herum.

Er war sich darüber im Klaren, dass er nicht mit den Flößen Schritt halten konnte. Doch wenn er sich wenig Pausen gönnte und immer wieder Abkürzungen nahm, würde er vielleicht hin und wieder einen Blick darauf erhaschen und herausfinden, ob sein Plan aufgegangen war.

8

Den ganzen Tag über war Jaqueline draußen und beobachtete das Leben auf und am Eriesee. Hin und wieder machte sie sich Notizen. Zahlreiche Entenarten und Seeschwalben zeigten sich, und einmal entdeckte sie sogar Schwäne. Am Seeufer gab es Bären, die furchtlos ins Wasser sprangen, um Fische zu fangen. Aus der Ferne wirkten die Angelversuche der großen Räuber eher possierlich. Eines der Tiere warf einen silberglänzenden Fisch in die Luft und versuchte ihn zu schnappen. Weil seine Beute allerdings zappelte, wich sie von der berechneten Flugbahn ab und verfehlte das Maul des Bären. Als der Fisch ins Wasser plumpste, schlug der Bär verärgert mit der Tatze nach ihm.

»Wenn wir Glück haben, sehen wir auch Hirsche und Luchse am Wasser, bevor wir die Niagara Falls erreichen«, erklärte Connor beim Mittagessen, das aus Hartkeksen, Fleisch aus der Konserve und Bohnen bestand. »Du kannst froh sein, dass die Luchse vornehmlich nachts umherschleichen und du vermutlich deshalb im Wald keinem begegnet bist. Diese Raubkatzen sind zwar nicht so groß wie ein Löwe, aber ebenso gefährlich.«

»Und was ist mit den Lachsen? Vater hat erzählt, dass er ganze Schwärme von Lachsen in den Flüssen gesehen hat.«

»Die kann man nur zur Laichzeit beobachten, das heißt,

zwischen Juni und Oktober. Sie schwimmen aus dem Meer den Saint Lawrence River hinauf zu ihren Laichgründen. Einige von ihnen kommen allerdings nie an, weil unterwegs die Bären lauern. Wenn du mal richtig viele von den Braunpelzen sehen willst, dann musst du zur Laichzeit an den Saint Lawrence fahren.«

»Das würde ich wahnsinnig gern mal erleben.«

»Nun, das wird sich einrichten lassen. Ich hab dir doch erzählt, dass einer meiner Brüder den Holzhandel meines Vaters übernommen hat.«

»Ja, das ist doch der mit der erwachsenen Tochter.« Jaqueline lächelte schelmisch.

»Genau der. Er würde sich bestimmt freuen, deine Bekanntschaft zu machen. Und nebenbei weiß er auch, wo man die Bären am besten beobachten kann.«

»Hat er denn keine Angst vor so vielen Bären?«, fragte Jaqueline, denn allein die Erinnerung an die einzelnen Exemplare jagte ihr erneut Gänsehaut über den Rücken.

»Mein Bruder ist selbst so stark wie ein Bär!« Connor lachte. »Und er kennt sich hervorragend mit ihnen aus.«

Jaqueline gefiel, wie herzlich Connor von seinem Bruder sprach.

Da ertönte hinter ihnen ein Räuspern.

Als sie sich umwandten, sahen sie Bradley McGillion, der respektvoll Abstand hielt und sie wohl schon eine Weile beobachtet hatte.

Ein breites Grinsen lag auf seinem bärtigen Gesicht, das aber sogleich verschwand, als Connor fragte: »Was gibt es denn, McGillion?«

»Nun, ich will ja nicht stören, Sir, aber die Mannschaft lässt fragen, ob es wie immer das Baumstammlaufen gibt.«

»Natürlich gibt es das!«, antwortete Monahan lächelnd.

»Baumstammlaufen?«, fragte Jaqueline verwundert.

»Das hat Tradition bei uns«, antwortete Connor. »Am ersten Tag nach dem Ablegen versuchen wir über die Stämme zu laufen, ohne ins Wasser zu fallen.«

»Ist das nicht gefährlich?«

»Seit wir die Stämme zusammenbinden, nicht mehr so wie früher, aber man muss trotzdem höllisch aufpassen, wenn man das Gleichgewicht nicht verlieren will. Die Fugen zwischen den Stämmen sind auch nicht zu unterschätzen. Wer trockenen Fußes auf die andere Seite kommt, kriegt fünf Dollar von mir, die er in Montreal auf den Kopf hauen kann. Habe ich das richtig erklärt, Bradley?«

»Aye, Sir!«, gab der Vormann zurück. »Ich werde den Männern auch sagen, dass sie sich benehmen sollen, jetzt, wo wir 'ne Lady an Bord haben.«

»Meinetwegen müssen sie sich nicht zurückhalten, Mr McGillion«, wandte Jaqueline lächelnd ein. »Ich bin nicht aus Zucker und vertrage schon den ein oder anderen Scherz.«

»Na gut, die Männer wird's freuen, das zu hören. Dann machen Sie beide mal weiter!«

Feixend zog McGillion von dannen.

»Du hast wie eine echte Flößerfrau gesprochen«, bemerkte Connor daraufhin. »Bradley wird das unter den Männern verbreiten. Wenn du jetzt noch nicht alle Herzen der Mannschaft erobert hast, fress ich einen Besen!«

So hätte ich vor einigen Monaten noch nicht geredet, ging Jaqueline durch den Kopf. Wahrscheinlich hat mich dieses Land bereits sehr verändert.

Als der Abend anbrach, wurden auf den Hausflößen kleine Lampen angezündet, die den Teilnehmern des Stämmelaufens die Richtung weisen sollten. Auf den Stämmen selbst gab es kein Licht, was die Herausforderung noch erhöhte. Die Läufer konnten nur das letzte Tageslicht nutzen.

Unter jenen, die nicht teilnahmen, wurden Wetten abgeschlossen, wer zuerst ins Wasser fallen würde. Offenbar waren einige Läufer schon seit Jahren glücklos – was sie aber nicht davon abhielt, wieder anzutreten.

»Diesmal haben wir eine Frau an Bord«, bemerkte einer der Männer. »Ich bin mir sicher, dass Miss Jaqueline uns Glück bringen wird.«

»Wahrscheinlich wollen sie sich nicht vor dir blamieren«, raunte Connor ihr ins Ohr.

Innerhalb der nächsten Minuten wurde es laut auf dem Eriesee. Die beiden Hausboote fuhren nebeneinander auf eine Höhe und ankerten dann so, dass der Holzteppich nicht weitergetrieben wurde. Die Lastflöße begaben sich hinter dem Holzteppich in Position und warfen ebenfalls die Anker aus. Somit entstand eine Art schwimmende Brücke zwischen den Flößen.

Nacheinander reihten sich die Männer auf. Die Mannschaft eines Floßes begann. Die Männer vom anderen Floß feuerten sie an, einige von ihnen versuchten auch, die Gegner durch Zurufe zum Leichtsinn zu verführen.

Schließlich lief der Erste los. Die Rufe der Kameraden folgten ihm, während seine Schritte über das Holz polterten.

»Sie laufen über das Holz bis zum Lastfloß, das hinter den Stämmen schwimmt. Wenn alle drüben sind, gibt es einen zweiten Lauf. Jeder, der trocken wieder auf sein Hausfloß gelangt, bekommt fünf Dollar.«

Kaum hatte er das gesagt, platschte es. Die Männer johlten auf. Offenbar war ein Läufer auf einem Stamm ausgerutscht.

»He, Cody, ist dir nach einem Bad?«, rief McGillion lachend.

Der Gerufene fluchte. Doch passiert war ihm nichts, denn er kletterte wieder aus dem Wasser und setzte seinen Weg auf das andere Floß fort.

Dort empfing seine Truppe ihn mit Spötteleien, während der nächste Läufer losrannte. Dieser hatte die Hölzer gerade bis zur Hälfte überquert, als er ebenfalls den Halt verlor und baden ging. Wieder johlten die Männer auf.

Jaqueline wünschte sich insgeheim, auch ein Mann zu sein oder zumindest trotz ihrer Röcke mitmachen zu können. Doch wahrscheinlich würde sie schneller im Wasser landen als jeder der Männer.

Nachdem die meisten Holzfäller den Lauf trocken beendet hatten und andere ein unfreiwilliges Bad nehmen mussten, begann die Rückrunde. Zuerst kehrten die nass gewordenen Männer auf ihre Flöße zurück. Einige fielen erneut ins Wasser, andere schafften es diesmal trocken, was sie besonders ärgerte, weil sie die fünf Dollar trotzdem verspielt hatten.

Die Mannschaften der Flöße feuerten die eigenen Leute an, und als der Letzte wieder an Bord seines Floßes war, brandete Applaus auf.

»Damit habt ihr sämtliche Enten aus dem Schlaf gerissen«, bemerkte Connor scherzhaft, während er sich daranmachte, die ersten Geldscheine, die er zu einem Bündel zusammengerollt in der Tasche trug, an die Sieger zu verteilen.

Als er sich danach die Jacke vom Leib riss, wurde Jaqueline mulmig zumute.

»Willst du das wirklich tun?«, fragte sie besorgt.

»Warum nicht?«, entgegnete Connor, wobei er seinem Vormann die Jacke reichte. »Wenn ich meine Männer schon für fünf Dollar über das Holz schicke, muss ich dasselbe tun, sonst verliere ich die Glaubwürdigkeit.«

Bevor Jaqueline etwas einwenden konnte, rannte Connor bereits los. Unter den Anfeuerungsrufen seiner Leute sprang er über das im Wellengang und unter seinem Gewicht schwankende Holz.

Jaqueline presste die Hand auf den Mund und hielt den Atem an.

Plötzlich wankte Connor. Er schien den Halt zu verlieren. Erschrocken schnappte sie nach Luft, aber dann sah sie, dass er sich wieder fing und weiterlief. Schließlich verschwand er in der Dunkelheit. Die Anfeuerungsrufe hielten noch an, sodass Jaqueline vermutete, dass er immer noch lief oder wenigstens nicht ins Wasser gestürzt war.

Als auf der anderen Seite Jubel ertönte, trat McGillion neben sie.

»Sehen Sie, er ist heil angekommen. Den Rückweg schafft er auch noch. Er schafft es jedes Mal.«

Der Vormann hatte Recht. Während Jaqueline noch um Connor bangte, sprang er plötzlich mit einem langen Satz aus der Dunkelheit auf das Floß, und sie konnte ihn glücklich in die Arme schließen.

»Hast du etwa an mir gezweifelt?« Connor grinste breit. »Ich bin schon als kleiner Junge über die Stämme gelaufen, auch wenn es mein Vater nie gern gesehen hat. Meine Brüder und ich haben uns regelrechte Wettkämpfe geliefert. Nicht mal mein ältester Bruder hat mich je geschlagen.«

»Das hättest du mir vorher erzählen sollen, dann hätte ich mir keine Sorgen machen müssen.«

Connor lachte nur und küsste sie zärtlich.

In den folgenden Stunden durften die Männer ihren Triumph feiern – oder ihren Kummer begießen. Im Schein der Lampen saßen die Flößer beisammen und genehmigten sich eine kleine Ration Whiskey. Alte Lieder wurden angestimmt, und einer der Männer begleitete die teilweise schrägen Gesänge auf der Mundharmonika.

Jaqueline lauschte ihnen verträumt und blickte über das Wasser. Am Ufer entdeckte sie Glühwürmchen, die auf sie zuzuschweben schienen. Über ihnen schob sich der Mond durch die Wolken und warf ein silbriges Licht auf die Nadelbäume, die den See säumten. Die Strömung war mild, und die Flöße glitten ruhig dahin.

Als sich die Männer später schnarchend auf ihren Lagern wälzten, liebten sich Jaqueline und Connor in dem kleinen Abteil, das eigens für sie vom restlichen Innenraum abgetrennt worden war. Zunächst hatte Jaqueline Hemmungen, da sie befürchtete, dass die anderen auf sie aufmerksam werden könnten. Doch als sie im Rausch der Lust versank, vergaß sie alles rings um sich herum. Es gab in diesen Momenten nur Connors streichelnde Hände, seine Lippen und seine Haut, die sich an ihrer rieb, während er so vorsichtig in sie eindrang, als fürchte er, sie zu zerbrechen.

Später, als sie Arm in Arm dem Schlaf entgegendämmerten, bemerkte Jaqueline ein ungewohntes Geräusch. Das Floß war umgeben von Geräuschen des Sees und der Baumstämme, die das Wasser durchpflügten. Auch der Aufbau knarzte und ächzte. Doch dieses Geräusch klang fremd und bedrohlich und beunruhigte sie.

»Hörst du das?«, wisperte sie in die Dunkelheit.

Connor gab ein schläfriges »Hm« zurück und machte keine Anstalten, die Augen zu öffnen.

Da ertönte das Geräusch wieder.

Vielleicht bilde ich mir nur ein, dass es nicht normal ist, dachte Jaqueline, doch plötzlich ging eine Erschütterung durch das Floß.

»Connor!«, rief sie nun lauter und rüttelte ihn an der Schulter.

Er schreckte auf. »Was ist?«

»Etwas stimmt hier nicht.« Eilig schloss Jaqueline die Knöpfe ihrer Bluse. Sie hatte es vorgezogen, sich nicht ganz auszuziehen.

Connor lauschte angestrengt. »Was ist denn?«

»Ich habe ein seltsames Knarren gehört und eine Erschütterung gespürt.«

»Das ist nur die Strömung.« Connor wollte Jaqueline wieder an sich ziehen, aber sie versteifte sich. Ihr Magen kniff. Furcht schnürte ihr die Kehle zu. Sie erinnerte sich noch zu gut an das Unwetter auf ihrer Überfahrt. Natürlich war das hier etwas anderes, aber auch jetzt hatte sie plötzlich Angst zu ertrinken.

Da ging erneut ein Ruck durch das Floß.

Nun richtete Connor sich ebenfalls auf.

»Willst du immer noch behaupten, dass das die Strömung ist?«, fragte Jaqueline.

»Ich werd mal nachsehen, was los ist. Damit du beruhigt schlafen kannst.«

Connor erhob sich von seinem Lager und begann mit einem Rundgang. Auf den ersten Blick war nichts zu sehen, und auch das Geräusch wiederholte sich nicht.

Auf der Steuerbordseite traf er auf die Nachtwache. Die beiden Männer hatten sich auf dem Floß langgemacht und blickten hinauf zum Mond, der zwischen ein paar hell beleuchteten Wölkchen schwebte.

Als sie ihren Boss bemerkten, schreckten sie hoch.

»Alles in Ordnung bei euch?«, fragte Connor, während er den Blick über die Balken schweifen ließ.

»Ja, Sir, alles bestens.«

»Habt ihr vorhin auch Geräusche gehört?«

»Ja, haben wir, aber das war nichts«, antwortete der erste Wächter. »Sicher ist ein Stein zwischen die Stämme geraten und dann weggesprungen.«

»Und was war mit der Erschütterung?«

»'ne Welle, nichts weiter, Sir«, antwortete der zweite.

Da Connor nicht sicher war, ob man das wirklich auf die leichte Schulter nehmen durfte, ging er noch einmal zur Backbordseite. Auch hier schien alles normal zu sein. Die Taue, die die Stämme zusammenhielten, waren nass, schienen aber intakt zu sein. Auch der Abstand zwischen den Stämmen hatte sich nicht verändert. Vielleicht war es wirklich nur eine Welle, beruhigte Connor sich und kehrte zu Jaqueline zurück.

Die anderen Männer schliefen noch immer tief und fest, während Jaqueline gespannt auf ihrem Lager saß.

»Und?«

»Alles in Ordnung, Liebes. Den Wachen ist nichts aufgefallen. Wahrscheinlich war es eine Welle.« Damit ließ er sich wieder neben ihr nieder. »Lass uns jetzt schlafen! Morgen kommt viel Arbeit auf uns zu.«

Als er ins Bett kroch und die Hände nach ihr ausstreckte, sank sie in seine Arme und schmiegte sich an seine Brust. Einfach einschlafen konnte sie allerdings nicht. Immer wieder lauschte sie angestrengt. Sie roch das brackige Wasser und vernahm das Schreien eines Adlers. Ein paar schrille Geräusche, die sie nicht zuordnen konnte, mischten sich dazwischen. Aber sie kamen nicht vom Floß.

Jaqueline schloss die Augen und driftete davon ins Land der Träume.

9

Zwei Tage später erreichte das Floß den Niagara River. Die Mannschaft stand vor der Aufgabe, die Flöße und das Holz in den Flussarm zu steuern, der zu den Niagara Falls führte. Die Strömung des Sees in Richtung Flussmündung beschleunigte die Flöße und machte den Kurs zuweilen unberechenbar.

Jaqueline bewunderte die Arbeit der Männer sehr. Obwohl sie anstrengend war, wirkte sie bei ihnen ganz leicht. Das Stämmelaufen hatte einen tieferen Sinn, erkannte sie nun: Immer wieder mussten die Männer die schwimmende Brücke aus Stämmen überqueren, um sie mit langen Stangen vom Ufer fernzuhalten und in den Fluss zu lenken. Connor nahm sich von dieser gefährlichen Arbeit nicht aus, sondern half tatkräftig mit.

Um den Männern nicht im Weg zu stehen, verbrachte Jaqueline viel Zeit damit, ihre Erlebnisse aufzuschreiben und kleine Zeichnungen anzufertigen. Oftmals dachte sie dabei an ihren Vater. Wenn sie zu den bewaldeten Bergen aufsah, deren Spitzen bisweilen in den Wolken zu verschwinden schienen, fragte sie sich manchmal, ob er vielleicht vom Himmel aus über sie wachte.

Abends genoss sie mit Connor das goldene Licht über dem Fluss, das die Bäume leuchten ließ. An den Ufern zeigten sich in der Dämmerung bisweilen Hirsche; scheu huschten sie auf der Suche nach einer Tränke aus dem Wald. Kormorane stürzten sich wagemutig in die Fluten, und von den Wipfeln erklang der raue Ruf des Diademhähers.

Auch eine mächtige Biberburg versetzte Jaqueline in Erstaunen. »Die ist ja noch größer als die an der Sägemühle!«

»Hier kann der Biber sein Material auch ungestört zusammentragen.« Connor zog Jaqueline an sich. »Bei uns muss er ständig fürchten, erwischt zu werden.«

»Aber ihr tut dem Biber doch nichts.«

»Das weiß er aber nicht. Wahrscheinlich hält er die Äste, die wir ihm hinlegen, für einen guten Fang. Dennoch traut er sich nicht, sich so weit auszubreiten wie dieser Bursche hier.«

Gegen Mittag des folgenden Tages passierten sie eine Ruine, die sich am Flussufer erhob. Jaqueline war fasziniert von dem Anblick, der sie ein wenig an die Burgen des Rheinlandes erinnerte. Sie deutete auf die verfallenen Mauern.

»Was stand dort früher mal?«

»Fort Erie. Ein Armeestützpunkt, der den Engländern im Unabhängigkeitskrieg als Rüstlager diente. Es wurde von den Amerikanern besetzt und vor etwa sechzig Jahren zerstört. Seitdem stehen die Ruinen dort, aber hinter dem Fort hat sich mittlerweile eine Stadt angesiedelt.«

Wenig später schrieb Jaqueline über all das einen Bericht in ihr Notizbüchlein.

Am Abend näherten sie sich einer Flussgabelung, in deren Mitte sich eine kleine grüne Insel erhob.

»Das ist Strawberry Island«, erklärte Connor. »Den Namen hat die Insel, weil sie, von den Uferhängen aus betrachtet, die Form einer Erdbeere hat. Dahinter liegt Pirates Island.«

»Weil sich dort Piraten angesiegelt haben?«

»Könnte man meinen. Genau weiß niemand, warum sie so heißt. Aber vielleicht gab es hier wirklich mal Flusspiraten.«

Jaqueline versuchte sich das Leben von Flusspiraten vorzustellen. Ob sie die Pelzhändler überfallen haben?

Als sie in der Nacht dort ankerten, stellte sie enttäuscht fest, dass von Piraten keine Spuren geblieben waren. Wenn es hier je einen Stützpunkt gegeben hatte, war er von der Natur zurückerobert worden. Fireweed, verschiedene Gräser und Lupinen überwucherten den Boden, Sitkafichten ragten hoch in den Himmel.

Auf Strawberry Island siedelte auch eine große Kolonie von Kanadagänsen, deren Rufe weit über den Fluss hallten. Jaqueline lauschte ihnen mit geschlossenen Augen und fühlte sich an den Herbst in Hamburg erinnert, wenn die Wildgänse über die Stadt hinweggezogen waren. Der Duft des Fichtenharzes mischte sich mit den Aromen des Wassers und dem Rauchgeruch des Feuers, über dem McGillion Kaffeewasser erhitzte.

»Wir liegen sehr gut in der Zeit«, bemerkte Connor, nachdem er von dem Lastfloß zurückgekehrt war, das er kontrollieren wollte.

Der Kaffee dampfte inzwischen in einer großen Kanne. Es gab dasselbe Mahl wie zuvor: Hartkekse, Bohnen, Trockenfleisch. Jaqueline verstand allmählich, warum die Männer sich danach sehnten, am Ende der Reise, in Montreal, das Leben zu genießen und sich in einem guten Pub verwöhnen zu lassen.

»Wenn das so weitergeht, werden wir vor den Transportwagen dort sein«, eröffnete Connor den Männern, als sie wieder im Feuerschein beisammensaßen.

»Dann können wir ja am Ufer ein Feuer machen und uns ein paar Fische braten«, warf einer der Männer ein, der, wie

Jaqueline sich erinnerte, Cody genannt wurde und beim Stämmelaufen ins Wasser gefallen war.

»Willst wohl die Bären anlocken, was?«, entgegnete ein anderer unter dem Gelächter seiner Kameraden.

»Du weißt ganz genau, dass man die Bären nur anlockt, indem...« Im letzten Moment stockte Cody und blickte verschämt zu Jaqueline.

Verhaltenes Kichern ertönte aus dem Hintergrund, während der Mann, ein baumlanger Kerl mit mächtigen Pranken, errötete.

Jaqueline ahnte, dass ihm etwas vermeintlich Unanständiges auf der Zunge gelegen hatte. »Was meinen Sie denn?«, fragte sie lächelnd. »Sie können ruhig offen sprechen! Ich bin nicht empfindlich.«

»Er meint, dass man Bären anlockt, indem man gegen einen Baum pisst!«, meldete sich ein anderer Mann zu Wort, der kein Problem hatte, einer Frau so etwas zu erzählen.

»Stimmt das wirklich?«, fragte Jaqueline erstaunt.

»Ja, das Zeug macht die Bären aggressiv«, erklärte McGillion, nachdem er dem Mann einen strafenden Blick zugeworfen hatte. »Ist nicht nur ein Mal vorgekommen, dass ein Trapper teuer dafür bezahlt hat, dass er sich erleichtern wollte.«

»Nun, wie mir scheint, lassen sich manche Bären auch durch andere Dinge provozieren.« Jaqueline blickte zu Connor. Der zwinkerte ihr verschwörerisch zu.

»Das klingt ja so, als hätten Sie schon mal mit den Viechern zu tun gehabt, Miss.«

»Und ob ich das hatte! Schon zwei Mal waren Bären hinter mir her.«

»Kein Wunder, bei so einer hübschen Lady!«, rief Cody, worauf er einen Knuff von seinem Nebenmann einstecken musste.

Jaqueline lachte. »Wegen meines Aussehens war der Bär sicher nicht hinter mir her. Mein Vater hat mir früher immer erzählt, dass Bären durch viele Dinge zu reizen sind. Einige springen auf den Geruch von Blut an, andere werden wütend, wenn man in ihr Revier eindringt und ihre Jungen bedroht.«

»Sie scheinen sich ja wirklich auszukennen!«, bemerkte Bradley.

»Nein, nein, ich kenne hauptsächlich die Geschichten meines Vaters. Aber da ich schon mal hier bin, habe ich natürlich vor, so viel wie möglich davon zu überprüfen.«

»Die Sache mit den Bären sollten Sie lieber lassen, Miss Halstenbek. Wär doch schade, wenn einer von denen Sie erwischen würde.«

»Keine Sorge, ich glaube, Bären sind nicht die größte Gefahr in diesem Land. Ich werde mich schon nicht fressen lassen.«

Erneut tauschten Connor und sie vielsagende Blicke aus, bevor sie sich wieder über ihr Essen hermachten.

Nach einer weiteren Tagesfahrt wies Connor seine Leute bereits am Nachmittag an, mit den Flößen das Ufer anzusteuern.

»In diesem Gebiet soll es ziemlich große Hirsche geben«, erklärte er McGillion. »Ein saftiges Steak wäre doch mal eine schöne Abwechslung.«

Die Männer waren begeistert.

Auch Jaqueline war froh über den kleinen Landgang. Sie hatte sich zwar gut an das Schwanken des Floßes gewöhnt, doch sie freute sich zur Abwechslung über festen Boden unter den Füßen. Zudem bot sich nun die Gelegenheit, die Pflanzen, die sie sonst immer vom Fluss aus beobachtete, näher zu betrachten und ein Exemplar für ihr Herbarium einzusammeln.

»Was sind das da eigentlich für Bäume?«, fragte sie Connor, als sie sich der Anlegestelle näherten. Früher hatte es hier wohl einmal eine Fähre gegeben, jetzt standen hier nur noch die Überreste eines Steges.

»Das sind Cucumber Trees.«

»Gurkenbäume?« Jaqueline runzelte ungläubig die Stirn. »Wachsen da etwa Gurken dran?«

»Nein, aber die unreifen Früchte sehen Gurken sehr ähnlich. Wenn du möchtest, schauen wir sie uns mal genauer an.«

»Und ob ich möchte!«

»Dann nimm am besten Papier und Bleistift mit für den Fall, dass du dir Notizen machen möchtest.«

Jaqueline packte alles, was sie brauchte, in eine kleine Segeltuchtasche. Gespannt wartete sie auf das Anlegen der Flöße.

Als es so weit war und Connor seinen Männern noch einige Anweisungen erteilt hatte, half er Jaqueline vom Floß herunter. Sie stiegen das grasige Ufer hinauf, auf dem sich die ersten roten Blüten der Indian Paintbrush zeigten.

Jaqueline bückte sich und nahm ein paar der Blumen mit. Auch von den Farnen und anderen ihr unbekannten Pflanzen sammelte sie einige Exemplare ein.

»Unser Floß wird noch zum Forschungsschiff«, witzelte Connor, während er ihr einen Stängel blauer Lupinen reichte. »Hier, die kannst du sicher auch gut gebrauchen.«

Schließlich erreichten sie die gelb blühenden Bäume. Fasziniert betrachtete Jaqueline die Blüten, dann griff sie nach einem der Zweige. Noch deutete nichts darauf hin, dass sie mal eine gurkenähnliche Frucht tragen würden.

»Die Cucumber Trees gehören zu den Magnoliengewächsen«, erklärte Connor. »Das habe ich mir mal von einem Botaniker sagen lassen.«

»Seltsam, dass mein Vater die nie beschrieben hat. Oder ich habe es mit der Zeit vergessen.« Jaqueline streckte die Hand vorsichtig nach den Blüten aus. Ein Summen ertönte, dann schoss eine Hummel aus dem Blütenkelch.

»Oh, offenbar hatte da jemand Hunger«, scherzte Connor. »Was ist, möchtest du die Blüte nicht zeichnen? Ich bin sicher, das würde deinen Reisebericht bereichern.«

»Mir fehlt eine Unterlage zum Zeichnen.«

Connor bückte sich. »Nimm meinen Rücken!«

»Hältst du das denn so lange aus?«

»Für dich halte ich alles aus, mein Schatz!«

Jaqueline zog ein Blatt Papier hervor und nahm den Vorschlag an. Erfreut stellte sie fest, dass ihr Zeichentalent, das sie von ihrem Vater geerbt hatte, noch nicht verloren gegangen war.

»Du kannst wieder hochkommen, ich habe alles.« Jaqueline pflückte noch einen kleinen Zweig und verstaute ihn mit den anderen Gewächsen in ihrer Segeltuchtasche.

»Gut, dann werd ich dir noch etwas zeigen.« Connor ergriff ihre Hand und zog sie mit sich.

»Wohin führst du mich jetzt?« Jaqueline versuchte im Laufen ihre Zeichnung wegzupacken.

»Wart's nur ab! Ich bin sicher, dass es dir gefallen wird.«

Sie wanderten eine Weile über Stock und Stein. Am Wegrand entdeckte Jaqueline die länglichen gelben Blüten der Kanadischen Goldrute und die Arktische Lupine.

»Das nennt man hier übrigens Horseweed.« Connor deutete auf ein langstieliges Gewächs mit sternförmig angeordneten Blättern und gelben Blüten.

»Weil die Pferde es mögen?«

»So ist es. Es wächst beinahe auf jeder Weide und verbreitet sich rasend schnell. Man kann es in Kräutermischungen und zur Zubereitung von Kräuterbutter verwenden. Savannah, die Köchin der Bonvilles, schwört darauf.«

Connor verstummte. Jaqueline konnte ihm ansehen, dass er an Marion dachte.

Bereut er das Ende seiner Verlobung vielleicht doch?, fragte sie sich ängstlich. Doch bevor sie den Gedanken verfolgen konnte, rief Connor:

»Da vorn ist es!«

Drei größere Felsbrocken ragten aus dem Gras empor. Auf den ersten Blick war nichts Besonderes an ihnen, doch beim Näherkommen erkannte Jaqueline kleine Einkerbungen. Diese zeigten stilisierte Sonnen, Männer und Vögel.

Ihr Vater hatte zahllose solcher Felsbilder mit Durchpausen dokumentiert und ihr davon erzählt, aber in der Nähe der Niagarafälle hatte er keine gefunden.

Freudige Erregung packte Jaqueline. Ach, wenn ich ihm doch diese Zeichnungen zeigen könnte!

Rasch holte sie ein Blatt Papier hervor.

»Von wem stammen diese Darstellungen, und was bedeuten sie?«, fragte sie, während sie die Kerben vorsichtig mit dem Finger nachzog.

»Von den Irokesen. Ich vermute mal, dass die Männer einem Sonnengott huldigen. Da die Franzosen viele Ureinwohner getötet haben, ist sehr viel Wissen über ihre Kulte verloren gegangen. Aber die steinernen Zeugnisse haben überlebt.«

Vorsichtig legte Jaqueline das Blatt auf und begann die Motive durchzupausen. Dabei war sie so konzentriert, dass sie nicht einmal bemerkte, dass Connor sie fasziniert beobachtete.

»In Toronto finden wir vielleicht jemanden, der uns erklären kann, was die Zeichnungen bedeuten.«

»Wohnen dort Irokesen?«

»Ja, einige. Sie haben das Leben in der Wildnis aufgegeben und arbeiten als Heiler oder betreiben Geschäfte. Seit dem Eintreffen der ersten Voyageurs haben sich die Zeiten gründlich geändert.«

»Mein Vater hat das stets bedauert«, bemerkte Jaqueline, während sie das zweite Blatt auflegte. »Er meinte, das Land hätte durch die Pelzhändler die Freiheit verloren.«

»Damit hatte er wohl Recht. Das Leben in den Städten gleicht sich dem in den europäischen Metropolen immer stärker an. Trotzdem gibt es hier in der Natur noch genügend unberührte Flecken.«

»Die würde ich zu gern mal bereisen.«

Connor lächelte. »Das geht mir genauso. Eines Tages werden wir das tun, das verspreche ich dir.«

Als Jaqueline alle Motive durchgepaust hatte, machten sie sich wieder auf den Rückweg.

Die Aussicht auf den Fluss erschien ihr geradezu malerisch. Wie ein grünblaues Seidenband schlängelte er sich an den Steilhängen vorbei. Ein Vogelschwarm zog darüber hinweg.

»Hier oben könnte ich einen ganzen Tag lang sitzen und auf das Wasser schauen!«, rief sie begeistert.

»Das wird sich machen lassen, wenn wir das Holz erst mal verkauft haben.« Connor strich ihr zärtlich eine Haarsträhne aus dem Gesicht. »Wollen wir hoffen, dass der Wettergott auf unserer Seite ist. Selbst im späten Frühjahr schneit es hier manchmal noch.«

»Ich werde ihn darum bitten, uns gewogen zu sein.«

Jaqueline beugte sich vor, um ihn zu küssen – da krachte plötzlich ein Schuss! Sie machte einen Satz nach vorn und hielt sich an Connor fest. »Was war das?«

»Keine Sorge! Ich vermute, dass unseren Leuten das Abendessen vor die Flinte gelaufen ist«, erklärte er lächelnd. »Tut mir leid, dass sie dich erschreckt haben.« Damit schlang er die Arme um sie und küsste sie.

Die Abendluft war erfüllt vom köstlichen Bratenduft. Monahans Leute hatten einen Hirschbock geschossen und ihn am Spieß zubereitet. Noch nie hatte Jaqueline so zartes Fleisch gekostet.

»Wenn Sie erlauben, Sir, werd ich das Fell mitnehmen!«, rief McGillion Connor zu. »Meine Frau jammert mir schon seit Wochen die Ohren voll, dass unser Bärenfell von Motten zerfressen ist.«

»Dann machen Sie Ihre Frau glücklich!«, gab Connor zurück und prostete ihm mit dem Whiskey zu, der heute ausnahmsweise ausgeschenkt wurde.

»Und als Dankeschön macht sie ihn dann auch glücklich«, krähte einer der Männer, worauf die anderen in Gelächter ausbrachen.

»Ach, halt den Mund, Frank!«, rief McGillion empört, musste aber selbst lachen.

Jaqueline schaute versonnen in das Lagerfeuer. So fernab von allem, neben dem Mann, den sie liebte, und unter Menschen, die sie respektierten, fühlte sie sich einfach nur wohl. Auch wenn die Gespräche der Männer ihr hin und wieder die Röte ins Gesicht trieben, waren sie doch ehrlicher als alles, was bei Gesellschaftsempfängen geredet wurde, und das gefiel ihr.

In dieser Nacht schlugen sie zum Schlafen Zelte am Ufer auf.

Müde lauschte Jaqueline den Geräuschen des Flusses. Zum Rauschen des Wassers gesellten sich die Rufe von Vögeln und das Bellen von Füchsen.

Plötzlich schepperte etwas vor dem Zelt.

Alarmiert fuhr Jaqueline hoch und lugte aus der Plane.

»Was ist denn?«, fragte Connor verschlafen, während er sich ebenfalls aufrichtete.

»Irgendwer schleicht hier herum.« Jaqueline blickte zur Feuerstelle.

»Vielleicht will sich einer der Männer erleichtern.« Connor schob sich neben sie und blickte ebenfalls hinaus.

Da ertönte das Scheppern erneut. Dann fiepte etwas.

»Oh, ich glaube, wir haben Besuch.« Connor kroch aus dem Zelt.

Noch immer fiepte es. Jaqueline folgte ihm neugierig und bemerkte einen umgekippten Topf neben der Anlegestelle. Etwas schien sich darunter verfangen zu haben.

Connor bedeutete ihr, still zu stehen. Dann bückte er sich langsam. Als er den Topf hochriss, schoss ein längliches Pelztier hervor. Voller Panik lief es zum Fluss.

»Was war das?« Jaqueline presste überrascht die Hand auf die Brust.

»Ein Fischotter. Die gibt es hier häufig. Sie begnügen sich nicht mit Fisch, wenn sie auch mal was anderes kriegen können.«

»Und sie trauen sich so einfach an Menschen heran?«

»Fischotter sind sehr neugierig. Dieser hier scheint jedenfalls noch keine schlechten Erfahrungen mit Menschen gemacht zu haben.«

Jaqueline blickte in die Richtung, in die sich der Fischotter davongemacht hatte. Aber er war verschwunden. Dafür meinte sie, eine Bewegung am gegenüberliegenden Ufer zu sehen. War das vielleicht ein Hirsch? Oder ein Bär?

»Gehen wir wieder rein!« Connor legte einen Arm um Jaquelines Schulter und zog sie sanft mit sich.

Jaqueline blickte sich noch einmal zum Fluss um, doch die Bewegung war verschwunden. Ein ungutes Gefühl überfiel sie, aber an Connors Seite fühlte sie sich geborgen, und sie schlief bald wieder ein.

Es war Warwick nicht schwergefallen, die Flößer am anderen Flussufer auszumachen. Er konnte kaum glauben, dass Monahan sich Zeit für eine Rast auf dem Trockenen nahm. Er selbst hatte in den vergangenen Tagen sein Pferd unbarmherzig angetrieben und sich nur die nötigsten Pausen gegönnt. Seine Knochen schmerzten, doch die Anstrengung hatte sich ja gelohnt. Es ärgerte ihn nur, dass sein Plan noch immer nicht aufgegangen war.

Vielleicht sollte ich noch mal unter das Floß tauchen und die Seile tiefer einschneiden, überlegte er. Die ersten Schnitte waren offenbar nicht tief genug.

Aber dann entschied er sich dagegen. Monahan hatte bestimmt Wachen angeordnet, und die Gefahr, überrascht zu werden, war einfach zu groß.

Da er den Vorsprung der Flößer aufgeholt hatte, beschloss Warwick, sich und seinem Reittier eine Rast zu gönnen und bis zum Morgengrauen ein Lager aufzuschlagen.

Er versorgte sein Pferd, rollte seinen Schlafsack aus und begab sich zur Ruhe.

10

Am nächsten Morgen legten die Flöße wieder ab. Nachdem sie noch eine Weile behäbig dahingetrieben waren, änderte sich die Fließgeschwindigkeit des Flusses merklich.

»Wir nähern uns dem Wasserfall«, erklärte Connor. »Da strömt der Fluss schneller. Wenn du zum Baden in den Fluss springen willst, tu es jetzt, denn nachher wird es nicht mehr gefahrlos möglich sein.«

»Ich glaube kaum, dass ich das Bedürfnis habe, vor den Augen deiner Männer nackt in den Fluss zu springen«, entgegnete Jaqueline lachend und beugte sich wieder über ihr Herbarium. Sie konnte die Pflanzen hier zwar nicht so gut pressen wie in der Waldhütte, aber fürs Erste würde es gehen.

Gegen Mittag wurde die Fahrt noch ein wenig rasanter. Hin und wieder verselbstständigten sich Gegenstände in der Hütte, und Jaqueline war gezwungen, Federhalter und Tinte durch einen Bleistift zu ersetzen. Sie legte ihn in den Arbeitspausen auf dem Schoß ab, damit er nicht ständig vom Tisch kullerte.

»Wie weit ist es noch bis zu den Niagarafällen?«, fragte Jaqueline Connor, als dieser in die Hütte zurückkehrte, um sich einen Becher Kaffee zu holen.

»Ich schätze mal, einen oder zwei Tage wird es noch dauern. Wir liegen sehr gut in der Zeit.«

»Und was passiert dann? Du wirst doch die Stämme nicht den Wasserfall hinunterpurzeln lassen?«

»Natürlich nicht! Sie werden ebenso wie die Flöße an Land gebracht und auf Wagen verladen, die sie auf die untere Ebene des Wasserfalls transportieren. Das dürfte ein bis zwei Tage dauern. Dann werden die Flöße wieder zusammengesetzt und das Holz erneut zu Wasser gelassen. Schau mal hier!«

Connor entrollte eine Landkarte, die die Großen Seen und Quebec zeigte. Er deutete auf die Niagara Falls und fuhr dann mit dem Finger weiter. »Auf dem Lake Ontario fahren wir zunächst bis nach Toronto, um neuen Proviant zu laden. Dann geht es weiter nach Kingston, wo wir uns auf den Saint Lawrence River begeben.«

Wehmut überfiel Jaqueline angesichts der Karte, die sie an ihren Vater erinnerte, obgleich die Darstellung bei weitem nicht so gut ausgearbeitet war wie seine Kartenwerke. Diese Reise hätte ihm sehr gefallen, dachte sie traurig.

In dieser Nacht schlief Jaqueline unruhig. Da der Niagara River auf der weiteren Strecke einige Windungen hatte, war es erforderlich, dass mehr Männer Dienst taten als in den Nächten zuvor. Überwältigt von der Schönheit des nächtlichen Flusses, dessen Fluten im Mondlicht glitzerten, erhob sie sich von ihrem Lager und setzte sich vor die Floßhütte, um die vorbeiziehende Landschaft zu betrachten.

Ich sollte Connor wohl darum bitten, eine Bootstour mit mir allein zu machen, dachte sie, während sie die Augen schloss und die Düfte der Umgebung einatmete. Sie stellte es sich himmlisch vor, neben ihm zu liegen und die Sterne über dem Fluss zu beobachten, ohne fürchten zu müssen, dass jemand von der Mannschaft sie beobachtete.

Nach einer Weile gesellte sich Connor zu ihr. Auch er schien von einer seltsamen Unruhe erfasst zu sein.

»Die Nähe zum Wasserfall macht euch nervös, nicht wahr?«, fragte Jaqueline, während sie sich in seine Arme kuschelte.

»Es ist die aufregendste Zeit auf dem Floß. Pass nur auf, nachher wird dir noch langweilig werden!«

»Das glaube ich nicht.«

Plötzlich ging ein harter Ruck durch das Floß. Schreie ertönten, gefolgt von einem Platschen.

»Was war das?«, fragte Jaqueline ängstlich.

»Mann über Bord!«, brüllte jemand.

Connor sprang auf und lief zum vorderen Teil des Floßes. Was er dort sah, ließ ihm das Blut in den Adern gefrieren.

»Die Seile!«, rief er erschrocken aus. »Los, alle Mann rüber auf das andere Floß!«, befahl er. »Auch du, Jaqueline!«

Sie blickte Connor entsetzt an und rannte in die Hütte.

Weitere Erschütterungen gingen durch das Floß. Eine böse Ahnung erfasste Jaqueline, während sie ihr Herbarium und das Notizbuch in die Segeltuchtasche warf. Angst übermannte sie, als sie Connor von draußen rufen hörte:

»Das Floß bricht auseinander! Jaqueline, komm sofort aus der Hütte!«

Als sie nach draußen stürmte, sah sie, dass sich die Verbindung zwischen einigen Stämmen löste. Die Hölzer begannen im Wasser zu trudeln, rissen andere mit und zogen so das Floß immer weiter auseinander.

»Lauf zum anderen Rand!«, instruierte Connor sie von weitem. Jaqueline gehorchte. Mit der Tasche über der Schulter lief sie voran.

»Wir bringen Sie rüber, Miss!« Schon packten zwei Holzfäller sie an den Armen.

»Auf ›los‹ springen Sie!«, befahl der Mann zu ihrer Rechten.

Jaqueline nickte nur, benommen vor Angst.

Sie zerrten sie zum Rand des schwankenden Floßes.

»Los!«

Während Jaqueline aufschrie, machten sie mit ihr einen großen Satz auf den Baumstammteppich. Wasser nässte ihre Schuhe und Rocksäume, doch die Männer rissen sie weiter. Die tanzenden Stämme ängstigten sie beinahe zu Tode. Jaquelines Herz raste, aber ihr Körper reagierte unwillkürlich auf die Bewegungen ihrer Begleiter, sodass sie das andere Floß heil erreichten, wo Jaqueline von Cody und ein paar anderen Leuten in Empfang genommen wurde.

»Was ist los?«, wollten sie von ihr wissen, doch Jaqueline konnte nur hilflos auf das Floß vor ihnen deuten.

»Die Seile halten nicht«, erklärte einer ihrer Begleiter, während sich immer mehr Männer vom ersten Floß zu ihnen herüberretteten. »Sie haben sich gelöst, das Floß bricht auseinander.«

»Verdammter Mist!« Cody schickte sich an, zur Unglücksstelle zu laufen, aber seine Kameraden hielten ihn zurück.

»Je weniger Männer dort drüben sind, desto besser.«

Hilflos mussten sie nun mit ansehen, wie das Floß vor ihnen zerfiel. Die Hütte brach mit einem markerschütternden Ächzen ein, Bohlen und Stämme rollten knirschend übereinander, stellten sich quer, polterten ins Wasser und wurden von der Strömung mitgerissen. Die Männer, die auf dem Floß geblieben waren, kämpften verzweifelt darum, alles zusammenzuhalten, obwohl der Boden unter ihren Füßen jeden Moment wegzudriften drohte.

Jaqueline zitterte vor Angst. Trotz der Kälte war ihr unerträglich heiß. Sie faltete ängstlich die Hände. Lieber Gott, mach, dass er heil hier rüberkommt! Bitte, pass auf ihn auf!, flehte sie stumm.

Sie war sich dessen bewusst, dass Gott nicht immer ein offenes Ohr für sie gehabt hatte, besonders nicht in letzter Zeit. Aber nach allem, was sie durchgemacht hatte, musste er doch einmal auf ihrer Seite sein.

Wenigstens dieses eine Mal.

Connor versuchte, sich sein Entsetzen nicht anmerken zu lassen, während er nach den Seilen griff, um sie um die Baumstämme zu schlingen. Sein Herz raste, und seine Zähne klapperten vor Anspannung.

Sabotage!, sagte ihm sein Verstand. Das kann nur Sabotage sein. Aber wer hatte das getan? Da er seinen Männern bedingungslos vertraute, kam eigentlich nur einer in Frage:

Warwick!

Dieser Gedanke brachte ihn dazu, seine Bemühungen noch zu verstärken.

Der Kerl darf nicht triumphieren!, durchfuhr es ihn. Ich will ihn noch für das bestrafen, was er Jaqueline angetan hat!

Er hatte gerade einen gefährdeten Balken gesichert, als ein Stamm aus dem Wasser schnellte.

»Achtung, Mr Monahan!«, rief sein Nebenmann.

Doch der Ruf kam zu spät.

Das Holz traf Connor am Kopf und katapultierte ihn im hohen Bogen ins Wasser. Er wollte zurück zum Floß schwimmen, als ihm schwarz vor Augen wurde und alle Geräusche verstummten.

»Mann über Bord!«

Schon stürmten einige Unerschrockene über den Holzteppich zum Unglücksfloß. »Los, holt Seile! Wir müssen den Boss aus dem Wasser ziehen.«

Jaquelines Herz stolperte, und sie rang erschrocken um Atem. »Was ist passiert?«

Seile wurden weitergereicht.

»Der Boss ist ins Wasser gefallen.«

Jaqueline presste die Hand auf den Bauch. Die Angst stach wie ein Messer in ihre Eingeweide. Hilflos schluchzend beobachtete sie, wie ein Mann nach dem anderen, mit Halteseilen gesichert, ins Wasser sprang.

Wie weit mochten die Niagarafälle entfernt sein?

Der Suchtrupp schwamm eine Weile voran und tauchte dann.

Ist er untergegangen?, fragte sich Jaqueline bang.

Als die Männer auftauchten, leuchtete ein Hoffnungsschimmer in ihr auf. Doch dieser erlosch sofort, als die Schwimmer abwinkten, Atem holten und erneut in die Tiefe tauchten.

Jaqueline sank zu Boden, denn ihre Beine trugen sie nicht länger. Stumm betete und flehte sie um Connors Leben. Bei jedem Ruf, den sie vernahm, hoffte sie, dass man ihn gefunden hatte. Aber die Suche ging weiter.

Nachdem quälende Minuten vergangen waren, kam der Vormann zu ihr. Seine Zähne klapperten hörbar, denn das Flusswasser war eiskalt. Seine Kleidung troff nur so. Doch nicht nur das machte ihm zu schaffen. »Wir sollten besser anlegen und die Suche vom Ufer aus fortsetzen.« Seine Stimme klang beklommen.

»Hat das Aussicht auf Erfolg, so schnell, wie der Fluss hier fließt?«

»Es ist möglich, dass sich Mr Monahan unter den Baumstämmen verfangen hat. Oder er ist auf den Grund gesunken.

Es ist leichter und ungefährlicher, vom Ufer aus zu suchen.«

Jaquelines Augen füllten sich mit Tränen. Die Trauer schnürte ihr die Kehle zu. Sie wagte nicht, den schrecklichen Gedanken, der in ihr brannte, auszusprechen.

»Wir werden alles versuchen, um ihn wiederzufinden«, fuhr McGillion fort. »Bei den Temperaturen ist es möglich, dass ein Mensch es etwas länger unter Wasser aushält. Ein Arzt sagte mir mal, dass die Kälte die Atmung verlangsamt und den Körper konserviert. Vielleicht hat er es sogar geschafft, sich an einem Stamm festzuklammern.«

An einem Stamm, der mit ihm auf die Falls zurast, dachte Jaqueline, behielt den Gedanken aber für sich. »Gut, dann ankern Sie!« Jaqueline kämpfte gegen die Tränen an. »Tun wir alles, um ihn wiederzufinden!«

Als McGillion sich umwandte, um den Männern das Kommando zum Anlegen zu geben, ließ sie ihren Tränen freien Lauf.

Während einige Männer noch die Flöße, beziehungsweise das, was davon übrig war, und das Holz am Ufer vertäuten und sicherten, suchte der größte Teil der Mannschaft bereits fieberhaft nach Connor. Auch Jaqueline beteiligte sich. Sie watete durch den Morast, durchforstete das Gestrüpp, blickte unter jeden Farnwedel und vor allem immer wieder auf den Fluss hinaus. Viel ausrichten konnte sie nicht, aber sie wollte nicht untätig herumsitzen und hilflos zusehen.

Vielleicht hat er es wirklich geschafft, sich irgendwo festzuhalten. Vielleicht ist er irgendwo weiter flussabwärts ans Ufer geschwemmt worden. Vielleicht ... Vielleicht ... Unzählige Möglichkeiten wirbelten durch Jaquelines Kopf, denn sie wollte die Hoffnung nicht aufgeben. Wie eine Ertrinkende klammerte sie sich an die tröstenden Möglichkeiten. Dennoch war da bereits eine innere Stimme, die nicht verstummen wollte. Hartnäckig fragte sie: Und was wird jetzt aus dir? An Connors Seite hattest du nichts zu befürchten, aber nun bist du wieder allein ...

Unsinn!, schalt sie sich. Die Männer sind anständig. Außerdem würde McGillion niemals zulassen, dass dir etwas zustößt. Noch dazu hast du Hände, Knie und Zähne, um dich zu wehren.

Überrascht hielt sie inne, denn aus den Augenwinkeln bemerkte sie eine Bewegung.

Connor!, schoss es ihr durch den Kopf, als sie die Gestalt auf sich zukommen sah.

Doch dann erkannte sie Cody. Schluchzend schloss sie die Augen, drängte die Verzweiflung aber rasch beiseite.

»Haben Sie was gefunden?«, fragte sie ihn, aber er schüttelte nur stumm den Kopf.

Als die Nacht heraufzog, zündeten die Männer Fackeln an und setzten die Suche fort. Damit Connor, falls er es ans Ufer geschafft hatte, einen Orientierungspunkt hatte, bat Jaqueline einige von ihnen, ein großes Lagerfeuer zu entfachen. Außerdem mussten sich die Männer nach dem Bad in den kalten Fluten aufwärmen und ihre Kleider trocknen.

Da Jaqueline keine große Hilfe beim Suchen war und Ablenkung brauchte, kochte sie Kaffee und wärmte Bohnen für die erschöpften Holzfäller auf, die sich ausruhen mussten. Jaqueline bestürmte sie mit Fragen; sie wollte ganz genau wissen, was sie gesehen hatten. Leider war niemand darunter, der auch nur eine Spur von Connor gefunden hatte.

Als der Morgen dämmerte, war der letzte Suchtrupp noch immer nicht zurückgekehrt. Und mit jeder Stunde, die verging, ohne dass Connor gefunden wurde, sank die Hoffnung bei der Mannschaft.

»Wenn er es nicht aus dem Wasser geschafft hat, können wir nur hoffen, dass er die Fälle nicht lebend hinabgestürzt ist«, flüsterte McGillion in der Annahme, Jaqueline würde es nicht hören.

Aber ihre Sinne waren so geschärft, dass sie jedes Wispern vernahm, und die Worte trafen sie wie ein Schlag. Sie klammerte sich an das Halteseil des Floßes und rang um Fassung. Nein, er ist nicht tot, redete sie sich ein. Er hat es bestimmt an Land geschafft. Mein Herz würde doch wissen, wenn er tot wäre. Es sagt mir, dass er noch lebt.

Die Blicke der Männer sagten jedoch etwas anderes, und Jaqueline ertrug sie nicht länger. Sie zog sich in die Floßhütte zurück, wo sie sich weinend auf einem Lager zusammenkrümmte.

Vielleicht wäre alles anders gekommen, wenn ich in Hamburg geblieben wäre, dachte sie vorwurfsvoll. Nur hätte ich Connor dann nicht kennen und lieben gelernt ...

Der letzte Suchtrupp, der zurückkehrte, unterbrach diese Grübelei.

Jaqueline sprang auf und rannte hinaus. Als sie in die enttäuschten, erschöpften Gesichter der frierenden Männer sah, wusste sie sofort, dass wieder eine Hoffnung gestorben war. Aber sie durfte sich nicht gehen lassen. Sie wischte sich die Tränen ab und dirigierte die Männer wortlos ans Feuer, brachte ihnen Decken, wärmte erneut Bohnen und Kaffee.

»Wir sollten ein paar Stunden schlafen«, schlug sie vor, als alle versorgt waren. »Wir müssen neue Kräfte sammeln.«

»Wie soll es denn weitergehen?«, fragte Bradley McGillion. »Was machen wir mit dem Holz?«

Warum fragt er das gerade mich?, dachte Jaqueline und

blickte ihn aus tränenroten Augen an. Am liebsten hätte sie den Vormann weggeschickt, denn der Schmerz in ihrer Brust war kaum noch zu ertragen.

»Hat Mr Monahan denn keine Instruktionen erteilt für den Fall, dass ...«

Sie stockte. Nein, sie würde nicht aussprechen, dass sie ihn verloren hatten!

»Über so was hat er nicht nachgedacht«, erklärte McGillion.

Jaqueline seufzte. »Wir müssen auf jeden Fall weiterflößen. Wenn er es ans Ufer geschafft hat, wird er darauf hoffen, dass wir mit dem Holz vorbeikommen. Außerdem werden Sie und die anderen Männer keinen Lohn erhalten, wenn das Holz nicht verkauft wird.«

McGillion nickte anerkennend. »Aye, Miss, dann machen wir uns in drei Stunden fertig zum Ablegen. Wenn Mr Monahan noch lebt, werden wir ihn finden.«

Jaqueline senkte den Kopf; es zerriss ihr beinahe das Herz. Sie kniff die Augen zusammen, dennoch kullerten ihr Tränen über die Wangen.

McGillion blickte sie betreten an. »Es tut mir wirklich leid.«

»Ich weiß.«

»Wenn Sie reden wollen oder was brauchen, sagen Sie mir Bescheid! Ich werde tun, was ich kann.«

»Das ist sehr nett von Ihnen.«

Der Vormann nickte und wandte sich ab.

Jaqueline hielt ihn zurück. »Mr McGillion!«

»Ja, Ma'am?«

»Sie hätten ebenso entschieden, nicht wahr?«

»Selbstverständlich«, gab der Vormann zurück. In seinen Augen glitzerten ebenfalls Tränen. »Ich hasse es, das zu sagen.

Aber wenn er nicht wieder auftaucht, muss was geschehen. Wenn niemand das Sägewerk übernimmt, verlieren die Männer ihre Jobs. Mit dem hier verdienten Geld werden sie wenigstens eine Weile über die Runden kommen.«

»Und wenn ich etwas anderes vorgeschlagen hätte?«

McGillion grinste. »Dann hätte ich wohl versucht, Sie umzustimmen. Aber Sie sind 'ne vernünftige Frau, Miss Jaqueline. Mr Monahan kann froh sein, dass er Sie hat.« Damit wandte er sich um und ging zu den Männern zurück.

Jaqueline blieb noch eine Weile auf dem vorderen Teil des Floßes und blickte auf das blaugrüne Band des Flusses. Ihre Tränen wollten nicht versiegen. O Connor, ich habe dir nur Unglück gebracht!, dachte sie schluchzend. Wie soll ich nur weiterleben, wenn du nicht mehr bist?

11

Vierundzwanzig Stunden später trafen sie am Anlegepunkt auf dem linken Flussufer ein. Jaqueline hatte die gesamte Nacht über hinter einer Decke, die ihr die Männer aus Anstandsgründen als provisorischen Vorhang aufgehängt hatten, geweint, bis der Schlaf sie gegen Morgen endlich übermannt hatte.

Aufgewacht war sie mit dem festen Vorsatz, die Hoffnung keinesfalls aufzugeben und weiterzumachen. Solange kein Leichnam gefunden wurde, konnte Connor noch immer am Leben sein.

Die Wagenlenker, die bereits auf die Flößer gewartet hatten, wunderten sich über Connors Fehlen.

Bradley McGillion erklärte ihnen die Lage.

Seine Gesprächspartner bekreuzigten sich hastig.

Bei den Männern herrschte eine gedrückte Stimmung, aber jeder wusste, dass das Wohl seiner Familie vom Holz abhing. Da weiter nach Plan verfahren werden sollte, begannen sie unter dem Kommando ihres Vormanns, das Holz aus dem Wasser zu ziehen und aufzuladen.

Jaqueline wanderte derweil am Ufer entlang. Unwillkürlich hielt sie Ausschau nach Dingen, die das Wasser an Land getragen hatte. Obwohl sie sich davor fürchtete, Connors Leiche zu finden, konnte sie den Blick nicht von der Böschung abwenden. Das Rauschen des Flusses hüllte sie ein wie das Murmeln tausender Stimmen. Der Schrei eines Adlers ertönte über ihr. Ein paar aufgeschreckte Enten watschelten durch das Gras.

Unwillkürlich erinnerte Jaqueline sich an den Ausflug zu den Cucumber Trees. Ach, Connor, wie froh und unbeschwert wir an jenem Tag waren!, dachte sie. Tränen verschleierten ihren Blick. Du darfst mich nicht alleinlassen! Was soll dann aus mir werden? Vielleicht ist es besser, wenn ich in Montreal bleibe. Bei meiner Rückkehr erwarten mich ohnehin nur Warwick und eine wütende Marion Bonville.

Warwick. Plötzlich befiel Jaqueline ein böser Verdacht. Ein Zittern erfasste sie. Ihr wurde schwindelig, so unerhört war der Gedanke: Vielleicht hat Warwick ja das Floß sabotiert. Wenn er in der Stadt war und wusste ...

»Miss Halstenbek!«

Jaqueline fuhr zusammen und wirbelte herum. Cody stürmte durch das Dickicht auf sie zu. Was war geschehen?

»Miss Halstenbek, Sie sollten nicht so nah ans Ufer gehen«, mahnte der Holzfäller. »Sie könnten im Morast stecken bleiben oder in den Fluss fallen. Mr Monahan würde bestimmt nicht wollen, dass Ihnen was passiert.«

So treuherzig, wie der Mann sie anschaute, trieb es Jaqueline die Tränen in die Augen.

»Was gibt es denn?« Hastig wischte sie sich übers Gesicht.

Cody schüttelte den Kopf. »Gar nichts. Mr McGillion ist nur aufgefallen, dass Sie plötzlich weg waren. Da hab ich mich gleich auf die Suche gemacht. Hätte Ihnen ja auch was zugestoßen sein können.«

»Das war sehr aufmerksam von Ihnen. Wie weit sind die

Männer denn mit dem Aufladen der Stämme?«, fragte sie, denn sie fühlte sich unwohl unter Codys prüfenden Blicken.

»Der Großteil ist schon auf den Wagen. Die Jungs beeilen sich, denn es wird 'ne Weile dauern, bis wir unten am See sind.«

»Gut, dann sollten wir wohl besser zurückgehen, bevor Mr McGillion noch einen Suchtrupp losschickt.«

Auf dem Verladeplatz wurden gerade die letzten schweren Stämme von dem transportablen Lastkahn auf die Wagen gehievt. Nun war auch von dem letzten Hausfloß nichts mehr übrig, denn die Männer hatten es zerlegt.

Als McGillion sie sah, atmete er erleichtert auf. »Miss Jaqueline, alles in Ordnung mit Ihnen? Wir dachten schon, Ihnen wär was zugestoßen.«

Demnach sollte Cody auf mich achtgeben!, durchfuhr es Jaqueline. McGillion ist wirklich ein umsichtiger Mensch. »Kein Grund zur Sorge! Danke, Mister McGillion!«, antwortete sie.

»Wir sind fertig«, berichtete der Vormann. »Wir können in Richtung Ontariosee aufbrechen. Es sei denn, Sie möchten, dass wir hier übernachten.«

»Nein, wir sollten so bald wie möglich aufbrechen«, erklärte Jaqueline entschlossen. »Wenn Mr Monahan noch lebt, wird er vielleicht am Ontariosee auf uns warten.«

12

Der Wagenzug bewegte sich nur langsam voran, denn Fackeln erhellten den Weg nur ungenügend. Außerdem mussten die Fahrer aufpassen, dass sie nicht ins Schlingern gerieten und die Stämme nicht verrutschten, was im schlimmsten Fall dazu führen konnte, dass die Fuhrwerke umkippten.

Jaqueline hockte mit den Männern oben auf der Ladung und blickte in die Nacht hinaus. Kurz nach Sonnenuntergang hatten sich die Wolken verzogen, und Tausende von Sternen funkelten nun über ihnen.

Ach, könnte ich diesen Anblick doch nur mit dir genießen, Connor!, dachte Jaqueline traurig.

»Legen Sie sich doch ein wenig lang, Miss Jaqueline«, riet Bradley McGillion ihr, der die ganze Zeit über schweigend neben ihr gesessen hatte. »Sie sollten sich ein wenig ausruhen.«

»Ich bin nicht müde«, antwortete sie, obwohl sich ihre Knochen schwer wie Blei anfühlten.

McGillion blickte sie an, als wolle er sie tadeln. Doch er sagte nichts.

»Haben Sie das schon immer so gemacht?« Jaqueline durchbrach das beklommene Schweigen. »Ich meine, sind Sie so auf den Stämmen runter zum See gefahren?«

»Natürlich! Einen besseren Weg gibt es nicht. Als Mr Monahan erste Aufträge von weiter her bekam, stand er vor dem

Problem, die Stämme über die Fälle zu schaffen. Die Eisenbahn ist wenig geeignet und außerdem zu teuer.«

»So hat er es mir auch erklärt.«

»Also hat er einen Lastkran bauen lassen, der hier ganz in der Nähe in einer Scheune untergestellt wird. Und immer, wenn er die Wagen zum Transport braucht, schickt er ein Telegramm an seine Männer in St. Catherines. Wie Sie sehen, sind sie sehr zuverlässig.«

Das sind sie wirklich, jeder von ihnen, dachte Jaqueline. Connor sollte sie fürstlich entlohnen, wenn wir in Montreal sind. Jaqueline schloss die Augen und versuchte, gegen die Tränen anzukämpfen.

McGillion entging das keineswegs. »Das Schlafen auf den Stämmen ist natürlich Gewohnheitssache«, erklärte er sanft. »Aber Sie werden sehen, man gewöhnt sich daran. Probieren Sie es doch einfach mal aus!«

Erschöpft ließ Jaqueline sich auf einen Deckenstapel sinken, mit dem hinter ihr die Rille zwischen zwei aneinanderliegenden Baumstämmen ausgepolstert war. Sie musste zugeben, dass dieses provisorische Lager nicht so unangenehm war, wie sie befürchtet hatte. Sie blickte hinauf zu den Sternen, und während sie sich fragte, ob Connor da oben zu finden sei, übermannte sie eine bleierne Müdigkeit, die sie in die Tiefen des Schlafes zog.

Am nächsten Morgen fühlte sich Jaqueline überraschend ausgeruht, auch wenn ihr Rücken sich ein wenig steif anfühlte. Während sich die Sonne allmählich hinter den Bäumen erhob, beobachtete sie, wie die Männer langsam erwachten. Außer den Kutschern hatten offenbar alle auf den Wagen geschlafen.

Nachdem sie für ein karges Frühstück Rast gemacht hatten, erreichten sie gegen Mittag die Niagarafälle.

Jaqueline stockte der Atem angesichts der Wassermassen, die über eine hufeisenförmige Felsenkante hinabstürzten, so fasziniert war sie. Über dem Kessel, in den sie sich ergossen, schwebte ein dichter Nebel, der die Sonnenstrahlen einfing. Ein Regenbogen wölbte sich über dem Bassin, in das sich die Fluten ergossen.

Obwohl sich Jaqueline in sicherer Entfernung befand, konnte sie aufgewirbelte Wassertröpfchen auf dem Gesicht spüren. Der Lärm des donnernden Wassers war ohrenbetäubend.

Kann ein Mensch diesen Mahlstrom überstehen?, fragte sie sich, während sie in die Tiefe spähte. Kann Wasser, das so sanft erscheint, einen Menschen zerreißen, oder trägt es ihn?

»Das sind die Horseshoe Falls«, erklärte Bradley McGillion. »Ein überwältigender Anblick, nicht wahr?« Er starrte ebenfalls gebannt auf das Naturereignis. Damit Jaqueline ihn in dem Getöse überhaupt hören konnte, musste er schreien. »Können Sie sich vorstellen, dass sich hin und wieder Männer in Fässern da runterstürzen?«

Jaqueline blickte ihn fassungslos an. »Wirklich?«

»Ja, einige sind so wahnsinnig. Die glauben, wenn sie nur in einem guten Fass stecken, werden sie den Sturz in die Tiefe schon überstehen. Aber den hat bisher noch keiner überlebt.«

Die Fahrt mit den Wagen dauerte noch einen weiteren Tag, bevor sie endlich das ruhige Ufer des Lake Ontario erreichten. Jaqueline versuchte, sich ihre wachsende Verzweiflung nicht anmerken zu lassen, als sie Connor auch hier nirgends entdeckte. Sie wandte sich um und betrachtete noch einmal die Niagarafälle, die aus der Ferne nicht mehr so bedrohlich wirkten.

An dieser flachen Stelle des Seeufers musste das Holz wieder abgeladen und erneut zu Flößen zusammengebunden werden.

Jaqueline wollte die Zeit nutzen, um sich Notizen zu machen. Während sie auf dem Holzstapel hin und her geschaukelt wurde, hatte sie beschlossen, den Reisebericht weiterzuführen, denn Connor hätte sie dazu ermutigt.

»Wie wollen wir die Stämme wieder ins Wasser bekommen? Ich sehe weit und breit keinen Kran«, fragte sie McGillion, während sich die Männer an den Wagen zu schaffen machten.

»Das werden Sie gleich sehen. Treten Sie ein Stück zurück, gleich wird's hier ziemlich rumpeln.«

Kaum hatte er sie aus dem Weg gezogen, riefen sich die Männer ein Kommando zu, lösten die seitlichen Klappen der Wagen und sprangen behände beiseite.

Unter Getöse purzelte die Ladung hinaus. Der Boden vibrierte unter der Wucht der schweren Stämme, und der Geruch nach Baumharz und Erde stieg Jaqueline in die Nase. Einige Stämme rollten ins seichte Wasser.

Als alle Fuhrwerke auf diese Weise entladen waren, trugen die Männer die Bauteile für die Floßhütte zusammen.

Jaqueline setzte sich auf einen der Stämme, schlug ihr Notizbuch auf und begann, den Aufbau des Floßes zu skizzieren. Nach und nach gewann es vor ihren Augen Gestalt. Zunächst wurde die Basis mit starken Seilen verbunden, dann das Holz der Seitenwände miteinander verkeilt. Zum Schluss wurde das Dach aufgesetzt, das inzwischen von einem anderen Teil der Mannschaft zusammengezimmert worden war. So schnell, wie die Männer arbeiteten, kam Jaqueline mit dem Zeichnen nicht nach, aber sie nahm sich vor, die Skizzen später zu überarbeiten.

»Miss Jaqueline, wir können dann weiter.« McGillion trat neben sie. »Wir haben Ihnen sogar einen besseren Sichtschutz gebaut.«

»Danke, das ist sehr freundlich von Ihnen.«

McGillion lächelte, als sein Blick auf ihre Zeichnungen fiel. »Wenn Sie wollen, schreibe ich Ihnen gern auf, wie das mit dem Aufbau der Hütte funktioniert.«

»Das würden Sie tun?«

»Mit Vergnügen!«

Jaqueline rückte ein Stück zur Seite und bot dem Vormann den Platz neben sich an.

»Ich hab nicht die schönste Schrift, aber was ich schreibe, das stimmt«, erklärte er, als sie eine neue Seite ihres Buches aufschlug und es ihm mit dem Bleistift reichte.

Es rührte Jaqueline, wie er mit seinen groben Händen versuchte, Schönschrift aufs Papier zu bringen. Seine Ausführungen waren, soweit sie es beurteilen konnte, sehr fundiert und so interessant, dass sie für einen Moment ihre Trauer vergaß.

Als er fertig war, gab er ihr das geöffnete Notizbuch zurück. »Hier, ich hoffe, Sie können es lesen.«

Jaqueline nickte. »Vielen Dank, Mr McGillion.«

»Ich hab doch gesagt, dass ich für Sie da bin.« Er lächelte sie verlegen an, erhob sich und ging zu den Flößen, wo die Wagenlenker warteten.

Jaqueline klappte das Notizbuch zu und folgte ihm.

Als die Fuhrleute verabschiedet waren, wurde das Floß zu Wasser gelassen.

Mit einem letzten prüfenden Blick auf das Ufer sprang Jaqueline an Bord und beobachtete, wie die Strömung es erfasste und langsam von dannen trieb.

13

Als Connor wieder zu sich kam, schaute er an eine niedrige Balkendecke. Der Geruch nach verbranntem Holz stieg ihm in die Nase. Seine Glieder fühlten sich merkwürdig kraftlos an. Eine Wolldecke kratzte an seiner Brust.

Wo bin ich? Was mache ich hier?

Die Erinnerung an die vergangenen Tage war wie ausgelöscht. Das Einzige, was ihm in den Sinn kam, war die Floßfahrt. Er hatte sein Holz nach Montreal bringen wollen. Was suchte er jetzt hier? Das war doch nicht sein Hausboot!

Als er sich aufrichten wollte, spürte er einen stechenden Schmerz an den Schläfen. Stöhnend sank er zurück auf das Lager.

»Wie schön! Sie sind wach«, stellte eine Frauenstimme fest.

Wenig später roch Connor den Duft eines Veilchenparfums, und das Gesicht einer Frau mittleren Alters schob sich in sein Blickfeld. Ihr blondes, von einigen grauen Strähnen durchzogenes Haar war ordentlich im Nacken zusammengebunden. Über ihrer weißen Bluse trug sie ein lavendelfarbenes Häkeltuch.

»Bitte, bleiben Sie noch eine Weile still liegen und schonen Sie sich!«

»Wo bin ich?« Connors Stimme kratzte, als habe er eine Erkältung.

»In unserem Haus. Ich bin Maggie Summerville.«

»Connor Monahan. Was ist passiert? Wie komme ich hierher?«

»Mein Charlie hat Sie nahe der Falls aus dem Wasser gefischt. Sie hatten sich glücklicherweise in ein paar Ästen verfangen, sonst wären Sie gewiss in die Tiefe gestürzt.«

Jetzt erinnerte sich Connor wieder. Das Floß war plötzlich auseinandergebrochen. Vergeblich hatte er versucht, es zu retten. Er hatte einen Schlag auf den Kopf gespürt. Dann war alles dunkel geworden.

»Hat Ihr Mann noch andere Leute gesehen? Ein Floß vielleicht?«

Die Frau schüttelte den Kopf. »Nein, er hat nur berichtet, dass Holzstämme im Wasser trieben. Können Sie sich daran erinnern, was passiert ist?«

Connor berichtete ihr alles, was er noch von dem Geschehen wusste.

»Tut mir leid, Mr Monahan, da war niemand. Deshalb hat Charlie Sie auch mitgenommen.«

Wahrscheinlich halten sie mich für tot. Arme Jaqueline ...

»Ich muss so schnell wie möglich nach Toronto!« Erneut fuhr Connor auf.

Das Stechen stellte sich wieder ein, doch diesmal ignorierte er es. Er entdeckte seine Kleider sauber zusammengelegt auf einem Stuhl. Darauf lag seine mit einem Band zusammengehaltene Geldrolle. Maggie Summerville hatte sich offenbar die Mühe gemacht, die Banknoten zu trocknen und sauber wieder zusammenzurollen.

»Aber Sie sind doch gerade erst aufgewacht«, protestierte die Frau. »Zwei Tage lang hatten Sie hohes Fieber; erst seit vorgestern ist es wieder weg. Ich bezweifle, dass Sie schon wieder gesund sind.«

Also war er bereits mindestens fünf Tage hier! Auch wenn seine Männer nach ihm gesucht hatten, was er nicht bezweifelte, hatte das Floß sicher schon die Niagara Falls erreicht. Vielleicht waren die Stämme sogar bereits auf die Wagen umgeladen worden! Er hatte seinen Leuten keine Instruktionen für den Fall eines Unglücks erteilt, doch solange sie seine Leiche nicht fanden, würden sie sicher weiterflößen. Ich darf nicht länger warten!, dachte Connor. Ich kann Jaqueline nicht länger in dem Glauben lassen, dass ich tot bin.

»Ich weiß Ihre Sorge zu schätzen, Mrs Summerville, aber ich muss nach Toronto. Meine Leute machen sich gewiss große Sorgen um mich, außerdem muss sich jemand um das Holz kümmern.«

Maggie seufzte, trat aber vom Bett zurück. »Also gut, wie Sie wünschen, Mr Monahan. Bloß überstürzen Sie nichts! Das Wetter da draußen ist nicht gerade das freundlichste. Ich vermute, dass Ihre Floßmannschaft irgendwo rasten muss. Das gibt Ihnen vielleicht die Gelegenheit, sie in Toronto einzuholen.«

»Wenn möglich, will ich vor ihnen ankommen.«

Maggie Summerville lachte und schlug die Hände zusammen. »Du meine Güte, das würden Sie nicht mal schaffen, wenn Sie Flügel hätten!«

»Mit einem schnellen Pferd wär das machbar.«

»Das Pferd, das ich Ihnen anbieten kann, ist nicht gerade ein Rennpferd, dafür kennt es sich am Ufer aus. Aber ich würde Ihnen wirklich raten, noch ein Weilchen zu warten.«

Connor schüttelte den Kopf. Jetzt, wo er saß, erstarkten seine Gliedmaßen. Und er fühlte sich auch nicht mehr fiebrig.

»Sie meinen es wirklich ernst, oder?«

»Ja, ich muss los. Meine Leute werden sicher auf mich warten. Mir gehören die Flöße und das Holz, man wartet in Montreal darauf. Ich wäre Ihnen sehr verbunden, wenn Sie mir Ihr Pferd verkaufen könnten, Mrs Summerville.«

»Ich werd meinem Mann Bescheid sagen.« Damit verschwand sie.

Connor nutzte die Gelegenheit, um sich anzuziehen. Dann sah er sich in der Hütte um. Ein wenig ähnelte sie seinem Refugium im Wald, nur dass vor den Fenstern Fischernetze hingen.

Rasch zog Connor ein paar Scheine aus dem Geldbündel und verstaute es in der Hosentasche. Als er die Haustür öffnete, kam Maggie Summerville ihm entgegen.

Sie stemmte die Hände in die Seiten und schüttelte den Kopf. »Meinetwegen können Sie sich auf dem Pferd den Tod holen. Aber Sie werden nicht ohne Proviant losreiten!«

Während sie über den Ontariosee flößten, ließ Jaqueline das Ufer nicht aus dem Blick. Im Schilf, das sich von dem in Deutschland durch Farbe und Größe unterschied, paddelte eine seltsame Entenart. Connor hätte mir das alles mit Freude erklärt!, ging ihr durch den Kopf. Schweren Herzens betrachtete sie ihre Aufzeichnungen. Ob dieser Reisebericht wohl ein gutes Ende finden wird? Sie musste sich eingestehen, dass sie immer weniger daran glaubte.

Zu ihrem Überdruss verschlechterte sich das Wetter. Heftige Sturmböen wühlten den See auf. Blitze zuckten beängstigend am Himmel. Jaqueline erwog, den Männern vorzuschlagen, in Toronto in einer Herberge zu übernachten. Nach den Strapazen der vergangenen Tage hatten sie es verdient, ein wenig auszuruhen. Außerdem brauchte sie endlich ein Bad und etwas anderes zu essen als Dosenfleisch und Bohnen. Aus der zerstörten Floßhütte hatten die Männer eine Kiste gerettet, in der Connor neben den Frachtpapieren auch Bargeld aufbewahrte.

Mit schlechtem Gewissen öffnete Jaqueline sie. Es ist Connors Geld. Ich darf mich nicht daran vergreifen, dachte sie.

Doch dann schaute sie in die erschöpften Gesichter der Männer, und ihr Entschluss stand fest.

Im Hafen von Toronto sorgte die Ankunft der Flöße inmitten all der Dampfschiffe und Segelschiffe für großes Aufsehen. Eine Menschenmenge versammelte sich und beobachtete neugierig, wie die Flöße an einem der zahlreichen Kais vertäut wurden.

Nachdem das erledigt war, kehrten sie in einer Herberge am Stadtrand ein. Allerhand buntes Volk verkehrte dort: Wanderarbeiter, Handelsvertreter, Kaufleute und Farmer, die Geschäfte in der Stadt machten. Dass es ausschließlich Männer waren, die sich in der zugehörigen Bar amüsierten, kümmerte Jaqueline mittlerweile nicht mehr. Mit Unbehagen erinnerte sie sich daran, wie verloren sie sich damals trotz der Begleitung von Warwick in so einer Männerwelt gefühlt hatte. Auch jetzt zog sie sämtliche Blicke auf sich, aber das störte sie nicht. Sie hatte McGillion und die anderen hinter sich und konnte sich darauf verlassen, dass die Männer sie vor Angriffen schützen und ihr in jeder Lage zu Hilfe eilen würden.

»Was kann ich für Sie tun, Ma'am?«, fragte der Mann hinter dem Tresen, als er die Meute erblickte.

Da sich die Mannschaft zurückhielt, war ihm offenbar sofort klar gewesen, wen er ansprechen sollte.

»Wir brauchen Zimmer, so viele Sie haben«, erklärte Jaqueline ihm selbstsicher. »Und Essen und Whiskey für die ganze Truppe.«

Die Augen des Barkeepers leuchteten auf. »Ich fürchte, dass wir so viele Zweibettzimmer nicht haben. Aber wenn die Herren etwas zusammenrücken können, werden wir wohl alle unterbringen.«

»Wir sind Kummer gewohnt, Mister«, meldete sich McGillion zu Wort. »Sorgen Sie nur dafür, dass die Lady ein Einzelzimmer kriegt!«

»Okay.« Der Mann hinter dem Tresen begab sich ans Schlüsselbrett. Nachdem er alle verfügbaren Schlüssel ausgehändigt hatte, teilten die Männer die Zimmer unter sich auf.

»Kann ich noch irgendwas für Sie tun, Miss Jaqueline?«, fragte McGillion, als sie mit der Verteilung fertig waren.

»Nein, Mr McGillion, vielen Dank. Ich lasse mir das Essen aufs Zimmer bringen. Dann habe ich alles, was ich brauche. Gute Nacht!«

»Gute Nacht!« McGillion nickte, und alle zogen sich zurück.

Jaqueline seufzte vor Wohlbehagen bei dem Gedanken an ein richtiges Bett, als sie die Zimmertür hinter sich zuschlug. Erleichtert sah sie sich um. Es gab nichts auszusetzen an dem Raum, aber genießen konnte sie das Alleinsein trotzdem nicht. Sie vermisste Connor so sehr, dass es sie körperlich schmerzte. Sie brauchte nur an ihn zu denken, schon wurde es eng in ihrer Brust vor Sehnsucht. Niedergeschlagen sank sie auf das Bett.

Als ihr kalt wurde, trocknete sie sich schniefend die Tränen und erhob sich. Draußen ging ein Blitz nieder, gefolgt von einem Donnerschlag, der Jaqueline zusammenzucken ließ.

Sie zog die Vorhänge zu und ging zu dem kleinen Ofen, in dem nur noch ein schwaches Feuer glomm. Sie öffnete die Feuerluke und entfachte mit dem Schürhaken die Glut von neuem.

Da klopfte es an der Tür.

In der Annahme, dass es der Kellner mit dem Essen sei, rief sie, den Blick weiterhin auf den Ofen gerichtet: »Ja, bitte!«

»Ich hätte nie gedacht, dass du mich mal so freundlich hereinbitten würdest!«

Jaqueline erstarrte. Angst überwältigte sie wie eine riesige Welle.

Das kann nicht sein! Er kann uns nicht gefolgt sein.

Langsam wandte sie sich um.

Alan Warwick drückte die Tür ins Schloss und grinste sie spöttisch an. »So sieht man sich also wieder!«

»Verschwinden Sie von hier!«, zischte Jaqueline.

»Warum denn?«, gab er ungerührt zurück. »Ich bin doch gerade erst angekommen. Bedauerlich, die Sache mit deinem Geliebten. Aber jetzt ist dein Herz ja frei für mich.«

Jaqueline wurde übel. Dass er von dem Unglück wusste, konnte nur eines bedeuten: »Sie waren das«, presste sie fassungslos hervor. »Sie haben das Floß sabotiert.«

Warwick zog die Augenbrauen hoch. »Hast du dafür auch nur einen Beweis?«

»Den brauche ich nicht!« Während sich der Hass in Jaquelines Brust zusammenballte, merkte sie, dass sie immer noch den Schürhaken in der Hand hielt. »Um zu wissen, dass Sie es getan haben, genügt mir schon ihr dreckiges Grinsen.«

»Aber, aber, meine Liebe, was sind das für gehässige Worte? Sie klingen überhaupt nicht mehr wie eine Dame.«

»Das sind die Worte, die eine Dame für einen Verbrecher wie Sie übrig hat.«

Warwick kniff die Augen zusammen. »An deiner Stelle würde ich meine Zunge hüten. Jetzt, wo dein Geliebter tot ist, hast du nämlich niemanden mehr.«

Drohend kam Warwick auf sie zu und öffnete dabei sein Koppel. »Wenn du dich gut mit mir stellst, werde ich dich am Leben lassen. Aber erst mal wirst du mir einen kleinen Gefallen tun.«

Jaqueline ahnte, was für ein Gefallen das war. Seltsamerweise verspürte sie keine Panik, sondern nichts als die wilde Entschlossenheit, sich zu wehren. Natürlich hatte sie Angst, aber sie hatte ja den Schürhaken ... Sie umklammerte das Eisen fester. Ich sollte ihm etwas vormachen, dachte sie, dann wird es leichter.

»Bitte, das können Sie nicht von mir verlangen!«, flehte sie und wich vor ihm zurück.

Er machte sich bereits an seinem Hosenstall zu schaffen.

»Warum denn nicht? Mit deinem Holzfäller hast du es doch auch getrieben. Da sollte so ein kleiner Gefallen kein Problem für dich sein. Oder hat es dir mit ihm nicht gefallen?«

Jaquelines Magen krampfte sich zusammen. Ekel stieg in ihr auf. Sie atmete tief durch und zitterte vor Wut, was Warwick vielleicht als Ausdruck von Angst deutete.

Als er die Arme nach ihr ausstreckte, riss sie mit einem schrillen Schrei den Schürhaken hoch und schlug mit voller Wucht nach seinem Kopf.

Warwick wollte den Schlag parieren – aber er reagierte zu spät. Der Haken traf ihn an der Schläfe.

Er taumelte, starrte Jaqueline ungläubig an und sackte zu Boden. Aus einer Platzwunde an seiner Schläfe sickerte Blut.

Jaqueline wich erschrocken zurück und ließ den Schürhaken fallen.

Habe ich ihn umgebracht? Panische Angst überfiel sie. Hier wusste niemand, was er ihr angetan hatte. Wenn er wirklich tot war, würde sie im Gefängnis landen.

Den Mut, nachzuprüfen, ob er noch am Leben war, hatte sie nicht. Stattdessen stürmte sie aus dem Zimmer – und prallte gegen McGillion.

»Alles in Ordnung mit Ihnen? Ich habe einen Schrei gehört und wollte mal nachsehen, was los ist.«

Jaqueline zitterte am ganzen Leib. »Wir müssen weg von hier! Warwick ist hier!«

Wer das war, wusste McGillion. Monahan hatte ihn kurz nach ihrem Einzug im Kontor ins Vertrauen gezogen.

»Den werde ich mir vorknöpfen!« Angriffslustig schob er sich die Ärmel hoch.

»Besser nicht! Ich habe ihn niedergeschlagen. Ich will von hier weg sein, ehe er wieder zu sich kommt.«

»Wir sollten ihn der Polizei übergeben!«

»Aus welchem Grund? Weil er mich belästigt hat? Er wird behaupten, dass ich ihn verletzt habe. Außerdem müssen wir dann hierbleiben, und das wird die Auslieferung des Holzes noch weiter verzögern.«

McGillion rang einen Moment mit sich, bevor er eine Entscheidung traf.

»Okay, dann sag ich den Männern Bescheid. Es sei denn, Sie wollen, dass ich den Kerl erst fessle.«

»Es wird reichen, wenn wir die Tür absperren. Das erledige ich. Gehen Sie schon mal vor!«

McGillion wandte sich ab, und Jaqueline kehrte in ihr Zimmer zurück. Ihr Herz raste. Warwick lag noch immer vor dem Ofen. Sein Rücken hob und senkte sich.

Er ist nicht tot. Wenn er zu sich kommt, wird er sich schrecklich an mir rächen, dachte sie, klaubte ihr Schultertuch vom Bett auf, nahm ihre Segeltuchtasche an sich und rannte hinaus. Sie steckte den Schlüssel von außen ins Schloss, drehte ihn herum und lief zu den Männern, die sich im Gang versammelt hatten.

Sie händigte dem Vormann ein Bündel Geldscheine zum Bezahlen der Rechnung aus und verließ das Hotel mit den anderen durch den Hinterausgang.

Noch immer strömte der Regen, und die Luft war empfindlich kalt. Trotzdem war es Jaqueline lieber, weiter zu flößen, als in einem Haus, ja sogar in einer Stadt, mit Warwick zu sein.

Fröstelnd zog sie das Schultertuch zurecht. Sie bemühte sich, das Zähneklappern zu unterdrücken, das nicht nur von der Kälte kam. Reue empfand sie nicht. Dieser Mistkerl hat noch ganz andere Dinge verdient für das, was er uns angetan hat, dachte sie. Er hätte den Tod verdient, weil er Connor auf dem Gewissen hat. Das Einzige, was sie bedauerte, war, dass nun alle auf die Bequemlichkeit der Herberge verzichten mussten.

14

Nach anderthalb Wochen Fahrt über den Ontariosee und den Saint Lawrence River erreichten sie Montreal.

Jaquelines Aufzeichnungen waren weiter angewachsen. Mittlerweile war ihr das Papier ausgegangen, sodass sie neue Notizen auf die Ränder der bereits beschriebenen Blätter schreiben musste. Es würde eine Weile dauern, das Material zu ordnen. Aber das würde sie wenigstens zeitweise von ihren Gedanken an Connor ablenken.

Obwohl es unwahrscheinlich war, dass er es bis hierher geschafft hatte, hielt sie dennoch fast ununterbrochen Ausschau nach ihm.

Auch jetzt stand sie wieder vor der Floßhütte und blickte auf die Stadt, die größte der Kanadischen Konföderation. Vor der Kulisse eines atemberaubenden Sonnenuntergangs bot Montreal einen überwältigenden Anblick. Jaqueline fühlte sich an Hamburg erinnert. Stattliche Kirchtürme reckten sich in die Höhe und wetteiferten mit in den Himmel wachsenden Häusern aus grauem Stein. Ob sie die von Pferden gezogenen Tramways sehen würde, von denen ihr Vater ihr erzählt hatte? Als Kind hatte es sie sehr beeindruckt, dass sie im Winter, wenn es geschneit hatte, auf Kufen dahinglitten.

Das Schnauben von Lokomotiven hallte zum Hafen am Sankt-Lorenz-Strom herüber, in dem zahllose Lastkähne und Segelschiffe ankerten. Schiffsglocken und das Tuten von Dampfschiffen ertönten, und die Rufe von Mannschaften, Kutschern und Hafenarbeitern, die Ladungen löschten, mischten sich in das Geschrei der Möwen und das Gewieher der Pferde. Riesige Lagerhallen zeugten von einem florierenden Handel.

»Das ist das Zollhaus! Imposant, nicht wahr?« McGillion wies auf ein majestätisches Gebäude. Das zweite Stockwerk war mit Kolonnaden geschmückt. Die vorstehende Schmuckfassade der Stirnseite wurde von einem hohen Uhrenturm überragt.

Was für ein prächtiger Bau! Eine einzige Demonstration von Reichtum und Macht. Jaqueline war sprachlos. Sie kniff die Augen zusammen, konnte die Uhrzeit aber nicht erkennen.

Als sie an ihre bevorstehende Aufgabe dachte, runzelte sie besorgt die Stirn. Dank der geretteten Frachtpapiere für das Holz dürften die notwendigen Formalitäten eigentlich schnell zu erledigen sein, tröstete sie sich schließlich. Ich muss unbedingt dafür sorgen, dass das Holz einen guten Preis erzielt. Zum Glück hat McGillion die Tour bereits mehrfach unternommen und kann mir zur Seite stehen.

»Schon eine Ahnung, was Sie machen wollen, wenn unsere Aufgabe erledigt ist?«, fragte der Vormann nun.

Jaqueline lächelte traurig. Offenbar glaubte inzwischen niemand mehr an Connors Überleben. »Ich werde vielleicht in Montreal bleiben. In St. Thomas wird Warwick mich wohl kaum in Ruhe lassen. Und was wird aus Ihnen, Mr McGillion? Ich kann mir vorstellen, dass Sie die Sägemühle gut führen würden.«

»Nur weiß ich nicht, ob man mich lässt. Mr Monahans Brüder haben da ein gewaltiges Wort mitzureden.«

»Wenn es hilft, stelle ich Ihnen gern ein Empfehlungsschreiben aus.«

»Das ist sehr freundlich von Ihnen. Aber wir sollten erst mal das Holz an den Mann bringen.«

Im geschäftigen Hafen von Montreal sorgte das Holz für keinerlei Aufsehen. Die Flößer legten dort nicht an, sondern fuhren noch ein Stück flussabwärts, bis sie die Depots von Monahans Holzhandel erreichten.

Unter McGillions Kommando koppelte die Mannschaft die Flöße auseinander und ging am Ufer vor Anker. Da es inzwischen später Nachmittag war, wurden auch die Stämme nur festgemacht. Erst am nächsten Morgen würde man sie an Land ziehen und begutachten.

»Sie sollten sich ein Zimmer im Hotel gönnen«, schlug McGillion Jaqueline vor, die alle Manöver angespannt beobachtet hatte.

Erschöpft lächelte sie. »Und was ist mit Ihnen?«

»Ich übernachte mit unseren Leuten in einem der Lagerschuppen. Morgen müssen wir ziemlich früh raus. Da lohnt es sich nicht, sich in ein weiches Bett zu legen. Sie hingegen haben ein wenig Ruhe verdient, nachdem sie das Floß mit uns teilen mussten.«

»Das war nicht mal halb so schlimm, wie ich es mir noch vor Monaten vorgestellt hätte. Ich glaube, das Schnarchen der Männer wird mir sogar fehlen.« Jaqueline lächelte, obwohl ihr Herz schwerer war denn je. Connor ist verloren, dachte sie. Mir wird nur die Erinnerung bleiben.

»Das Port-Hotel wäre eine gute Wahl«, bemerkte McGillion nach einer Weile. »Wenn Sie erlauben, bringe ich Sie hin.«

Jaqueline bedankte sich für das freundliche Angebot. Er hatte Recht, ein paar Tage Ruhe würden ihr guttun.

Zwei Wochen nachdem er von den Summervilles losgeritten war, erreichte Connor zu später Stunde Montreal. Die Stadt versank bereits in Dunkelheit, nur am Hafen brannten noch zahlreiche Lichter.

Ob sie bereits hier sind?

In Toronto hatte er einen kleinen Zwischenstopp eingelegt und erfahren, dass die Flößer ziemlich übereilt weitergezogen waren. Der Barkeeper, mit dem er gesprochen hatte, war ganz angetan gewesen von der Frau, die die Holzfäller angeführt hatte.

»Eine resolute Lady! Und die Männer haben aufs Wort pariert. Hätte nicht gedacht, dass eine Frau das Zeug zum Flößen hat.«

Connor hatte stolz in sich hineingelächelt, obwohl ihm das »übereilt« zu schaffen machte. Ob Warwick ihnen immer noch auf den Fersen war? Connor zitterte vor Wut. Gebe Gott, dass sich diese Annahme nicht bewahrheiten würde! Insgeheim verging Jaqueline bestimmt auch so schon vor Angst und Sorge. Die Stärke, die sie an den Tag legte, war gewiss nur Maskerade. Ob sie noch darauf hoffte, ihn heil wiederzusehen? Er durfte sie nicht länger warten lassen!

Connor beschaffte sich ein frisches Pferd und neuen Proviant und ritt weiter. Nur die nötigsten Pausen gönnte er sich. Ständig hielt er Ausschau nach seinen Leuten. Während er am Lake Ontario vorbei und am Saint Lawrence River entlangritt, dachte er nahezu ununterbrochen an Jaqueline. Er sah sie vor sich, wie sie lachte, eine seltene Pflanze zeichnete oder voller Konzentration etwas in ihr Notizbuch schrieb, wie sie mit den Männern am Lagerfeuer saß und scherzte. Am schönsten aber war die Erinnerung an ihre gemeinsamen Nächte. Connor brannte nur so darauf, seine Liebste wieder in die Arme zu schließen, ihren Duft einzuatmen und ihre zarte Haut zu spüren. In der Hoffnung, die Flößer einzuholen, trieb er sein Pferd zum Galopp. Aber es sollte nicht sein. Er entdeckte nur Lastkähne, Segel- und Dampfschiffe auf dem mächtigen Strom.

Nun ritt er die Straße zu seinem Holzdepot hinauf in der Hoffnung, dass die Flöße bereits eingetroffen waren. Das Pferd lahmte ein wenig von dem langen Ritt, doch bald durfte es sich ausruhen. Connor streichelte den Hals des Tieres. Vorfreude bemächtigte sich seiner. Endlich werde ich Jacqueline wiedersehen! Er konnte es kaum noch erwarten, sie in die Arme zu schließen.

Schon tauchten die Dächer seiner Lagerschuppen vor ihm auf. Ohne zu überlegen, lenkte er seinen Braunen zum Kai.

Da lag das Hausboot, dem Himmel sei Dank! Und sein Holz bedeckte das Wasser wie ein riesiger Teppich. Offenbar war so gut wie nichts verloren gegangen. Connor saß ab, band sein Pferd an und ging näher. Die gesamte Fracht war gut vertäut. Saubere Arbeit, McGillion!, dachte er zufrieden, während er über den Kai marschierte. Eigentlich war es Brauch, die Ankunft des Holzes zu feiern. Aber auf dem Floß war alles still. Wahrscheinlich ist ihnen das Feiern gründlich vergangen, überlegte Connor. Immerhin glauben sie, dass ihr Boss nicht mehr am Leben ist.

Er sprang auf das Hausfloß und klopfte gegen die Wand. Einer der Männer steckte den Kopf durch die Tür.

»Was ist...«

Es war Cody Jefferson.

»Du lieber Gott!« Codys Augen weiteten sich. »Mr Monahan!«

»Ja, ich bin es!«

Die Tür schwang auf, und schon stürmte Cody auf ihn zu, sodass das Floß ins Schwanken geriet. Die beiden Männer fielen sich in die Arme und klopften sich gegenseitig auf den Rücken.

»Wir dachten schon, Sie wären tot! Da werden sich die Jungs aber freuen! Und nicht nur die!« Cody grinste und brüllte lautstark: »He, Leute, Mr Monahan ist wieder da!«

Connor sah sich suchend um.

»Die Jungs schlafen im Schuppen, ich bin als Wache beim Holz geblieben«, setzte er erklärend hinzu.

»Und wo ist Jaqueline?«

»Die hat der Vormann im Hotel einquartiert. Kommen Sie, wir fragen ihn mal, in welches.«

Damit begaben sie sich zu dem Schuppen, in dem sich die Mannschaft zur Ruhe gelegt hatte. Auch dort war das Staunen über den Zurückgekehrten groß.

Die Männer umringten ihren Boss und redeten vor Freude alle durcheinander.

»Wie sind Sie dem Fluss entkommen?«, fragte Bradley.

»Ich bin an einem Ast hängen geblieben. Ein Fischer hat mich gerettet und mir ein Pferd überlassen, mit dem ich nach Toronto geritten bin. Leider habe ich euch dort knapp verpasst. Aber ich erzähl euch das alles noch genauer. Jetzt möchte ich vor allem schnell zu Miss Halstenbek.«

»Ich habe sie im Hotel Port am Hafen einquartiert«, erklärte McGillion. »Die Lady hat sich verdammt Sorgen um Sie gemacht.«

Schon schwang Connor sich wieder auf seinen Braunen.

»Legt euch wieder schlafen, Leute!«, rief er noch, als er dem Tier die Fersen gab. »Morgen packen wir den Rest der Arbeit gemeinsam an und feiern die Ankunft des Holzes!«

Die Zimmer des Port-Hotels, die auf der Hafenseite lagen, boten einen grandiosen Ausblick auf den Saint Lawrence River. Lichtpunkte hüpften auf den Wellen, und ein perfekter Halbmond hing wie ein Lampion am Himmel.

Jaqueline, die am Fenster stand, seufzte. Das Zimmer war geschmackvoll eingerichtet und gut beheizt, doch sie konnte nicht schlafen.

Alles könnte so schön sein, wenn Connor bei mir wäre, dachte sie. Wo steckst du nur, Liebster? Solltest du wirklich tot sein? Dann hätte ich nicht mal ein Grab, an dem ich um dich trauern kann.

Ein Klopfen riss sie aus ihren schwermütigen Gedanken.

»Herein!«, rief sie unwillkürlich und bereute es sofort, denn augenblicklich polterten schwere Schritte über die Schwelle.

Erschrocken wirbelte Jaqueline herum. Sollte das schon wieder dieser elende Warwick sein? Sie zitterte.

Als sie sah, wer da in der Tür stand, versagten ihre Beine den Dienst. Sie taumelte und tastete Halt suchend nach dem Fensterbrett. Der Boden unter ihren Füßen schien zu beben. Sie kniff die Augen zusammen, um sich zu vergewissern, dass sie nicht träumte.

»Was denn, erkennst du mich nicht?« Der Mann näherte sich langsam.

Jaqueline schossen die Tränen in die Augen. »Conn...?« Sein Name erstickte unter Schluchzern. »Connor, bist du es wirklich?« Damit flog sie auf ihn zu. Weinend warf sie sich an seine Brust.

Auch Connor konnte die Tränen nicht mehr zurückhalten. Wie oft hatte er sich dieses Wiedersehen vorgestellt! Er schlang die Arme um Jaqueline und barg sein Gesicht in ihrem Haar.

Zitternd und weinend standen sie da und hielten einander fest.

»Ich habe geglaubt, du bist tot«, flüsterte Jaqueline schließlich, nahm sein Gesicht in die Hände und küsste ihn überschwänglich.

»Als ich vom Floß fiel, dachte ich auch, es wäre vorbei.« Connor strich ihr sanft übers Haar. »Aber jetzt bin ich hier und fühle mich so lebendig wie noch nie.« Damit zog er sie an sich und küsste sie.

»Wir haben dich überall gesucht. Wo warst du so lange?«, fragte Jaqueline, als er sie wieder freigegeben hatte, und zog ihn aufs Sofa, wo sie sich in seine Arme schmiegte und seinem Herzschlag lauschte.

»Ein Fischer hat mich aus dem Wasser gezogen. Glücklicherweise hatte ich mich an einem Baumstamm verfangen. Als ich wieder zu mir kam, befand ich mich im Haus des Fischers. Seine Frau sagte mir, dass ich Fieber hatte. Und sie hat mich nur widerstrebend ziehen lassen. Aber ich musste fort, damit du so schnell wie möglich erfährst, dass ich noch lebe. Ich hatte gehofft, euch in Toronto einzuholen, doch ihr wart bereits fort.«

»In Toronto hätte ich dich gut gebrauchen können. Warwick ist zu mir in die Herberge gekommen und hat mich bedroht. Ich habe ihn mit einem Schürhaken außer Gefecht gesetzt.«

»Und wo ist er jetzt?« Connor runzelte besorgt die Stirn.

»Das weiß ich nicht. Ich hab ihn vor der Abreise in meinem Zimmer eingeschlossen. Möglicherweise ist er zurückgeritten.«

»Das glaube ich nicht. Bestimmt wird er wieder auftauchen. Wenn er das Floß wirklich sabotiert hat, wusste er auch, wo wir hinwollten.«

»Und wer sollte ihm das gesagt haben?«

Als Connor die Augen niederschlug, stieg eine böse Ahnung in Jaqueline auf. »Du glaubst doch nicht, dass Marion –«

»Davon bin ich überzeugt. Möglicherweise hat sie ihn sogar dazu angestiftet, um sich an mir zu rächen.«

»An uns«, sagte Jaqueline und schwieg betreten.

Auch Connor schwieg eine geraume Weile. Er hielt Jaqueline umschlungen und freute sich still an ihrer Gegenwart. Es gab so vieles, was er ihr noch erzählen wollte. Doch jetzt gab es etwas, was wesentlich wichtiger war. Er machte sich los und stand auf, um sich sogleich vor dem Sofa niederzuknien.

Er räusperte sich und nahm Jaquelines Hand. »Jaqueline, willst du meine Frau werden?«, fragte er feierlich.

Jaqueline traute ihren Ohren nicht. Eine unbändige Freude erfasste sie und brachte sie beinahe um den Verstand. »Ist das dein Ernst?«, fragte sie, wobei sie das sofort bereute. Denn alles in ihr schrie: Ja, Connor! Ja, ich will! Ich wünsche mir nichts sehnlicher als das.

»Ich bin kein Mann, der bei so etwas Scherze macht«, erklärte er ernst. »In den letzten Tagen habe ich erkannt, dass man keine Chance vertun darf, die das Leben einem bietet. Ich könnte es nicht ertragen, dich wieder zu verlieren, Jaqueline. Und als meine Ehefrau wärest du vor Warwicks Attacken sicher.«

»Wenn es nur wegen ihm ist...«

Connor sprang auf, nahm Jaqueline bei den Armen, zog sie hoch zu sich und blickte sie eindringlich an. »Ich möchte dich nicht wegen Warwick heiraten, sondern weil ich dich liebe, Jaqueline. Ich weiß, dass du die Richtige bist, die Frau, mit der ich mein ganzes Leben teilen möchte. Also: Willst du mich oder nicht?«

»Ja, ich will dich, Connor Monahan.« Jaqueline lächelte selig. All ihre Ängste waren wie weggeblasen.

Ein Lächeln huschte nun auch über Connors Gesicht, und seine Augen leuchteten. Er schlang die Arme um Jaqueline und küsste sie leidenschaftlich.

15

Die Mannschaft hatte bis zum frühen Nachmittag schwer geschuftet, um das Holz aus dem Wasser zu fischen, es zu sortieren und ins Depot zu schaffen, während Connor mit seinen Kunden verhandelte. Darunter war auch ein Beauftragter des Architekten, der den Bau der City Hall vorantrieb und neues Holz brauchte. Seit drei Jahren schon gehörte er zu seinen besten Abnehmern, und Connor fragte sich, ob das neue Rathaus, das dem von Paris nachempfunden werden sollte, wohl jemals fertiggestellt würde.

Nachdem er den Verkauf zu einem guten Abschluss gebracht hatte, stand einer zünftigen Feier nichts mehr im Wege. Schließlich gab es mehr zu begießen als nur die Ankunft des Holzes.

Die Männer warfen die Hüte in die Luft und brachen in Jubelrufe aus, als er ihnen nach getaner Arbeit freigab und zudem verkündete, dass er nun seiner Braut einen Verlobungsring kaufen werde.

»Ich lade euch alle zu meiner Hochzeit ein, die nach unserer Rückkehr in St. Thomas stattfinden wird. Heute Abend werden wir schon mal kräftig auf das bevorstehende Ereignis und die glückliche Ankunft des Holzes anstoßen. Ich erwarte euch ab sieben Uhr im Harbour Inn.« Damit schwang Connor sich auf sein Pferd und ritt in Richtung East Ward davon.

Er hielt auf die belebte Rue Saint-Paul zu, wo sich viele Zeitungsverleger und Druckereien angesiedelt hatten, die Blätter in englischer oder französischer Sprache herausgaben. Vor einem fünfstöckigen Handelshaus aus grauem Kalkstein machte er Halt. Dort hatte sich nicht nur ein Gemischtwarenhändler, sondern mit Zéphirin Lapierre auch ein hervorragender Schuhmacher niedergelassen, bei dem Connor bei seinem letzten Besuch ein schönes Paar Lederstiefel in Auftrag gegeben hatte.

Nachdem er die Stiefel abgeholt hatte, bog er in die Rue de Bonsecours ein. An der Ecke zur Rue Notre-Dame lag die berühmte Pharmacie von Doktor Picault, die vor allem deshalb stets gut besucht war, weil der Inhaber kostenlos für medizinische Konsultationen zur Verfügung stand. Hier erstand Connor ein herrlich nach Rosen duftendes Parfum, mit dem er Jaqueline überraschen wollte. Von der streng nach Hustensirup und anderen Heilmitteln riechenden Apotheke waren es nur ein paar Schritte zum Schmuckhändler, der in demselben Gebäude seine Preziosen feilbot.

Die Atmosphäre in der Bijouterie, deren Fenster mit schweren roten Samtvorhängen drapiert waren, wirkte so elegant, dass Connor sich beinahe unwohl fühlte. Dennoch wurde er äußerst zuvorkommend bedient. Kaum hatte er seinen Wunsch nach einem Verlobungsring geäußert, wurde ihm auf einem schwarzen Samtkissen eine Auswahl bereitgelegt. Der Holzhändler entschied sich für einen schlichten Goldreif mit einem herrlich leuchtenden Rubin.

Was Jaqueline wohl sagen würde, wenn er ihn ihr heute Abend an den Finger steckte?

Voller Vorfreude nahm er die Schmuckschatulle an sich und verstaute sie gut in seiner Hosentasche, bevor er sich zum Port-Hotel aufmachte.

Jaqueline war selig. Eine wunderschöne Nacht mit Connor lag hinter ihr. Connor, ihr zukünftiger Ehemann. Am frühen Morgen war er aus ihrem Bett geschlüpft und zurück zu seinen Männern geritten, um die anstehenden Arbeiten zu leiten. Sie hatte noch ein Stündchen weitergeschlafen. Dann hatte sie sich ein Bad richten lassen und die Zeit mit Körperpflege, Herumtrödeln, Träumen und mit ihren Aufzeichnungen zugebracht. Connor hatte ihr das Versprechen abgenommen, sich keinesfalls allein auf der Straße zu zeigen.

Jetzt stand sie am Fenster und blickte hinaus auf den Hafen. Das Gewimmel weckte Sehnsucht nach Hamburg in ihr. Vielleicht werde ich eines Tages dorthin zurückreisen, dachte sie. Doch jetzt beginne ich erst einmal ein neues Leben.

Für den Abend hatte Connor ihr eine Überraschung versprochen. Gespannt fragte sie sich, was das sein würde. Ein Kleid vielleicht? Sie blickte an sich herunter. Da ihr Kleid, das sie während der Reise getragen hatte, vollkommen hinüber war, blieb ihr nichts anderes übrig, als das Kleid zu tragen, das sie noch in ihrer Segeltuchtasche mitgenommen hatte. Es war das grüne, das Connor ihr geschenkt hatte. Während sie über den Stoff strich, erinnerte sie sich wieder an den Vorfall beim Empfang der Bonvilles.

Wenn ich zurück bin, werde ich mir ein anderes zulegen. Oder vielleicht schon hier in der Stadt?

Beim Frühstück hatte sie einige Damen belauscht, die von der neuen Tram der Stadt berichtet hatten. Wenn Connor zurück ist, werde ihn bitten, mit mir zu fahren.

Schritte ertönten vor der Tür. Jaqueline wandte sich um.

Connor trat wenig später ein. In der Hand hielt er einige kleine Päckchen.

Jaqueline flog ihm entgegen. »Ich habe dich so sehr vermisst!«

»Ich war doch nur einen halben Tag weg. Was wirst du erst tun, wenn ich den ganzen Tag im Wald bin?«

»Mit dir kommen!« Sie küsste ihn, dann blickte sie auf die Päckchen. »Ist das die versprochene Überraschung?«

Connor lächelte versonnen, während er eine Hand in die Hosentasche schob und dort nach dem Schächtelchen tastete, das den Ring enthielt.

»Nein, die spare ich mir für heute Abend auf. Das hier möchte ich dir jetzt schenken.«

Connor reichte ihr ein in Seidenpapier eingewickeltes Päckchen. »Ich dachte, nach all den Anstrengungen hast du etwas Schönes verdient.«

Jaqueline riss das Papier herunter und entdeckte ein Schächtelchen, das dem mit der Brosche ihrer Mutter ähnelte. Behutsam öffnete sie den Deckel: Im Innern lag ein Parfumflakon.

»Oh, Connor, wie aufmerksam!« Neugierig öffnete sie das Glasfläschchen, und sofort stieg ein zarter Duft auf. »Rosenwasser! Wie herrlich! Das muss ja sündhaft teuer gewesen sein!«

Connor strahlte. »Für dich ist mir nichts zu teuer. Außerdem ist es nur eine kleine Aufmerksamkeit, nichts weiter. Warte bis heute Abend! Ich habe Plätze im Harbour Inn reserviert, für uns und die gesamte Mannschaft. Da werden wir unsere Verlobung gebührend feiern.«

Jaqueline standen die Tränen in den Augen.

Das Harbour Inn war nicht weit vom Hotel entfernt. Jaqueline bedauerte das fast ein wenig, denn nur zu gern wäre sie mit der Tram gefahren. Aber dafür hatten sie später noch Zeit.

Im Lokal, das so etwas wie ein großes Pub war, hatten sich bereits sämtliche Holzfäller eingefunden. Auch die Gehilfen aus dem Depot waren gekommen. Die Männer hatten sich um die Tische verteilt und unterhielten sich angeregt. Aus der Küche strömte ein betörender Duft.

Fasziniert betrachtete Jaqueline das große Fischernetz, das eine der Wände fast vollständig überspannte. Darin hingen neben verschiedenen Muscheln und Seesternen auch Erinnerungsstücke wie ein alter Kompass, zwei zarte Glöckchen, eine Meerschaumpfeife, ein Messer mit Horngriff, ein Medaillon, ein kleines auf Holz gemaltes Gemälde von einem Segelschiff und vieles mehr. Von der Decke baumelte das Modell eines Klippers. Auf dem Bug konnte Jaqueline den Schriftzug *Hope* lesen.

Ob der Wirt früher zur See gefahren ist?, fragte Jaqueline sich.

»Alles in Ordnung, Liebes?«, raunte Connor ihr ins Ohr.

»Ja, ich habe nur das Netz dort betrachtet.«

»Das ist das Fundbüro des Inn. Dort bewahren sie alles auf, was Gäste hier vergessen haben. Wenn sie wieder in Montreal sind, können sie die Fundstücke wieder mitnehmen.«

»Das Schiff muss der Besitzer doch vermisst haben.«

Connor lächelte verschmitzt. »Wahrscheinlich hat er es freiwillig hiergelassen, weil es ihm zu schwer wurde. Manchmal muss man auf Reisen auch Ballast abwerfen.«

Da hat er Recht, dachte Jaqueline. Aber manch eine Last wird man nicht vollständig los. Sie kann höchstens leichter werden. Doch dann schob sie den Anflug von Melancholie entschlossen beiseite. Sie waren zum Feiern hier und nicht, um der Vergangenheit nachzuhängen.

»Ein Toast!«

Connor erhob sich und schlug mit dem Löffel gegen sein

Glas. Das war beinahe ein wenig zu förmlich, aber die Männer verstummten sofort. Einige sahen Connor verwundert an.

»Nach dieser sehr wechselvollen Reise danke ich allen, die dafür gesorgt haben, dass wir in dieser Runde zusammensitzen und den Verkauf des Holzes feiern können. Ich danke euch, dass ihr durchgehalten und die Reise so gut zum Abschluss gebracht habt.«

Die Männer jubelten und klatschten.

»Aber bevor wir uns ans Feiern machen, habe ich noch etwas zu verkünden.«

Jaquelines Herz begann ahnungsvoll zu pochen.

»Wie ihr alle mitbekommen habt, hatten wir zum ersten Mal eine Frau an Bord. Eine ganz besondere Frau, deren Anwesenheit unser Leben bereichert hat. Ich weiß, dass viele von euch sie mögen, doch das ist nichts gegen die Empfindungen, die ich für sie hege.« Damit holte er die Schatulle aus der Tasche. Dann kniete er vor Jaqueline nieder und klappte den Deckel auf. Der Rubin auf dem Ring funkelte im Licht der Gaslampen.

»Heute habe ich Jaqueline Halstenbek die Ehe versprochen, und ihr alle sollt nun Zeuge sein, wie ich ihr den Verlobungsring an den Finger stecke.«

Jaqueline schlug die Hand vor den Mund. Tränen schossen ihr in die Augen.

»Ja, ich will deine Frau werden, Connor Monahan. Aus vollem Herzen.« Damit schloss sie die Hände um seine, beugte sich vor und küsste ihn unter dem ohrenbetäubenden Jubel der Holzfäller.

Warwick lenkte sein Pferd in Richtung Hafen. Ob Jaqueline und die Holzfäller schon in Montreal angekommen waren?

Die Flöße würden zwischen all den Dampfern, Segelschiffen und Lastkähnen nicht zu übersehen sein. Langsam ritt er über die Uferstraße oberhalb der Kais, die von wuchtigen Gebäuden gesäumt war und einen guten Überblick auf die Hafenanlagen bot. Jetzt, am späten Abend, waren die meisten Ladungen gelöscht, und nur noch wenige Wagen und Pferdekutschen rollten über die Docks. Dafür war das Treiben in den Hafenkneipen umso fröhlicher. Tanzmusik klang zu Warwick herauf. Jemand spielte die Fiedel, Gläser klirrten, und fröhliches Gelächter zeugte von vergnügten Gästen.

Warwick beschloss, die Suche für heute aufzugeben und sich einen guten Tropfen und ein anständiges Essen zu genehmigen, denn sein Magen knurrte plötzlich.

Er band sein Pferd an und schlenderte hinunter zum Ufer, angezogen von dem immer ausgelassener aufspielenden Fiedler. Vor der Kneipe, aus dem die Weisen auf die Straße drangen, blieb er stehen. Was im Harbour Inn wohl gefeiert wurde? Eine Hochzeit vielleicht? Warwick blickte in die erleuchteten Fenster.

War das möglich? Diese Frau, die da die Arme um den Nacken eines Mannes schlang – das war doch Jaqueline! Nein, ausgeschlossen! Warwick verwarf den Gedanken gleich wieder. Du siehst Gespenster, alter Junge!, schalt er sich und wollte sich abwenden. Aber da sah er das Gesicht des Mannes: Monahan! Das war tatsächlich Connor Monahan! Das kann doch nicht sein! Ich dachte, den hätten längst die Fische gefressen...

Der Holzhändler zog Jaqueline an sich und küsste sie.

Verdammt, wie hatte der Kerl bloß überlebt? Die Niagara Falls verschlangen doch alles, was auf sie zustürzte, und bedeuteten den sicheren Tod.

Zorn machte sich in Warwick breit. Ihm war nicht nur seine

Rache verwehrt geblieben, Marion Bonville würde ihm auch keinen einzigen Cent mehr zahlen! Vielleicht würde sie sogar auf die unselige Idee verfallen, ihn aus lauter Bösartigkeit anzuzeigen.

Nein, Monahan muss sterben! Und Jaqueline mit ihm.

Warwick tastete nach der Wunde in seinem Gesicht. Die Narbe würde ihn zeit seines Lebens an den demütigenden Angriff mit dem Schürhaken erinnern.

Aber ich werd es dir heimzahlen, Jaqueline Halstenbek. Ihr werdet es beide büßen, ihr Turteltäubchen!, schwor er sich und zog sich zähneknirschend in den Schatten zurück.

Als sie das Harbour Inn zu später Stunde verließen, war Jaqueline überglücklich. Versonnen blickte sie auf den Ring an ihrer Hand. Connor und ich sind ein Paar, jubelte sie innerlich, beschwingt von dem heiteren Abend und dem guten Wein. Niemand wird uns trennen können.

Als sie wieder aufschaute, ließ der Anblick einer jämmerlichen Gestalt ihr Blut gefrieren.

Warwick! Er trug einen dicken Verband an der Schläfe, und seine Kleider sahen noch schäbiger aus als bei ihrem letzten Zusammentreffen. Er wankte auf sie zu.

Plötzlich hielt er einen Revolver in der Hand.

»Connor!«, rief Jaqueline verzweifelt.

Schon krachte ein Schuss!

Jaqueline wollte Connor zur Seite ziehen, doch da war es bereits zu spät. Der Aufprall der Kugel schleuderte sie zurück. Mit schmerzverzerrtem Gesicht sank sie in seinen Armen zusammen.

Fassungslos starrte Monahan Jaqueline an, da feuerte Warwick erneut.

Connor warf sich schützend über seine Verlobte.

Passanten stoben schreiend in alle Richtungen davon, heimkehrende Hotelgäste retteten sich in den Eingang. Rufe nach der Polizei wurden laut.

Da erschienen die Holzfäller in der Tür des Harbour Inn.

McGillion reagierte sofort. Er zog seine Waffe und schoss.

Warwick ging getroffen zu Boden.

»Einen Arzt!«, rief Connor verzweifelt und schleppte Jaqueline, die in seinen Armen zitterte, in die Eingangshalle mit der Rezeption. »Wir brauchen dringend einen Arzt!«

»Das Hôtel Dieu ist das beste Krankenhaus der Stadt«, meldete sich der Portier, der sich bei den Schüssen draußen auf der Straße unwillkürlich hinter seinen Tresen geduckt hatte und wieder aufgetaucht war. »Ich lasse sofort einen Wagen für Sie vorfahren.«

Connor lehnte sich erschöpft an die Wand. Am liebsten wäre er losgelaufen, aber er wusste, dass er Jaqueline damit nur schaden würde.

Er beugte sich hinunter zu ihr und streichelte zärtlich ihre Wangen. »Halte durch, mein Liebling! Du darfst mich nicht verlassen.«

»Ich liebe dich, Co...«, flüsterte sie, dann versagte ihre Stimme, und sie wurde ganz schlaff. Sie hatte das Bewusstsein verloren.

Connor war vor Angst wie gelähmt. Das Geschehen um sich herum nahm er kaum wahr. Die Zeit dehnte sich endlos. Er merkte nicht, dass sein Vormann ihn jetzt stützte und sanft auf Jaqueline und ihn einredete.

Als der Wagen endlich vor dem Eingang hielt, half er Connor und Jaqueline hinein. Die neugierigen Blicke der Passanten ignorierte er.

Vorsichtig betteten die Männer Jaqueline auf die Sitzbank

des Zweispänners. Der Kutscher knallte die Peitsche über dem Rücken der Pferde, und die Fahrt ging los.

Das Hôtel Dieu, eines der modernsten Krankenhäuser Kanadas, wirkte von weitem wie ein Schloss. Mehrere hohe Gebäude gingen kreuzförmig von einem Turm mit grüner Kuppel ab. Die Ursprünge dieses Krankenhauses reichten bis ins 17. Jahrhundert zurück. Seit beinahe fünfzehn Jahren befand es sich am Mount Royal. Bedeutende medizinische Fortschritte waren hier gemacht worden. Connor erinnerte sich daran, in einer Zeitung gelesen zu haben, dass man hier bei einem Patienten eine Niere entfernt hatte. Wenn das möglich ist, werden sie es wohl auch problemlos schaffen, bei Jaqueline eine Kugel zu entfernen, dachte er. In wenigen Fenstern des Hospitals brannte noch Licht.

Als die Kutsche anhielt, hob Connor die reglose Jaqueline aus dem Wagen und stürmte mit ihr zum Portal. »Jaqueline, bitte halte durch!«, flehte er leise, auch wenn er wusste, dass sie ihn nicht hörte. »Du darfst nicht sterben!«

In der Eingangshalle der Klinik stieß er auf eine junge Frau in Schwesterntracht, die einen Medikamentenwagen schob.

»Bitte, ich brauche Hilfe. Meine Verlobte ist angeschossen worden!«, rief Connor.

Erschrocken schlug die Schwester die Hand vor den Mund, als sie den großen Blutfleck bemerkte, der sich auf Jaquelines Kleid ausgebreitet hatte.

»O mein Gott! Einen Moment, bitte!«

Connor legte Jaqueline kurzerhand auf einer Trage ab, die im Gang stand. Erst jetzt bemerkte er den beißenden Geruch, der die Flure erfüllte. Zärtlich strich er Jaqueline über das Haar und kämpfte gegen die Tränen an. Sie ist so blass, dachte er verzweifelt. Hoffentlich können die Ärzte sie retten. Schritte polterten den Gang hinauf. Die Schwester eilte herbei, begleitet von einer Kollegin und einem Mann im weißen Kittel.

»Ich bin Doktor Roland Lacroix«, erklärte er nach einem Blick auf die Patientin. »Wir werden Ihre Verlobte in den Operationssaal bringen.«

»Kann ich mitkommen?« Connor sah den Arzt eindringlich an.

»Bis in den Wartesaal sicher.«

»Danke.«

Connor half ein Stück mit, die Trage zu schieben, bis sie den Wartesaal erreichten, wo er Platz nehmen musste.

Er war nicht allein dort. Eine Frau saß da mit einem Kind, außerdem ein junger Mann, der nervös seinen Hut hin und her drehte.

Während der Arzt und die Schwestern mit Jaqueline verschwanden, sank Connor auf eine Bank.

»Meine Frau kriegt auch ein Kind«, bemerkte der junge Mann. Offenbar hatte er die Situation falsch verstanden. »Wir waren schon zu Bett gegangen, als es losging. Dass sich das Kind so eine dumme Zeit aussuchen musste!«

Connor verzichtete darauf, ihn darüber aufzuklären, was wirklich geschehen war.

»Es wird schon kommen, keine Sorge. Manchmal dauert es eben ein wenig.«

Connor senkte den Blick auf die Bodenkacheln. Tränen nahmen ihm die Sicht. Ob Jaqueline und ich je Kinder haben werden?, fragte er sich. Was soll ich nur tun, wenn sie die Nacht nicht überlebt?

Eine halbe Stunde später erschien McGillion mit zwei weiteren Holzfällern. Connor saß wie auf glühenden Kohlen. Noch immer hatte sich niemand blicken lassen, der ihm Auskunft über Jaquelines Zustand geben konnte. Die Frau mit dem Kind war inzwischen gegangen, nachdem einer der Ärzte kurz mit ihr gesprochen hatte. Der junge Mann kaute auf seinen Fingernägeln herum, sprang zwischendurch immer wieder auf und lief umher, als könne er die Ereignisse so beschleunigen.

»Wie geht es ihr?« McGillion sah sich unbehaglich um. Er hasste Krankenhäuser.

»Sie wird gerade operiert«, erklärte Connor.

»Und wie lange wird das noch dauern?«

»Wenn ich das nur wüsste!«

»Ich hoffe sehr, sie kommt durch. Sie ist die beste Frau, die Sie kriegen können, Boss. Ich hoffe, dass Sie mir meine Offenheit nicht verübeln. Die ganze Zeit war sie so tapfer, auch wenn man gemerkt hat, dass es sie fast zerrissen hat, dass Sie nicht mehr am Leben sein könnten.«

Und mich würde es umbringen, sollte ich sie jetzt verlieren, ging Connor durch den Kopf. Doch diesen Gedanken wollte er seinen Männern nicht aufbürden. »Was ist mit Warwick?«

»Den hat die Polizei verhaftet. Leider hat die Kugel nicht so getroffen, wie sie sollte. Aber so, wie ich die Sache geschildert hab, wird er wohl sein Lebtag nicht mehr aus dem Knast kommen.«

Connor wusste, dass das keineswegs sicher war. Warwick musste vor Gericht gestellt und rechtskräftig verurteilt werden. Aber daran wollte er jetzt nicht denken.

»Sollen wir Ihnen noch ein Weilchen Gesellschaft leisten?«, fragte McGillion schließlich, worauf Connor den Kopf schüttelte.

»Nein, das ist nicht nötig. Gehen Sie mit den anderen zum Quartier zurück, und sorgen Sie dafür, dass Sie den wohlverdienten Schlaf kriegen! Sobald ich etwas weiß, komme ich zu euch.«

Darauf verabschiedeten die Männer sich.

Nach einer weiteren halben Stunde wurde auch der werdende Vater erlöst. Eine Schwester holte ihn zur Wöchnerinnen-Station. Vielleicht sollte ich auch ein wenig herumlaufen? Vielleicht hilft es doch. Seufzend blickte Connor zur Uhr an der Wand des Wartesaals. Die Zeiger standen mittlerweile auf kurz vor eins.

Ist es ein gutes oder schlechtes Zeichen, wenn es so lange dauert?

Als er schnelle Schritte im Gang hörte, sprang Connor auf. Eine Krankenschwester, die er zuvor noch nicht gesehen hatte, kam auf ihn zu.

Der Pulsschlag rauschte in Connors Ohren. Bitte, lieber Gott, lass sie überlebt haben!

»Mr Monahan?«

»Ja, der bin ich. Wie geht es meiner Verlobten?«

Ein Lächeln trat auf das Gesicht der Schwester. »Sie lebt. Sie hat die Operation gut überstanden und befindet sich gerade im Aufwachraum.«

Monahan atmete erleichtert aus und schloss die Augen. Ich danke dir, Gott!

»Darf ich sie sehen?«

Auf das Nicken der Schwester folgte er ihr über den Korridor, dann eine Treppe hinab.

Das Licht in dem sich anschließenden Gang wirkte kalt und gespenstisch. Der Geruch nach Karbol war hier noch stärker. Doch all diese Eindrücke wurden Nebensache, als er das Aufwachzimmer betrat.

Der Arzt beugte sich gerade über das Bett, in dem Jaqueline lag, und fühlte ihren Puls.

Meine wunderschöne Jaqueline! Connor traten erneut Tränen in die Augen.

Sie trug jetzt ein weißes Nachthemd, das ihr viel zu groß war. Ein dicker Verband über ihren Rippen beulte den Stoff aus.

»Ihre Verlobte hatte wirklich Glück.« Dr. Lacroix richtete sich auf und lächelte ihm aufmunternd zu. »Hätte die Kugel etwas höher getroffen, hätte sie ihr die Lunge zerfetzt. Doch so ist das Geschoss gegen einen Knochen geprallt. Die Rippe ist von dem Aufprall zwar gebrochen und wird die nächsten Tage schmerzen, aber so die Patientin sich keinen Wundbrand zuzieht, wird sie schon bald wieder auf den Beinen sein.«

Monahan schluckte nickend gegen seine Tränen an. Gleichzeitig stieg Zorn in ihm auf. Du wirst ihr nie wieder etwas antun, Warwick!, gelobte er sich insgeheim. Ich werde Jaqueline beschützen, das schwöre ich.

Connor wachte die ganze Nacht neben Jaquelines Bett. Das trübe Licht einer Petroleumlampe fiel auf ihr Gesicht, das er wachsam beobachtete, um bei der kleinsten Veränderung eine der Krankenschwestern zu rufen.

Regelmäßig kam Dr. Lacroix vorbei, maß ihren Puls und prüfte die Reaktion ihrer Pupillen.

»Warum wird sie nicht wach?«, fragte er den Arzt, als sich auch nach vier Stunden nichts getan hatte.

»Sie ist von der Narkose in einen tiefen Schlaf übergegangen. Ich bin sicher, spätestens heute früh gegen sieben kommt sie wieder zu sich.«

Obwohl Connor sich vorgenommen hatte, so lange zu

wachen, bis Jaqueline aufwachte, wurde er schläfrig. Die Augen fielen ihm zu, und das leise Zischen der Petroleumlampe trat allmählich in den Hintergrund.

»Connor.«

Obwohl sein Name nur gehaucht wurde, schreckte der Klang Connor aus dem Schlaf. Während er sich aufsetzte, blickte er zu Jaqueline. Sie hatte die Augen aufgeschlagen, und ihre rissigen Lippen bewegten sich schwach.

»Was ist passiert?«

Monahan schluchzte erleichtert auf, erhob sich vom Stuhl und kniete sich vor das Bett. »Mein Liebling, du bist wieder wach!« Tränen kullerten ihm über die Wangen.

Sie versuchte zu lächeln, doch ihre Gesichtsmuskeln wollten noch nicht gehorchen. »Warum weinst du denn?«, fragte sie. »Und warum habe ich diese Schmerzen?«

»Warwick hat auf uns geschossen, weißt du nicht mehr?«

Jaqueline zog die Augenbrauen zusammen und überlegte. Dann schüttelte sie den Kopf.

Vermutlich ist das der Ätherrausch, dachte Connor, während er nach Jaquelines Hand griff und sie küsste.

»Du solltest dich ausruhen.«

»An unsere Verlobung erinnere ich mich aber noch«, fügte sie dann hinzu, und nun gelang ihr das Lächeln. »Ich wäre so gern mit der Tram in der Stadt gefahren und mit dir auf den Mount Royal geklettert.«

»Na, das sind ja mal Pläne!« Connor wischte sich eine Träne aus dem Augenwinkel. Dann beugte er sich über sie, gab seiner Verlobten einen Kuss und flüsterte: »Wir werden alles nachholen, das verspreche ich dir. Warwick kann uns nichts mehr anhaben.«

Epilog

HAMBURG, WINTER 1876

»Das ist meine Heimatstadt«, erklärte Jaqueline ihrem Ehemann, als sie am Alsterufer standen und auf den Hafen blickten. »Vor einem Jahr hätte ich noch nicht geglaubt, dass ich als verheiratete Frau zurückkehren würde.«

Lächelnd erinnerte sie sich an ihr rauschendes Hochzeitsfest in St. Thomas. Connors Leute hatten es sich nach der kirchlichen Trauung nicht nehmen lassen, vor der Kirche Aufstellung zu nehmen und sie auf dem Hochzeitszug durch die ganze Stadt zu begleiten. Er führte auch am Haus der Bonvilles vorbei, doch niemand ließ sich blicken.

Connor hatte beschlossen, Marion zu vergeben. Allein durch die gelöste Verlobung war sie bereits gestraft genug. Auf Jaquelines Einwand, dass der alte Bonville vielleicht etwas gegen ihn unternehmen werde, hatte Connor abgewunken.

»Soll er intrigieren, wie er will. Ins Holzgeschäft pfuscht er mir nicht, und an der Politik habe ich kein Interesse. Wahrscheinlich wird er sich bald damit trösten, dass ich nicht der Richtige für seine Tochter war. Wie man munkelt, hat er längst jemand anderen als Schwiegersohn im Auge. Marion wird vermutlich mitspielen, sofern sie die Aussicht hat, die Gattin eines einflussreichen Mannes zu werden.«

Da sie noch keine Hochzeitsreise gemacht hatten, hatte Jaqueline den Wunsch geäußert, nach Hamburg zu fahren. Das Jahr Leihzeit für ihre versetzte Brosche würde in wenigen Wochen ablaufen. Außerdem wollte sie ihren Reisebericht einem deutschen Verleger anbieten. Obwohl sie inzwischen gut Englisch sprach, fiel es ihr leichter, in ihrer Muttersprache zu schreiben.

Als Erstes jedoch machten sie einen Abstecher zu Jaquelines Elternhaus. Eine Kaufmannsfamilie mit zwei lebhaften Töchtern war dort eingezogen, wie Martin Petersen ihr geschrieben hatte. Jaqueline hatte zunächst erwogen, sich den Leuten vorzustellen, doch sie entschied sich dagegen. Möge das Haus den neuen Bewohnern mehr Glück bringen als mir!, dachte sie und zog Connor fort.

Zu Fuß wanderten sie zur Kanzlei des Anwalts, dem Jaqueline so viel zu verdanken hatte.

Martin Petersen und seine Familie waren überrascht über ihren Besuch, doch alle freuten sich sichtlich, Jaqueline so wohlbehalten wiederzusehen. Ihre Überraschung wuchs noch, als sie erfuhren, dass der Mann an Jaquelines Seite ihr Ehemann war.

»Das ist genau das, was Ihr Vater sich für Sie gewünscht hätte!«, rief Herr Petersen begeistert.

Jaqueline erkundigte sich nach den polizeilichen Ermittlungen. Ob der Mord an ihrem Diener endlich gesühnt war? Sie hatte sich vorgenommen, nicht nur das Grab ihres Vaters zu besuchen, sondern auch auf Christophs Grabstätte einen Strauß niederzulegen.

Mit Genugtuung nahm sie nun zur Kenntnis, dass Fahrkrog vor wenigen Wochen wegen Beihilfe zum Mord im Zuchthaus gelandet war. Aufgrund von Zeugenaussagen hatte man seine Handlanger gefasst, und die hatten ihren Auftraggeber verraten. Jaqueline war froh, dass der Geldhai nun niemandem mehr gefährlich werden konnte.

Sie verabschiedete sich von den Petersens mit dem Versprechen, den Briefkontakt nicht abreißen zu lassen.

Während sie an der Alster entlangspazierten, umfasste Connor seine Frau sanft und küsste verstohlen ihre Wange. »Ein schöner Flecken Erde, aber ich muss zugeben, dass ich mich in meinem Wald wohler fühle«, erklärte er.

»Wir bleiben ja auch nicht ewig hier. Nur so lange, bis ich alles erledigt habe.« Ein geheimnisvolles Lächeln huschte über Jaquelines Gesicht. Auf der Fahrt hierher hatte sich etwas ergeben, das sie ihm in ihrer Geburtsstadt mitteilen wollte. Später.

»Ich hoffe ja, dass der Verleger dein Manuskript annimmt.«

»Wenn nicht, suche ich mir eben einen anderen. Du kannst mir vielleicht helfen, meinen Bericht ins Englische zu übertragen.«

»Wenn du mir zuvor Deutsch beibringst...«

Jaqueline nahm seine Hand. »Lass uns gehen!«

Connor nickte. Auf der Überfahrt hatte sie ihm die Geschichte von der Brosche erzählt. Nun strebten sie der kleinen Straße zu, in der sich die Pfandleihe befand, bei der Jaqueline die Brosche ihrer Mutter versetzt hatte.

Die Pfandmarke hatte Jaqueline nicht mehr, aber sie konnte sich noch sehr gut an die Nummer des Fachs erinnern, in dem der Pfandleiher die Brosche verstaut hatte. Und vielleicht würde sich der Mann auch an sie erinnern.

»Wollen nur hoffen, dass es diesen Laden noch gibt«, murmelte Connor. »Immerhin war der Besitzer alt, er könnte inzwischen gestorben sein.«

»Das glaube ich nicht.« Jaqueline deutete nach vorn. »Das da ist er schon.«

Offenbar hatte sich wirklich nichts geändert. Noch immer wirkte das Schaufenster unscheinbar zwischen den anderen Häusern. Auch die Dekoration hatte sich nicht verändert.

Aber auch Jaqueline hatte plötzlich Zweifel. Ob er die Brosche noch hat?, fragte sie sich bang, während sie Connor mit sich zur Ladentür zog.

Mit dem Gebimmel der Türglocke traten sie ein.

Keine Menschenseele war zu sehen. Dafür türmten sich all die Dinge, die den in Not geratenen Menschen verzichtbar zu sein schienen, um sich wenigstens kurzfristig aus der Misere zu helfen.

Connor, der noch nie eine Pfandleihe betreten hatte, blickte sich fasziniert um. »Unglaublich, welche Besitztümer manche Menschen im Laufe eines Lebens anhäufen.«

»Nun, im Laufe eines Lebens erbt vermutlich so mancher ein paar Dinge von seinen Vorfahren, von denen er sich eines Tages mehr oder weniger freiwillig trennt.«

Das Knarren einer Diele riss sie aus ihrem Gespräch.

»Guten Tag, meine Herrschaften, was kann ich für Sie tun?« Der Pfandleiher stand hinter ihnen, wie aus dem Erdboden gewachsen.

Jaqueline legte den Kopf schräg und hoffte, einen Anflug von Wiedererkennen im Gesicht des Mannes zu finden, doch seine Miene blieb ebenso reglos wie damals.

»Ich bin hier, um den Inhalt des Fachs 27 auszulösen.«

Jetzt leuchteten die Augen des Mannes auf. »Ach ja, die Brosche, ich erinnere mich!«, rief er aus. »Sie haben sich aber herausgemacht!«

Jaqueline blickte zu Connor, der still vor sich hin feixte. Er verstand nur wenige Brocken Deutsch, die Jaqueline ihm beigebracht hatte, aber dennoch schien er erraten zu haben, was der Mann meinte.

»Dann haben Sie die Brosche noch?«

»Selbstverständlich. Ich habe Ihnen die Summe für ein Jahr geliehen, und das Jahr ist noch nicht rum. Halten Sie mich etwa für einen Betrüger, der die Dinge, die ihm anvertraut werden, vor Ablauf der Frist verkauft?«

Damit wandte er sich um und ging zu dem Apothekerschrank, wo er das Fach Nummer 27 aufzog.

Als sie das Kästchen in der Hand hielt, stiegen Jaqueline Tränen in die Augen. Erneut sah sie die Bilder des Tages vor sich, an dem sie die Brosche hier abgegeben hatte.

»Aber, aber, wer wird denn weinen?«, fragte der Pfandleiher, während sie die Schatulle öffnete. »Schauen Sie, es ist noch alles da!«

Durch den Tränenschleier erblickte Jaqueline das Funkeln der Edelsteine. Es beruhigte sie ein wenig, und sie hatte nun wieder die Worte aus dem Brief ihres Vaters vor sich:

Wenn es eine Möglichkeit gibt, werde ich Dir vom Himmel aus beistehen und Dir helfen, Dein Glück zu finden, hatte er ihr geschrieben.

Das hast du getan, dachte sie liebevoll. Und ich danke dir dafür, Vater.

Nachdem Connor den fälligen Betrag gezahlt, der alte Mann ihnen eine Quittung ausgehändigt und zum Abschied ein freundliches Lebewohl gesagt hatte, nahm Jaqueline Connor zärtlich bei der Hand und trat mit ihm auf die Straße.

Dort steckte er ihr vorsichtig die Brosche ans Revers ihrer Jacke.

Jaqueline lächelte Connor vielsagend an. »Da gibt es noch etwas, was ich dir sagen muss.«

»Hast du etwa noch ein Schmuckstück versetzt?« Connor lachte.

»Nein, es ist etwas viel Besseres.« Sie machte eine kurze

Pause, in der sie ihm tief in die Augen blickte. »Wir bekommen ein Kind, Connor.«

»Wir ... Was...?« Connor wirkte vollkommen überrascht.

»Du hast richtig gehört. Ich habe es auf der Überfahrt gemerkt. Es ist dir doch nicht entgangen, dass mir tagelang übel war.«

»Ich dachte, du hast das Essen oder den Wellengang nicht vertragen.«

Jaqueline schüttelte den Kopf. »Nein, daran lag es nicht. Oder zumindest nicht nur. Der Schiffsarzt hat mir bestätigt, was ich schon seit Wochen vermute. Freust du dich denn gar nicht?«

»Oh doch, Liebste. Ich freue mich unendlich! Ich liebe dich, Jaqueline Monahan!«

Damit zog er sie an sich.

Werden Sie Teil der Bastei Lübbe Familie

- Lernen Sie Autoren, Verlagsmitarbeiter und andere Leser/innen kennen
- Lesen, hören und rezensieren Sie unter www.lesejury.de Bücher und Hörbücher noch vor Erscheinen
- Nehmen Sie an exklusiven Verlosungen teil und gewinnen Sie Buchpakete, signierte Exemplare oder ein Meet & Greet mit unseren Autoren

Willkommen in unserer Welt:
www.lesejury.de